D1330071

Contemporánea

Juan Gabriel Vásquez (Bogotá, 1973) es autor de la colección de relatos *Los amantes de Todos los Santos* y de las novelas *Los informantes*, *Historia secreta de Costaguana*, *El ruido de las cosas al caer*, *Las reputaciones* y *La forma de las ruinas*. Ha publicado también una recopilación de ensayos literarios, *El arte de la distorsión*, y una breve biografía de Joseph Conrad, *El hombre de ninguna parte*. Sus libros se publican actualmente en 28 lenguas y han merecido, entre otros, el Premio Alfaguara, el English Pen Award, el Premio Gregor von Rezzori-Città di Firenze, el IMPAC International Dublin Literary Award, el Premio Real Academia Española, el Premio Casa de Amèrica Latina de Lisboa y el Premio Roger Caillois por el conjunto de su obra, otorgado anteriormente a escritores como Mario Vargas Llosa, Carlos Fuentes y Ricardo Piglia. Ha traducido obras de Joseph Conrad y Victor Hugo, entre otros, y en 2016 fue nombrado Caballero de la Orden de las Artes y las Letras de la República francesa.

Juan Gabriel Vásquez

Los informantes

DEBOLS!LLO

Primera edición en Debolsillo: octubre, 2017

Cra 5A No 34A – 09, Bogotá – Colombia
PBX (57-1) 7430700
www.megustaleer.com.co

Impreso en Colombia – *Printed in Colombia*

ISBN: 978-958-5433-77-9

Compuesto en caracteres Garamond
Impreso en Editora Géminis, S.A. S.

Penguin
Random House
Grupo Editorial

A Francis Laurenty
(1924-2003)

Nunca te purificarás tú de las acciones por ti mismo
allí realizadas; no hablarás tanto como para eso.
DEMÓSTENES, *Sobre la corona*

¿Quién quiere hablar?
¿Quién quiere hacer acusaciones
respecto de los acontecimientos pasados?
¿Quién quiere garantizar el porvenir?
DEMÓSTENES, *Sobre la corona*

I. LA VIDA INSUFICIENTE

En la mañana del siete de abril de 1991, cuando mi padre me llamó para invitarme por primera vez a su apartamento de Chapinero, había caído sobre Bogotá un aguacero tal que las quebradas de los Cerros Orientales se desbordaron, y el agua bajó en tropel arrastrando ramas y tierra, tapando las alcantarillas, inundando las calles más angostas y levantando carros pequeños con la fuerza de la corriente, y llegó incluso a matar a una taxista desprevenida que se quedó atrapada, en circunstancias confusas, bajo el chasis de su propio taxi. La llamada en sí misma era por lo menos sorprendente; ese día, sin embargo, me pareció directamente ominosa, no sólo porque mi padre hubiera dejado de recibir visitas mucho tiempo atrás, sino porque la imagen de la ciudad sitiada por el agua, de las caravanas inmóviles y los semáforos dañados y las ambulancias presas y las emergencias desatendidas, hubiera bastado en circunstancias normales para convencerlo de que salir de visita era insensato, y pedir la visita de alguien era casi temerario. La escena de Bogotá desmadrada me dio la medida de la urgencia, me hizo sospechar que la invitación no era cuestión de cortesía y me sugirió una conclusión provisional: íbamos a hablar de libros. No de cualquier libro, por supuesto: hablaríamos del único publicado por mí hasta la fecha, un reportaje con título de documental para televisión —*Una vida en el exilio,* se llamaba— que contaba o trataba de contar la vida de Sara Guterman, hija de una familia judía y amiga nuestra de toda la vida, a partir de su llegada a Colombia durante los años treinta. En el momento de su aparición, en 1988, el libro había tenido cierta notoriedad, pero no por su tema ni por su calidad discutible, sino porque mi padre, un profesor de Oratoria que siempre rehusó acercarse a cualquier forma de periodismo, un lector de clásicos que despreciaba el hecho mismo de comentar literatura en la prensa, había publicado en el *Magazín Dominical* una crítica que lo destrozaba con algo muy parecido al ensañamiento. Se entenderá que después, cuando mi padre malvendió la casa de la familia y tomó en arrendamiento su refugio de falso soltero empedernido, no me extrañara enterarme de su trasteo por boca ajena, aunque fuera Sara Guterman —es decir, la boca menos ajena de mi vida— la encargada de ponerme al tanto.

De manera que lo más natural del mundo, la tarde en que llegué a verlo, fue pensar que me quería hablar de eso: que iba a corregir, con tres años de retraso, esa traición mínima y doméstica, sí, pero no por ello menos dolorosa. Lo que ocurrió fue muy distinto. Desde su poltrona autoritaria y amarilla, mientras cambiaba de canal con el pulgar solitario de su mano mutilada, este hombre envejecido y asustado y oloroso a sábanas sucias, cuya respiración silbaba como una cometa de papel, me contó, en el mismo tono que había usado toda su vida para repetir una anécdota sobre Demóstenes o Gaitán, que llevaba tres semanas visitando regularmente a un médico de la clínica San Pedro Claver, y que una inspección de su cuerpo de sesenta y siete años había revelado, en orden cronológico, una diabetes sin importancia, una arteria obstruida —la anterior descendiente— y la necesidad de una operación inmediata. Ahora sabía lo cerca que había estado de no existir más, y quería que yo también lo supiera. «Yo soy todo lo que tienes», me dijo. «Yo soy todo lo que te queda. Tu madre lleva quince años enterrada. Hubiera podido no llamarte, pero lo hice. ¿Sabes por qué? Porque después de mí estás solo. Porque si fueras un trapecista, yo sería tu única malla.» Pues bien, ahora que ha pasado el tiempo suficiente desde la muerte de mi padre y me he decidido por fin a organizar mi cabeza y mi escritorio, mis documentos y mis notas para la redacción de este informe, me ha parecido evidente que debo empezar de esta manera: recordando el día en que me llamó, en medio del invierno más intenso de mi vida adulta, no para detener el alejamiento en que nos habíamos embarcado, sino para sentirse menos solo cuando le abrieran el tórax con una sierra eléctrica y le cosieran al corazón enfermo una vena extirpada de su pierna derecha.

El asunto había comenzado tras un chequeo rutinario. El médico, un hombre con voz de soprano y cuerpo de jinete de carreras, le había dicho a mi padre que una leve diabetes no era del todo anormal ni demasiado preocupante a su edad: se trataba apenas de un desequilibrio predecible, y no iba a implicar inyecciones de insulina ni drogas de ningún tipo, pero sí ejercicio regular y una dieta rigurosa. Entonces, después de algunos días de salir juiciosamente a trotar, comenzó el dolor, una presencia delicada sobre el estómago, parecida más bien al aviso de una indigestión o a los estertores de un animal de felpa que mi padre se hubiera tragado. El médico ordenó nuevos exámenes, todavía generales pero más exhaustivos, y entre ellos una prueba de esfuerzo; mi padre, metido en calzoncillos largos y sueltos como zahones, caminó primero y trotó después sobre la alfombra sintética, esa alfombra fría que se renovaba a sí misma, y luego regresó al vestier diminuto (en el cual, me dijo, había tenido ganas de estirar los brazos, y, al darse cuenta de que el lugar era tan estrecho que podía tocar con los codos las paredes opuestas, tuvo un breve ataque de claustrofobia), y apenas se había puesto los pantalones de paño y comenzaba a abotonarse los puños de la camisa, pensando ya en irse y esperar a que una secretaria lo llamara para recoger el resultado del electrocardiograma, cuando el médico golpeó desde el otro lado de la puerta. Lo sentía mucho, decía, pero no le gustaba lo que había visto en los primeros resultados: iba a ser necesario hacer un cateterismo de inmediato, para confirmar los riesgos. Y se hizo, por supuesto, y los riesgos (por supuesto) se confirmaron: había una arteria obstruida.

«Noventa y nueve por ciento», dijo mi padre. «El infarto me iba a dar pasado mañana.»

«¿Por qué no te internaron ahí mismo?»

«Porque el tipo me vio muy nervioso, me imagino. Prefirió que me fuera a mi casa. Me mandó con instrucciones muy precisas, eso sí. Que no me moviera en todo el fin de semana. Que evitara excitaciones de cualquier tipo. Nada de sexo, sobre todo. Eso me dijo, imagínate.»

«¿Y tú qué le dijiste?»

«Que por eso no se preocupara, nada más. Tampoco le iba a contar mi vida.»

Al salir del consultorio, al tomar un taxi en el barullo de la calle veintiséis, mi padre apenas había comenzado a enfrentarse a la noción de estar enfermo. Iba a ser internado en un hospital sin un solo síntoma que delatara la urgencia de su estado, sin malestar distinto al frívolo dolor en la boca del estómago, y todo por orden de un cateterismo delator. Los balbuceos arrogantes del médico seguían moviéndose por su oído: «Si hubiera esperado tres días más para venir a verme, lo más probable es que en una semana lo estuviéramos enterrando». Era un viernes; la operación se programó para el jueves siguiente a las seis de la mañana. «Me pasé la noche pensando en que me iba a morir», me dijo, «y entonces te llamé. Eso me sorprendió, claro, pero ahora me sorprende más que hayas venido». Es posible que estuviera exagerando: mi padre sabía que nadie estaría dispuesto a considerar su muerte con tanta seriedad como su propio hijo, y a eso, a pensar en su muerte, dedicamos la tarde del domingo. Preparé un par de ensaladas, confirmé que hubiera jugo y agua en la nevera, y empecé a revisar junto con él la última declaración de renta. Tenía más plata de la que necesitaba; esto no quiere decir que tuviera mucha, sino que necesitaba poca. Sus únicos ingresos provenían de haberse pensionado por la Corte Suprema, y su capital, es decir, el precio que había recibido por malvender la casa en la que yo había crecido y mi madre había muerto, había sido invertido en certificados de depósito cuyo producto alcanzaba por sí solo a cubrir su arrendamiento y los gastos de la vida más ascética que yo había conocido nunca: una vida en la cual, hasta donde puedo dar fe, no participaban restaurantes ni conciertos ni otras formas, más o menos onerosas, del entretenimiento. No digo que si mi padre hubiera pasado una noche ocasional con una amante contratada me hubiera enterado de ello; pero cuando alguno de sus colegas intentaba sacarlo de su casa, llevarlo a comer con una mujer cualquiera, mi padre se negaba una vez y luego dejaba el teléfono descolgado para el resto de la tarde. «Ya he conocido a la gente que debía conocer en esta vida», me decía. «No necesito a nadie nuevo.» Una de esas veces, quien lo invitaba era una abogada de marcas y patentes tan joven que hubiera podido ser su hija, una de esas niñitas de pechos grandes y pocas lecturas que en cierto momento inevitable parecen curiosas por saber cómo es el sexo con hombres mayores. «¿Y te negaste?», le pregunté en ese momento. «Claro que me negué. Le dije que tenía una reunión política. "¿De qué partido?", me preguntó ella. "Del partido onanista", le dije yo. Y se fue muy tranquila para su casa, sin molestarme más. No sé si haya encontrado un diccionario a tiempo, pero parece que ha decidido dejarme en paz, porque no ha vuelto a invitarme a nada. O quién sabe, tal vez ya haya una demanda en mi contra, ¿no? Casi puedo ver las noticias, Profesor pervertido acosa a mujer joven con polisílabos bíblicos.»

Lo acompañé hasta las seis o siete y volví a mi casa, pensando durante todo el trayecto en lo que acababa de ocurrir, en el curioso giro del hijo conociendo la casa de su padre. ¿Eran dos habitaciones —el salón y un dormitorio— o había un estudio en alguna parte? No pude ver más que una biblioteca de tríplex blanco recostada con descuido a la pared que daba a la calle cuarenta y nueve, junto a una ventana por cuyos barrotes apenas entraba la luz. ¿Dónde estaban sus libros? ¿Dónde estaban las placas y las bandejas de plata con las cuales los demás se habían empeñado en distinguir su carrera a través de los años? ¿Dónde trabajaba él, dónde leía, donde escuchaba ese disco —*Los maestros cantores de Nuremberg,* un título que yo desconocía— cuya carátula estaba extraviada sobre el mesón de la cocina? El apartamento parecía anclado en los años setenta: la alfombra anaranjada y marrón; la silla blanca de fibra de vidrio en la cual me hundí mientras mi padre recordaba y describía para mí el mapa del cateterismo (sus delgadas autopistas, sus carreteras secundarias); el baño cerrado y sin ventanas, iluminado tan sólo por un par de rectángulos de plástico traslúcido sobre el techo (uno de los cuales estaba roto, y por el hueco alcancé a ver dos tubos de neón que parecían a punto de fundirse). Había restos de espuma jabonosa en el lavamanos verde, la ducha era oscura y no olía bien, y del marco de aluminio colgaban dos calzoncillos recién lavados. ¿Los había lavado él mismo? ¿No venía nadie a ayudarle? Abrí cajones y puertas con cierre de imán, y encontré mejorales, una caja de alka-seltzer y una brocha de afeitar embadurnada de óxido y que nadie había usado en mucho tiempo. Había gotas de orina en el inodoro y en el piso: gotas amarillas y olorosas, delatoras de una próstata desgastada. Y había, sobre la tapa del tanque, debajo de una caja de kleenex, una copia de mi libro. Me pregunté, por supuesto, si no sería ésa su forma de sugerir que su opinión no había cambiado en estos años. «El periodismo favorece el tránsito intestinal», imaginé que me decía. «¿Acaso nadie te lo explicó en la facultad?»

Al llegar hice algunas llamadas, aunque fuera ya demasiado tarde para anular la operación o para hacer caso de segundas opiniones, formuladas, además, a través del teléfono y sin el auxilio de documentos, exámenes, radiografías. En todo caso, no me tranquilizó demasiado hablar con Jorge Mor, un cardiólogo de la Shaio que había sido amigo mío desde tiempos del colegio. Cuando lo llamé, Jorge confirmó lo que el médico de la San Pedro Claver había dicho: confirmó el diagnóstico, y también la necesidad de operar de urgencia, y también la suerte de haber descubierto el asunto por casualidad, antes de que el corazón asfixiado de mi padre hiciera lo que tenía pensado hacer y se quedara quieto de repente y sin avisar. «Duérmase tranquilo, hermano», me dijo Jorge. «Es la versión más fácil de una operación difícil. Nada saca con preocuparse de aquí al jueves.» «¿Pero qué puede salir mal?», insistí. «Todo puede salir mal, Gabriel, todo puede salir mal en cualquier operación del mundo. Pero ésta hay que hacerla, y es relativamente sencilla. ¿Quiere que vaya y se lo explique?» «Claro que no», le dije. «Cómo se le ocurre.» Pero tal vez si hubiera aceptado la propuesta me habría quedado hablando con Jorge hasta que fuera el momento de dormir. Habríamos hablado de la operación; me habría dormido a una hora tardía, después de un par de tragos somníferos. En cambio, acabé por acostarme a las diez de la noche, y poco antes de las tres de la mañana descubrí que estaba todavía despierto y más asustado de lo que había creído.

Me salí de la cama, busqué en el bolsillo del pantalón el bulto de la billetera, y desparramé el contenido bajo la caperuza de la lámpara. Un par de meses antes de que cumpliera los dieciocho, mi padre me había entregado un rectángulo de cartulina, azul oscuro por un lado y blanco por el otro, que le daba derecho a ser enterrado junto a mi madre en los Jardines de Paz —y ahí estaba el logotipo del cementerio, letras como lirios—, y me había pedido que lo guardara en un lugar seguro. En ese momento, como le hubiera sucedido a cualquier otro adolescente, no se me ocurrió mejor cosa que meterlo en mi billetera; y ahí se había quedado todo este tiempo, entre la cédula y la tarjeta militar, con su aspecto de obituario y el nombre escrito a máquina sobre un adhesivo ya gastado. «Uno nunca sabe», me había dicho mi padre al dármela. «Cualquier día nos toca una bomba, y yo quiero que sepas qué hacer conmigo.» El tiempo de las bombas y de los atentados, una década entera en la que vivimos con plena conciencia de que volver a la casa en las noches era cosa de suerte, estaba lejos todavía; si en efecto nos hubiera tocado una bomba, la posesión de esa tarjeta no me habría dado más luces ni más indicaciones acerca del tratamiento de los muertos. Ahora se me ocurría que la tarjeta, amarillenta y gastada, se parecía a las maquetas que adornan las billeteras nuevas, y ningún extraño la hubiera visto como lo que en verdad era: una tumba plastificada. Y así, considerando la posibilidad de que hubiera llegado el momento de usarla, no por bombas ni atentados, sino por las hechuras previsibles de un corazón viejo, me quedé dormido.

Lo internaron a las cinco de la tarde siguiente. A lo largo de esas primeras horas, metido ya en su bata verde, mi padre respondió a las preguntas del anestesiólogo y firmó los documentos blancos del Seguro Social y los tricolores del seguro de vida (una bandera patria de colores desteñidos), y a lo largo del martes y del miércoles habló y siguió hablando, exigiendo certezas, pidiendo informaciones y a su vez informando, sentado sobre el colchón alto y regio de la cama de aluminio y reducido, sin embargo, al frágil papel de quien sabe menos que su interlocutor. Esas tres noches me quedé con él. Le aseguré, una y otra vez, que todo iba a salir bien. Vi el hematoma con la forma de La Guajira sobre su muslo, y le aseguré que todo iba a salir bien. Y el jueves en la madrugada, después de afeitarle el pecho y ambas piernas, tres hombres y una mujer se lo llevaron a la sala de operaciones del segundo piso, acostado y por primera vez silencioso y ostentosamente desnudo bajo su bata desechable. Lo acompañé hasta que una enfermera, la misma que había mirado más de una vez y sin disimulo el sexo comatoso del paciente, me pidió que me apartara y me dijo, con una palmadita olorosa a amoniaco, lo mismo que yo le había dicho a él: «No se preocupe, señor. Todo va a salir bien». Pero añadió: «Si Dios quiere».

El nombre de mi padre lo reconoce cualquiera, y no sólo porque sea el mismo que firma este libro (sí, mi padre era un ejemplar de esa especie tan predecible: los que confían tanto en los logros de su vida que no temen bautizar a sus hijos con su propio nombre), sino porque Gabriel Santoro fue el hombre que dictó, durante más de veinte años, el famoso Seminario de Oratoria de la Corte Suprema de Justicia, y también quien pronunció en 1988 el discurso de conmemoración de los 450 años de Bogotá, ese texto legendario que llegó a ser comparado con los mejores ejemplos de retórica colombiana, desde Bolívar a Gaitán. «Gabriel Santoro, heredero del Caudillo Liberal», fue el titular de una publicación oficial que nadie lee y nadie conoce, pero que le dio a mi padre una de las grandes satisfacciones de su vida reciente. No era para menos, por supuesto, porque de Gaitán había aprendido todo: había asistido a todos sus discursos; había plagiado sus métodos. Antes de los veinte años, por ejemplo, había comenzado a ponerse los corsés de mi abuela, para crear el efecto de la faja que Gaitán llevaba cuando tenía que hablar en espacios abiertos. «La faja le hacía presión en el diafragma», explicaba mi padre en sus clases, «y la voz salía más fuerte y más grave y más resistente. Uno podía estar a doscientos metros de la tarima, con Gaitán hablando sin micrófonos de ningún tipo, a puro pulmón, y se le entendía perfecto». La explicación iba acompañada de la pantomima, porque mi padre era un imitador excepcional (pero donde Gaitán levantaba el índice de la mano derecha, apuntando al cielo, mi padre levantaba el muñón lustroso). «Pueblo: ¡Por la restauración moral de la República! Pueblo: ¡Por vuestra victoria! Pueblo: ¡Por la derrota de la oligarquía!» Pausa; pregunta falsamente amable de mi padre: «¿Quién puede decirme por qué nos conmueve esta serie de frases, dónde radica su efectividad?». Un asistente incauto: «Nos conmueve por las ideas de...». Mi padre: «Nada de ideas. Las ideas no importan, las ideas las tiene cualquier bestia, y éstas, en particular, no son ideas, sino eslóganes. No, la serie nos conmueve y nos convence por la repetición de la misma cláusula al comienzo de las invocaciones, algo que ustedes, de ahora en adelante, llamarán *anáfora,* si me hacen el favor. Y al que me vuelva a hablar de ideas, lo paso por las armas».

Yo solía ir a esas clases por el mero placer de verlo encarnar a Gaitán o a quien fuera (otros guiñoles más o menos asiduos eran Rojas Pinilla y Lleras Restrepo), y, como es evidente, me acostumbré a mirarlo, a mirar sus formas de boxeador retirado, los huesos grandes —la mandíbula y los pómulos, la geometría imponente de la espalda— que llenaban con suficiencia sus vestidos, las cejas tan largas que se le metían en los ojos y a veces parecían barrer sus párpados como bambalinas rotas, y las manos, siempre y sobre todo las manos. La izquierda era tan gruesa y los dedos tan largos que podía levantar un balón de fútbol apretándolo entre las yemas; la derecha no era más que un muñón arrugado en el que sólo quedaba el asta del pulgar erecto. Mi padre tenía unos doce años, y estaba solo en la casa de sus abuelos en Tunja, cuando tres hombres de machete y pantalones arremangados entraron por una ventana de la cocina, oliendo a aguardiente y a ruana mojada y gritando mueras al Partido Liberal, y no encontraron a mi abuelo, que era candidato a la gobernación de Boyacá y sería emboscado unos meses más tarde en Sogamoso, sino a su hijo, un niño que estaba todavía en piyama a pesar de que eran más de las nueve de la mañana. Uno de ellos lo persiguió, lo vio tropezar con la tierra amontonada y enredarse con el pasto crecido del potrero vecino; después de un machetazo, lo dio por muerto. Mi padre había levantado una mano para protegerse, y la hoja oxidada le cortó cuatro dedos. María Rosa, la cocinera de la casa, se preocupó al no verlo llegar para el almuerzo, y acabó por encontrarlo un par de horas después del machetazo, a tiempo para evitar que muriera desangrado. Pero esto último no lo recordaba mi padre, sino que se lo contaron después, igual que le contaron de sus fiebres y de las incoherencias que decía —mezclas curiosas entre la gente de los machetes y los piratas de Salgari— en medio de la alucinación de las fiebres. Tuvo que aprender de nuevo a escribir, esta vez con la mano izquierda, pero nunca logró la soltura debida, y a veces yo pensaba, sin llegar a decirlo, que su caligrafía desamarrada y deforme, esas mayúsculas de niño pequeño que encabezaban breves escuadrones de garrapatas, era la única razón por la cual no había escrito un libro propio en su vida un hombre que había pasado los días entre los libros de los otros. Su material eran las palabras pronunciadas y leídas, pero nunca escritas por su mano. Se sentía torpe manejando una pluma y era incapaz de operar un teclado: escribir era un memorando de su invalidez, de su defecto, de su vergüenza. Y viéndolo humillar a sus estudiantes menos dotados, viéndolo azotarlos con sus sarcasmos violentos, yo solía pensar: te estás vengando. Ésta es tu venganza.

Pero nada de eso parecía tener consecuencia alguna en el mundo real, donde el éxito de mi padre era imparable como una calumnia. El seminario empezó a ser solicitado por penalistas expertos y por abogados de multinacionales, por estudiantes de postgrado y por jueces en uso de jubilación, y hubo un momento en que a este viejo profesor de conocimientos inútiles y técnicas superfluas le fue preciso implementar, entre su escritorio y su biblioteca, una especie de repisa colonial y kitsch en la cual se fueron apilando, detrás de la barandita de pilares barrigones, las bandejas de plata y los diplomas de cartón, de papel con marca de agua, de imitaciones de pergamino, y también trofeos de aglomerado con escudos vistosos de aluminio en colores. A GABRIEL SANTORO, EN RECONOCIMIENTO A VEINTE AÑOS DE LABOR PEDAGÓGICA... CERTIFICA QUE EL DOCTOR GABRIEL SANTORO, EN VIRTUD DE SUS MÉRITOS CIVILES... LA ALCALDÍA MAYOR DE BOGOTÁ, EN HOMENAJE AL DOCTOR GABRIEL SANTORO... Ahí, en esa especie de santuario de vacas sagradas, pasaba los días la vaca sagrada que era mi padre. Sí, ésa era su reputación: mi padre lo supo cuando lo llamaron de la Alcaldía para ofrecerle el discurso, es decir, para pedirle que pronunciara lugares comunes frente a políticos aburridos. Este profesor pacífico —habrán pensado— rellenaría los formularios tácitos del evento. Mi padre no les dio nada de lo que esperaban.

No habló de 1538. No habló de nuestro ilustre fundador, don Gonzalo Jiménez de Quesada, con cuya estatua recubierta de mierda de palomas él se cruzaba cada vez que iba a tomarse un carajillo en el Café Pasaje. No habló de las doce casitas ni del chorro de Quevedo, el lugar donde se había fundado la ciudad, que mi padre, según decía, no podía mencionar sin que le invadiera la cabeza la imagen de un poeta orinando. En contravía de la tradición conmemorativa en Colombia (este país al que le ha gustado siempre conmemorarlo todo), mi padre no hizo de su discurso una versión politizada de las cartillas infantiles. No cumplió los pactos; traicionó las expectativas de unos doscientos políticos, hombres pacíficos que sólo deseaban dejarse llevar durante un rato por las espantosas inercias del optimismo y ser libres enseguida de ir a pasar con su familia la fiesta del siete de agosto. Yo estaba presente, por supuesto. Yo oí las palabras espetadas a través de micrófonos mediocres; vi los rostros de quienes escuchaban, y noté el momento en que algunos dejaron de mirar al orador para mirarse entre sí: los ceños imperturbables, los cuellos rígidos, las manos argolladas alisando las corbatas. Después, todos comentarían el coraje que implicaba pronunciar esas palabras, el acto de contrición profunda, de honestidad intrépida que había en cada una de esas frases —todo lo cual, estoy seguro, carecía de importancia para mi padre, que sólo quería desempolvar sus fusiles y disparar sus mejores tiros en presencia de una audiencia selecta—, pero ninguno de ellos, sin embargo, pudo reconocer el valor de aquel raro ejemplar de retórica: un proemio valiente, porque renunciaba a invocar la simpatía del auditorio («No estoy aquí para celebrar nada»), una narrativa basada en la confrontación («Esta ciudad ha sido traicionada. La han traicionado ustedes durante casi medio milenio»), una conclusión elegante que comenzaba con el tópico más prestante de la oratoria clásica («Hubo un tiempo en que hablar de esta ciudad era posible»). Y luego ese último párrafo, que más tarde sirvió de mina de epígrafes para varias publicaciones oficiales y fue repetido en todos los periódicos como se repite el *Yo bajaré tranquilo al sepulcro* o el *Coronel, salve usted la patria.*

En alguna parte de Platón leemos: «Los campos y los árboles no me enseñan nada, pero sí lo hace la gente de una ciudad». Ciudadanos, yo les propongo aprender de la nuestra. Ciudadanos, yo les propongo emprender la reconstrucción política y moral de Bogotá. Conseguiremos la resurrección a través de nuestra industria, nuestra perseverancia, nuestra voluntad. A sus cuatrocientos cincuenta años, Bogotá es una ciudad joven y todavía por hacerse. Olvidarlo, ciudadanos, es condenar nuestra propia supervivencia. No olviden, ciudadanos, ni dejen que olvidemos.

Mi padre habló de reconstrucción y de moral y de perseverancia, y lo hizo sin ruborizarse, porque se fijaba menos en lo dicho que en la figura usada para decirlo. Después comentaría: «La última frase es una estupidez, pero el alejandrino es bonito. Quedó bien ahí, ¿no te parece?».

El discurso entero duró dieciséis minutos con veinte segundos —según mi cronómetro y sin contar los aplausos emocionados—, una franja apenas mínima de ese sábado seis de agosto de 1988 en que Bogotá cumplía cuatrocientos cincuenta años, la independencia de Colombia cumplía ciento sesenta y nueve años menos un día, la muerte de mi madre cumplía doce años, siete meses y veintiún días, y yo, que cumplía veintisiete años, siete meses y cuatro días, me veía de repente abrumado por el convencimiento de la invulnerabilidad, y todo parecía indicarme que allí donde estábamos mi padre y yo, cada uno al mando de su propia vida de éxito, nada podría pasarnos nunca, porque la conspiración de las cosas (eso que llamamos suerte) estaba de nuestro lado, y de ahí en adelante nos esperaba poco más que un inventario de logros, filas y filas de esas mayúsculas grandilocuentes: el Orgullo de los Amigos, la Envidia de los Enemigos, la Misión Cumplida. No tengo que decirlo, pero lo voy a decir: esas predicciones estaban completamente equivocadas. Publiqué un libro, un libro inocente, y ya nada volvió a ser lo mismo.

No sé en qué momento me pareció evidente que la experiencia de Sara Guterman sería la materia de un libro escrito por mí, ni cuándo esa epifanía me sugirió que el oficio prestigioso de cronista de la realidad estaba diseñado a mi medida, o yo a la suya. (No era cierto. Fui uno más en ese oficio que nunca es prestigioso; fui una promesa incumplida, ese delicado eufemismo.) Al principio, cuando comencé a investigar sobre su vida, me di cuenta de que sabía muy poco de ella; y al mismo tiempo, sin embargo, de que mis conocimientos sobrepasaban lo predecible o lo normal, pues Sara había frecuentado el comedor de mi casa desde que yo tenía memoria, y las anécdotas de su conversación, que siempre era generosa, se me habían quedado en la cabeza. Hasta el momento en que surgió mi proyecto, yo nunca había oído hablar de Emmerich, el pueblito alemán donde había nacido Sara. La fecha de su nacimiento (1924) apenas me parecía menos superflua que la de su llegada a Colombia (1938); el hecho de que su esposo fuera colombiano y sus hijos fueran colombianos y fueran colombianos sus nietos, y el hecho de que ella hubiera vivido en Colombia los últimos cincuenta años de su vida, me sirvieron para llenar una ficha bibliográfica y sentir la inevitable corporeidad de los datos —de una persona se pueden decir muchas cosas, pero sólo cuando desenvainamos fechas y lugares empieza esa persona a existir—, pero su utilidad no pasó de ahí. Con fechas, lugares y otras informaciones se llenaron varias entrevistas cuyo rasgo más notorio fue la facilidad con que Sara me habló, sin parábolas ni rodeos, como si hubiera esperado toda la vida para contar esas cosas. Yo preguntaba; ella, menos que responder, se confesaba; los intercambios acababan por ser lo más parecido a un interrogatorio forense. *¿Se llamaba Sara Guterman, había nacido en el 24, había llegado a Colombia en el 38?*

Sí, todo eso era correcto.

¿Qué recordaba de sus últimos días en Emmerich?

Un cierto bienestar, primero que todo. Su familia vivía gracias a una fábrica de papel de lija, y no de cualquier manera, sino con algo que se hubiera podido llamar holgura. Sara tardaría más de treinta años en comprender el bienestar que esa fábrica les procuraba. También recordaba una niñez frívola. Y luego, tal vez después del primer boicot que afectó a la fábrica (Sara no había cumplido los diez años, pero levantarse para ir a la escuela y encontrar a su padre en casa todavía le causó una impresión profunda), la aparición del miedo, y una especie de fascinación por la novedad del sentimiento.

¿Cómo fue la salida de Alemania?

Una noche de octubre de 1937, la operadora del pueblo llamó a casa de la familia y les avisó que su arresto había sido previsto para el día siguiente. Parece que se había enterado de ello transfiriendo otra llamada, igual que había sucedido con el adulterio de la señora Maier (Sara no recordaba el nombre de pila de la mujer adúltera). La familia huyó esa misma noche, por el famoso camino verde de Holanda, hacia un refugio en el campo. Allí estuvieron escondidos varias semanas. Sólo Sara salió del escondite: fue para hacer el recorrido inverso hacia Hagen, donde vivían los abuelos, y contarles lo que estaba sucediendo (la familia creyó que una niña de trece años tenía más posibilidades de viajar impunemente). Del tren en que viajó —era el tren rápido en esa época— recordaba un detalle particular: iba tomando consomé, que en ese tiempo era algo novedoso, y el proceso del cubito que uno metía en agua caliente la fascinaba. La acomodaron en un compartimiento donde todos fumaban, y un hombre negro se sentó junto a ella y le dijo que él no fumaba, pero que siempre se sentaba donde viera humo, porque los fumadores tenían mejor conversación y la gente que no fuma no suele hablar en todo el trayecto.

¿No era riesgoso volver a entrar en Alemania?

Sí, mucho. Poco antes de llegar se percató de que un joven de unos veinte años se había metido al compartimiento de al lado y la seguía cada vez que ella se escapaba al comedor para tomar consomé. Temió, por supuesto, que fuera alguien de la Gestapo, porque eso era lo que se temía en esa época, y al llegar a la estación de Hagen se bajó del tren, pasó junto al tío que la esperaba y en lugar de saludarlo le preguntó dónde quedaba el baño, y él, por fortuna, comprendió lo que ocurría, siguió el juego, acompañó a la jovencita al fondo de la estación y entró con ella a pesar de las protestas de dos mujeres. Allí dentro, Sara le contó a su tío que la familia estaba a salvo y que sin embargo su padre había decidido ya irse de Alemania. Fue la primera vez que mencionó el hecho de irse. Mientras oía la noticia, el tío rasgaba con la mano un cartel que alguien, probablemente un viajero al que le sobraba equipaje, había pegado allí: *Munchener Fasching. 300 Kunstlerfeste.* Sara le preguntó a su tío si había que hacer cambios para ir de Hagen a Munich, o si había trenes directos. Su tío no dijo nada.

¿Por qué Colombia?

Por un anuncio. Meses atrás, el padre de Sara había visto en un periódico el anuncio de venta de una fábrica de quesos en

Duitama (una ciudad desconocida), Colombia (un país primitivo). Aprovechando que todavía se podía, es decir, que las leyes no se lo impedían, decidió viajar para ver la fábrica en persona y regresó a Alemania diciendo que aquello era una empresa casi impensable, que la fábrica era rudimentaria y sólo tres muchachas estaban empleadas, y que sin embargo iba a ser preciso considerar el viaje. Y cuando se dio la emergencia, el viaje fue considerado. En enero de 1938, Sara y su abuela llegaron en barco a Barranquilla y esperaron al resto de la familia, y recibieron desde aquí las noticias de las persecuciones, los arrestos de los amigos y de los conocidos, todas las cosas de las que se habían salvado y —lo cual parecía todavía más sorprendente— seguirían salvándose en el exilio. Un par de semanas después volaron entre Barranquilla y el aeropuerto de Techo (en un bimotor Boeing de la scadta, según le informaron más tarde, cuando, con dieciséis o diecisiete años, empezó a hacer preguntas para reconstruir los días de su llegada), y luego, desde la Estación de la Sabana, tomaron el tren que las llevó a lo que para ese momento no era más que el pueblo de los quesos.

¿Qué recordaba de ese trayecto en el tren colombiano?

Su tía Rotem, una vieja casi calva y cuya autoridad, a los ojos de Sara, era disminuida por su calvicie, se quejó durante todo el trayecto. La pobre vieja nunca comprendió que la primera clase, en este tren, quedara en la parte de atrás; nunca comprendió que la niña, viajando por tierra en el nuevo país, se metiera de narices en un álbum de arte contemporáneo, un cuaderno de papel traslúcido que había sido de su primo y había llegado por error en el equipaje, en lugar de comentar las montañas y las plantaciones y el color de los ríos. La niña miraba las reproducciones y no sabía que en algunos casos —el de Chagall, por ejemplo— los originales ya no existían, porque habían sido quemados.

¿Cuáles fueron sus primeras impresiones al llegar a Duitama?

Le gustaron varias cosas: el barro que se formaba en la puerta de la casa, el nombre de la fábrica de quesos (Córcega, esa palabra de sabores franceses, y que además invocaba los encantos de un mar tan cercano a su lugar de nacimiento, el Mediterráneo que había visto en postales), la pintura que había que frotar sobre el queso gouda para distinguirlo, las mínimas burlas de que la hicieron víctima sus compañeras de colegio durante los primeros meses, y el hecho de que las monjas de La Presentación, que no parecían comprender la testaruda ignorancia de la niñita, se desencajaran de la dicha hablando de la Muerte y la Resurrección, del Viernes Santo y la Llegada de Nuestro Señor, y en cambio se hubieran atorado con suspiros de escándalo cuando encontraron a Sara explicándoles a las hijas del abogado Barreto, viejo amigo del ex presidente Olaya Herrera, el asunto de la circuncisión.

Y así fue que a finales de 1987 redacté un par de páginas, y me sorprendí al buscar entre papeles viejos la ficha bibliográfica en la cual había anotado, años atrás, una especie de curso rápido de escritura proporcionado de oficio por mi padre al enterarse de que yo había comenzado a escribir mi tesis de grado. «Primero: Todo lo que suene bien para el oído, está bien para el texto. Segundo: En caso de duda, remitirse al punto primero.» Igual que había sucedido en la época de la tesis, esa tarjeta, pegada con un chinche a la pared, frente a mi escritorio, funcionó como un amuleto, un vudú contra el miedo. En esas páginas estaba apenas un fragmento de esa vida contada; estaba, por ejemplo, la forma en que los soldados encarcelaron al padre de Sara, Peter Guterman; estaban los soldados, que rompieron contra la pared un busto de yeso y abrieron con cuchillos las poltronas de cuero, pero sin éxito, porque las cédulas que buscaban no estaban en ninguna parte de la casa, sino que se arrugaban bajo la faja de la madre, y ocho días más tarde, cuando Peter Guterman quedó libre pero sin pasaporte, les sirvieron para atravesar la frontera y embarcarse, con carro y todo, en Ijmuiden, un puerto de canal a pocos minutos de Amsterdam. Pero lo más importante de esas dos páginas era otra cosa: en ellas había la confirmación de que todo aquello podía ser contado, la sugerencia de que podía ser yo quien lo hiciera, y la promesa de esa satisfacción curiosa: darle forma a la vida de los demás, robar lo que les ha pasado, que siempre es desordenado y confuso, y ponerle un orden sobre el papel; justificar, de alguna manera más o menos honorable, la curiosidad que he sentido siempre por cada emanación de los cuerpos ajenos (desde las ideas hasta la regla) y que me ha llevado, por una especie de compulsión interna, a violar secretos, a contar cosas que me habían confiado, a interesarme en los demás como un amigo cuando en el fondo los estoy entrevistando como un vulgar reportero. Pero nunca he sabido dónde termina la amistad y empieza el reportaje.

Con Sara, por supuesto, la cosa no fue distinta. A lo largo de varios días seguí interrogándola, y lo hice con tanta dedicación, o con insistencia tan morbosa, que comencé a dividirme, a vivir la vida sucedánea y vicaria de mi entrevistada y mi vida cotidiana y original como si fueran distintas, y no un relato imbricado en una realidad. Asistí al espectáculo fascinante de la memoria guardada en recipientes: Sara conservaba carpetas llenas de documentos, una especie de testimonio de su paso por el mundo tan legítimo y material como un cobertizo fabricado con la madera de su propia tierra. Había carpetas de plástico abiertas, carpetas de plástico y con solapa, carpetas de cartulina con elástico y sin él, carpetas de colores pastel y otras blancas pero sucias y otras negras, carpetas que dormían allí sin muchas pretensiones pero preparadas y bien dispuestas para ejercer su papel de pandoras de segunda. En las noches, casi siempre hacia el final de la conversación, Sara guardaba las carpetas, sacaba del equipo la cinta sobre la cual había impreso su voz durante las últimas horas, ponía un disco de canciones alemanas de los años treinta (*Veronika, der Lenz ist da* y también *Mein kleiner grüner Kaktus*) y me invitaba a tomarme un trago en silencio, mientras oíamos música vieja. Me gustaba pensar que desde afuera, desde un apartamento cuyo inquilino curioso nos espiara, ésta sería la imagen: un rectángulo fluorescente y dos figuras, una mujer bien acomodada en las cercanías de la vejez y un hombre más joven, un alumno o quizás un hijo, y en todo caso alguien que escucha y se ha acostumbrado a hacerlo. Ése era yo: callaba y escuchaba, pero no era su hijo; tomaba notas, porque en eso consistía mi trabajo. Y pensaba que más tarde, en el momento adecuado, cuando ya la materia de su relato hubiera terminado, cuando los apuntes se hubieran tomado y se hubieran visto los documentos y oído las opiniones, me sentaría frente al dossier del caso, de mi caso, e impondría el orden: ¿no era éste el único privilegio del cronista?

Por esos días, Sara me preguntó por qué quería escribir sobre su vida, y pensé que hubiera sido fácil evadir la pregunta o arrojar una ocurrencia cualquiera, pero que responder con algo parecido a la verdad era tan esencial para mí como parecía serlo, en ese momento, para ella. Le hubiera podido decir que había cosas de las que necesitaba percatarme. Que ciertas zonas de mi experiencia (en mi país, con mi gente, en este tiempo que me tocó en suerte) se me habían escapado, generalmente por estar mi atención ocupada en otras más banales, y quería evitar que eso siguiera sucediendo. Darme cuenta: ésa era mi intención, sencilla y pretenciosa al mismo tiempo; y pensar en el pasado, obligar a alguien a recordarlo, era una manera de hacerlo, un pulso librado contra la entropía, un intento de que el desorden del mundo, cuyo único destino es siempre un desorden más intenso, fuera detenido, puesto en grilletes, por una vez derrotado. Le hubiera podido decir esto o parte de esto; en mi favor señalo que evité esas mentiras grandilocuentes y escogí mentiras más humildes, o, más bien, verdades incompletas. «Quiero su aprobación, Sara», le dije. «Quiero que me mire con respeto. Es lo que más me ha importado en la vida.» Iba a completar la verdad incompleta, a hablarle a Sara de la frase con que mi padre la describió una vez —«es mi hermana en la sombra», me dijo, «sin ella no hubiera sobrevivido ni una semana en este mundo de locos»—, pero no llegué a hacerlo. Sara me interrumpió. «Entiendo», dijo. «Entiendo perfectamente.» Y no insistí, porque me parecía apenas normal que la hermana en la sombra lo entendiera todo sin mayores explicaciones; pero anoté en una ficha bibliográfica: *Título de parte: «La hermana en la sombra»*. Nunca llegué a usarlo, sin embargo, porque mi padre no fue mencionado ni en las entrevistas ni en el libro mismo, a pesar de haber formado parte importante —por lo que se veía, al menos— del exilio de Sara Guterman.

Publiqué *Una vida en el exilio* en noviembre de 1988, tres meses después del famoso discurso de mi padre. El siguiente es el primer capítulo del libro. Iba titulado, en letra cursiva y en cuerpo generoso, con una frase-recipiente, cuatro palabras que se han ido llenando con los años y que hoy, mientras escribo, amenazan con desbordarse: *El Hotel Nueva Europa.*

Lo primero que hizo Peter Guterman al llegar a Duitama fue pintar la casa y construir un segundo piso. Allí, separados por un rellano estrecho, estaban su oficina y su recámara, dispuestas tal como habían estado en la casa de Emmerich. Siempre le había gustado mantener el trabajo y la familia a pocos metros de distancia; además, la idea de empezar una nueva vida en un sitio viejo le parecía un irrespeto a su suerte. Así que se dedicó a remodelar. Mientras tanto, los demás alemanes, los de Tunja o los de Sogamoso, le aconsejaban en todos los tonos que no arreglara tanto una casa que no le pertenecía.

—Apenas la tenga bonita —le decían—, el dueño se la va a pedir. Aquí hay que tener cuidado, porque los colombianos son unos tramposos.

Y así fue: el dueño les reclamó la casa; adujo un comprador ficticio y apenas si se disculpó por los inconvenientes. La familia Guterman, que no había cumplido seis meses en Colombia, ya tenía que mudarse de nuevo. Pero entonces ocurrió el primer golpe de buena fortuna. Por esos días se celebraba algo en Tunja. La ciudad estaba repleta de gente importante. Un suizo, un negociante de Berna que andaba gestionando la implantación de laboratorios farmacéuticos en Colombia, se había vuelto amigo de la familia; un día, a eso de las diez, llegó a su casa sin anunciarse.

—Necesito un intérprete —le dijo a Peter Guterman—. Es más que una negociación importante. Es cuestión de vida o muerte.

Al señor Guterman no se le ocurrió nada mejor que ofrecer a su hija, la única en la familia que podía hablar en español además de entenderlo. Sara tuvo que obedecer al suizo. Sabía perfectamente que la voluntad de un adulto, y de un adulto que era amigo del padre, era ley para una adolescente como ella. Por otro lado, en ese tipo de situaciones siempre se sentía insegura: nunca, desde su llegada, había logrado sentirse a gusto con las reglas tácitas de la sociedad anfitriona. Este hombre era europeo, como ella. ¿En qué cambiaban sus costumbres al cruzar el Atlántico? ¿Debía saludarlo como lo hubiera saludado en Emmerich? Pero este hombre, en Emmerich, no la habría sabido mirar a la cara. Sara no olvidaba los desprecios ocasionales que había alcanzado a conocer en esos últimos años, ni lo que ocurría en la cara de los gentiles cuando hablaban de su padre.

Llegó al almuerzo, y resultó que el hombre para el cual convertiría al español las palabras del suizo era el presidente Eduardo Santos, amigo reconocido de la colonia alemana; y ahí estaba Santos, a quien tanto respetaba el padre de Sara, apretando la mano de la intérprete adolescente, preguntándole cómo estaba, felicitándola por la calidad de su español. «Desde ese momento me sentí comprometida para siempre con el Partido Liberal», diría Sara muchos años después, con un tono agudo de ironía. «Así he sido siempre. Tres frases hechas y caigo rendida.» Interpretó durante un almuerzo de dos horas (y en otras dos ya había olvidado para siempre el contenido de las palabras interpretadas), y al final le mencionó a Santos lo del trasteo.

—Estamos cansados de ir de casa en casa —le dijo—. Es como vivir por turnos.

—Pues monten un hotel —dijo Santos—. Así serán ustedes los que desalojen a los demás.

Pero el asunto no podía ser así de fácil. Ya para ese momento los extranjeros no podían ejercer, sin previa autorización, oficios distintos a los que habían declarado al entrar al país. Sara se lo señaló al presidente.

—Ah, por eso no se preocupe —fue la respuesta—. De los permisos me encargo yo.

Y un año después, vendida la fábrica de quesos con ganancias generosas, abrieron en Duitama el Hotel Pensión Nueva Europa. Un hotel a cuya inauguración asistiera el presidente de la República (pensó todo el mundo) estaba destinado a una carrera de éxito.

El padre de Sara había tenido la intención de bautizarlo con su nombre, Hotel Pensión Guterman, pero sus socios le hicieron saber que un apellido como el suyo era en ese momento la peor manera de comenzar un negocio. Apenas unos meses antes, una compañía bogotana de taxis había contratado como choferes a siete refugiados judíos; los taxistas de Bogotá habían organizado una elaborada campaña en su contra, y por todas partes, en las vitrinas de las tiendas del centro, en las ventanas de los taxis y de algún tranvía, podían verse pancartas con la leyenda APOYAMOS A LOS CHOFERES EN SU CAMPAÑA ANTIPOLACOS. Aquélla fue la primera noticia de que la nueva vida no iba a ser más fácil que la de antes. Cuando los Guterman se enteraron de lo ocurrido con los taxistas, el desconsuelo del padre fue tan intenso que la familia llegó a temer algo grave. (Después de todo, uno de sus amigos ya se había colgado en su casa de Bonn, poco después del pogrom del 38.) Peter Guterman hablaba con recelo del gentilicio que la voz pública le asignaba: le había costado varios años acostumbrarse a la pérdida de la ciudadanía alemana, como si se tratara de un objeto que se le hubiera extraviado por error, una llave caída de un bolsillo. No se quejaba, pero desarrolló la costumbre de recortar las estadísticas que aparecían de forma regular en las páginas interiores de la prensa bogotana: «Puerto: Buenaventura. Vapor: Bodegraven. Judíos: 47. Distribución: Alemanes (33), austriacos (10), yugoeslavos (3), checoslovacos (1)». En su cuaderno de recortes había vapores finlandeses, como el Vindlon, y españoles, como el Santa María. Peter Guterman estaba atento a esas noticias como si en los vapores llegara parte de su familia. Pero Sara sabía que esos recortes eran, menos que esquelas familiares, telegramas de emergencia, verdaderas denuncias de la incomodidad que los recién llegados generaban entre los locales. Lo importante es que el asunto terminó por justificar el nombre del hotel. Los socios de Peter Guterman eran colombianos; la palabra Europa sonaba para ellos como una panacea en tres sílabas. En una carta que luego pasó a la historia privada de la familia, a ese anecdotario con que todas las tías y las abuelas del mundo llenan las comidas domésticas como si se tratara de transmitir sangre limpia a los descendientes, su padre les decía: «No logro comprender cuál es la fascinación de ustedes por el nombre de una vaca». Y ellos leían la carta y reían; y la siguieron leyendo, y siguieron doblándose de la risa, durante mucho tiempo.

El Hotel Nueva Europa quedaba en una de esas casas coloniales que habían sido claustros desde la Independencia y luego fueron heredadas por seminarios o comunidades religiosas sin mayor interés en mantenerlas. Todas las construcciones eran iguales: todas tenían un patio interior, y en el centro del patio, la estatua del fundador de la orden o de un santo cualquiera. En el futuro hotel, Bartolomé de las Casas era la estatua que presidía el marco, pero el fraile cedió su lugar a una fuente de piedra tan pronto como se dio la posibilidad. La fuente del Nueva Europa era una piscina redonda tan grande que una persona podía acostarse en ella —en los años de vida del hotel, más de un borracho lo hizo— y en la que el agua recogía el sabor de la piedra y del musgo acumulado junto a las paredes. El agua estuvo al principio llena de peces pequeños, bailarinas y dorados; luego, de monedas que se iban oxidando con el tiempo. Antes de los peces, sin embargo, no había nada: nada más que agua y una pileta que se llenaba de pájaros en las mañanas, tantos que era necesario espantarlos a escobazos, porque no a todos los clientes les gustaban. Y había que darles gusto a los clientes: el lugar no era barato. Peter Guterman cobraba dos pesos con cincuenta por un día con cinco comidas, mientras el Regis, el otro hotel del momento y de la zona, cobraba un peso menos. Pero el Nueva Europa nunca dejó de estar lleno; lleno, sobre todo, de políticos y de extranjeros. Jorge Eliécer Gaitán (que, dicho sea de paso, odiaba a los pájaros con la misma pasión que ponía en sus discursos) y Miguel López Pumarejo se contaban entre sus clientes más asiduos. Lucas Caballero no era político ni era extranjero, pero iba al hotel cada vez que podía. Antes de viajar mandaba un telegrama que siempre era el mismo, palabra por palabra.

LLEGADA JUEVES PRÓXIMO STOP
SOLICITO PIEZA SIN GLOBOS STOP

Los globos a los que se refería eran los edredones de plumas, que a Klim no le gustaban. Prefería cobijas de lana pesada, de esas que acumulan polvo y hacen estornudar a los alérgicos. Peter Guterman mandaba preparar su pieza con esas indicaciones, ordenando en alemán y con tanta urgencia que las empleadas del hotel, niñas de Sogamoso y de Duitama, alcanzaron a aprender algunas palabras básicas. Jerpeter, le decían. Sí, Jerpeter. Ahorita mismo, Jerpeter. El señor Guterman, maniático de profesión, comprendía y aceptaba las manías de sus clientes más apreciados. (Cuando esperaba a Gaitán, hacía poner un espantapájaros entre las tejas de la casona, aunque para él eso rompiera con el gusto folclórico de los techos.) Sara tenía que intervenir todo el tiempo, oficiar como traductora y conciliadora, porque a su padre el español le costó un trabajo horrible desde el principio, y nunca llegó a dominarlo como era debido; y, como además se trataba de un hombre acostumbrado a criterios de eficiencia imposibles, perdía la paciencia muy a menudo, y llegaba a pegar unos gritos de fiera enjaulada que dejaban a las empleadas llorando toda la tarde. Peter Guterman no era un hombre nervioso; pero lo ponía nervioso el hecho de ver que el presidente, los candidatos a la presidencia, los periodistas más importantes de la capital, se pelearan los cuartos de su hotel. Sara, que con el tiempo había comenzado a intuir mejor el carácter de su nuevo país, trataba de explicarle a su padre que los nerviosos eran *ellos;* que éste era un país donde un hombre manda la parada por el hecho de venir del norte; que para la mitad de sus huéspedes, pomposos y arribistas, estar en el hotel era de alguna manera estar en el extranjero. Así era: una habitación en el hotel de la familia Guterman era, para la mayoría de aquellos criollos pretenciosos, la única oportunidad de ver el mundo, el único papel de importancia que podían tener en su minúscula obrita de teatro.

Porque el Nueva Europa fue, ante todo, un lugar de reunión de extranjeros. Norteamericanos, españoles, alemanes, italianos, gente de todas partes. Colombia, que no había sido nunca un país de inmigrantes, en ese momento y en ese lugar parecía serlo. Estaban los que llegaron a principios de siglo para buscar dinero, porque habían oído que en estos países suramericanos todo estaba por hacer; los que llegaron escapando de la Gran Guerra, la mayoría alemanes que se habían desperdigado por el mundo tratando de ganarse la vida, porque en su país eso ya había dejado de ser posible; estaban los judíos. De manera que éste resultó ser, ni más ni menos, un país de escapados. Y todo ese país perseguido había acabado por meterse en el Hotel Pensión Nueva Europa, como si se tratara de una verdadera Cámara de Representantes del mundo desplazado, un Museo Universal del *Auswanderer;* y a veces se sentía así en realidad, porque los huéspedes se reunían todas las tardes en el salón de abajo para oír, por la radio, las noticias de la guerra. Había enfrentamientos, había cruces de palabras, como era lógico, pero de formas prudentes, porque Peter Guterman se las arregló muy pronto para que la gente dejara la política en la recepción. Ésa era su frase; todo el mundo la recordaba, porque fue una de las pocas cosas que el dueño del hotel aprendió a decir de corrido: «*Bitte,* tú las políticas en recepción dejas», les decía a los que iban llegando, sin darles tiempo ni siquiera de descargar las maletas para inscribirse en el registro, y la gente aceptaba ese pacto porque para todo el mundo era más cómoda la tregua momentánea que agarrarse a golpes con los vecinos de mesa cada vez que bajaran a comer. Pero tal vez no fuera ésa la razón. Tal vez fuera cierto que allí, en ese hotel del otro lado del mundo, se sentaban a la mesa personas que en su país de origen habrían reventado a pedradas las ventanas de la recepción. ¿Qué los unía? ¿Qué neutralizaba los odios despiadados que llegaban al Nueva Europa como noticias de otra vida?

Y es que durante esos primeros años la guerra era para ser oída por radio, un triste espectáculo de otras tierras. «Fue después que ocurrió lo de las listas negras, lo de los hoteles convertidos en encierros de lujo», dice Sara, refiriéndose a los campos de concentración para ciudadanos del Eje. «Sí, eso pasó después. Fue después que la guerra del otro lado del mar se les metió al cuarto a los que estaban de éste. Éramos tan inocentes, nos creíamos a salvo. Todo el mundo te lo puede confirmar. Todo el mundo lo recuerda muy bien: era muy difícil ser alemán en esa época.» En el hotel de la familia Guterman pasaron cosas que destruyeron familias, que trastocaron vidas, que arruinaron destinos; pero nada de eso fue visible hasta mucho más tarde, cuando había pasado el tiempo y se comenzaban a notar los destinos arruinados y las vidas trastocadas. En todas partes —en Bogotá, en Cúcuta, en Barranquilla, en pueblos miserables como Santander de Quilichao— era igual; había lugares, sin embargo, que operaban como agujeros negros, invocando el caos, absorbiendo de uno lo peor que uno tenía. El hotel de los Guterman, sobre todo en cierta época, había sido uno de ellos. «Sólo pensar en eso da lástima —dice Sara Guterman ahora, evocando esos sucesos cuarenta y cinco años después—. Un lugar tan bonito, tan querido por la gente, y en el cual pueden pasar cosas tan horribles». ¿Y qué cosas eran ésas? «Es como dice la Biblia. Los hijos contra los padres, los padres contra los hijos, los hermanos contra los hermanos.»

Por supuesto que escribir palabras como *Auswanderer* o *listas negras* exige o debería exigir una garantía hipotecaria de parte de quien escribe. Palabras hipotecadas: el libro estaba lleno de ellas. Esto lo sé ahora, pero entonces apenas lo sospechaba: en manuscrito, estas páginas habían tenido un aspecto tan pacífico y neutral que uno nunca las hubiera considerado capaces de incomodar a nadie, menos aún de provocar disputas; su versión impresa y empastada, en cambio, fue una especie de coctel molotov listo para caer en medio de la casa Santoro.

«Ah, Santoro», dijo el doctor Raskovsky cuando una enfermera lo interceptó para preguntarle por el resultado de la cirugía. «Gabriel de nombre, ¿no es verdad? Sí, nos fue muy bien. Espéreme aquí. En un rato ya podemos entrar a ver al paciente.» ¿Pero entonces nos había ido bien? ¿Entonces el operado estaba vivo? «Vivo no, más que vivo, mucho más», dijo el médico, yéndose ya y hablando de memoria. «Viera el corazón que tiene, es como una lechuga de grande.» Y después de esa especie de mareo que me golpeó cuando escuché la noticia, ocurrió algo curioso: no supe si mi nombre, pronunciado por el médico, se refería al paciente o al hijo del paciente. Busqué un baño para lavarme la cara antes de entrar a Cuidados Intensivos. Lo hice pensando en mi padre, en que no fuera a verme así, porque no pude recordar la última vez que uno de los dos había visto al otro tan descompuesto. Frente al espejo me quité la chaqueta, vi dos mariposas de sudor debajo de las axilas, y me sorprendí pensando en las axilas del doctor Raskovsky, como si fuéramos conocidos íntimos; y después, mientras aguardaba a que mi padre se despertara, me pareció detestable esa intimidad que yo no había buscado, quizás porque mi padre mismo me había entrenado para no sentirme nunca en deuda con nadie. Ni siquiera con el responsable de que siguiera vivo.

A pesar de que el doctor hubiera hablado en plural, acabé por entrar solo a la sala de Cuidados Intensivos, esa habitación de tortura. Los monitores titilaban como lechuzas en las paredes y sobre mesas rodantes; había seis camas, dispuestas en simetrías odiosas y separadas por tabiques opacos como los separadores de un baño público, cuyas barandillas de aluminio reflejaban los destellos de las luces de neón. Los monitores pitaban cada uno a su ritmo, las respiradoras respiraban, y en una de esas camas, la última del lado izquierdo, la única que daba de frente al tablero donde las enfermeras escribían con plumones rojos y negros las indicaciones del día, estaba mi padre, respirando por un tubo grisáceo y corrugado que le llenaba la boca. Levanté la bata y vi por segunda vez en un día (después de no haberlo visto nunca en toda una vida) el sexo de mi padre, acostado sobre la ingle, casi a la altura de su mano mutilada, y circuncidado, como no lo estoy yo. Le habían metido una sonda para no tener que molestarlo cuando orinara. Así era: mi padre se comunicaba con el mundo por medio de tubos de plástico. Y por medio de electrodos dispuestos como las manchas de un pelaje sobre su pecho, sobre su frente. Y por medio de agujas: la que le inyectaba calmantes y antibióticos desaparecía en su cuello, la del suero en la vena de su brazo izquierdo. Me senté en un banco redondo y lo saludé. «Hola, papá. Ya terminó todo, ya salió bien.» Él no podía oírme. «Yo te lo dije, ¿te acuerdas? Te dije que iba a salir bien, y ya está. Ya terminó todo. Ya salimos de eso.» Su respiradora funcionaba, su monitor seguía pulsando, pero él se había ausentado. El catéter del cuello estaba pegado con esparadrapo a la cara, y le estiraba la carne floja de las mejillas (de sus mejillas de sesenta y siete años). El efecto subrayaba el agotamiento de su piel, de sus tejidos, y yo, cerrando apenas los ojos, podía ver la cámara rápida de su descomposición, contar los radicales libres como si pasaran caminando por el puente de la carrera treinta. Había otra imagen que traté de evocar, por ver qué podía aprender de ella: la de un corazón de plástico del tamaño de un puño cerrado, en el cual aparecían venas y arterias marcadas en relieve, que había durado un mes entero sobre el escritorio de mi profesor de biología.

A las cuatro de la tarde me pidieron que me fuera, aunque no llevaba más de diez minutos con el enfermo, pero volví al día siguiente, a primera hora, y después de enfrentarme a la burocracia agresiva de la San Pedro —el paso por Gerencia, la solicitud de una ficha permanente que incluía mi nombre y mi cédula y que debí llevar bien visible sobre el pecho, la declaración de ser el único pariente del enfermo y, por lo tanto, el único visitante—, me quedé hasta pasadas las doce, cuando me echó la misma enfermera que me había echado la tarde anterior: una mujer de maquillaje grueso cuya frente sudaba todo el tiempo. Para esa segunda visita, mi padre ya comenzaba a despertarse. Ésa fue una de las novedades. La otra me la relató la enfermera como si respondiera a las preguntas de un examen. «Se le trató de quitar el respirador. No respondió bien. Le entró agua a los pulmones, se desmayó, pero ya se ha recuperado un poco.» Había un tubo más hiriendo el cuerpo de mi padre: se llenaba de agua con sangre y la evacuaba en una bolsa con números para medir. Sí: lo estaban drenando. Le había entrado agua a los pulmones y lo estaban drenando. Se quejaba de varios dolores, pero ninguno tan intenso como el que le producía el tubo inserto en sus costillas, que lo obligaba a acostarse casi de lado a pesar de que esa posición, precisamente, era la que resultaba más dolorosa para su pecho abierto. El dolor no lo dejaba hablar: a veces su cara se fruncía en muecas espantosas; a veces descansaba, sin glosar lo que sentía, sin mirarme. No hablaba; y el tubo en su boca daba a sus quejidos un tono que en otra parte habría sido cómico. La enfermera venía, le cambiaba el oxígeno, revisaba la bolsa de drenaje y se volvía a ir. Una vez se quedó tres minutos exactos, mientras le tomaba la temperatura, y me preguntó qué le había pasado a mi padre en la mano.

«Y a usted qué le importa», le dije. «Haga su trabajo, mejor, y no sea metida.»

No volvió a hacerme más preguntas, ni ese primer día ni los días que siguieron, durante los cuales la rutina se repitió: copé las horas de visita, aprovechando que mi padre se había empeñado en mantener la operación en secreto, con lo cual ni familiares ni amigos vendrían a solidarizarse. Y sin embargo, algo parecía indicar que ése ya no era el estado ideal de las cosas. «¿No hay nadie afuera?», fue lo primero que me preguntó a la mañana del tercer día, tan pronto como le quitaron el tubo de la boca. «No, papá, nadie.» Y al empezar el turno de visitas de la tarde, volvió a señalar la puerta y preguntar, a través de la nube de su dopaje, si alguien había venido. «No», le dije. «Nadie ha venido a molestarte.» «Me he quedado solo», dijo él. «Me las he arreglado para quedarme solo. En eso me he esforzado, he puesto todo mi empeño. Y mira, me ha salido perfecto, no cualquiera puede, mira la sala de espera, *quod erat demostrandum.*» Se quedó callado un rato, porque hablar le costaba esfuerzo. «Cómo me gustaría que ella estuviera aquí», dijo entonces. Tardé un segundo en comprender que se refería a mi madre, no a Sara. «Ella me hubiera acompañado bien, era buena compañera. Cómo era de buena, Gabriel. Yo no sé si tú te acuerdes, no tienes por qué acordarte, yo no sé si un niño se da cuenta de esas cosas. Pero era muy buena. Y un tipo como yo con ella, imagínate. Las vueltas que da la vida. Nunca la merecí. Ella se murió y no me dio tiempo de merecerla. Eso es lo que pienso cuando pienso en ella.» Yo, en cambio, pensaba en la pulmonía mal diagnosticada, pensaba en las maquinaciones clandestinas del cáncer; pensaba, sobre todo, en el día en que mis padres recibieron el diagnóstico definitivo. Me había estado masturbando frente a un catálogo de ropa interior, y la impresión de la coincidencia entre la enfermedad y una de mis primeras eyaculaciones fue tan agresiva que pasé esa noche con fiebre, y el domingo siguiente, cuando por primera vez en mi vida pisé una iglesia, tuve la mala idea de confesarme, y al cura le pareció evidente que mis perversiones eran responsables de lo que le estaba sucediendo a mi madre. Sólo mucho después, bien metido y hasta cómodo en eso que llaman mayoría de edad, pude aceptar mi inocencia y comprender que la enfermedad no había sido un castigo del cielo ni la sanción correspondiente a mi pecado. Pero nunca le hablé de eso a mi padre, y el escenario abigarrado de Cuidados Intensivos, ese hotelucho de mal agüero, no parecía el momento ideal para esas franquezas. «Soñé con ella», me estaba diciendo mi padre. «No tienes que contarme», le dije, «descansa, no hables tanto». Pero ya era demasiado tarde: había comenzado a hablar. «Soñé que iba al cine», dijo. En la platea, sentada tres filas más adelante, estaba una mujer muy parecida a mi madre. La película era *Esclavo de su pasión,* lo cual era incongruente con la sala y también con la audiencia; durante la escena en la que Paul Henreid camina solo por un barrio pobre de Londres (es una escena silenciosa y nocturna), mi padre ya no pudo más. Desde la oscuridad del pasillo, arrodillado para no molestar a la gente, distinguió el perfil de su esposa en los lapsos de luz de la película. «¿Dónde estabas?», le preguntó. «Creíamos que te habías muerto.» «No estoy muerta, Gabriel, qué bobadas dices.» «Pero creíamos. Creíamos que te habías muerto de cáncer.» «Qué bobos son ambos», dijo mi madre. «Cuando vaya a morirme les aviso.» Uno de los cuadros más sombríos apareció entonces en la pantalla, tal vez el cielo negro o una pared de ladrillo. La platea se oscureció. Cuando se hizo de día en la película, mi madre estaba caminando entre las sillas hacia la salida del teatro, sin tocar las piernas de la gente sentada. Su cabeza de mármol se dio vuelta para mirar a mi padre antes de salir, y su mano le decía adiós.

«Me pregunto si querrá decir algo», dijo mi padre. Y yo iba a contestarle que no —tú sabes bastante bien, iba a decirle en tono más bien impaciente, que los sueños no quieren decir nada, no dejes que la operación te llene la cabeza de supersticiones, se trata de impulsos eléctricos y nada más, la sinapsis de unas neuronas desordenadas y confundidas— cuando el operado tomó una bocanada de aire, entreabrió los ojos y dijo: «Tal vez podríamos avisarle a Sara».

«Sí», le dije. «Si tú quieres.»

«Yo no», dijo. «Es más por ella, si no le avisamos quién se la aguanta después.»

No puedo decir que me haya sorprendido. El hecho de que ambos la hubiéramos evocado en espacio de pocos días era, menos que una coincidencia para gentes supersticiosas, un síntoma de esa discreta importancia que ella tenía en nuestras vidas; me llegó de nuevo la intuición que había tenido varias veces acerca de esa mujer, la noción de que Sara Guterman no era la amiga inocua que parecía, esa extranjera inofensiva y casi invisible, sino que había algo más detrás de su imagen, y era conmovedora la confianza que mi padre siempre le había tenido a esa imagen. «Esta misma noche la llamo», dije. «Le va a dar mucho gusto, eso seguro.» Estuve a punto de decir *le va a dar mucho gusto que hayas sobrevivido,* pero me contuve a tiempo, porque enfrentar a mi padre con la noción de supervivencia podía ser más nocivo incluso que una supervivencia fallida. Eso era él: un superviviente. Había sobrevivido a los hombres de los machetes, a su corazón —ese músculo caprichoso—, y, si pudiera hablarme de esto, diría que había sobrevivido también a esta ciudad en donde cada paisaje es un *memento mori.* Como un secuestrado que ha sido liberado de su secuestro, como una mujer que se salva de una bomba por cambiar su itinerario a última hora (por no hacer sus compras en los Tres Elefantes, por preferir almorzar con un amigo que ir al Centro 93), mi padre había sobrevivido. Pero de repente me encontré preguntándome: ¿para qué? ¿Para qué quiere seguir viviendo un hombre del cual se podría decir que a sus sesenta y siete años era ya un elemento superfluo, alguien que había cumplido su ciclo, alguien que ya no tenía nada pendiente en el mundo? Su vida ya no parecía guardar mucho sentido; por lo menos, pensé, no el sentido que él hubiera querido proporcionarle. Viéndolo tan reducido, nadie, ni siquiera su propio hijo, hubiera adivinado la revolución privada que se estaba comenzando a formar en su cabeza.

II. LA SEGUNDA VIDA

Así empezó esa perversión inevitable, el momento en que uno acaba siendo padre para su propio padre y asiste, fascinado, al trastorno de autoridades (el poder en las manos equivocadas) y a las obediencias desplazadas (el que era fuerte ahora es frágil, y admite las órdenes y las imposiciones). Sara, por supuesto, estaba ya con nosotros cuando a mi padre lo dieron de alta, de manera que pude apoyarme en ella para sortear esas primeras dificultades: el traslado del convaleciente a su propia cama, al ambiente de ese apartamento que parecía inhóspito y hasta agresivo comparado con la prestancia, las comodidades, la *inteligencia* de un cuarto de hospital. Para cuando regresamos a su apartamento, era como si su cuerpo de recién operado hubiera vuelto a reducirse: el trayecto entre la puerta del carro y su cama nos tomó unos quince minutos, porque mi padre no podía dar dos pasos sin asfixiarse, sin sentir que el corazón se le iba a estallar, y lo decía, pero decirlo también lo asfixiaba, y la paranoia empezaba de nuevo. Le dolía la pierna (el flanco de donde habían sacado la vena para hacer el puente), le dolía el pecho (como si los alambres fueran a reventar de un momento a otro), preguntaba si estábamos seguros de que las venas habían quedado bien cosidas (y el verbo, con su carga de oficios manuales, de artesanía, de pasatiempo chapucero, lo espantaba). Tan pronto como lo metimos entre las cobijas, pidió que cerráramos las cortinas pero que no lo dejáramos solo, y se acostó de lado, como un feto o un niño miedoso, tal vez por la costumbre del tubo metido entre sus costillas durante tantos días, tal vez por esa manera que tienen los cuerpos de recogerse cuando hay peligro.

Sara se encargó al principio de las inyecciones, y yo, más que dejarla hacer, la observaba con detenimiento: vestida con sus faldas negras que le daban a los tobillos, con sus botas hasta la rodilla y sus suéteres largos —vestida, en fin, como una mujer de cuarenta—, moviéndose por el apartamento de mi padre con sus caderas de nadadora, Sara negaba los tres hijos que había tenido, y viéndola por detrás nadie le habría imputado más años si no hubiera sido por el gris luminoso del pelo, por la moña perfecta como un ovillo de nylon: su silueta, y los detalles de esa silueta, eran la prueba rampante de la crisis por la que pasaba mi padre. En algún momento me pregunté si para él no sería demasiado el contraste, brusco pero ineluctable, entre la energía boyante de esta mujer y su propio, grosero deterioro; pero pronto fue evidente entre ellos una especie de complicidad, una corriente de connivencia que allí, en el teatro de cariños y solidaridades y afectos que es una convalecencia cualquiera, parecía hacerse más intensa. Había más de una razón para ello, según supe después: también Sara había tenido su cuota de médicos impertinentes. Unos diez años atrás, le habían descubierto un aneurisma, y ella, como la mujer voluntariosa y escéptica que era, había tomado una decisión en contra de lo que sus hijos parecían preferir: se negó a que la operaran. «Estoy muy vieja para que me abran el cráneo», había dicho, y el impertinente, tanto como sus colegas, había concedido que no era posible asegurar de ninguna forma el éxito de la operación, y confesado que entre los posibles resultados estaban la parálisis parcial y la reducción de por vida a un estado de permanente estupidez. El problema, sin embargo, no era ése, sino que Sara se había negado *también* a la otra opción propuesta por el médico: irse a vivir a tierra caliente, tan cerca del nivel del mar como fuera posible, porque en Bogotá los dos mil seiscientos metros de altura multiplicaban la presión con que su propia sangre amenazaba la pared adelgazada de una de sus venas. «Supongamos que me quedan diez años de vida», parece que dijo. «¿Los voy a pasar en la costa, a una hora por avión de mis hijos, de mis nietos? ¿O en uno de estos pueblos, La Mesa o Girardot, donde lo único que hay es gente semidesnuda y moscas del tamaño de un Volkswagen?» Así que se había quedado en Bogotá, consciente como estaba de que llevaba una bomba de tiempo en la cabeza y frecuentando los lugares de siempre, las librerías de siempre, los amigos de siempre.

Lo cierto es que había algo fascinante en la ostentosa familiaridad que circulaba entre ellos. Al tercer día de convalecencia, tan pronto como el portero anunció a Sara por el citófono, mi padre sacó de debajo de su plato la servilleta (que no había usado), me la entregó y me dictó una nota de bienvenida, de manera que Sara, al entrar, recibió la siguiente leyenda, escrita a la carrera con kilométrico azul: *De la arteria anterior al antagónico aneurisma: vivan las veleidosas venas*. Luego hubo otras asonancias, otras aliteraciones, pero esta primera servilleta sigue siendo la que mejor recuerdo, una especie de declaración de conducta ciudadana entre los dos viejos. Cuando yo llegaba a ver a mi padre después de ella, lo que encontraba no era la visita de una amiga a un enfermo, con toda su carga de preguntas preocupadas y respuestas agradecidas, sino un cuadro que parecía no haberse movido en siglos enteros: la mujer sentada en la silla, los ojos fijos en el crucigrama que estaba haciendo, y el enfermo acostado en su cama, tan quieto y tan solo como la figura de piedra en una tumba papal. Sara no me abrazaba, ni siquiera se paraba de su silla para saludarme, sino que me tomaba la cara entre dos manos secas, me jalaba hacia ella y me daba un beso en la mejilla —su sonrisa no enseñaba los dientes: era prudente, incrédula, reticente: no se entregaba—, y me hacía sentirme como si fuera yo el visitante (no el hijo), como si fuera ella quien hubiera cuidado a mi padre todos estos días (y ahora agradeciera mi visita: qué bueno verte, gracias por venir, gracias por acompañarnos). Mi padre, por su parte, se perdía en la niebla de sus medicinas y su agotamiento, y sin embargo ahora, liberado ya del tubo corrugado que antes le rompía la boca, su rostro había recuperado cierta normalidad, y me permitía por momentos sacarme de la cabeza la memoria de las costillas violadas y el drenaje de los pulmones.

Hasta ese momento, nunca me había parecido tan evidente que mi padre había entrado en sus últimos años. No podía moverse sin ayuda, pararse por su cuenta ni siquiera se le ocurría, hablar lo dejaba sin aliento, y allí estábamos Sara y yo para ayudarlo a ir al baño, para interpretar sus pocas palabras. A veces tosía; para que lo hiciera sin que el dolor le arrancara gritos que espantaban a los vecinos más atentos, Sara le ponía sobre el pecho una toalla enrollada y apretujada por dos franjas de cinta de enmascarar, la versión a escala de un viejo saco de dormir. En las mañanas se sentaba en calzoncillos sobre el inodoro y yo lo ayudaba a lavarse las axilas. Así acabé enfrentándome a la herida que antes había preferido evitar por miedo a la reacción de mi estómago; la primera vez, la memoria, que gusta de hacer estas cosas, sobrepuso la imagen del hombre empequeñecido y desnudo y vulnerable a la de cierta foto de juventud en la que aparecía mi padre parado como un guardia, las manos cruzadas detrás de la espalda y el pecho levantado. En esa imagen no sólo era negro su pelo, sino que ese pelo negro estaba por todas partes: cubría su pecho y su vientre liso, y también —esto no aparecía en la foto, pero yo lo sabía— buena parte de su espalda. Para la operación, las enfermeras le habían afeitado el pecho y se lo habían untado con un líquido amarillo; después de estos pocos días, el vello comenzaba a crecer de nuevo, y se había enquistado en algunos poros. Lo que yo veía entonces era la vertical inflamada del corte (un corte que no había sido sólo el del bisturí, sino también el de la sierra, aunque los huesos rotos no fueran visibles), del mismo rojo que los dos o tres quistes infectados, y levantada en ciertas zonas por la presión del alambre con que los cirujanos habían cerrado la ruptura del esternón. En ese momento sentí, sin falsa empatía, ese dolor puntual, el pinchazo del alambre —un cuerpo extraño— desde abajo de la piel dañada. Y sin embargo lo lavé; a lo largo de esos días, cada vez con mayor éxito, lo seguí lavando. Con una mano le sostenía los brazos en el aire, levantándolos por el codo, pues eran incapaces de levantarse a sí mismos; con la otra limpiaba los vellos lacios y olorosos de las axilas. Lo más difícil era enjuagar la zona. Al principio traté de hacerlo usando las manos como cuencos de agua, pero el agua se derramaba toda antes de tocar la piel de mi padre, y yo me sentía como un pintor inexperto que trata de pintar un techo. Entonces comencé a usar la esponja, más demorada pero también más suave. Mi padre, que permanecía mudo, por pudor o por franco desagrado, durante todo el proceso, acabó uno de esos días por pedirme que le echara un poco de desodorante, por favor, que termináramos ya con este asunto degradante, por favor, y que volviéramos a la cama, por favor, y rezáramos para que no me tocara lavarle partes más pudendas, por favor.

Todos los días, Sara le preguntaba *si se le había movido el estómago.* (No sé qué me sacudió más la primera vez que la oí: el eufemismo de adolescente o la intimidad que la pregunta, a pesar del eufemismo, revelaba.) Todos los días, yo me encargaba de la sinvastatina y de la aspirineta, nombres ridículos como los de todos los medicamentos, y a partir de un momento empecé a encargarme de las inyecciones. Una vez al día levantaba la camisa de su piyama, con una mano capturaba la carne floja de su cintura y con la otra clavaba en ella la jeringa. La aguja que desaparecía en la piel, los gritos de mi padre, mi propio pulso tembloroso —el pulgar que presiona para que salga de la jeringa (o para que entre en la carne) el líquido denso—, todo eso se volvió parte de un hábito chocante, porque no puede ser cómoda para nadie la rutina de infligir dolor. Lo de las inyecciones duró una semana; durante ese tiempo, fui su huésped. Me acostumbré a hacerlo en las mañanas, después de que mi padre despertara, pero antes de eso tenía el cuidado de hablarle de algo, de cualquier cosa, durante una media hora, para que su día no comenzara frente a una aguja. A media mañana venía una terapeuta que lo hacía sentarse en la cama, frente a ella, e imitar sus movimientos, al principio como si jugaran al juego del espejo y más tarde como si la mujer fuera, en verdad, la encargada de transmitirle al enfermo esos conocimientos que para el resto del mundo son innatos e instintivos, no aprendidos en cursos matutinos: cómo se levanta un brazo, cómo se yergue un tronco, cómo hacen un par de piernas para llevarlo a uno al baño. Poco a poco fui sabiendo que se llamaba Angelina, que era de Medellín pero había llegado a Bogotá después de terminar la carrera, y que no tenía menos de cuarenta ni más de cuarenta y nueve («nosotros, los del cuarto piso», dijo una vez). Hubiera querido preguntarle por qué, a su edad, no estaba casada, pero temí que me tomara a mal, porque el día de la primera sesión había entrado al apartamento como entra un toro en una plaza, significando a la vez que estaba aquí para hacer su trabajo y que no tenía tiempo de mirar ni ganas de ser mirada, aunque usara blusas de colores vivos con botones que parecían de nácar y aunque después no pareciera importarle demasiado si sus senos —si esos botones que se templaban sobre sus senos— rozaban la espalda de mi padre durante el masaje, o si de su pelo negrísimo, que lavaba todas las mañanas, escurrían gotas gruesas sobre la sábana destendida, sobre la almohada.

Fue uno de esos días, después de que Angelina ya se había despedido hasta la mañana siguiente (le quedaban apenas un par de días más de trabajo con mi padre y sus músculos problemáticos), que hablamos de lo ocurrido después del discurso del seis de agosto. Mi padre aprendía a moverse al mismo tiempo que aprendía a hablar conmigo. Tenerme como interlocutor, descubrió, implicaba otra manera de hablar, una manera distinta, osada, radicalmente riesgosa, porque su forma de dirigirse a mí había estado siempre dominada por la ironía o por la elipsis, esas estrategias de protección o de escondite, y ahora se daba cuenta de que era capaz de mirarme a los ojos y decirme frases directas, transparentes, *literales*. Pensé: si el preinfarto y la operación eran prerrequisito de nuestro diálogo, había que lanzar bendiciones sobre su anterior descendiente, había que armar altares para su cateterismo delator. Así fue como empezamos, sin previo aviso, a hablar de lo ocurrido tres años antes. «Quiero que te olvides de lo que te dije», dijo mi padre, «quiero que te olvides de lo que escribí. No soy bueno para pedir estas cosas, pero así es, quiero que borres mis comentarios, porque esto que me acaba de pasar es especial, un segundo turno, Gabriel. Me dieron un segundo turno, no cualquiera tiene tanta suerte, y esta vez quiero seguir como si no hubiera publicado la crítica, como si no hubiera llegado a hacer esto tan cobarde que nos hice». Se dio la vuelta, pesado y torpe y solemne como un buque de guerra cambiando de rumbo. «Claro, puede ser que esas cosas no sean corregibles, que lo de un segundo turno sea pura mentira, una de esas cosas que se inventan para engañar a los incautos. Ya se me ha ocurrido, no creas que soy tan pendejo. Pero no he querido admitirlo, Gabriel, y nadie me puede obligar a hacerlo, estar equivocados sigue siendo uno de nuestros derechos inalienables. Es que así tiene que ser, por lo menos para que uno pueda mantener cierta cordura. ¿Tú te lo puedes imaginar? ¿Te imaginas que uno no pueda corregir las cosas que dijo antes? No, eso es impensable, no creo que pudiera soportarlo. Antes me tomo la cicuta o me suicido en Calauria, o cualquiera de esos elegantes martirios panhelénicos.»

Lo vi sonreír, sin ganas. «¿Te duele?»

«Sí, claro. Pero el dolor está bien. Me hace darme cuenta, me hace notar las cosas.»

«¿Qué tienes que notar?»

«Que estoy vivo otra vez, Gabriel. Que todavía tengo cosas por hacer en este barrio.»

«Tienes que recuperarte», le dije. «Después habrá tiempo de hacer lo que quieras, pero primero tienes que salir de esta cama. Sólo eso va a tomarte unos cuantos meses.»

«¿Cuántos?»

«Los que hagan falta. No me vas a decir que ahora tienes prisa.»

«No, prisa no, para nada», dijo mi padre. «Pero es muy curioso, ¿no? Ahora que lo mencionas, me parece curioso. Es como si me la hubieran dado entera.»

«¿Qué cosa?»

«La segunda vida.»

Seis meses después, cuando ya mi padre estaba muerto y había sido cremado en los hornos de los Jardines de Paz, recordé el ambiente de esos días como si en ellos se hubiera cifrado todo lo que vino más tarde. Cuando mi padre me habló de las cosas que le quedaban por hacer, advertí de repente que estaba llorando, y el llanto —clínico y predecible— me tomó por sorpresa, como si no hubiera sido anunciado con suficiente detalle por los médicos. «Para él va a ser como si hubiera estado muerto», había dicho el doctor Raskovsky, no sin cierta condescendencia. «Puede que se deprima, que no quiera que le abran las cortinas, como un niño. Todo eso es normal, lo más normal del mundo.» Pues bien, no lo fue; el llanto de un padre casi nunca lo es. En ese momento no lo sabía, pero ese llanto se repetiría varias veces durante los días de convalecencia; desaparecería poco después, y en los seis meses siguientes (seis meses que fueron como un parto prematuro y fallido, seis meses que pasaron entre el día de la operación y el día en que mi padre viajó a Medellín, seis meses que cubrieron la recuperación, el comienzo de la segunda vida y sus consecuencias) ya nunca volvió a suceder. Pero la imagen de mi padre llorando se me ha quedado asociada sin remedio a su deseo de corregir palabras viejas, y, aunque no puedo probar que ése haya sido su razonamiento exacto —no he podido interrogarlo a él para escribir este libro, y he tenido que valerme de otros informantes—, tengo para mí que en ese momento mi padre pensó por primera vez lo que con tanto detalle y tan mala fortuna volvió a pensar más tarde: *ésta es mi oportunidad.* Su oportunidad de corregir errores, de subsanar faltas, de pedir perdones, porque le había sido otorgada una segunda vida, y la segunda vida, lo sabe todo el mundo, va siempre acompañada de la obligación impertinente de corregir la primera.

Los errores y sus correcciones sucedieron así:

En 1988, tan pronto como recibí mis copias de *Una vida en el exilio,* le llevé una a mi padre, la dejé en su portería y me senté a esperar una llamada o una carta anticuada y solemne y tal vez conmovedora. Cuando tardaron la carta o la llamada, llegué a considerar que el portero hubiera extraviado el paquete; pero antes de que tuviera tiempo de pasar por el edificio y confirmar lo contrario, me alcanzó el rumor de los comentarios de mi padre.

¿Fueron en realidad tan impredecibles como me parecieron a mí? ¿O era cierto, como pensé a veces durante los años siguientes, que cualquiera los hubiera visto venir con sólo quitarse de la cara la venda de las relaciones familiares? El *kit* de profeta —las herramientas de la predicción— estaba a mi alcance. Desde siempre, mi decisión de escribir sobre cosas actuales había obligado a mi padre a sarcasmos inofensivos, pero que no por eso habían dejado de incomodarme; nada le generaba tanta desconfianza como alguien que se dedica a lo contemporáneo: dicha por él, la palabra sonaba a insulto. Prefería tratar con Cicerón y con Herodoto; la actualidad le parecía una práctica sospechosa, casi infantil, y si no perpetraba sus opiniones en público era por una especie de vergüenza secreta, o más bien por evitar una situación en la que se viera obligado a admitir que también él había leído, en su momento, *Todos los hombres del presidente*. Pero nada de eso permitía prever su descontento. El primero de sus comentarios, o el primero, al menos, de que tuve noticia, lo hizo mi padre en un sitio lo bastante abierto como para que me hiciera daño: no escogió una reunión de colegas, ni siquiera una charla de corredor, sino que esperó a encontrarse frente a todo el grupo de asistentes a su seminario; y ni siquiera escogió un epigrama de su autoría (que los tenía, y muy venenosos), sino que prefirió plagiar a un inglés del siglo dieciocho.

«El librito es muy original y muy bueno», dijo. «Pero la parte que es buena no es original, y la parte que es original no es buena.»

Como tenía que suceder, y como acaso él esperaba que sucediera, uno de los seminaristas repitió el comentario, y la cadena de las infidencias, que en Colombia es tan eficaz cuando se trata de arruinar a alguien, le llegó en poco tiempo a un conocido mío. Luego, con esa compasión falsa y mezquina que suelen tener quienes delatan, ese conocido, un redactor de Judiciales de *El Siglo,* muy consciente del poco respeto que me merecía, reprodujo para mí la frase, utilizando precisiones de buen actor y escrutando sin disimulo las reacciones de mi cara. Lo primero que imaginé fue la carcajada de mi padre, la cabeza que se echa hacia atrás como la de un caballo relinchando, la voz de barítono que resuena en el auditorio y por las oficinas y es capaz de atravesar puertas de madera: esa risa, y el muñón de su mano derecha buscando un bolsillo, eran las marcas de su victoria, y se repetían cada vez que hacía un buen chiste igual que se repetían los párpados apretados y sobre todo el desdén, el talentoso desdén. Como un buitre, mi padre podía encontrar de un vistazo los puntos débiles del contrincante, los vacíos de su retórica o las inseguridades de su persona, y lanzarse sobre ellos; lo imprevisto fue que usara ese talento contra mí, aunque a veces no le faltara razón a sus quejas. «Las fotos. Las fotos son lo más irritante. Que aparezcan en las revistas los actores de telenovela, que aparezcan los vallenateros», solía decir a quien quisiera escucharlo. «¿Pero un periodista serio? ¿Qué carajos hace un periodista serio en una revista de masas? ¿Para qué necesitan los lectores saber cómo es su cara, si tiene gafas o no, si tiene veinte años o noventa? Va mal un país cuando la juventud es un salvoconducto, no digamos ya una virtud literaria. ¿Han leído ustedes las críticas sobre el libro? El joven periodista para aquí, el joven periodista para allá. Carajo, ¿es que en este país no hay nadie capaz de decir si escribe bien o mal?»

Pero algo me decía que no eran las fotos lo que en realidad lo incomodaba, sino que sus objeciones eran más de fondo. Yo había tocado algo sagrado en su vida, pensé en ese momento, una especie de tótem particular: Sara. Me había metido con

Sara, y eso, por reglas que no alcanzaba a dilucidar (es decir, por reglas de un juego que nadie me había explicado: ésta se volvió la metáfora más útil para pensar en las reacciones de mi padre frente al libro), era inaceptable. «¿Es eso?», le pregunté a Sara uno de esos días. «¿Eres tema tabú, eres una película triple x? ¿Por qué no me lo advertiste?» «Pero qué tonterías, Gabriel», me dijo ella, como espantando una mosca. «Parece que no lo conocieras. Parece que no supieras cómo se pone cuando en el mundo falta una tilde.» No era imposible que tuviera razón, por supuesto, pero no quedé satisfecho (en mi libro faltaban muchas cosas, pero las tildes habían quedado bien puestas). *Querida Sara,* escribí en una hoja de cuaderno cuadriculado que metí en un sobre de correo aéreo, porque fue el único que tuve a mano, y mandé por correo local, en vez de ir a dejarlo yo mismo. *Si te sorprende tanto como a mí la actitud de mi papá, me gustaría que habláramos del asunto. Si no te sorprende tanto, me gustaría todavía más. Mejor dicho: después de todas nuestras entrevistas, hay una pregunta que se me quedó en el tintero. Por qué, en doscientas páginas de declaraciones, no aparece mi papá. Contéstala, por favor, en no más de treinta líneas. Gracias.* Sara me respondió también por correo y de inmediato (es decir, su sobre me llegó en tres días). Al abrir el sobre, encontré una de sus tarjetas de visita. *Sí sale. Página 101, líneas 14 a 23. Y eso que me diste 30. Así que me debes 21.* Busqué el libro, busqué la página, leí: «No era sólo aprender una lengua. Era comprar arroz y cocinarlo, pero también saber qué hacer si alguien se enferma; cómo reaccionar si alguien los insultaba, para evitar que volviera a ocurrir, pero también saber hasta dónde podían insultar ellos. Si a Peter Guterman lo llamaban "polaco de mierda", era preciso saber las implicaciones de la frase. O, como decía un amigo de la familia Guterman, "dónde terminaba el error geográfico y dónde empezaba el escatológico"». Más allá de que fuera cierto (sí, ahí estaba mi padre, presente sólo con su sonrisa como el gato de Cheshire), lo evidente era que Sara no estaba dispuesta a tomarme en serio. Fue entonces que decidí acudir a las fuentes, darle una sorpresa al ofendido: pasaría sin avisar por su seminario del día siguiente, igual que lo había hecho tantas veces mientras todavía era estudiante, y lo invitaría después de clase a tomarnos un trago en el Hotel Tequendama y a hablar del libro frente a frente y, si era necesario, con los guantes puestos. Y allí estuve al día siguiente, puntualmente sentado en la silla de la última fila, junto a los vidrios traslúcidos, junto a la luz amarilla que llegaba del Centro Internacional.

Pero terminó la clase sin que me atreviera a hablarle.

Regresé al día siguiente, y también al siguiente, y también al siguiente. Y no le hablé. No pude hablarle.

Pasaron nueve días, nueve días de presencia clandestina en clase de mi padre, antes de que algo (no mi voluntad, desde luego) rompiera con la inercia de la situación. Ya para entonces los demás alumnos se habían acostumbrado a mi presencia; me toleraban, sin reconocerme, como se tolera la presencia de un diletante en un encuentro de iniciados. Ese día, según recuerdo, había menos gente que en otras oportunidades. Parecía evidente, sin embargo, que eran menos los alumnos de últimos años y más los recién graduados, un collage de caras imberbes salpicado en ciertos lugares por unas pocas corbatas, unos pocos maletines, unas pocas miradas atentas o maduras. La luz del salón había sido siempre insuficiente, pero ese día uno de los tubos de neón chisporroteó hasta extinguirse poco después de que mi padre acomodara su abrigo sobre el espaldar de la silla. Así, en la penumbra esmerilada del neón blanco, todas las caras eran ojerosas, y también la del profesor; algunas caras (no la del profesor) bostezaban. Uno de los alumnos cuya nuca me iba a servir de paisaje durante la clase me llamó la atención, y tardé un instante en comprender por qué: sobre su pupitre había un libro, y estoy seguro de que me atoré —aunque nadie lo haya notado— al darme cuenta de que era el mío. (El título, más que legible, era insolente; mi propio nombre parecía gritarme desde el rectángulo demasiado colorido de la portada.) El aire era una mezcla de polvo de tiza y de sudor acumulado —el sudor de tantos asistentes a tantas conferencias a lo largo del día—; mi padre estaba lejos, con la mano buena aferrada a la botonera de su saco en uno de esos gestos de especie napoleónica. Saludó en dos palabras. No necesitó más para generar una ola de silencio aterrado, para dejar las sillas paralizadas y los ojos abiertos.

Comenzó la clase hablando de uno de sus discursos predilectos: «Sobre la corona» no era sólo el mejor discurso de Demóstenes; era además un texto revolucionario, aunque ese adjetivo se aplicara a otras cosas hoy en día, un texto que había modificado el oficio de hablar en público tanto como la pólvora modificó la guerra. Contó mi padre cómo lo había aprendido de memoria siendo muy joven —un breve interludio autobiográfico, nada usual en este hombre celoso de su intimidad, pero tampoco algo para sorprenderse; o eso me parecía, por lo menos, bajo la curiosa penumbra de esa noche—, y dijo que la mejor manera de memorizar las palabras de otro era conseguir un trabajo lejos de donde uno vivía, como él, que a los veinte años había aprovechado las huelgas simultáneas de los transportadores y los trabajadores de las petroleras, y durante tres meses aceptó, por ochenta y cinco pesos mensuales, conducir un camión de combustible entre las plantas de la Troco en Barranca y los compradores de Bogotá. Era una anécdota que yo había escuchado ya varias veces; en mi adolescencia, el relato había tenido el sabor legendario del hombre en la carretera, pero había algo obsceno o exhibicionista en su recuento público. «En esos trayectos aprendí más de un texto importante», dijo. «Eran muchas horas de carretera, y el ayudante que me asignaron resultó ser lo más parecido a un mudo que he conocido en la vida. Pero no era un estudiante sin plata, como yo, ni tampoco un minero, sino el hijo del dueño del camión, un perfecto inútil que se limitaba a escucharme cuando no estaba dormido. Pues bien, manejando un camión lleno de gasolina me aprendí buena parte de "Sobre la corona", un discurso muy particular, porque es el discurso de un hombre que ha fracasado en su carrera política, y que al final de su vida se ve obligado a defenderse. Y sin haberlo buscado, eso es lo peor. Sólo porque a uno de sus aliados políticos le dio por proponer que se le premiara, mientras que otro, un enemigo, un tal Esquines, se oponía. Ésa era la situación. Demóstenes, pobre, ni siquiera había buscado que lo condecoraran. Y le tocó esa tarea imposible —imposible para todos, por supuesto, salvo para los más grandes. Cualquier senador se hubiera achicado. Esquines mismo habría salido corriendo de puro espanto. Convencer al público de la nobleza de los propios errores, justificar desastres de los que uno es responsable, hacer la apología de una vida que tal vez se sepa equivocada, ¿no es lo más difícil del mundo? ¿No se merecía Demóstenes la corona por el mero hecho de examinar su pasado y someterlo a juicio?» Mi padre sacó del bolsillo del pecho un cuadrado plano y perfecto y luminoso, un pañuelo de neón, y se secó la frente, no barriéndola, sino con delicadas palmaditas.

Me alegró ver que no parecía molestarlo el murmullo sostenido de los movimientos: las sillas contra el piso, los roces de las ropas, los papeles que se arrancan o se arrugan. Su voz, acaso, se imponía a esas nimias distracciones, y también su figura. Era elegante sin ser solemne, firme sin ser autoritario, y eso era bien visible; mucho más, de hecho, que yo mismo. Mi padre no se había dado cuenta de mi presencia. No la había constatado como otras veces; miraba al frente, a un punto perdido por encima de mi cabeza, en la pared o en la ventana. «Veo que hay un invitado hoy»; «voy a aprovechar para presentarles a alguien». Nada de eso llegó a decir; entonces, mientras lo escuchaba explicar cómo Demóstenes invocaba a los dioses al comenzar su discurso —«la intención es crear un ambiente casi religioso que influya en el ánimo de quienes lo escuchan, porque le conviene que lo juzguen los dioses, no los hombres»—, tuve la inequívoca sensación de la invisibilidad. Yo había dejado de existir en ese momento preciso; yo, Gabriel Santoro hijo, me acababa de evaporar en esa fecha histórica (que ya no recuerdo) y en ese lugar definido, el salón de actos de la Corte Suprema de Justicia, carrera séptima con calle veintiocho. Me vi de repente enredado en ese malentendido: tal vez él no me había visto (después de todo, estaba oscuro y yo era el último); tal vez había escogido ignorarme, y no era posible hacerme notar sin quedar en ridículo y, lo que era más grave, sin interrumpir la clase. Pero tenía que correr el riesgo, pensé; en ese instante, saber si mi padre me ignoraba a propósito acaparó mi atención, mi diezmada inteligencia. Y cuando estaba a punto de preguntar algo, cualquier cosa —por qué Demóstenes insulta de manera tan violenta a Esquines y llama esclavo a su padre, o para qué comienza a hablar, sin que venga a cuento, de las viejas batallas de Maratón y Salamina—, cuando estaba a punto de romper con esas preguntas el hechizo de la invisibilidad o de la inexistencia, mi padre había comenzado nuevamente a contar acerca de otros tiempos, de los tiempos de su juventud, cuando hablar era importante y lo que uno decía podía cambiar la vida de la gente, y sólo yo supe entonces que sus palabras eran para mí, que me buscaban y me perseguían con la terquedad de un misil teledirigido. El profesor Santoro me hablaba a través de un filtro: los alumnos lo escuchaban sin percatarse de que mi padre los utilizaba como un ventrílocuo utiliza a su muñeco. «Ninguno de ustedes ha sentido eso, ese poder terrible, el poder de acabar con alguien. Yo siempre he querido saber qué se siente. En esa época todos teníamos el poder, pero no todos sabíamos que lo teníamos. Sólo algunos lo utilizaron. Fueron miles, por supuesto: miles de personas que acusaron, que delataron, que informaron. Pero esos miles de informantes eran apenas una parte, una fracción mínima de la gente que habría podido informar si hubiera querido hacerlo. ¿Cómo lo sé? Lo sé porque el sistema de las listas negras les dio poder a los débiles, y los débiles son mayoría. Eso fue la vida durante esos años: una dictadura de la debilidad. La dictadura del resentimiento, o, por lo menos, del resentimiento según Nietzsche: el odio de los naturalmente débiles contra los naturalmente fuertes.» Se abrieron los cuadernos, los alumnos anotaron la referencia; uno, a mi lado, subrayó *Federico Nietzsche* con dos líneas, sí, y con el nombre en español. «No recuerdo cuándo supe del primer caso de delación justificada. En cambio, recuerdo bien a un italiano que se vistió de luto en un entierro, y luego fue incluido en la lista negra por vestir el uniforme del fascismo. Pero no he venido a hablar de esos casos, sino a guardar silencio. No he venido a hablar de mi experiencia. No he venido a hablar del gigantesco error, del malentendido, de lo que sufrimos mi familia y yo por ese error, por ese malentendido. El momento en que mi vida quedó embargada: no he venido a hablar de eso. Mi beca suspendida, la pensión de mi padre cerrada como una llave de agua, los demasiados meses en que mi madre no tuvo con qué vivir: no he venido a hablar de eso. Puedo contarles tal vez que el trabajo como chofer de camión me permitió seguir con la carrera. Puedo contarles que Demóstenes, el gran Demóstenes, me permitió seguir con la vida. Pero no he venido a romper el silencio. No he venido a romper el pacto. No he venido a ejercer la queja barata, ni a erigirme en víctima de la historia, ni a hacer un inventario de los modos que la vida tiene en Colombia para arruinar a la gente. ¿Una broma hecha a destiempo y en presencia de la gente equivocada? No voy a hablar de eso. ¿La inclusión de mi nombre en ese documento de inquisidores? No voy a dar detalles, no voy a ahondar en el asunto, porque no es ésa mi intención. Llevo ya varios años enseñando a hablar a la gente, y hoy quiero hablarles de lo que no se dice, de lo que está más allá del relato, del recuento, de la referencia. Yo no puedo evitar que otros hablen si lo creen útil o necesario. Por eso no hablaré contra los parásitos, esas criaturas que aprovechan para sus propios fines la experiencia de quienes hemos preferido no hablar. No hablaré de esos escribidores de segunda, muchos de los cuales ni siquiera habían nacido cuando terminó la guerra, que ahora andan por ahí hablando de la guerra, y de la gente que sufrió durante la guerra. Ignoran el valor de quienes no han querido hablar: no lo aprenderán de mí. Ignoran que se necesita fuerza para no usufructuar el propio sufrimiento: no lo aprenderán de mí. Ignoran, sobre todo, que usufructuar el ajeno es uno de los más bajos oficios de la humanidad. Y no, no, no lo aprenderán de mí. Las cosas que no saben las habrán de aprender por su cuenta. Hoy he venido a guardar silencio y a proteger el silencio que otros han guardado. No hablaré...» Y efectivamente, no habló. No habló de un título en particular, ni de un autor; pero el sistema de ventrilocuismo que había instalado en su salón de clases se había transformado de repente en un reflector de búsqueda, y la violencia del haz luminoso me caía encima. Las acusaciones del ventrílocuo-reflector me habían tomado por sorpresa, tanto así que mi cabeza había pasado por alto las revelaciones sobre el pasado de mi padre —un hombre perseguido, una víctima de acusaciones injustas por culpa de una broma sin importancia, un comentario frívolo, un sarcasmo inocente cuyo contenido ya había comenzado a tomar varias formas en mi cabeza— y se concentraba en la posible defensa de mi derecho a hacer preguntas, y, por supuesto, del derecho de Sara Guterman a contestarlas. Pero el auditorio no era el escenario más propicio para ese debate, así que comencé a considerar la mejor forma de evadirme (la forma de hacerlo sin llamar la atención, o la forma de llamar la atención sin delatar mi identidad para los asistentes, sin echar por tierra la poca dignidad que me quedaba), cuando mi padre descolgó su abrigo del espaldar, con un movimiento poco diestro, y al hacerlo el interior de la manga se enredó con el espaldar de la silla y la silla cayó sobre el piso de madera soltando un retumbo agresivo. Sólo entonces entendí que el tono controlado y la superficie bien medida de las palabras de mi padre cubrían, o por lo menos disimulaban, un desorden interno, y por primera vez en la vida asocié la noción de descontrol a un comportamiento de mi padre. Pero él ya había salido. La clase había terminado.

Tuve que tomarme el tiempo de reponerme igual que quien acaba de sufrir un accidente —el peatón que sale de las sombras, el freno, el choque violento—, porque me sentí mareado. Metí la cabeza entre las manos y el ruido de los estudiantes levantándose se aplacó. Salí, busqué a mi padre y no vi a nadie, di una vuelta frente al edificio, bajo la luz insuficiente del andén, y hubiera podido jurar que lo vi atravesar la séptima entre buses y busetas, trotar con el abrigo doblado sobre el brazo, a pesar de que hacía frío, hacia el Centro Internacional, pero al segundo siguiente la ilusión se había deshecho: no era él. (Esa confusión momentánea funcionó como un símbolo de mala literatura. Ya está, pensé. Ya he comenzado a ver a mi padre donde no está, a confundirlo con la imagen que tengo de él, ya he comenzado a desaprender su silueta, pues me he dado cuenta de que deberé desaprender su vida: una revelación, una revelación de mierda, y ya mi padre es un holograma grosero, un fantasma en las calles.) Al voltearme y empezar a caminar hacia el sur, pensando en llegar a la primera calle que bajara a la séptima y así doblar las posibilidades de conseguir un taxi a esas horas, me crucé con un alumno. La luz del alumbrado público le daba de espaldas —un santo y su halo— y tardé en reconocerlo: era el estudiante que tenía mi libro; ya al comienzo de la clase me había perturbado la atención fetichista que le prestaba a mi padre, y ahora se preocupaba, al parecer, por confirmar esa atención.

«Usté es el *junior,* ¿no?», me dijo. «Su viejo es mucho berraco, hermano, qué suerte la suya. Ojalá hubiera más hijueputas como él.»

Media hora después llegué a la casa de mi padre, el *senior,* el berraco, el desconocido. Pero él debía de haber cogido una ruta más lenta, porque no estaba todavía, así que crucé la calle y en la esquina de enfrente me puse a esperarlo, sentado sobre uno de esos mojones que hay en todo Bogotá, esas piedras angulares, rugosas como una runa celta, con las cuales se marcaban antes las direcciones y que por alguna razón no se han quitado, aunque muchas de ellas tengan ya leyendas incorrectas (carrera donde debería decir avenida, 19 donde debería decir 30). Y todo ese tiempo, mientras me moría de frío y miraba cómo una nube sucia y amarillenta se tragaba el cielo nocturno, estuve pensando: ¿Por qué no me había hablado nunca de lo sucedido? ¿Y *qué había sucedido*? ¿Cuál era la broma hecha a destiempo, la que alguien se había tomado demasiado en serio? ¿Quién era el personaje sin humor que había hecho la acusación, quién era el informante? ¿Se lo habría contado alguna vez a mi madre? ¿Habría alguien más que conociera esos hechos? Eso fue lo primero que le pregunté cuando llegó con el botón del cuello desabrochado (el desorden que pugna por salir a la superficie) y toleró sin entusiasmo que yo lo siguiera hasta arriba y me sentara cuando él se sentó. También le pregunté si me había visto; le pregunté si, tras verme, me había reconocido. Él prefirió contestar mis preguntas en desorden. «Claro que sí», me dijo, «vi que estabas allá detrás, sentado desde el principio. Siempre te he visto. A veces te lo hago saber, otras no. Llevas toda la semana allá sentado, Gabriel, ¿cómo no iba a darme cuenta?».

«Me hubiera gustado saber», insistí entonces. «Nunca me contaste. Nunca me hablaste de eso.»

«Y nunca te voy a hablar», me dijo. No parecía que reprimiera nada; nada parecía moverse allá adentro, pero allí estaba el desajuste, y yo lo sabía. «La memoria no es pública, Gabriel. Eso es lo que ni tú ni Sara han entendido. Ustedes han hecho públicas cosas que muchos queríamos olvidadas. Ustedes han recordado cosas que a muchos nos costó mucho tiempo perder de vista. La gente está hablando de las listas, otra vez se habla de la cobardía de ciertos delatores, de la angustia de los injustamente delatados... Y los que habían hecho las paces con ese pasado, los que a punta de rezar o de fingir habían llegado a cierta conciliación, ahora están otra vez al comienzo de la carrera. Las listas negras, el Hotel Sabaneta, los informantes. Todas palabras que mucha gente tachó de sus diccionarios, y aquí llegas tú, paladín de la historia, para hacerte el valiente despertando cosas que la inmensa mayoría prefiere ver dormidas. ¿Por qué no te lo había contado? No, ésa es la pregunta equivocada, pregúntate mejor por qué hablar de lo que no lo merece. ¿Por qué lo de hoy? ¿Por qué callar en público como lo hice hoy? ¿Fue para darte una lección, para que te dieras cuenta de la nobleza oculta de tu padre, esa cursilería? ¿Fue para invitar a la gente a que olvide tu libro, a que haga como si no se hubiera publicado? No sé, ambas intenciones me parecen infantiles, absurdas y además quiméricas, una batalla perdida. Pero una cosa quiero que sepas: habría hecho lo mismo si no te hubiera visto. No voy a hablar de esas denuncias, pero te puedo decir una cosa: en una realidad paralela yo te hubiera denunciado a ti y a tu libro parasitario, tu libro explotador, tu libro intruso. Eso es lo único claro en todo esto: los hombres que se han quedado callados no se merecían que les infligieras ese reportaje. Callarse no es agradable, exige carácter, pero tú no entiendes eso, tú, con la misma arrogancia de todos los demás periodistas que en el mundo han sido, tú te creíste que el mundo no podía prescindir de la vida de Sara. Tú te has creído que sabes lo que es este país, que este país y su gente han dejado de tener misterios para ti, porque te parece que Sara lo es todo, que la has conocido a ella y nos has conocido a todos. Por eso te habría denunciado, por estafador, además de por mentiroso. Sí, lo habría hecho aunque no te hubiera visto. Y de todas formas, ¿para qué fuiste? ¿Por qué no avisaste? No, no me contestes, si ya me lo imagino. Fuiste para que habláramos del libro, ¿verdad? Fuiste a que te diera mi opinión. Y también estás aquí para eso, en el fondo quieres todavía que te hable de ti mismo. Todavía crees que voy a felicitarte, que voy a animarte y decirte que naciste para escribir sobre la vida de Sara, o más bien que Sara nació y pasó por toda su vida, por los nazis y el exilio, por la época de la guerra en un país extraño, por cuarenta años de vivir en esta ciudad donde la gente se mata por costumbre, para que tú ahora te sientes cómodamente con una grabadora y le hagas preguntas imbéciles y escribas doscientas páginas y todos comencemos a masturbarnos de puro contentos. Qué bueno eres, ¿no? Eso es lo que esperas que diga la gente. Para eso lo escribiste, para que todos sepan lo bueno y lo compasivo que eres, lo indignado que estás con estas cosas terribles que le pasaron a la humanidad, ¿no? Mírenme, admírenme, yo estoy del lado de los buenos, yo condeno, yo denuncio. Léanme, quiéranme, denme premios a la compasión, a la bondad. ¿Quieres mi opinión? Mi opinión es que tenías todo el derecho de averiguar, de preguntar, incluso de escribir, pero no de publicar. Mi opinión es que debiste guardar el manuscrito en un cajón y echarle llave, y tratar de que la llave se perdiera. Mi opinión es que debiste olvidarte del asunto y lo vas a hacer ahora, aunque sea demasiado tarde, porque todo el mundo va a hacerlo, todos van a olvidar tu libro a la vuelta de dos meses. Es así de simple, no tengo más que decir. Mi opinión es que tu libro es una mierda.»

Y sucedió lo impensable: mi padre cometió un error. El hombre que hablaba en párrafos corregidos, que se comunicaba a lo largo de un día normal en holandesas listas para publicarse, mezcló los papeles, confundió los objetivos, olvidó el parlamento y no tuvo un apuntador a mano. El hombre que vaticinó el olvido de mi libro perdió el control y acabó haciendo todo lo posible para que mi libro fuera recordado. Por sus propios méritos, *Una vida en el exilio* habría logrado pasar desapercibido; mi padre —o más bien su reacción desmedida, impetuosa, irreflexiva— se encargó de poner el libro en el centro de la escena, y de lanzar todos los reflectores sobre él. «Va a publicar una reseña», me avisó Sara. «Por favor, dile que no lo haga, dile que así no se hacen las cosas.» Respondí: «No voy a decirle nada. Que haga lo que le parezca». «Pero es que está loco. Se volvió loco, te juro. La reseña es terrible.» «No me importa.» «Tienes que convencerlo, te va a hacer daño. Dile que el libro es un accidente. Hazle caer en cuenta. Dile que publicarla va en contra de sus intereses. Si la publica, va a llamar la atención de la gente. Explícale eso. No se ha dado cuenta. Esto se puede evitar.» Le pregunté entonces por qué le preocupaba tanto. «Porque esto les va a hacer daño, Gabriel. No me gusta que se hagan daño, yo los quiero a ambos.»

La explicación me pareció curiosa; o, mejor, me pareció superflua, y por eso incompleta. «Tú prefieres que no se hable del libro», le dije a Sara. «No es verdad. Prefiero que *él* no hable del libro. Prefiero que no hable *así* del libro. Va en contra tuya, pero no es eso. Es que todo esto es contrario a sus propias intenciones, ¿te das cuenta?» «Claro que me doy cuenta. Y qué.» «Que nunca le había visto una reacción tan patológica. Quién sabe qué vendrá después. Esto no es Gabriel.» «Dime una cosa, Sara. ¿Tú sabías?» «¿Sabía qué?» «No te hagas la boba. ¿Tú sabías? Y si sabías, ¿por qué no está eso en el libro? ¿Por qué no me lo contaste durante las entrevistas?» Es una vieja estrategia de debate cuyo nombre he olvidado: si tu oponente exige algo, responde con exigencias más agresivas. «¿Por qué me lo han ocultado? ¿Por qué me has dado informaciones incompletas?»

La reseña apareció a los pocos días:

> Como tema de su primer libro, el periodista Gabriel Santoro ha escogido uno de los más difíciles y, al mismo tiempo, de los más ajetreados. La emigración judía de los años treinta ha sido, durante varias décadas, la comidilla de tantos redactores como cupos ha habido en las academias de redacción. Santoro ha querido, sin duda, parecer osado; habrá escuchado que la osadía es una de las virtudes del periodista. Pero escribir un libro sobre el Holocausto, en estos tiempos que corren, es tan osado como dispararle a un pato dormido.
>
> El autor de *Una vida en el exilio* ha juzgado que el mero anuncio de su tema —una mujer que escapa de Hitler siendo una niña y acaba por quedarse en nuestro país— era suficiente para generar el terror y/o la lástima. Ha juzgado, también, que un estilo torpe y monótono podría pasar por

directo y económico. En resumidas cuentas: ha contado con la desatención del lector. A veces peca por sentimentalismo: la protagonista es una mujer «hecha de miedos y de silencios deliberados». A veces peca por palabrerío: en Colombia, el padre se siente «lejano y bienvenido, aceptado y extraño». Cualquiera notará que la metáfora y el quiasmo pretendían reforzar las ideas; cualquiera notará que sólo consiguen debilitarlas. No son éstos los únicos eventos en que eso sucede.

Por supuesto que todo funcionaría mejor si la intención en general no resultara tan marcadamente oportunista. Pero el autor nos cuenta que emigrar es malo, que el exilio es cruel, que un hombre desterrado (o, en este caso, una mujer) no será nunca el mismo. Los lugares comunes de la sociología construyen las páginas del libro, y en cambio las verdades más sugerentes, la capacidad de los hombres para reinventarse, para rehacer su destino, siguen sumergidas. No le han interesado al autor; quizás sea por eso que el libro no nos interesa a nosotros.

Al final, *Una vida en el exilio* resulta poco más que un ejercicio: un ejercicio meritorio, dirán algunos (aunque ignoro con qué razones), pero ejercicio al fin y al cabo. No señalaré que los tropos son baratos, que el *ethos* es cuestionable, que las emociones son de segunda mano. Diré, en cambio, que el conjunto es fallido. La sentencia es más clara y más directa que el mejor inventario de falencias, cuya redacción, al fin y al cabo, sería tan fútil como agotadora.

El texto iba suscrito por las iniciales *GS*. No hubo lector que no reconociera el nombre al cual correspondían.

Para diciembre de 1991, es decir, tres años después de esas palabras, la recuperación de mi padre era ya total, y después de varias conversaciones, y de la evocación de esas escenas, la corrección de sus palabras equivocadas parecía definitiva. Los domingos, Sara nos invitaba a comer ajiaco con pollo, no preparado por ella, sino pedido a domicilio y enviado en bolsas parecidas a las que sirven para cargar pescados vivos, en las cuales iban la crema de leche y las alcaparras y la mazorca, empacadas por aparte en una cajita de icopor. El hecho de haber armado una rutina de vida y de que en ella estuviera presente su hijo, en calidad de partícipe y no de testigo o de fiscal, era para mi padre una confirmación y casi un premio (las palmaditas en la espalda de un maestro satisfecho): «Si era necesario que me abrieran como una rana para que pudiéramos vernos los domingos, pues bueno, yo pago el precio con gusto. Es más, hubiera pagado el doble, sí señor. Hasta cuatro angioplastias hubiera pagado, con tal de comerme este ajiaco con esta compañía». Sara vivía en un apartamento demasiado amplio para las necesidades de la única habitante: era una especie de gran nido de águila empotrado en el piso quince de un edificio de la calle veintiocho, enfrente, o más bien encima, de la plaza de toros, y tenía ventanas sobre dos flancos, de manera que en los días limpios se alcanzaba a ver, sacando la cabeza por la ventana, el manchón de témpera azul de Monserrate, y por otra ventana, si uno miraba hacia abajo, el disco pardo y rugoso de la arena. El comedor había caído en desuso, como suele suceder en casa de los solitarios, y ahora le servía a Sara como tablero para armar rompecabezas de paisajes alpinos divididos en tres mil piezas, así que los comensales nos servíamos el ajiaco en platos hondos y lo llevábamos en bandejas y lo comíamos en la sala, y poníamos, para acompañar el almuerzo, el concierto que la HJCK estuviera transmitiendo en ese momento. A medida que pasaban las semanas, se iba haciendo más posible y menos sorprendente que termináramos de comer sin habernos hablado en todo el rato, gozando nuestra compañía de maneras que no era necesario verbalizar, ni siquiera señalar por medio de los códigos usuales, las sonrisas simpáticas o las miradas de cortesía. En esos momentos, yo solía pensar: Estos dos son todo lo que tengo. Ésta es mi familia.

El domingo en que mi padre nos habló a Sara y a mí de Angelina, la terapeuta, y de lo que estaba ocurriendo con ella, no era un domingo cualquiera, porque la temporada de novenas estaba por comenzar, y así, mientras en el resto de Bogotá los católicos se preparaban para sentarse junto a un pesebre y leer las oraciones de un librito rosado que en otra época regalaban en Los Tres Elefantes, Sara se empeñaba en que sacáramos de los armarios el árbol de Navidad de sus nietos y la ayudáramos a armarlo en una esquina de la sala. «Eso me pasa por liberal», me había dicho una vez. «Yo sólo quería educar a mis hijos sin religiones de ningún tipo, y fíjate, acabaron haciendo las mismas bobadas cristianas que el resto del mundo. Puestos a eso, mejor seguir con mis bobadas judías, ¿no? Mamá no quería que me casara como me casé. Me decía: vas a acabar convirtiéndote, vas a perder tu identidad. Nunca le creí, y ahora mírame: tengo que armar el condenado arbolito. Si no lo hago ya, después no hay quien se aguante a mis hijos. Que estas cosas son importantes, mamá. Que las tradiciones y los símbolos. Puras excusas. Lo que quieren es ahorrarse el trabajo de leñador que es armar una vaina de éstas.» Y mi padre y yo, que tras la muerte de mi madre fuimos dejando de lado estas prácticas de árboles y burros y bueyes y espejos que simulan lagos y musgo que simula pasto y niños plásticos acostados sobre paja de mentiras, nosotros que habíamos desarrollado juntos un desinterés cariñoso por toda la parafernalia de la Navidad bogotana, nos encontramos de repente arrodillados sobre la alfombra, poniendo las ramas de un árbol en orden de tamaño y extendiendo la hoja de instrucciones entre nuestras rodillas. El trabajo no era sencillo y la carga de ironía que llevaba no era poca, y tal vez por eso lo hicimos con menos reticencia de la predecible, una especie de *quién hubiera dicho* o de *si nos viera tal persona*. Sara había comenzado a hablar de sus nietos. Ésa era una zona que mi libro no había tocado, porque era inasequible; por más que Sara se hubiera esforzado, jamás habría podido explicar ese tránsito entre su propia infancia alemana y la que vivían sus nietos. Si sus hijos eran extraños, sus nietos lo eran doblemente, gente tan alejada de Emmerich, y de la sinagoga de Emmerich, como era posible. «¿Cuántos años tiene el menor?», pregunté.

«Catorce. Trece. Por ahí.»

«Catorce», repetí. «Los mismos que tenías tú cuando llegaste.»

Sara lo consideró, pareció no haberse percatado de eso antes. «Exacto», dijo, pero luego se quedó callada, organizando con sus manos viejas las esferas verdes y amarillas y rojas de cristal quebradizo, escarchadas o no, opacas o traslúcidas, que iba a colgar en el árbol cuando mi padre y yo lo termináramos. «Los demás ven a sus hijos y se ven en ellos», dijo. «Tu papá se ve en ti, se verá en tus hijos. A mí eso no me va a pasar, somos distintos. No sé si importe.»

«Bueno, también está la genética», dijo mi padre.

«Cómo así.»

«Ellos se parecen a ti, y eso, para su desgracia, es definitivo.»

Esa tarde, mi padre parecía invulnerable a las marcas de su pasado. Se acordaba de las palabras que esa semana se rezarían en todas partes, esos versos que siempre le habían provocado carcajadas genuinas: *Rey de las naciones / Emmanuel preclaro / De Israel anhelo / Pastor del rebaño*. Los recitaba (porque los conocía de memoria, todos los versos de todos los días de la novena, y también algunas de las Oraciones), y ensamblaba una rama en el tronco del árbol, y luego los volvía a recitar, y tomaba otra rama y le daba vueltas para averiguar dónde encajaba. Y todo el tiempo parecía contento, como si estas fiestas, a las que siempre había sido inmune, de repente lo afectaran. Y entonces confirmé la intuición que había tenido antes: una de las consecuencias de la segunda vida era una nostalgia brutal, la noción, tan democrática, tan asequible a todo el mundo y al mismo tiempo tan sorpresiva, del tiempo perdido, aunque en ese tiempo hayamos sufrido más que en el presente. Lo confirmé gracias a mis grabaciones, que en ese momento y en ese instante parecieron justificar cada segundo que había invertido en ese curioso fetichismo: conservar la voz ajena.

Para otro de esos domingos yo había tenido el mal tino de traer a casa de Sara uno de los casetes que guardaba como un secreto de estado. Después de servirnos el café, les había pedido que se sentaran alrededor del equipo de sonido e hicieran silencio, y en el espacio abierto que hacía las veces de salón los tres habíamos escuchado a Sara hablar de su hotel. «La guerra estaba en el hotel, la llevábamos en los bolsillos», le oímos decir. «Yo no puedo contarte todas las cosas que vi, porque hay gente que está viva todavía, y yo no soy ninguna delatora, ni quiero destruir reputaciones ni levantar tierra donde nadie quiere que se levante. Pero si pudiera, si estuviéramos solos en el mundo, tú y yo, en esta casa, si hubiera caído una bomba y Colombia ya no existiera y sólo existiéramos nosotros, y tú me preguntaras qué cosas pasaron, yo te las podría contar todas... Luego ya no te gustaría haberlas sabido. A uno lo contaminan esos conocimientos, Gabriel, no sé cómo decirlo mejor, pero es así. Si me lo hubieran preguntado, yo hubiera dicho: prefiero cerrar los ojos, no ver esas cosas. Y nadie me lo preguntó, claro, quién iba a tener esa delicadeza. A pesar de que mi familia fuera la dueña del hotel, ¿no? Porque si en el mundo hubiera lógica, un ángel de la Anunciación habría debido aparecerse en el Nueva Europa y avisarle a mi papá que pasaría esto, que pasaría aquello. No, lógica no: justicia. Un aviso hubiera sido apenas justo, pero claro, uno con esas cosas no puede contar, esa cláusula no está en el contrato. Los contratos los redactan allá arriba y uno firma sin chistar, y después pasan cosas y con quién habla uno si no está conforme... En fin, no puedo hablarte de todo, pero puedo hablarte del hotel, del hotel y de la guerra y de lo que eso generó en mi vida, porque uno también es los espacios en que ha crecido.

»Me preguntas si me arrepiento de algo. Todo el mundo se arrepiente de algo, ¿no? Pero tú me lo preguntas y ahí mismo se me viene a la cabeza la cara de la vieja Lehder. Era una de las alemanas de Mompós. Así les decíamos a los alemanes *nazis* de Mompós. Algunos habían sido clientes habituales del hotel antes de 1940, varios habían conocido a Eduardo Santos. Mucho mejor que yo, además. Por eso fue tan raro, Gabriel. Por eso fue tan sorprendente que esta mujer fuera a buscarme. Era a principios de 1945. Fue a buscarme para pedirme que intercediera a favor de su marido. Dijo así, yo no tengo la culpa, dijo *que intercediera a favor*. El señor Lehder acababa de ser recluido en el Hotel Sabaneta. No, me niego a hablar de "campo de concentración", el lenguaje no nos puede hacer estas trampas. Una cosa es una cosa y otra cosa es otra cosa. El asunto es que la señora Lehder vivía sola en su casa de Mompós, sus empleados se habían ido, le habían cortado la luz. Y el marido en el Sabaneta. Por eso vino a buscarme, para que la ayudara. Le dije que se largara del hotel, tal vez con mejor educación, pero igual fue eso lo que le dije. Y ella me habló del hijo que tenía en la Wehrmacht, un jovencito de su edad, me decía, es casi un niño, peleó en Leningrado hasta que lo hirieron, sólo quiero que me deje quedarme para oír radio, saber si alguien tiene noticias de mi hijo, si murió de frío en Leningrado, señorita Guterman, parece que los soldados tienen que orinarse en los pantalones para sentir un poco de calor. Yo le dije que no. Ni siquiera la dejé sentarse a oír radio. Después supe que los Lehder habían encontrado a un abogado amigo del Ministerio de Relaciones Exteriores, y así pudieron regresar a Berlín. En cualquier caso, me acuerdo de eso, de haberme negado a que la vieja Lehder se sentara a ver si alguien le hablaba de su soldadito. Me importaba un carajo el soldadito y también la vieja Lehder. Pero lo más grave no es eso. Lo más grave es que hoy tampoco la ayudaría. Me preguntas si me arrepiento de algo y pienso en eso, pero la manera de repararlo, hoy, sería que no hubiera ocurrido. No habría otra manera. Porque si ocurriera otra vez, yo haría lo mismo. Sí, no lo pensaría dos veces. Es terrible, pero es así.»

El poder de las grabaciones. Esa tarde, escuchándolas, mi padre envejeció veinte años: pensaría acaso, como pensaba yo, que cada frase de Sara Guterman evocaba la traición de que había sido víctima, cada frase la contenía, pero también conseguía vaciarla de significado, pues ni yo ni Sara podíamos aprehender su experiencia, sentir lo que había sentido de joven. No pidió nunca que apagáramos el equipo, ni que cambiáramos el casete, ni se paró con algún pretexto para escapar al baño o a la cocina. Soportó sin decir nada esa grabación que le resultaba por lo menos incómoda y a veces incluso dolorosa, porque revivía para él las circunstancias que durante tanto tiempo había mantenido en secreto y a las cuales, bajo el acicate de mi libro, había aludido en público, para desasosiego (y a veces admiración) de sus estudiantes; la soportó como había soportado el cateterismo, con los ojos bien abiertos y fijos en la lámpara colgante, en el cable esmirriado, en la caperuza metálica. Cuando terminó la voz de la primera cara y pregunté si querían oír la otra, él dijo que no, gracias, que pusiéramos algo de música y conversáramos un rato; Gabriel, ¿no era mejor aprovechar estos momentos para hablar? Su voz de cometa de papel me resultó apenas audible; en una frase, mi padre se las arregló para quejarse, llamar la atención como un adolescente malcriado, y, en general, soltar sobre el ambiente la autoridad de sus pataletas: si había cosas que él prefería olvidar, era incomprensible y hasta obsceno que otros quisiéramos recordarlas. Y el resto de la tarde, la compañía de ese anciano amargado y pálido, que me hubiera molestado tratándose de un extraño, al tratarse de mi padre me pareció lastimosa y patética. Eso descubrí esa tarde: que mi padre era incapaz de lidiar con los hechos de su propia vida, que la noción de su pasado le picaba como una semilla de fresa metida entre los dientes. Esas conversaciones grabadas cinco años antes (sobre cosas ocurridas hacía ya medio siglo) lo minaron desde dentro y le chuparon la sangre, lo dejaron agotado como si acabara de salir de la sala de cirugía.

Pero en la tarde de la que hablo, mi padre había vuelto a ser el tren que era antes, su cabeza volvía a funcionar como en sus mejores días, y la hipótesis del segundo turno parecía una evidencia grande como un caballo en la sala. Yo recordaba las palabras grabadas, levantaba la cabeza para ver a los otros comensales —mi familia—, y pensaba eso que siempre es increíble: *esto les pasó a ustedes*. Esto, que pasó hace medio siglo, les pasó a ustedes, y aquí están ustedes, vivos todavía, fungiendo como testimonio tangible de hechos y circunstancias que quizás morirán cuando ustedes mueran, como si ustedes fueran los últimos seres humanos capaces de bailar un baile andino que nadie conoce, o como si supieran de memoria la letra de una canción que nunca se ha puesto por escrito y que se perderá para el mundo cuando ustedes la olviden. ¿Y en qué estado físico vivían esos receptáculos de la memoria? ¿Qué tan deteriorados estaban, qué tanto tiempo tenía el mundo para intentar sacarles sus conocimientos? Cada movimiento, cada palabra de mi padre era una banderita y llevaba este eslogan: *tranquilos todos, que aquí no ha pasado nada.* Y Sara, al parecer, opinaba lo mismo.

«La verdad es que quedaste como nuevo», le decía Sara a mi padre, «a ver si me va a tocar a mí también hacerme una cosa de ésas.»

«¿Que no hay reencarnación?», decía mi padre. «¿Que no hay karma? Ya de eso no me convence nadie, mi querida, yo a partir de ahora me declaro hinduista.»

«Es que no lo soporto», dijo Sara. «Hasta me veo más vieja a tu lado.»

Era una mínima exageración, por supuesto, porque Sara, vestida con pantalones anchos de lino y un camisón blanco que le llegaba hasta las rodillas, seguía viéndose tan maciza como si la mitad de sus años le hubiera sido condonada por buena conducta. Parecía haberse instalado en cierta cómoda soledad; parecía resignada a que los días le pasaran por encima y dispuesta a levantar la cabeza, con algo que hubiera podido llamarse sumisión pero también costumbre, para verlos pasar. Su cara subrayaba los años que había vivido sin más responsabilidad que su propio sustento. En los lóbulos de sus orejas había perforaciones para aretes, pero no había aretes; llevaba gafas bifocales para leer, el marco dorado y discreto, el lente de un color cobrizo. Su cuerpo, me pareció, había vivido a un ritmo distinto: en él no estaba el tiempo, ni el cansancio de la piel; en él, claro, no estaban las tensiones, ni la manera en que el dolor marca la cara de la gente, araña los ojos y les obliga a usar lentes bifocales, crispa las comisuras de los labios y surca el cuello como un azadón. O era quizás más preciso hablar de memoria: el cuerpo de Sara acumulaba tiempo, pero no tenía memoria. Sara guardaba su memoria en lugares apartados:

en cajas y en carpetas y fotografías, y en los casetes de los cuales yo era custodio, que parecían absorber la historia de Sara y a la vez hurtársela a su cuerpo. Los casetes de Dorian Guterman. Las carpetas de Sara Gray.

En cuanto a él, no era falsa la idea de que en esos seis meses la transformación había sido notoria. Yo sabía que una de las consecuencias inmediatas de la operación era una brusca invasión de oxígeno en un corazón desacostumbrado, y, por lo tanto, niveles de energía cuya existencia ya ha olvidado el paciente, pero viéndolo a través de los ojos de la anfitriona, mirándolo como lo miraba su contemporánea, pensé que sí, que era cierto el lugar común, que mi padre había *quedado como nuevo.* Durante esos últimos meses yo habría olvidado su condición si no hubiera sido por el blasón guerrero del corte de su pecho, ese memorando del cuerpo, y por las restricciones impuestas antes de la operación, que seguían vigentes —aunque sólo mi padre permanecía consciente de sus disciplinas privadas— y que salían a la superficie en los almuerzos y en las comidas, tal y como salieron esa tarde, mientras comíamos ajiaco en ese apartamento navideño desde donde podía verse Monserrate.

«¿Y qué vas a hacer ahora?», dijo Sara. «¿Qué vas a hacer con tu vida nueva?»

«Por lo pronto, no cantar victoria. O más bien cantarla, pero muy pasito. Tengo que cuidarme mucho para seguir como estoy, la dieta es estricta pero hay que seguirla. Está bien, esto de tener veinte años otra vez.»

«Qué tipo tan insoportable. Algo te va a pasar, por arrogante.»

Gabriel Santoro, el nuevo. Gabriel Santoro, versión corregida y aumentada. El orador reencarnado se paró de repente y cruzó la sala recto y decidido como una mosca, llegó a la estantería de madera y su mano izquierda cogió un sobre de cartón del tamaño de una invitación de matrimonio y con el pulgar del muñón sacó el disco del sobre y lo puso sobre el tocadiscos y puso la palanca en 78 r.p.m. y bajó la aguja, y entonces empezaron a sonar las canciones alemanas que Sara me había hecho escuchar años atrás.

Veronika, der Lenz ist da,
die Mädchen singen Tralala,
die ganze Welt ist wie verhext,
Veronika, der Spargel wächst.

Yo había cerrado los ojos y me había recostado en el sofá, y comenzaba a dejarme llevar por la modorra del almuerzo, por la pesadez del ajiaco en una tarde de domingo, cuando creí darme cuenta de que mi padre estaba cantando, y rechacé la idea, por improbable y fantasiosa, y enseguida me pareció otra vez oír su voz por debajo de la música vieja y de la estática de los parlantes y de los instrumentos de los años treinta. Abrí los ojos y lo vi, en efecto, abrazando a Sara (que se había puesto a lavar los platos) y cantando en alemán. El que no lo hubiera visto cantar más de tres veces en toda la vida fue menos raro que verlo cantar en una lengua que desconocía, y de inmediato recordé una escena de cuando era niño. Durante unos meses, mi padre había tenido que ponerse una peluca y cambiarse las gafas y usar corbatín en vez de corbata: el hecho simple de pertenecer a la Corte Suprema, aunque no fuera juez sino satélite, lo había vuelto *interesante,* y había recibido ya sus primeras amenazas de secuestro, un par de llamadas de esas que son tan comunes en Bogotá y a las que nos hemos acostumbrado a no hacer demasiado caso. Pues bien, la primera vez que llegó a casa disfrazado, saludó desde las escaleras como hacía siempre, y yo, al salir, me encontré con esa figura desconocida, y tuve miedo: un miedo breve y desvirtuado enseguida, pero miedo al fin y al cabo. Algo parecido pasó cuando lo vi mover la boca y sacar sonidos extraños. Era, en verdad, otra persona, un segundo Gabriel Santoro.

Veronika, die Welt ist grün,
drum lass uns in die Wälder ziehn.
Sogar der liebe, gute, alte Grosspapa,
sagt zu der lieben, guten, alten Grossmama.

Cuando los viejos volvieron a sentarse en la sala, uno o el otro notó mi cara de espanto, y me explicaron al alimón que a eso, entre otras cosas, se había dedicado mi padre durante los últimos meses. «¿Te parece absurdo?», dijo él. «Porque a mí sí, te lo confieso. Aprender una lengua nueva a los sesenta y pico, ¿para qué? ¿Para qué, si la que ya tengo tampoco me sirve de gran cosa? Estoy jubilado, estoy jubilado de mi lengua. Y esto es lo que hacemos los jubilados, buscar otro trabajo. Si nos dan una segunda vida, pues más todavía.» Fue entonces, en medio de las disquisiciones sobre esa manera de reinventarse, en medio del espectáculo de sus palabras remodeladas, en medio de las frases cantadas de cuyo sentido me enteraría más tarde, que mi padre nos habló a Sara y a mí de Angelina, de cómo había llegado a conocerla mejor en estos meses —era lógico, tras tanto tiempo de verla diariamente y recibir sus masajes—, de cómo se había seguido viendo con ella después de terminada la terapia y restaurada su salud. Eso nos contó. Mi padre el sobreviviente. Mi padre, capaz de reinventarse.

«Me estoy acostando con ella. Llevamos dos meses viéndonos.»

«¿Cuántos años tiene?», preguntó Sara.

«Cuarenta y cuatro. Cuarenta y cinco. Ya no me acuerdo. Me lo dijo, pero no me acuerdo.»

«Y no tiene a nadie, ¿verdad?»

«¿Cómo sabes que no tiene a nadie?»

«Porque si tuviera, alguien se lo estaría echando en cara. Que está prohibido acostarse con viejos. Que la diferencia de edades. Cualquier cosa. Debe de tener una buena historia.»

«Ya empezaste», dijo mi padre. «No hay historia.»

«Claro que sí, no me vengas con cuentos. Primero, no tiene a nadie que le haga reclamos. Segundo, te pones evasivo cuando te lo pregunto. Esta mujer tiene una historia del carajo. ¿Ha sufrido mucho?»

«Bueno, sí. Qué pasta de inquisidora tienes, Sara Guterman. Sí, ha tenido una vida de mierda, esta pobre. Los papás estaban en la bomba de Los Tres Elefantes.»

«¿Tan reciente?»

«Tan reciente.»

«¿Vivían aquí?»

«No. Habían venido desde Medellín a visitarla. Alcanzaron a saludarla, eso sí, y luego se fueron a comprar unas medias veladas. La mamá necesitaba unas medias veladas. Los Tres Elefantes era lo más cerca. Hace poco pasamos por ahí en un taxi. No me acuerdo adónde íbamos, pero cuando llegamos Angelina tenía las manos dormidas, la boca reseca. Y esa tarde le dio un poco de fiebre. Todavía le da tan duro. El hermano vive en la costa, no se hablan.»

«¿Y a qué horas te ha contado todo eso?», pregunté.

«Yo soy viejo, Gabriel. Chapado a la antigua. Me gusta hablar después del sexo.»

«Bueno, bueno, no seas impúdico», dijo Sara. «Yo no me he ido, sigo aquí, o acaso es que me volví invisible.»

Le di a mi padre un par de palmadas sobre la rodilla, y su tono cambió: dejó la ironía a un lado; se hizo dócil. «No sabía qué ibas a opinar», dijo. «¿Te das cuenta?»

«De qué.»

«De que ésta es la primera vez en la vida que te hablo de algo parecido», dijo, «y lo hago para contarte lo que te estoy contando».

«Y sin darnos tiempo a los demás de taparnos los oídos», dijo Sara. Enseguida preguntó: «¿Se ha quedado en tu casa?».

«Nunca jamás. Y no creas que no se lo he propuesto. Es muy independiente, no le gusta dormir en otras camas. A mí eso me va bien, ni que decir tiene. Pero ahora le dio por invitarme a Medellín.»

«¿Cuándo?»

«Ya. Mejor dicho, para pasar las fiestas. Nos vamos el próximo fin de semana y nos devolvemos el dos o el tres de enero. Todo eso si le dan permiso, claro. Es que la explotan como a una bestia, te juro. Es la semana de fin de año, y ella se la tiene que pelear con las uñas.»

Se quedó pensando.

«Me voy a Medellín con ella», dijo entonces. «A pasar Navidad y Año Nuevo con ella. Me voy con ella. Caray, es verdad que suena rarísimo.»

«Raro no, suena ridículo», dijo Sara. «Pero bueno, todos los adolescentes son ridículos.»

«Hay una cosita, eso sí», me dijo mi padre. «Necesitamos tu carro. Mejor dicho, no lo necesitamos, pero le dije a Angelina que es una bobada coger un bus cuando tú nos puedes prestar tu carro. Si puedes, claro. Si no lo vas a necesitar, si no es problema.»

Le dije que no lo iba a necesitar, aunque era mentira; le dije que no era problema, en parte porque todo él, su voz y sus maneras, me hablaba con un afecto inédito, como si le pidiera un favor especial a un amigo especial.

«Coge el carro y no te preocupes», le dije. «Vete a Medellín, pasa rico, saludes a Angelina.»

«¿Seguro?»

«Me quedo con Sara. Ella me invita a pasar Navidad y Año Nuevo.»

«Sí señor», dijo ella. «Vete tranquilo. No nos haces falta. Nos vamos a quedar aquí, vamos a armar nuestra propia fiesta. Tomando lo que tú no puedes tomar, comiendo grasa saturada y hablando de ti a tus espaldas.»

«Pues por mí perfecto», dijo mi padre. «Eso a mis espaldas no suele importarles.»

«¿Tú vas a manejar?», dijo Sara.

«No todo el tiempo. Mi mano tiende a volverse un factor de riesgo en carreteras como ésa. La mayor parte le tocará a ella, supongo. No me consta que lo haga bien, pero tiene su pase en regla, y además quién dijo que hay que manejar bien para manejar en Colombia. ¿Qué tan peligrosa puede ser? Yo no me puedo poner con exigencias, a Virgilio regalado no se le mira el diente.»

«¿Cómo así?», le pregunté. «¿La idea es tuya?»

«Qué diente ni qué nada», dijo Sara. «Delirios de juventud, se llama esto.»

«Ah, el monstruo verde se hace presente entre nosotros. ¿Estás celosa, Sarita?»

«Celosa no, deja de decir bobadas. Pero estoy vieja, y tú también, no te hagas. Haciendo viajes de ocho horas por carretera. Haciendo el amor con niñas de colegio. Te va a dar un infarto, Gabriel.»

«Pues valdrá la pena.»

«En serio», dije yo. «¿Qué opina ella?»

«Que un copiloto cualquiera es un buen copiloto.»

«No, de tu edad. ¿Qué opina de tu edad?»

«Le parece perfecto. Bueno, *supongo* que le parece perfecto, no le he preguntado. Regla fundamental del interrogatorio forense: uno no hace preguntas cuyas respuestas no quiere oír, cuídate de las preguntas *boomerang,* que decían los antiguos. No, yo no quiero respuestas que vengan a darme en el cogote. Tampoco le he preguntado qué piensa de mi mano, si le molesta, si tiene que hacer esfuerzos para olvidarse. ¿Qué quieres que te diga? Soy un buen tipo, no le voy a hacer daño, y sólo eso debe de parecerle una fortuna. Es estúpido, pero me dan ganas de cuidarla. Tiene cuarenta y cuatro y yo quiero cuidarla. Ella está convencida de que el mundo es una mierda, de que todos nacen con el único objetivo de hacerle pasar un mal rato. No es la primera vez que oigo este argumento, pero nunca me había tocado tan de cerca. Y me paso el día y la mitad de la noche convenciéndola de lo contrario, Platón, *homo homini Deus,* todas esas cosas, a ella que no coge un libro ni por error. Miren que yo he vivido mucho, he visto lo que hay que ver. Pero esto es de lejos, muy de lejos, la cosa más impredecible que me ha pasado en la vida.»

Olvidó que a la vida le gusta superarse a sí misma. La vida (la segunda vida) tardó una semana en recordárselo, y lo hizo con lujo de detalles.

Ahora me gusta pensar y repensar en esa semana, porque es lo más parecido que tengo a la inocencia, a un estado de gracia, porque al terminarse esa semana se cerró toda una idea de lo que debe ser el mundo. En ese momento este libro no existía. Todavía no podía existir, por supuesto, porque este libro es una herencia generada por la muerte de mi padre, el hombre que mientras vivía despreció mi trabajo (escribir sobre vidas ajenas) y que después de muerto me dejó como legado el tema de su propia vida. Yo soy el sucesor de mi padre y soy también el ejecutor testamentario.

Mientras escribo compruebo que en el curso de varios meses se han acumulado sobre mi escritorio, más que las cosas y los papeles que necesito para reconstruir la historia, las cosas y los papeles que *prueban la existencia* de la historia y que pueden corregir mi memoria si fuera necesario. No soy escéptico por naturaleza, pero tampoco soy ingenuo, y sé muy bien de qué magias baratas puede valerse la memoria cuando le conviene, y también, al mismo tiempo, sé que lo pasado no es inmóvil ni está fijo, a pesar de la ilusión de los documentos: tantas fotografías y cartas y filmaciones que permiten pensar en la inmutabilidad de lo ya visto, lo ya escuchado, lo ya leído. No: nada de eso es definitivo. Basta un hecho nimio, algo que en el gran marco de las cosas consideraríamos intrascendente, para que la carta que contaba frivolidades pase a condicionar nuestras vidas, para que el hombre inocente de la fotografía resulte haber sido siempre nuestro peor enemigo.

Mi escritorio es el mismo que fue de mi madre. La madera se ha reblandecido a fuerza de embadurnarla con líquido de muebles, pero ésa es la única estrategia que se me ha ocurrido para proteger esta mole (que parece recién tallada a partir de un tronco mojado) del ataque de los gorgojos. Hay huellas de vasos que ya nada, salvo la lija, puede corregir. Hay esquinas picadas o desportilladas, y más de una vez me he clavado una astilla por no cuidar en dónde arrastro la mano. Y hay, sobre todo, cosas, cosas cuya función principal es probatoria. De vez en cuando cojo uno de los casetes y confirmo que siguen allí, que todavía contienen la voz de Sara Guterman. Cojo una revista de 1985 y leo algún párrafo: «Con el ataque japonés de la base estadounidense de Pearl Harbor, en diciembre de 1941, Colombia decidió por fin romper relaciones con los países del Eje...». Cojo el discurso de diciembre del 41, con el que Santos rompió relaciones con el Eje: «Nosotros estamos con nuestros amigos, y estamos firmemente con ellos. Nosotros cumpliremos el papel que nos corresponde en esta política de solidaridad continental y sin odio para nadie...». Cojo una carta de mi padre a Sara, una carta de Sara a mi padre, un discurso de Demóstenes: éstas son mis pruebas. Soy sucesor, soy ejecutor y soy también fiscal, pero antes he sido archivista, he sido organizador. Mirando hacia atrás —y atrás, aclaremos, quiere decir tanto un par de años como medio siglo— los hechos cobran forma, un cierto diseño: significan algo, algo que no necesariamente viene dado. Para escribir sobre mi padre me he visto obligado a leer ciertas cosas que a pesar de su tutoría no había leído nunca. Demóstenes y Cicerón son lo más evidente, casi un cliché. *Julio César* no era menos predecible. Esos libros son también pruebas perentorias, y cada uno de ellos obra en mi expediente, con todas las anotaciones que haya hecho mi padre. El problema es que interpretarlos no está a mi alcance. Cuando mi padre anota, al lado del discurso de Bruto, «¿Del verbo al sustantivo? Aquí perdiste», ignoro qué habrá querido decir. Me siento más cómodo en los hechos; y la muerte, por supuesto, es el hecho más denso, más significativo, menos susceptible de ser pervertido o malversado por interpretaciones distintas, versiones relativas, *lecturas*. La regla dice que la muerte es tan definitiva como puede llegar a serlo algo sobre la tierra. Por eso es tan incómodo que un hombre cambie después de muerto, y por eso es que se escriben biografías y memorias, esas formas baratas y democráticas de la momificación.

El proceso de momificación de mi padre sólo fue posible a partir del veintitrés de diciembre de 1991, cuando sucedió el accidente. En ese momento yo estaba en mi casa, cómodo y tranquilo y acostado con una amiga, T, una mujer que conozco desde que yo tenía quince años y ella doce, con quien suelo encontrarme cada dos o tres meses para hacer el amor y ver una película, pues, a pesar de que ella esté casada y relativamente contenta, siempre hemos tenido la idea de que en otra vida hubiéramos podido estar juntos, y eso nos hubiera gustado. Yo sigo viendo a T como una niña, y acaso hay en eso una perversión que ambos nos permitimos durante unas horas. Nos tocamos, nos acostamos, vemos una película y a veces volvemos a acostarnos después de la película, pero no siempre, y luego T se da una ducha, se seca el pelo con un secador que compré sólo para ella, y se va para su casa. Así fue esa noche: según mis cálculos, estábamos viendo la película, y tal vez Marlon Brando estuviera muriendo de un infarto en medio de un huerto y a la vista de su nieto, pero es posible que la película ya se hubiera acabado y yo estuviera buscando la boca de T, que es amplia y siempre está fría. A veces se me ha llegado a ocurrir la posibilidad de esa coincidencia: que T se hubiera sentado encima de mí y estuviera bajando y subiendo sobre mi erección como suele hacerlo, justo en el momento en que mi carro (manejado por mi padre) y un bus del Expreso Bolivariano (manejado por un tal Luis Javier Velilla) se desbarrancaban juntos a pocos kilómetros de Medellín, en la vía a Las Palmas. El carro salía de Medellín; el bus llegaba. Cinco pasajeros sobrevivieron al accidente. Nunca entenderé que mi padre, el gran sobreviviente, no estuviera entre ellos.

Las preguntas *boomerang* comenzaron a acumularse casi de inmediato en mi cabeza, y yo, con negligencia que el profesor de retórica me hubiera reprochado, permití que eso ocurriera. ¿Qué estaba haciendo mi padre en la carretera a Las Palmas, es decir, devolviéndose de Medellín? ¿Por qué manejaba de noche, si conocía la pésima reputación que tenía esa carretera? ¿Por qué no había dejado que Angelina manejara? Estas preguntas (las más físicas, las más circunstanciales) y las otras, las relacionadas con la culpa del accidente (las más susceptibles, pensé en ese momento, de regresar por detrás y darme en el cogote), llegaron en tropel y sin anunciarse cuando recibí la llamada de Sara y la escuché contarme la noticia, o más bien leerla palabra por palabra del periódico, mientras yo la escuchaba con cierta distracción y un efímero lamento altruista, como suele escucharse la noticia de una muerte ajena en Colombia. Enseguida me dijo que el nombre de mi padre estaba en la lista del periódico. «No puede ser», dije, todavía de pie junto a la mesa de noche. «Él está en Medellín. Él no se devuelve hasta enero.»

«Ahí está la placa del carro, Gabriel, y está el nombre», dijo ella; no lloraba, pero tenía la voz gangosa y desigual de quien acaba de hacerlo. «Yo también quería que fuera un error. Lo siento mucho, Gabriel.»

«¿Y ella? ¿Estaba con él?»

«Quién sabe.»

«Si no estaba con él, de pronto no era él. De pronto es otra persona, Sara.»

«No es otra persona. Lo siento tanto.»

Yo tenía en la mano izquierda una camiseta blanca con una fotografía trucada del mar Caribe y la leyenda *Colombia nuestra,* y en la derecha una planchita de viaje, un aparato del tamaño de un puño que había conseguido rebajado en una tienda de electrodomésticos de Sanandresito. Acababa de planchar la camiseta y había desconectado la plancha, pero después de colgar, al sentarme distraídamente sobre mis sábanas destendidas, me la puse sobre las piernas, y el quemón fue brutal. Para cuando me vestí, entre la incredulidad y el mareo, y pedí un taxi, sobre mi rodilla se había formado una ampolla oblonga del color de la leche aguada. La telefonista que me atendió me dio dos cifras, un código y el número de identificación de mi *móvil,* esas estrategias de seguridad con que los bogotanos más ingenuos confiamos en burlar a los atracadores; pero mi padre acababa de morir —el dolor de la piel quemada no hacía sino recordármelo, como un testimonio de los dos cuerpos, el suyo y el de su amante, tal vez quemados también, la piel convertida en una sola bolsa de agua blanca—, y al montarme al taxi me di cuenta de que había olvidado los números que debía pronunciar para que el hombre me aceptara. «¿Código?», decía y repetía el taxista, y decían lo mismo su bozo brillante de sudor, sus ojos achinados. De repente tuve miedo de que algo me pasara, empecé a respirar con dificultad y apenas tuve tiempo de pensar, en medio del intenso dolor físico, de la pérdida que acaba de invadir mi vida y de la oscuridad de mis demás razonamientos, que estaba a punto de sufrir un ataque de ansiedad.

Me bajé otra vez del taxi. Le dije al taxista que me esperara un segundo, por favor, pero no debió de oírme: tan pronto como me vio acostarme sobre el andén, prendió el carro y arrancó. Sobre un muro cercano había geranios; me recordaron, como era predecible, las paredes de las casas que se ven bajando hacia Medellín por la vía a Las Palmas, y en cuanto me vino esta imagen me vino también el primer bolo de náusea. Me arrodillé junto al muro y vomité una flema del color del óxido, delgada y casi inodora (no había comido nada esa mañana), y me incorporé tan pronto como sentí que mis piernas, que se vuelven frágiles cuando vomito, serían capaces de acompañarme, porque me pareció que la mínima dignidad de soportar de pie esas experiencias —la visión de los edificios con sus ventanas cayéndome encima, la presión de la ropa sobre el pecho— me ayudaría de alguna manera a atravesar esa semana en la cual Sara, misericordiosa y más valiente que yo, se haría cargo de los trámites con la soltura de un enterrador profesional, pero con la simpatía que un enterrador ha perdido para siempre. Uno de sus hijos me llamó por esos días. «¿Por qué no se ocupa usted de estas cosas?», me dijo por teléfono. «Mi mamá no está para encargarse de muertos ajenos, eso debería ser obvio.» Pensé en una forma curiosa de los celos, porque Sara duplicaba las medidas que había tomado con la muerte de su marido; al hijo, eso no parecía gustarle demasiado. Pero Sara no le hizo caso. Sara siguió haciendo lo que era preciso hacer. Redactó el anuncio para los dos periódicos de Bogotá, los que todos los bogotanos abrimos para ver a qué muertes habremos de asistir durante el día, y decidió, por razones que no parecía tener muy claras, excluirse del texto, a pesar de que yo le había pedido que invitara conmigo. Así que Gabriel Santoro invitó a las exequias de Gabriel Santoro; y en el redoble de nombres y apellidos hubo algo solitario y triste, porque a muchos de los asistentes a la misa, gente que no me conocía, les dio la impresión de una errata de imprenta. Sara se disculparía muchas veces por no haber puesto el segundo apellido, como es de uso en este país que siempre le había resultado extraño. Por supuesto, eso hubiera evitado cualquier confusión; pero no la culpé, no hubiera podido culparla. Ella había asumido incluso las diligencias más frívolas, que son, por eso mismo (porque nos apartan de la gravedad, de la solemnidad, del rito), las más dolorosas, y, tras un comentario suelto en el que yo había mencionado que preferiría cremar el cuerpo por miedo al dolor renovado de las visitas y los aniversarios en el cementerio y las flores compradas en la autopista, Sara había negociado con los administradores de Jardines de Paz y logrado que nos cambiaran el lote —el lote cuyo título yo había cargado tantos años en mi billetera como otros cargan el teléfono arrugado de la primera novia— por los derechos de cremación.

Las ceremonias se llevaron a cabo el jueves siguiente. La misa, en la iglesia penumbrosa de Cristo Rey, fue un portento de vacuidad religiosa, un inventario de sinsentidos en el cual algunos parecían encontrar sosiego. «Nuestro hermano», decía el cura, y miraba de nuevo sus papeles para refrescar la memoria, «nuestro hermano Gabriel Santoro ha muerto para vivir en nosotros. Nosotros, por medio del amor de Cristo, de su generosidad infinita y eterna, vivimos en él». Más tarde me enteraría de que antes de la misa había estado preguntando por mí, buscándome para entrevistarme, y Sara lo había atendido en mi lugar. El cura se le había acercado con una libretita de cuero negro en la mano, abierta y presta como la de un periodista. «¿Cómo era el difunto?», le preguntó a Sara. Ella, acostumbrada como estaba a estos trámites, contestó con las señas públicas de un zodiaco: era amable, cariñoso, familiar, caritativo. El cura tomó nota, estrechó la mano de Sara, y ella lo vio regresar a la sacristía. «Quienes conocimos a Gabriel», dijo después, desde el micrófono, «sabemos de su carácter amable y familiar, del infinito cariño que prodigaba a los suyos, de la inagotable caridad con que se entregaba a propios y extraños. El Señor lo tenga en su santo reino». Y el mar de cabezas asentía: todos estaban de acuerdo, el muerto había sido tan buena persona. «Reunirnos aquí, para evocar la memoria de nuestro hermano, es también preguntarnos cómo perpetuaremos lo que él ha dejado en nosotros; es medir la intensidad de la pérdida, y el consuelo de la resurrección...» El cura hizo en público la pregunta que yo me había hecho en privado tantas veces, no sólo desde el instante en que supe que mi padre ya no estaba, sino desde mucho antes, y sus palabras me parecieron intrusas. Pensé en el posible legado de mi padre; sentí al principio que no había recibido nada, nada salvo el nombre, salvo el timbre de la voz; pero terminé por considerar que de muchas formas mi vida no era distinta de la suya: era una mera prolongación, un curioso seudópodo.

Tres colegas de mi padre me ayudaron a levantar el ataúd —sin ventanilla de ningún tipo, según lo convenido con Sara— y llevarlo hasta la puerta de la iglesia; entonces, una cuadrilla de hombres enlutados nos cortó el camino; hubo ajetreo de papeles, el ataúd descansó sobre una montura dorada, y un desconocido comenzó a leer. Sostenía el papel con una mano argollada (argollada en tres dedos). El hombre era vocero de la Alcaldía Mayor de Bogotá; al final de cada frase sus talones se separaban dos o tres centímetros del suelo, como si intentara empinarse para ver mejor.

> Señoras, señores, amigos, compatriotas todos:
> Gabriel Santoro, el prócer, pensador, catedrático y amigo, representaba a su edad avanzada al hombre ecuánime y honesto, estandarte o paradigma, porque en todos los momentos de su vida se distinguió por el patriotismo puro y noble, su integridad moral, la personalidad y el temperamento recios, su devoción y afecto a la ideología, el estricto y cabal cumplimiento de sus deberes y, además, por el gesto cordial, afectuoso, de sus relaciones humanas.
>
> Nacido en Santa Fe de Bogotá, tierra ubérrima de ilustres prosapias, Sogamoso fue cuna de sus ancestros y luz de su claro entendimiento. Formado para la política, la ciencia y la cultura en hogar de cristianas virtudes, las cultivó y aquilató con esmerada unción, como era de usanza en las sociedades que practicaban las ideas sanas con profundas convicciones. La religión, los principios de la ideal filosofía, eran centro,

nervio y motor de su intelecto, proyectado éste con efluvios de grandeza hacia el inmediato porvenir. Y por supuesto la fe acrecentó en su espíritu la íntima cercanía de Dios, con cuyo temor la sabiduría y la paz del alma reflejaban el milagro vivo de la persona selecta, digna y civilizada.

Y con todo ello, aspirando con olores de eternidad los aires próceros y el incienso de la santa inspiración patriótica, con la alegría de la juvenil y atlética estampa, elegante y erguida, trascendió a las aulas de su Alma Máter, que lo recibió cual faro que orienta en estos días de oscuros designios y equívocos presagios. Solícito, disciplinado y laborioso, con la majestad propia del hombre de bien, Gabriel Santoro rendía culto a la filosofía perenne, tranquilo el ademán de gran orador, iluminada la pupila del caudillo, fija ella en los horizontes de la patria amada. En ese entorno identificamos los bogotanos a Gabriel Santoro para ubicarlo, haciéndole honor a su trayectoria eximia, en el panteón de los próceres de la patria.

Pues su vida, desde el egregio instante en que obtuvo sus títulos como jurisprudente de mérito, no dejó nunca de asumir el rol del guía en la tormenta, formando generaciones de hombres de recto obrar y diáfanas ideas, y transmitiendo el tesoro más ilustre de nuestra especie, la lengua que reverenciamos con su práctica cada día de nuestras vidas. Y por todo ello será reconocido en los anales de nuestra patria, puesto que en estos mismos instantes de dolor ejemplar la patria prepara la oficialidad de su reconocimiento y sus decretos honrarán al doctor Gabriel Santoro con la Medalla al Mérito Civil. Así se comunicará y se cumplirá en los términos y con las formalidades a que haya lugar en derecho.

Paz en la tumba del insigne maestro y epónimo repúblico, doctor Gabriel Santoro. Las banderas tricolores se agitan en el cielo, festivas y alegres, dándole la feliz bienvenida al orador y al hombre. Brille para él la luz perpetua.

Santa Fe de Bogotá, a los veintiséis días del mes de diciembre de 1991.

En ese instante, cuando el discurso cesó y la caja resbaló sobre la alfombra fucsia del carro fúnebre y el chofer cerró la puerta, poniendo todo el cuidado posible en evitar mi mirada, la gente comenzó a caminar hacia mí, a murmurar pésames y estirar manos abiertas que salían de mangas negras, y la retórica plomiza del orador de turno (esos anacolutos, esos gerundios subversivos, el tintineo incómodo de esas esdrújulas) fue la menor de mis preocupaciones. En todo caso, esto lo recuerdo bien: yo no quería saludar a nadie, porque en mi mano derecha estaba vivo todavía el peso de mi padre y de su ataúd, y me había encaprichado con la idea de hacer perdurar unos minutos más la presión sobre mi palma de la manija de cobre. Después, por una de esas curiosas asociaciones de que es capaz una mente bajo presión, pensé en las manijas y en la alfombra del carro fúnebre cuando el ataúd empezó a entrar en el horno del cementerio. La compuerta del horno era de cobre y las manijas del ataúd eran de cobre. El calor en la recámara, alrededor de las flores y de su olor putrefacto, de las cintas blancas, de las letras doradas de las cintas blancas, no era distinto del que había sentido en el parqueadero de la funeraria, con el sol golpeando el paño grueso de mi saco y mi cuello sudoroso. Y ahora, al tiempo que me dejaba agobiar por esas pequeñas molestias, pensaba en mi padre muerto. En algún momento creí que nunca, mientras viviera, podría pensar en otra cosa. Estaba solo; no había nadie más entre mi propia muerte y yo. Rellenando los formularios de la cremación había escrito, por primera vez en mucho tiempo, el nombre completo de mi padre, y me había estremecido el automatismo de mi mano, que había memorizado esos movimientos a través de años de escribir *Gabriel Santoro,* pero siempre refiriéndose a mí, no a un muerto. El contenido de mi propio nombre, aquello que nos parece inmutable (aunque no sea más que por la fuerza de la costumbre), se estaba transformando. De todos los cambios a que nos sometemos durante una vida —pensé, o creo haber pensado—, de todos los cambios que nos son impuestos, ¿cuál podía ser más violento?

En esa caja, detrás de la compuerta, estaba su cuerpo. No podía saber en qué estado, no podía saber qué daño le había hecho el accidente, ni había querido averiguar las causas de la muerte. Tal vez se había desnucado, tal vez había muerto de asfixia, o tal vez, como una pasajera de la cual ya se tenían noticias, aplastado por la carrocería, y tal vez el impacto del carro (contra la montaña, o el bus, o un tronco cualquiera) lo había proyectado hacia delante con tanta fuerza que su cinturón o el timón o el tablero le habían roto el pecho. Los médicos habían dicho que los huesos del tórax tardarían un año en regenerarse tras la operación; ahora, el corte de la sierra irritaba mi imaginación mucho menos que las imágenes invocadas del accidente. Y en pocos minutos, después de las ropas y la piel, después de los tejidos blandos —los ojos, la lengua, los testículos—, después del corazón renovado, esos huesos serían fundidos por el calor del horno. ¿Qué temperatura hacía allí adentro? ¿Cuánto tardaba todo el proceso, la transformación de un profesor de retórica en polvo para llenar urnas? ¿Quedaría fundido también el alambre que los cirujanos habían implantado en los huesos del pecho? Y mientras pensaba en eso la poca gente que había venido al espectáculo de la cremación se me seguía acercando, y el envaramiento de mis manos y de mis palabras cansadas volvía a capturarme, como demostrando una vez más lo que siempre he sabido y jamás fue necesario demostrarme: que no estoy entrenado para lamentar la muerte, pues nunca nadie me enseñó palabras de duelo ni comportamientos de luto. Entonces una mujer se acercó para saludarme —para traspasarme su inventario personal de frases de consuelo, de significativos abrazos, de solidaridad *prêt-à-porter*—, y sólo cuando la tuve a un metro de distancia reconocí a Angelina, que nos había acompañado en silencio durante todo el día, tímida y medio escondida, reacia a participar en ninguna de las ceremonias, como si la avergonzara ser lo que sería para siempre: la última amante del muerto.

Llevaba un pañolón que le servía bien de camuflaje, negro y suelto como la chilaba de un beduino, y su rostro lavado, bajo la tela, volvía a ser el de una mujer con la cual cualquier hombre maduro se hubiera podido encaprichar. Había decidido venir tan pronto como logró confirmar que mi padre estaba, en efecto, entre los muertos; el accidente le había dañado la Navidad, me decía con cierto desapego (me pareció que se protegía de su propia tristeza), pero no iba a dejar que le dañara el Año Nuevo, eso sí que no, y apenas pudiera se iría de vacaciones a alguna parte, tan lejos de todo esto como fuera posible. Fue ella quien me hizo percatarme, al salir del cementerio, de que yo no tenía llaves del apartamento de mi padre, y ella sí. Habría seguramente cosas que me gustaría recuperar, sugirió, y era poco probable, más bien imposible, que nos viéramos de nuevo. A ella no le importaría acompañarme y devolverme las llaves, siguió diciendo en tono de conciliadora profesional, siempre y cuando yo le permitiera quedarse un rato en el apartamento, mientras también ella empacaba sacos, anillos, revistas del corazón y hasta sobres de sacarina que se habían ido quedando dispersos por ahí en el curso de seis meses de citas con mi padre, y que ahora no tenía ningún sentido desechar.

«Mire, la verdad es que hoy mismo tengo poca cabeza», le dije. «Pero encontrémonos mañana, y así tenemos todo el tiempo que queramos.»

Y eso hicimos. Al día siguiente, a comienzos de la tarde, Angelina y yo entrábamos juntos al apartamento de mi padre y nos sentábamos a conversar con el aire y las maneras de unos mellizos extraviados. Habíamos encontrado la puerta cerrada con doble llave: era la puerta de alguien que ha salido de viaje. Adentro, la impresión fue la misma: las cortinas cerradas, los platos limpios sobre una rejilla de madera y un vaso sucio en el lavaplatos (el jugo de naranja que uno se toma antes de salir muy temprano, pensando en desayunar por el camino). Yo me había sentado en la poltrona amarilla, y ella, tras alisarse la falda con las manos (un movimiento que palpó sus nalgas, sus muslos), en una de las sillas del comedor. La luz lechosa de la calle manchaba su cara, libre ya de la sombra de la chilaba, con las sombras de los barrotes. Cuando un carro pasaba por la cuarenta y nueve, el reflejo de su panorámico se proyectaba sobre el techo del apartamento, móvil, luminoso, un foco en busca de presos fugados. «Yo le pedí que no se fuera», me decía Angelina. «Y él como si lloviera. Es que a esa hora, ¿sí ve?, cómo iba a irse tan tarde, es que en esa carretera se han desbarrancado tres buses, por lo menos. Claro que se lo dije. Yo se lo dije y él no me hizo caso.» Hablaba con el rostro endurecido y una voz que parecía acusar a mi padre o sugerir que todo esto era su culpa. «Tres buses no, muchos más, un montón. El último fue hace poquito. Se mató todo el mundo.»

«Pero en éste no», le dije. «¿No sabía? Hay gente que quedó viva.»

«No he querido ver periódicos, me duele mucho. Pero me cuentan cosas, allá la gente me cuenta cosas aunque yo no quiera, no hay manera de que a uno lo respeten.»

«¿Qué cosas?»

«Pues bobadas, nada más.»

«¿Qué bobadas?»

«Por ejemplo que el bus iba con las luces apagadas, sólo tenía prendidos los bombillitos anaranjados de arriba, ¿sí sabe cuáles? Eso es la mierda de las cosas que salen en los periódicos, yo no sé quién era el chofer, pero ya lo odio a ese hijueputa, de pronto hasta tuvo la culpa.»

«No diga eso. Lo de la culpa... en fin, no sé si importe demasiado.»

«Pues a usté puede no importarle. Pero uno quiere saber, ¿no? ¿Qué tal que la culpa haya sido de Gabriel?»

«Él ha manejado toda su vida por carretera. Ha manejado camiones grandes como una casa. No creo que haya tenido la culpa.»

«¿Qué camiones?»

«Camiones de la Troco.»

«¿Y eso qué quiere decir?»

Ya le estaba hablando como si fuéramos hermanos. Como si ella tuviera que conocer igual que yo la vida entera de mi padre.

«Nada», dije. «Es un nombre de empresa. Como cualquier otro nombre. No quiere decir nada.»

Angelina se quedó pensando.

«Mentiroso», dijo entonces. «Gabriel quiere decir guerrero de Dios.»

«¿Ah, sí? ¿Y Angelina qué quiere decir?»

«No sé. Angelina es Angelina.»

Cerró los ojos. Los apretó como si le ardieran.

«Es que acababa de salir», dijo. «¿Por qué tenía que irse a esas horas? Los hombres son tan tercos, nunca hacen caso.»

«¿Y usted?»

«¿Yo qué?»

«¿Por qué no estaba con él?»

«Ah», dijo ella. Una pausa. Después: «Pues porque no».

«¿Por qué no?»

«Él no me dejó que lo acompañara. Era cosa suya.»

«Qué cosa.»

«Cosa suya.»

«Qué cosa.»

«Ay, no sé», dijo Angelina, enfadada y algo inquieta. «No me haga más preguntas, no sea cansón. Mire que yo no me metía en la vida de él, si apenas nos conocíamos.»

«Pero eran novios.»

No era la palabra correcta, por supuesto. Angelina no se burló de mí, pero hubiera podido hacerlo.

«Novios, novios, suena tan lindo, ¿no?, como de novela de las diez. ¿Eso dice la gente de nosotros, que éramos novios? Es lindo, creo que me gustaría, aunque ya para qué. A él le importaba más que a mí eso de los nombres, me preguntaba todo el tiempo que nosotros qué éramos.»

«Y qué eran.»

«Increíble, usté es igualito, el palo y la astilla, ¿no es así que se dice? No sé, nos acostábamos de vez en cuando, nos acompañábamos, yo creo que nos queríamos un poco, en seis meses uno alcanza a quererse un poquito. Yo lo quería, eso sí seguro, pero así es la vida, ¿cierto? Usté ya está grandecito, Gabriel, ya sabe que uno no se acuesta con los demás y empieza ahí mismo a meterse en su vida. Si él se quiere ir yo qué le voy a hacer, pues nada, dejarlo que se vaya.»

«Pero es que a esas horas», dije.

«Qué pasa. Sí, a mí me hubiera gustado acompañarlo y matarme con él, muy romántico. Pero él no me invitó, qué quiere que haga.»

«Además Medellín. Qué carajos fue a hacer allá, esa ciudad no le gustaba, le tenía antipatía.»

«Pero si no la conocía.»

«Le tenía antipatía de todas formas.»

«Ay, pues tan charro», dijo Angelina. «Tenerle antipatía a sitios que no conoce.» Y luego: «Que no conocía».

Comenzó a llorar, discreta, calladamente. Yo no lo habría notado si no hubiera sido por el gesto del dedo índice que barrió la línea de sus pestañas y enseguida fue a limpiarse la pestañina sobre la falda. «Muy bobito pues», dijo Angelina. Era normal que llorara como se llora en los días que siguen a una muerte, cuando el mundo entero es poco más que un lugar ahuecado, y la violencia de la pérdida parece inmanejable, pero no pude no pensar que su llanto quieto, desprovisto de escándalo y de todo desconsuelo, tenía cualidades distintas, y entonces se me ocurrió por primera vez que Angelina me ocultaba algo, y de inmediato lo vi, lo vi como si estuviera escrito en luces de neón sobre un edificio apagado: mi padre la había herido. Era resentimiento lo que había en su llanto, no tristeza. Mi padre la había herido. Me parecía increíble.

«¿Y tenían proyectos?», pregunté.

Angelina me miró (o más bien me miraron sus ojos de azagaya, separados de su cuerpo) con algo que era incertidumbre pero también hostilidad, como si fuera una niña y yo estuviera tratando de estafarla en una tienda.

«Cuáles proyectos», dijo.

«Para irse a vivir juntos, no sé, para que él se quedara en Medellín. A mí él no me dijo gran cosa, ¿sabe?, un día salió con lo del viaje. Así, sin anestesia. Que se iba con usted a pasar las fiestas, eso fue todo lo que me dijo. Nada más.»

«Pues entonces nada más. Navidad y Año Nuevo, ésos eran los proyectos.»

«¿Y después?»

«Miralo a éste. Después nada. Por qué me hace tantas preguntas, si se puede saber.»

«Perdóneme, Angelina. Es que él...»

«¿Por qué tengo yo que saber qué le pasaba por la cabeza? ¿Acaso soy adivina?»

«No, claro. No le pido...»

«¿Usté sabe qué estoy pensando en este momento? A ver, a ver si es tan berraco. ¿Qué estoy pensando?»

Piensa en la herida, me dije. *Piensa en que todos quieren herirla. Y el hombre que parecía ser distinto también la ha herido.* Pero no lo dije, entre otras cosas porque no hubiera podido probarlo, porque me resultaba imposible imaginar las circunstancias de esa herida.

«¿Qué estoy pensando?», repitió ella.

«No sé.»

«No, ¿verdad? Vea, ¿y entonces por qué le parece que yo puedo saber lo que pensaba su papá? Claro, facilito que hubiera sido así, ¿no? Saber uno lo que piensan los demás, muy bacano. ¿Pues sabe qué? Si usté pudiera ver lo que piensan los demás, no saldría de su casa de puro miedo.»

Angelina se defendió, aunque no tuviera muy claro de qué se defendía. Yo, por mi parte, lo dejé de ese tamaño; acepté que una disputa, o un rencor, o un desacuerdo entre mi padre y su amante (cuya resolución interrumpe la muerte, esa gran entrometida), no eran de mi incumbencia; acepté que lo menos importante de la muerte de mi padre era el hecho de que hubiera muerto en un accidente de tránsito, y lo menos importante de este accidente era su lugar o la distribución de responsabilidades. Así que pasamos el resto de la tarde haciendo lo que habíamos previsto: ella recogió sus cosas, cada señal de su paso por la vida de un muerto, y se despidió con un apretón de manos distante y formal, tal vez consciente de lo que me había dicho en el cementerio: nunca nos volveríamos a ver, porque no había ninguna razón en el mundo para que eso sucediera. La vi bajar las escaleras caminando despacio, llevando bajo el brazo izquierdo una caja de cartón que habíamos vaciado de periódicos para meter en ella sacarina y sacos y revistas, una cachucha de béisbol que mi padre le había prohibido desde que la vio usarla por primera vez, y una bolsa plástica llena de sus bálsamos para el pelo, sus cremas de algas y sus paquetes de toallas higiénicas. Cerré la puerta cuando la escuché despedirse del portero; luego, durante una o dos horas más, me paseé por el apartamento, abriendo cajones, compuertas, armarios, levantando camisas y escudriñando por detrás de los libros, con todos los movimientos de alguien que busca un tesoro escondido pero sin la intención de encontrarlo: más bien queriendo evitar que mi padre hubiera guardado ahorros o documentos valiosos en algún lugar secreto y que después, cuando se hiciera lo que fuera necesario con este sitio, los documentos o los ahorros se perdieran entre los desperdicios o algún avispado se los robara. Así fue como encontré una boleta vieja para un concierto de Leonardo Favio, junto a una caja de condones en desorden, y, a pesar de los tonos desgastados del papel, supe que el año del concierto era el de la muerte de mi madre, lo que explicaba sin duda que mi padre se hubiera sometido a la tortura insoportable de la balada popular; y así fue como me di cuenta, mientras revisaba la colección exigua y diletante de discos análogos —algunos todavía con sus forros intactos de papel de seda—, de que no había casetes en esta casa, porque no había el aparato para ponerlos, y me asaltó una noción que no había considerado hasta ese momento: de mi padre quedaban uno o dos textos, pero su voz no estaba grabada en ningún sitio. No volvería a oír su voz.

Días después, en la casa de Sara Guterman, adonde había ido a pasar Año Nuevo, volví a pensar en esa mínima tragedia, y se lo dije. Sara me regaló toda la simpatía de que fue capaz, pero, como era evidente, no pudo contradecirme ni desvirtuar el hecho de que la memoria de mi padre iría desapareciendo poco a poco, y su desaparición se cifraría en circunstancias tan impalpables como la inexistencia de una grabación, al mismo tiempo que la voz de ella había quedado para siempre consignada generosamente en una decena de casetes. Su televisión estaba encendida, porque habíamos acordado que haríamos poco caso de las uvas y los brindis y los calzones amarillos, y pasaríamos de un año al siguiente viendo cómo lo celebraban otras ciudades, y ahí estaban las imágenes, los cielos negros cubiertos de repente de fuegos artificiales densos y luminosos como algodón de dulce, el ruido y los abrazos, los relojes cobrando un protagonismo absoluto en Delhi, en Moscú, en París, en Madrid, en Nueva York, en Bogotá, y la gente de esas ciudades coreando una cuenta regresiva que en esos instantes era lo más importante del universo. Ninguna ciudad alemana había hecho parte del inventario televisivo, y pensé en preguntarle a Sara si había en Alemania —o en Bélgica, o en Austria— alguien a quien ella hubiera querido felicitar, familiares o amigos con los cuales ella estaría en este momento si no viviera aquí sino allá, si nunca hubiera emigrado. Estaba a punto de entrar en ese peligroso pasatiempo, la especulación sobre una vida alterna, y de agradecerle enseguida por su compañía de esta noche que yo no hubiera sido capaz de pasar solo, cuando me cortó a mitad de mi frase y me puso la mano en el brazo, y el

Año Nuevo más largo de mi vida quedó formalmente inaugurado en ese momento: Sara empezó a hablarme de los rumores que habían corrido esa semana en ciertos medios bogotanos, según los cuales Angelina había aceptado una buena cantidad de plata de una revista importante cuyo nombre todavía se ignoraba, y a cambio iba a revelar en una entrevista que Gabriel Santoro, el hombre que fue honrado durante su entierro y sería condecorado por decreto en el futuro cercano, el abogado que se había distinguido como orador durante treinta años no sólo por su talento sino por el intenso contenido moral de su práctica, no era en realidad lo que todos habían pensado: era un impostor, un mentiroso y un amante desleal. «Con esto todo cambia», me dijo Sara. «Porque hay cosas que prefiero contarte yo misma, y no que las vayas leyendo por ahí.»

III. LA VIDA SEGÚN SARA GUTERMAN

«Navidad de 1946. Bueno, no el veinticuatro, pero sí un par de días antes. Hace casi exactamente cuarenta y cinco años, fíjate, y no es que a mí me guste pensar en los aniversarios. Nada raro que recuerde una fecha así, ¿no te parece? Todo el mundo se acuerda de las cosas que pasan en Navidad, y también yo, aunque en mi casa no se festejaran las mismas cosas ni los mismos días. Pero mamá siempre se fijó mucho en el asunto de la Navidad, en parte, creo, porque quería mezclarse con su nuevo país, todo ese complejo del recién llegado. A donde fueres, etcétera. Lo anormal sería que me olvidara de la fecha, así fuera un segundo, o que no te pudiera recitar las cosas que pasaban ese día, cómo iba vestida yo, qué decían los periódicos. El problema es que yo recuerdo qué pasó el día antes y el día después, un mes antes y un mes después, porque fue una época muy particular, y al mismo tiempo que iba viviendo me iba dando cuenta de que mi vida cambiaba. Asistir al momento en que tu vida cambia para siempre es una vaina muy especial, te lo juro. Y yo lo tengo aquí en la cabeza, es como una película que no puedo apagar, que he visto mil veces. A veces me gustaría apagar la película, perderla para siempre. Pero antes pensaba: no le puedo hacer esto a Gabriel. Cuando fue obvio que él iba a olvidarlo todo, que su intención era borrar su parte de la película contra viento y marea, pensé que yo era su memoria, se me ocurrió esa idea tan estúpida de ser la memoria de alguien más, y se me quedó metida en la cabeza. Ahora uno puede salir y comprar memoria en la esquina, ¿no?, por lo menos mis nietos lo han hecho. Cogen un taxi y se van a la tienda de computadores y compran memoria, seguro que tú también lo has hecho, yo ni siquiera sé todavía lo que es un computador, no he querido aprender, y eso de preguntarles a mis nietos cómo es el asunto es someterme demasiado a sus impaciencias. Pues bueno, yo era la memoria de Gabriel, aunque no pudiera hablarle de eso a nadie. Yo era y tal vez soy todavía esa cosa tan terrible: una memoria que tiene prohibido decir que se acuerda. Tampoco mis hijos me dejan acordarme. Me tienen prohibido que les hable a mis nietos de lo que pasó en esos años. En eso pensé hace poco, nunca me había dado cuenta: me he pasado la vida haciéndole caso a la gente que me prohíbe acordarme, ¿no es lo más raro del mundo? Así que la película de mi cabeza acabó existiendo sólo en mi cabeza. Como esas cintas de Chaplin que duraron tanto tiempo perdidas y que ahora dicen que han encontrado, no sé si viste la noticia en alguna parte. En fin, eso era yo, un carrete, una cinta, un rollo, no sé cómo se llama eso, una lata de película que se queda perdida, y a nadie le importa que se quede perdida porque nadie tiene la intención de proyectarla, y si alguien la proyectara te juro que no iría nadie a verla. La que sí fuimos a ver fue *Esclavo de su pasión,* la daban en esos días, antes de Navidad. A mí me encantaba Paul Henreid, todos le teníamos un poquito de rabia porque se había llevado a Ingrid Bergman en *Casablanca,* no se la había dejado a Rick que era tan encantador. Y fuimos a verla. A Gabriel no le gustó, claro, él ya había leído la novela. ¿De quién era la novela?»

«Somerset Maugham.»

«Sí, ése. Y tampoco le había gustado la novela. Bueno, pues eso fue a principios de diciembre. Una semana después, cuando ya lo tenía convencido para volver a verla, a ver si esta vez sí le gustaba, nos llegó la noticia. Konrad Deresser se había matado. Konrad, el papá de Enrique. Ni siquiera estoy segura de que sepas de quién te estoy hablando.»

«Enrique Deresser, sí. El amigo de mi papá, ¿no? Creo que lo conoció en tu hotel. Sí, él me habló de Enrique Deresser un par de veces, sobre todo cuando yo tenía doce o trece, y alguna vez me habló también de la muerte de Konrad Deresser. Pero luego ya no. Dejó de tocar el tema. Así, de repente, de buenas a primeras. Como si Deresser fuera un niño dios o un Papá Noel, ¿sabes? Como si mi papá me dijera: uno habla de esas cosas de niño, pero para un mayor de edad son personajes ridículos. Eso pasó con él.»

«Cuéntame lo que sabes.»

«Sé que el papá de Enrique quebró. Sé que se mató, se tragó no sé cuántas pastillas para dormir y las pasó con un coctel de aguardiente y pólvora. Sé también que todo eso pasó en un hotelucho, no, en una pensión de la calle doce, calle doce con quinta o sexta, porque una vez pasábamos por ahí y mi papá me lo dijo. Mira, aquí se mató el papá de Deresser, me dijo. Me acuerdo perfecto, íbamos por la carrera quinta hacia la Luis Ángel Arango. Íbamos a buscar un par de libros que a él le parecían *absolutamente imprescindibles* para mi tesis. *Sobre lo sublime,* de Longino, y *El arte de la persuasión en Grecia,* de Kennedy. Él creía que mi tesis era de otra carrera, supongo.»

«No puede ser, ¿te acuerdas de los títulos? Qué bárbaro, qué memoria.»

«Uno siempre se acuerda de los títulos, Sara. Cuando se murió mi mamá yo estaba leyendo *El hombre de la pistola de oro.* Ian Fleming. Cuando me gradué estaba leyendo *La aventura de Miguel Littin.* García Márquez. Cuando mataron a Lara Bonilla estaba leyendo *Hiroshima.* John Hersey. Uno siempre se acuerda, o por lo menos yo funciono así. ¿Tú no? ¿No te acuerdas de qué estabas leyendo en fechas importantes? A ver, ¿qué estabas leyendo cuando se murió tu marido?»

«No sé. Me acuerdo de una corrida en la plaza. Era Pepe Cáceres, el toro lo cogió pero no le hizo nada, yo lo vi todo desde aquí. Y a mí los toros no me gustan.»

«Pero de libros nada.»

«No. Será que no soy así.»

«Bueno, pues Longino y Kennedy. Ésos eran mis autores cuando mi papá me contó lo de Konrad Deresser.»

«No sabía que te lo hubiera contado. Es raro. En fin, déjame que siga:

»Gabriel estaba en el hotel ese fin de semana. Desde el final de la guerra yo había seguido trabajando en el hotel, cada vez con más responsabilidades, porque de repente el hecho de hablar en colombiano me había vuelto indispensable. Qué palabra: indispensable. Tu papá y yo teníamos veintidós años, y Enrique un poco más, veinticuatro o veinticinco, él ya era mayor. Veintidós, ¿tú te das cuenta? ¿Quién es indispensable a los veintidós años? Mi nieto tiene esa edad, o en todo caso anda por los alrededores, y yo lo veo y pienso: ¿esa edad teníamos nosotros? ¿No éramos unos niños? Claro que en esa época ya éramos personas a los veintidós, ya éramos adultos, y hoy un treintañero sigue siendo un niño. Pero da igual, éramos muy jóvenes. ¿Cómo es que nos pasaron las cosas que nos pasaron? ¿No hay cosas que uno sólo hace cuando ya es mayor, no hay una edad mínima para hacer ciertas cosas, sobre todo las que marcan tu vida? Yo llevo tantos años haciéndome estas preguntas que ya las respuestas me importan muy poco, ya lo que quiero es que nadie me las conteste, porque una respuesta inesperada o rara me obligaría a revisar la vida. Y hay un momento en que ya no estamos para revisiones.

Yo ya no estoy para revisiones. Gabriel trató de revisar, por ejemplo, y yo no sé qué opinaría su novia de eso, pero la cosa no es tan fácil. No puedes ponerte a revisar tu vida y quedarte tan tranquilo. Prohibido revisar y quedarse tan tranquilo, eso debería estar escrito en la partida de nacimiento, para que uno sepa a qué atenerse, para que no ande por la vida haciendo bobadas.

»Tu papá estaba estudiando Derecho, pero así y todo se las arreglaba cada dos fines de semana para llegar a Boyacá. Cuando no podía coger un bus, yo buscaba en la lista de reservaciones a algún conocido, o al conocido de un conocido, y él lograba que lo trajeran, como si los carros de los huéspedes fueran para alquilar. Yo le daba el teléfono, simplemente, y él se encargaba del resto: llamaba, con su voz de Don Juan contaba su caso, y los huéspedes acababan ofreciéndole un puesto en su carro. Gabriel tenía esa habilidad: lograba que la gente hiciera cosas por él. No era sólo que supiera hablar, no. La gente le creía, la gente confiaba en él. Si hasta papá acabó por aceptar que se quedara en el hotel sin pagar la tarifa plena, que para Gabriel hubiera sido un lujo inabarcable, una cosa de tres veces al año. Y allá llegaba con sus cuadernos de Contratos y de Procesal Administrativo, y estudiaba un rato, casi siempre por las mañanas, y luego salíamos a dar una vuelta, cuando a mí me lo permitía el trabajo en el hotel. Esa vez de la que te hablo no era época de estudios, y en las vacaciones lo normal era que Gabriel consiguiera algún trabajo, manejando camiones por todo el país como si Colombia fuera del tamaño de una casafinca. Lo contrataban, claro, porque él tenía una resistencia de burro y podía ponerse detrás de un timón veinte horas seguidas, sin dormir, apenas parando a comer algo. Ese año había manejado camiones con gasolina durante la huelga de transportadores... pero tú esto lo sabes, ¿no?»

«Sí, eso también me lo contó varias veces. Los camiones. "Sobre la corona".»

«Bueno, pues esa Navidad no hubo ningún camión, no hubo ningún trabajo, porque ya había terminado la huelga. Gabriel no soportaba quedarse en su casa. De esto no te habló nunca, eso seguro. No se aguantaba a tu abuela. Y tengo que decir que le daba la razón. Doña Justina ya era puritana antes de que asesinaran a su esposo, y a partir de ese momento llegó a extremos insoportables, sobre todo para un hijo único. Así que era lo más normal del mundo que Gabriel me pidiera asilo, no exagero, él usaba esa palabra, asilo para pasar las fiestas, porque su madre, para celebrarlas, se reunía con tres tías solteronas, y en cada novena rezaba el rosario con tanto fervor que después de su muerte los médicos le encontraron una rótula desplazada y dijeron que era por haber pasado tanto tiempo de rodillas durante la segunda mitad de su vida. Gabriel se burlaba de ella en público, era un poco doloroso verlo.»

«Yo nunca llegué a conocerla.»

«No, claro. Cuando ella se murió tú tenías dos o tres años, y Gabriel nunca quiso llevarte a su casa para que ella te viera. La vieja le mandaba decir con todo el mundo que quería conocer a su nieto, que no quería morirse sin conocer a su nieto, y Gabriel como si lloviera. Con el tiempo he entendido lo que le echaba en cara... es un decir, claro, porque en esa familia nunca se hablaron las cosas, no se hablaba de enfermedades ni de malentendidos ni de nada. Lo que le reprochaba por la espalda, digamos: he entendido lo que le reprochaba por la espalda. ¿Y sabes qué era? Que se hubiera dejado morir después de la muerte de su marido. Que se hubiera enterrado en vida a los treinta y cinco —porque no creo que tuviera más cuando mataron a tu abuelo. Déjame ver, Gabriel tenía unos diez o doce, más bien doce, así que ella apenas había pasado de los treinta, sí, era una treintañera muerta y enlutada, y Gabriel decía a veces que su luto era el de su propia muerte. Él me habló de eso varias veces. Llegaba de su colegio de curas y entraba en cuartos más oscuros que los salones de los curas, con muebles cubiertos de sábanas para que no se gastara el tapizado, con un cristo inmenso en cada cuarto, todos iguales, de esos que sangran mucho y tienen los ojos abiertos, ¿sabes?, y que suelen tener cruces de madera corrugada, si se puede decir así, ¿los has visto?»

«Creo que sí, los he visto en alguna parte. Los que no son planos. Los que son un poquito irregulares, como una trenza de chocolate.»

«Antes de que mataran a tu abuelo doña Justina le enseñó a Gabriel a hacer las cruces, porque en la casa de Tunja el niño tenía mucho tiempo libre y sobraba la madera. Y después todavía lo obligó un tiempo a seguir haciéndolas. Hasta los doce o trece haciendo cruces de madera. Cómo la odió por eso, toda la vida se acordó de esas cruces. Después odió todo lo que fuera manual, yo pienso que en parte por eso. ¿O alguna vez lo viste pintando la casa, o tratando de aprender un instrumento, o arreglando una cañería o un armario, o cocinando?»

«Pero siempre pensé que era por lo de la mano.»

«Ah, lo de la mano.»

«Eso tuvo que condicionar su vida, ¿no? Dictar lo que podía y no podía hacer, definir sus intereses. Él ni siquiera escribía, Sara. Y a mí me hablaba todo el tiempo de sus complejos de infancia, de los efectos de la deformidad en un niño...»

«No, espera. Vamos por partes. Ningún efecto, nada de eso.»

«¿Cómo así?»

«Lo de la mano le pasó después. Y no fue como tú crees. El creció con las manos enteras. Esa Navidad, la mano existía, y existió unos días más. Mejor dicho, lo que pasó fue poco después de lo que te estoy contando. Pero no entiendo, si me dijiste que sabías lo de los camiones. ¿Cómo iba a manejar esos aparatos con una mano mutilada? No, no. Ese día, cuando Gabriel bajó a desayunar y acabó enterándose de que Konrad estaba muerto, tenía sus dedos enteros, era un hombre entero. La gente estaba reunida junto al radio, me acuerdo, pero no porque acabaran de dar la noticia, sino porque nos habíamos acostumbrado a que ése era el lugar de reunión para ciertas cosas. Cómo me gustaría saber en dónde acabó ese radio. Era uno de esos Philips que parecen maletines de médico, lo más moderno en esa época, con su rejillita de mimbre y todo. Papá me dio la noticia y me pidió que se la diera a Gabriel. Sabía lo amigos que eran Gabriel y Enrique, todo el mundo lo sabía. Era obvio que a Gabriel le gustaría hacerse presente. En media hora había comido algo, para no viajar con el estómago vacío, había empacado, se había puesto sus zapatos nuevos, unos mocasines con suela de cuero tan lisa como la piel de un bebé, y estaba listo para pedirle transporte al primero que saliera para Bogotá. "Pero si ya lo enterraron", le dijo papá. "Fue hace casi una semana." Gabriel no le hizo caso, pero era evidente que le había dolido. El papá de su amigo había muerto, y nadie se lo había dicho, nadie lo había invitado a despedirlo. Me pidió que lo acompañara, claro, y lo hizo ahí, delante de papá: ésa era la medida de la confianza que le tenían, del respeto que inspiraba Gabriel desde tan joven. Yo le pregunté para qué íbamos, y él me dijo: "Para qué va a ser. Para despedirnos del señor Konrad". "Pero si ya lo enterraron, Gabriel", volvió a decir papá. Y Gabriel: "Pues no me importa. Nos despedimos en el cementerio".

»Pero no fuimos al cementerio. Llegamos a Bogotá esa misma tarde, a eso de las cuatro, cogimos un tranvía en la setenta y dos, pero al llegar a la veintiséis Gabriel se quedó quieto en su sitio, sin hacer el más mínimo ademán de bajarse. Le pregunté qué pasaba, si no íbamos al cementerio. "Después", me dijo él. "Antes tengo que hablar con alguien." Y así fue como me enteré de que Konrad Deresser estaba viviendo con una mujer al momento de su muerte, pero, lo que era más chocante, que Gabriel sabía y yo no. No era que la conociera, pero sabía de su existencia. Se llamaba Josefina Santamaría y era de Riohacha. Y allá llegamos, sin avisar, llegamos a visitarla a la pensión de la doce con octava donde había vivido Deresser. Josefina era una negra más alta que Gabriel. Lo único que supe de su vida era que había llegado a Bogotá seis meses antes y que se acostaba por buena plata con los socios del Jockey. No supe más porque esa tarde no hablamos de ella, sino de Deresser. Fue ella la que nos contó, segundo a segundo, cómo se había matado. "Claro que yo sabía, mi amor, cómo no iba a saber", nos decía Josefina. "Si se le notaba en toda la cara que estaba medio muerto." "Y por qué no hizo nada", dijo Gabriel. "Y cómo sabes tú que no hice nada. Si cuando lo vi salir por la mañana, salí yo también a perseguirlo. Lo perseguí toda la mañana, qué más quieres que haga. Lo que pasa es que me cogió de sorpresa, es que era muy vivo, mi mono."

»Esa mañana, como todas las mañanas de esa época, Deresser salió tarde, a eso de las diez, para desayunarse un carajillo al frente del Molino. "Siempre se sentaba ahí", dijo Josefina, "yo creo que para ver a las novias de los estudiantes." Pero a Josefina no le daban celos, al contrario: cuando lo veía irse por la mañana, ella le decía que saludes a las niñas, que ojalá pasara un viento y le levantara la falda a alguna. Esa mañana se quedó más tiempo que nunca, como si alguien le hubiera faltado a la cita y no supiera qué hacer. Iba y venía por la plaza, caminaba hasta el edificio del *Espectador* y esperaba a ver las noticias en el tablero de tiza. "Desde que empezaron a sacar el tablero dejó de comprar el periódico", decía Josefina. Lo del tablero lo dejaron de hacer después, pero para muchos fue la solución perfecta mientras duró: un tipo salía a ciertas horas por la ventana con las noticias más importantes anotadas ahí, a mano, sobre la marcha, era genial. Deresser no tenía ni con qué pagar el periódico, y se había vuelto cliente del tablero. Esa mañana la calle frente al *Espectador* estaba llena, pero llena de señoras, que querían saber cómo y dónde se iban a celebrar los homenajes al Arzobispo, que cumplía cincuenta años de ordenado. Deresser se acercaba a ellas, hablaba con alguna, y era mal recibido, lógicamente. A nadie podía parecerle agradable que se le acercara un tipo barbudo y con cara de no dormir, oloroso a sudor casi siempre y a veces a orines, por más que llevara un maletín de cuero que parecía haber vivido mejores días, por más que tuviera todavía esos ojos verdes que lo habían hecho famoso entre las empleadas del Nueva Europa. Y Deresser repetía la rutina, caminando hasta el almacén Garcés y volviendo al frente del periódico, no una, ni dos, sino varias veces.

»Si tenía una cita con alguien, esa persona le incumplió. Si esperaba ver a alguien, esa persona no pasó por ahí. Deresser entró al Molino dos veces, le dio la vuelta mirando las mesas, y ambas veces se paró debajo de Sancho Panza y desde allí volvió a mirar las mesas, pero nada. Nada de lo que quería. Así que siguió caminando, cruzó la plaza y se fue por la sexta hacia el sur. "Caminaba pegado a la pared", decía Josefina, "como si los demás estuvieran entecados, o hasta él". Josefina lo vio entrar en una casa de empeño, de esas que eran más frecuentes entonces que ahora, y volver a salir sin el maletín. Al principio pensó lo evidente, que había empeñado sólo ese maletín tan feo por el que no le debieron de dar mucho, pero después supo que había llevado también el único lujo que quedaba, y que era de todas formas un lujo inútil: un disco de música clásica. Era inútil porque días antes había empeñado el tornamesa en el cual lo oía. Para Deresser, ese momento, el momento de empeñar el último disco, tuvo que haber señalado algo terrible. La gente que se va a matar se aferra a bobadas, construye símbolos con cosas de todos los días para marcarse una fecha. Empeñar ese disco marcó la fecha para Deresser, no sólo porque con ese gesto daba por clausurada su vida, sino porque fue probablemente con esa plata que compró más tarde, en la Droguería Granada, las pastillas para dormir.

»Deresser era un músico fracasado pero que había asumido el fracaso de buena manera. Había montado la cristalera que le daba de comer a la familia cuando comprobó que en Colombia era imposible vivir dando clases de piano, eso allá por 1920, cuando estaba recién llegado a Bogotá. Pero después de unos años, después de conocer gente en ese proceso terrible que es el de un inmigrante, empezó a entrar poco a poco en la Radiodifusora, y llegó a trabajar en ella. Él decidía qué se ponía y a qué horas, les hablaba de Chaliapin o de Schoenberg a los locutores y los locutores repetían al aire lo que él les había contado dos horas antes. Para los que conocieron a los Deresser, ésa fue la mejor época de la familia, unos años en que nadie hubiera imaginado que les esperaba la desgracia personal, una época que terminó o comenzó a terminar en el 41, cuando Santos rompió con el Eje. Una de las primeras cosas que se hicieron después de eso fue lo de las emisoras. No podía haber alemanes ni italianos ni japoneses en las emisoras. Y Deresser llegó una mañana para encontrarse con que no tenía trabajo y además con que algunos lo miraban mal. La familia quedó como estaba antes: dependiendo de los vidrios que vendieran. Y no les fue mal, los vidrios daban buena plata, y además Deresser seguía en contacto con dos programadores de la Radiodifusora que no lo repudiaron, y se veían de vez en cuando y él les hacía recomendaciones. Pero el asunto de la música, para Deresser por lo menos, comenzaba a irse a pique. Después de eso, entre el 41 y el 46, Deresser siguió oyendo música, cada vez menos, eso sí, y aceptando al final que las cosas de su vida no iban a pasar como él quería que pasaran, aceptando que alguien le había sacado la vida de las manos. En octubre supo que los primeros nazis serían colgados en Nuremberg a mediados de mes, y lo primero que hizo fue conseguir un disco de Wagner, a quien había detestado toda la vida, y llamar a los amigos de la Radiodifusora. Se vieron en la pensión, según recordaba Josefina, los amigos vinieron sin hacer comentarios sobre el lugar y la compañía, pero se les notaba el pesar en la cara. Deresser les mostró el disco y les habló con tanto entusiasmo, o fingiendo su entusiasmo con tanto talento, que los amigos salieron de la pensión prometiéndole que lo pasarían uno de esos días, agradeciéndole por presentarles una obra poco conocida de un compositor poco transmitido, pidiéndole que siguieran en contacto, que siguiera haciendo propuestas, colaborando... Deresser pidió algo más. Les pidió como un favor especial que lo transmitieran el quince de octubre, y dijo que ese día era el cumpleaños de Enrique, y que la obrita de Wagner era una de sus favoritas y sería un buen regalo de cumpleaños, y ellos se creyeron toda la mentira, salieron conmovidos y echando al aire nuevas promesas. Las cumplieron. Transmitieron el disco el quince de octubre, día de los ahorcamientos en Alemania. La pieza de Wagner se llamaba *Los maestros cantores de Nuremberg.* La mitad de los alemanes llamaban indignados. La otra mitad llamaban para preguntar quién había sido el responsable, porque querían felicitarlo. Josefina dijo que fue la última vez que vio a Deresser más o menos contento, aunque fuera por burlarse de medio mundo sin que el medio mundo lo supiera.

»Después de empeñar *Los maestros cantores,* Deresser tenía que saber ya en qué gastaría la plata. Bajó a la séptima y empezó a devolverse hacia el norte, caminando despacio como un turista. "Se quedó como media hora al frente de la Granada", dijo Josefina. Pero no al frente y sobre el mismo andén, sino en el otro lado de la calle, como si estuviera a punto de cazar un elefante y lo vigilara de lejos. Pero cuando entró a la droguería, cuando se decidió por fin, entró y salió en dos segundos. "Creo que fue cuando salió que se dio cuenta. Yo estaba bien escondida. Yo estaba ahí en el Parque Santander, detrás de un árbol, no sé cómo hizo mi mono, pero creo que fue ahí que me vio." Y luego otra vez la misma cosa, pero al revés: otra vez hacia el sur por la séptima, pasando frente a la oficina de Gaitán sin que nadie pueda saber nunca si Deresser pensó en Gabriel en ese momento, aunque fuera por pura asociación de ideas. Siguió hacia la Plaza de Bolívar como si esta vez sí tuviera una cita. Un par de cuadras antes de llegar, ya se oía el ruido que hace la gente reunida en la Plaza de Bolívar, así esa gente no grite ni cante ni proteste. Las señoras estaban bien calladitas, muy decentes, ellas, paradas todas de cara a la Catedral y algunas ya con un rosario en la mano, las más viejas, sobre todo. Para Josefina eran espacios raros, raros y hasta hostiles, y no solía frecuentarlos. La última vez que había pasado por esta plaza, a pesar de tenerla a tan pocas cuadras de su casa, había sido siguiendo como zombi a la gente que vino a oír el Te Deum y a sacudir banderas y gritar cosas el día en que terminó la guerra.

»Eran las tres y cuarto de la tarde. El homenaje al Arzobispo había comenzado hacía muy poco, seguramente, porque cuando las señoras de la parte de adelante se empezaron a mover hacia Palacio, todavía quedaban algunas de la parte de atrás que seguían dándoles pedacitos de pan a las palomas, acuclilladas, cogiéndose el sombrero con una mano y estirando la otra, enguantada y llena de migas. Josefina las miraba muerta de envidia, porque las palomas le gustaban pero les tenía alergia. Y durante un segundo, un solo segundo, se quedó mirando a una de esas señoras, una que llevaba en la cabeza una pamela negra con flores rosadas, y que les daba a las palomas no migas de pan, sino granos de maíz amarillo y duro, y se quedó mirando el maíz que rebotaba cuando una paloma gorda y rojiza lo picoteaba sobre el suelo. Le tuvo envidia a la señora de la pamela negra por la facilidad con que se acercaba a las palomas. Cuando Josefina, recién llegada a Bogotá, lo había tratado de hacer, le habían empezado a rascar los ojos y la nariz, tanto que tuvo que sentarse en las escaleras del Capitolio porque no podía ver por dónde iba de tantas lágrimas que le salían. Luego, ya por la tarde, le había salido en el cuello un sarpullido terrible, y no supo ni nadie le quiso decir dónde podía comprar loción de calamina para echarse y que no le rascara tanto. Tres días. Tres días se demoró en descubrir que la Granada quedaba tan cerca de su pensión. Ahí pudo conseguir calamina cuando ya no la necesitaba, cuando ya la rasquiña se le había pasado y ya sabía que no podía volver a acercarse a una paloma en su vida. Y pensando en esto, en la loción y en la Droguería Granada, volvió a levantar la cara, después de ese segundo brevísimo, y se percató de que Deresser ya no estaba.

»Miró por todas partes, barrió la plaza con la mirada. Le dio la vuelta al corrillo de mujeres que ya se iba moviendo. Se metió entre ellas y aguantó los insultos, le dijeron de todo, la insultaron como suelen insultar los de adentro al de afuera. Pero no lo vio, no pudo encontrarlo, se le había perdido. Lo único que veía era sombreros, vestidos negros como si estuviera de repente en medio de un entierro, gente enguantada como si le diera asco tocarse entre sí, pero entre esa gente asquienta no lograba encontrar a Deresser, sólo dos o tres caras que la miraban con horror, dos o tres bocas que decían una negra, una negra. Le dio la vuelta a la cuadra, pasó dos veces frente a la ventana de la cual saltó Bolívar para evitar que lo descuartizaran en su propia cama y no pensó en Bolívar, ni en ninguna otra persona que no fuera Konrad Deresser, un hombre que huía de ella, que se le escondía, pero en ningún momento se le ocurrió ponerse digna, ponerse orgullosa y dejar de buscar a alguien que en ese momento no quería estar con ella. No se le ocurrió que Deresser se estuviera acostando con otra, porque eso no les había importado nunca, así que él no tenía razones para ocultárselo. No se le ocurrió que Deresser estuviera metido en cosas raras, porque, a pesar de que hubiera tenido razones para enloquecer de furia contra este país de locos, que había vuelto pedazos su vida y la de su familia, a pesar de todo eso, Deresser nunca había sido de los que tomaban las cosas en su mano, al contrario, era manso, manso como un burro, demasiado manso para el mundo que le tocó a partir del año 41. No, nada de eso se le ocurrió. Buscándolo por La Candelaria y luego por la séptima, Josefina pensaba en él como se piensa en un niño o en un enfermo: más angustiada por él que por ella misma, menos preocupada por perderlo que por el susto que el niño se llevaría al darse cuenta de que estaba perdido.

»Llegó a la pensión pasadas las cinco de la tarde. En el camino se había cruzado con el grupo de hombres que iban a homenajear al Arzobispo tal como un par de horas antes lo habían hecho sus mujeres, y pensó en lo curiosa que era la gente en Bogotá, que todo lo hacía así, ellos por un lado y ellas por el otro, era un milagro que no se hubieran extinguido. Entre los hombres había visto a don Federico Alzate, con quien tenía cita más tarde, y actuó como actuaba siempre que se encontraba en la calle con alguno de sus clientes, mirándose las chancletas, las uñas blancas de los pies, contándose los dedos, porque creía que así, pensando en otra cosa y no en disimular, dejaban de ser visibles en su cara la vergüenza del otro y su propio disimulo. Y ahora en su cuarto se acostó a esperar. No podía hacerlo mirando por la ventana, porque su cuarto no tenía ventanas. "Me di cuenta de que la gente sin ventanas espera distinto", nos dijo después. A las seis y cincuenta, cuando llegó Federico Alzate, seguía esperando. Josefina tenía por costumbre exigir que sus clientes la llevaran a otra parte, por una especie de acuerdo tácito con Deresser y porque a ella también le parecía mejor no dormir en la misma cama en la que se había ganado la plata para pagarla. Pero esta vez prefirió quedarse. Tuvo tiempo de hacer lo suyo. Fue horas después, cuando ya su cliente se había despedido y Josefina se estaba lavando, que oyó los gritos en la escalera. Era el dueño de la ferretería de abajo. Venía repitiendo como una lora lo que le acababan de decir: habían visto a Deresser tirado en la Jiménez, a tres cuadras de allí, nadando en su propio vómito.

»No estaba muerto, pero cuando Josefina lo encontró ya no había nada que hacer. El olor era el de un muerto, en todo caso, o por lo menos ese recuerdo le quedó a ella. Josefina descubrió entonces que había agarrado la plata recién ganada antes de salir, y le quiso dar un peso al ferretero para que la ayudara a llevar a Deresser a un hospital, pero el ferretero ya estaba devolviéndose y haciéndose el que no la oía. Josefina paró dos taxis, y ninguno quiso llevarla aunque ella les ofreciera enteros los tres pesos que tenía en la mano. Entonces sintió algo en la pierna, y al levantarse la falda descubrió que no se había puesto ropa interior, y por el muslo le corría una mezcla de agua y semen que la hizo arrodillarse para aguantar mejor las arcadas, y al mismo tiempo, como si el mundo se hubiera puesto de acuerdo, se le acercó un tipo con el paraguas abierto aunque no llovía, y le dijo: "Ni se moleste, mamacita. Desde aquí se ve que ya está del otro lado". Después, ya de noche, cuando ya habían llegado los policías primero y luego los judiciales a levantar el cadáver, un periodista escuchaba las declaraciones de un testigo. "Yo lo vi corriendo por ahí", decía y señalaba la carrera tercera, "como borracho y todo vomitado, y gritando, sumercé, iba gritando que le dolía el estómago". Parece, según se supo después, que Deresser se había ido a sentar en el Chorro de Quevedo, es de suponer que después de desprenderse de Josefina, y con toda probabilidad fue ahí que se tomó las pastillas, aunque no se sepa y no se vaya a saber nunca quién le consiguió el alcohol con pólvora. Lo increíble fue que hubiera alcanzado a caminar desde el Chorro al sitio donde lo encontraron, cerca del Parque de los Periodistas. Eso fue lo que más afectó a Gabriel, la imagen de Konrad Deresser corriendo medio dormido y sintiendo que la mezcla le quemaba las entrañas en lugar de anestesiarlo y matarlo en silencio como seguramente él esperaba. "Debía de estar muy asustado, y a una persona asustada las pastillas demoran mucho en dormirla", le dijo a Gabriel, años después, un médico al que le planteó el caso sin nombres ni apellidos, como una mera hipótesis de hombre curioso. "¿Y duele mucho?", preguntó Gabriel. "Uy, sí", dijo el médico. "Duele que es para morirse."

»Ese día acabamos saliendo de la pensión tardísimo, nos dimos cuenta de que en toda la tarde no habíamos comido nada, y por supuesto Josefina no había tenido nada que ofrecernos. Aunque fuera obvio, le dije a Gabriel que ya era muy tarde para ir al cementerio, y le pregunté si le interesaba ir al día siguiente. Pero él estaba en otra parte. Ni me miraba, ni me oía, y caminaba tres pasos delante de mí como si yo fuera su escolta. Pensé que me propondría ir al Parque de los Periodistas, o buscar el espacio físico donde Deresser había muerto, pero no lo hizo. Y entonces empecé a pensar lo que después he llegado a poner en palabras: Gabriel no me había llevado a ver a Josefina para enterarse de lo que ella sabía, o por lo menos ésa no era su única razón. Habíamos ido a verla, y la habíamos oído hablar y hablar y hablar durante toda una tarde, para confirmar lo que ignoraba. Porque nos quedó clarísimo que esta mujer había vivido todos esos meses con Konrad Deresser sin que le importara un carajo de dónde venía ni para dónde iba ni por qué estaba en las que estaba ni cómo pensaba salir de ellas. Si ella no le preguntaba, pensábamos entre los dos, él por qué le iba a explicar. "Y si no le explicó a ella", me dijo entonces Gabriel, "lo más seguro es que no le haya explicado a nadie." Eso me dijo. Yo estuve de acuerdo, por supuesto. Era lo más lógico. Y a pesar de ser tan lógico, y a pesar de yo estar de acuerdo, no le pregunté a Gabriel por qué todo eso le parecía tan importante. Sobre todo, por qué confirmar eso le había parecido más urgente que ir directo a buscar a su amigo. Aunque al día siguiente lo hizo. Fue a buscar a Enrique y no lo encontró, no encontró a nadie. Mucho después supimos que Enrique se había ido de la casa. Más tarde, que se había ido de Colombia. Eso fue lo que averiguó tu papá. Pero no averiguó adónde se había ido.

»Yo no quise acompañarlo esa vez. Estaba demasiado impresionada con todo lo que había pasado. Había visto casos como ése más de una vez, claro, a mí me había tocado mi cuota de fracasos, de gente venida a pique, pero eso era distinto, nunca había visto nada tan de cerca y nunca a nadie que se matara. Sí había oído de gente que se mataba, en esos años la cosa no era demasiado exótica para nadie. Noticias de Alemania, pero también de inmigrantes. Pero qué quieres que te diga. Cuando algo así le pasa a alguien que tú conoces, con quien has hablado y a quien has visto y tocado, es como si te acabaras de enterar. Como si hasta ese momento no supieras que eso es posible, matarse por problemas. El caso de Konrad fue particular, no por raro, sino por cercano. Miles de alemanes pasaron por lo mismo con lo de las listas negras, luego el fideicomiso de los bienes, miles quedaron en la ruina más absoluta, vieron en cinco años cómo la plata se les quemaba, se iba en humo. Miles. Al lado de las listas negras, que lo metieran a uno en el campo de concentración de Fusa era un juego de niños, para el viejo Konrad fue casi un descanso, porque lo internaron cuando ya la inclusión en la lista lo había dejado casi en la quiebra. Los internos del campo de concentración tenían la comida automáticamente, no se preocupaban de servicios, nada de eso. En teoría, el gobierno se cobraba esos gastos de sus cuentas, pero si el interno no tenía plata, ¿qué iban a hacer, matarlo de hambre? No, seguían dándole lo que les daban a los demás internos, y así debió de sucederle al viejo. En todo caso, éstos eran casi afortunados, eso es lo que se ha visto con el tiempo. Ciento cincuenta, doscientos alemanes, casi todos de clase alta, fueron huéspedes del gobierno con el pretexto de que tenían nexos con nazis, o de que hacían propaganda, lo que fuera, y claro, a veces era cierto, en ese sitio hubo gente de la peor calaña igual que hubo mosquitas muertas. Algunas veces habían pasado antes por lo de las listas, pero no siempre. El viejo sí, y eso es lo que me importa. El castigo de las listas lo sufrieron miles, como te digo, pero sólo a uno lo vimos caer desde el principio, así, como un avión, como un pato cazado, y ése fue el papá de Enrique. El viejo Konrad. Que no era viejo, le decíamos así porque tenía el pelo muy claro y parecía canoso, pero tenía cincuenta y cinco cuando se mató, más o menos. Yo he conocido gente que a esa edad apenas comienza.

»Me acuerdo del papel, es como si lo tuviera aquí mismo, es más, es raro que no lo tenga, supongo que la vaina de coleccionar me dio después, ¿no?, nadie capta la importancia de lo que pasa al mismo tiempo que le está pasando. Si se me apareciera un genio con lo de los deseos, yo pediría ése, saber reconocer las cosas que van a ser importantes después. No para el resto de la gente, eso es fácil. Todos sabíamos que lo de Gaitán era definitivo. Cuando lo mataron, todos sabíamos que este país no se iba a reponer nunca. No, con las cosas públicas es distinto, a mí me gustaría reconocer las que le pasan a uno, esa frase de tu mejor amigo, esa cosa que uno ve sin querer, uno no sabe que eso es importante, a mí me gustaría saberlo. Pues después las listas han salido en libros, han salido las reproducciones, los facsímiles, como se llamen, y las hemos podido ver, los que queríamos hemos podido saber cómo eran esos papelitos que tanto nos jodieron, perdón por la palabra. Las circulares que mandaban los gringos, todo eso, ¿no? El encabezamiento, el nombre del país entre dos líneas, el mes en inglés y en traducción. Las treinta o cuarenta páginas de nombres. Los nombres, Gabriel, los miles y miles de nombres de toda Latinoamérica. Cientos de nombres en Colombia. Eso era lo importante.

»Bien ordenados, puestos alfabéticamente, no por orden de mérito, ni por orden de peligrosidad. El dueño de una librería de Barranquilla donde se hacían reuniones nazis y se regalaba *Mein Kampf* a todos los que fueran, ese señor aparecía al lado de un japonés que le había vendido tres papas y tres zanahorias a la embajada española y sólo por eso, por cambiar sus hortalizas por la plata de los franquistas, lo metían a la lista negra. Lo que es capaz de hacer una lista, ¿no? Esa columna izquierda con todas las letras igualitas, todas mayúsculas, una debajo de la otra, eso siempre me ha fascinado. A mí una lista siempre me ha apasionado, para qué te lo niego, tampoco hay nada de malo en eso, supongo yo, nada reprochable. Un directorio era lo mejor que me podía pasar de chiquita, ponía el dedo arriba y bajaba por una página donde *todas* eran eles, o emes, donde *todas* eran dobleús. La sensación de tranquilidad que eso te da. La sensación de que hay un orden en el mundo. O por lo menos de que el orden se puede poner. Tú coges el caos de un hotel, por ejemplo, y lo pones en una lista. No me importa si es una lista de cosas que hacer, de huéspedes, de nómina. *Ahí está todo lo que tiene que estar y lo que no esté es porque no debía estar.* Y uno respira tranquilo, uno queda seguro de haber hecho las cosas como son. El control. Eso es lo que tienes cuando haces una lista: el control absoluto. La lista manda. Una lista es un universo. Lo que no esté en la lista no existe para nadie. Una lista es la prueba de la inexistencia de Dios, eso le dije a papá una vez y me zampó una cachetada, se lo dije por dármelas de interesante, un poco por ver qué pasaba, y eso fue lo que pasó, una cachetada. Pero en el fondo es verdad. Pues bueno, en diciembre del 43 apareció en esa lista, en la página 6, el nombre del papá de Enrique. Arriba estaba DeLaura, Luciano, Apartado 199, Cali. Abajo estaba Droguerías Munich, Carrera 10 n.o 19-22, Bogotá. Y entre esas dos, en ese espacio tan ordenado y perfecto, estaba el papá de Enrique. Deresser, Konrad. Cristales Deresser, Calle 13 n.o 7-17, Bogotá. Así de simple, todo en un renglón, nombre, empresa y dirección, y ni siquiera hubo que usar dos renglones, ni siquiera hubo que interrumpir el margen como se interrumpe cuando un mismo ítem ocupa dos renglones de una lista. Eso a mí siempre me ha molestado, ocupar dos renglones cuando uno es suficiente, porque se ve feo. El viejo Konrad hubiera estado de acuerdo conmigo. El viejo Konrad siempre fue muy ordenado.

»Un par de días más tarde, incluso antes de que yo me hubiera enterado del asunto, llamó al hotel Margarita Deresser, así se llamaba la mamá de Enrique. Era caleña, tenía la piel muy blanca y los apellidos muy largos, ya sabes a qué me refiero. Contesté yo. Quería hablar con mi papá, me explicó ella, necesitaban testigos. Deresser había pedido cita con el Comité de Consulta y acababan de llegar de la entrevista, había sido en la embajada de Estados Unidos. Eso era una cosa nueva, antes era sólo la embajada la que decidía si uno era incluido o no en la lista. Ahora había un comité. "No sirvió de nada", decía Margarita, "no va a servir de nada, van a ver. Lo que les interesa es quedarse con nuestra plata, Sarita. Y eso se hace con comité o sin comité, con el doctor Santos o con López o con el que sea. Esto mismo se ha repetido mil veces ya, no con gente que conozcamos, pero uno se entera". Les habían ofrecido tinticos y tecitos, esos diminutivos que los bogotanos usan para ser amables, y les habían preguntado por qué consideraba el señor que su nombre debería ser retirado de la lista de nacionales bloqueados, y los habían escuchado durante quince minutos decir que todo aquello era un malentendido, que el señor Deresser no tenía ningún tipo de relación económica ni personal que pudiera ir en contra de los intereses de Colombia o de Estados Unidos, que no era partidario del Führer, lejos de eso, que se sentía leal al señor presidente Roosevelt, y todo para que al final el asistente o secretario de la embajada dijera que la relación del señor Deresser con elementos enemigos estaba más que probada, igual que su simpatía por actividades de propaganda, así era, lo sentían mucho, no iban a poder reconsiderar el asunto, no dependía de ellos, sino del Departamento de Estado. "No sé qué vamos a hacer", dijo Margarita. "Precisamente a Konrad, eso es lo que más me molesta. A tu papá le pasa esto y yo sé que se las arregla. Pero Konrad es débil, él se deja de la vida. Hay que explicarles, Sarita. Decirles que él no tiene nada que ver con el Eje ni con nadie, qué él no sabe de política, lo único que le interesa es la música y poder hacer sus vidrios en paz. Tu papá tiene que escribirles. Tiene que contarles cómo es Konrad, cómo somos todos. En el hotel se ha quedado gente importante, no me vas a decir que no se pueden mover algunos hilos, ¿no? Hay que sacarlo de esa lista, Sarita. Hacemos lo que haya que hacer, pero vamos a sacarlo de esa lista. Si no, a esta familia se la lleva el diablo."

Yo pregunté: "Y qué dice Enrique". Y ella me dijo: "Enrique no quiere tener nada que ver en este asunto. Dice que eso nos pasa por meternos con nazis".»

Por supuesto (dijo Sara Guterman) que ahí supe de dónde venía todo. En realidad, que Enrique le hubiera dado la espalda a Konrad me pareció normal, porque nunca se habían llevado muy bien. Pero que se desentendiera de una cosa tan grave ya no era tan normal, porque estar en la lista lo iba a afectar a él también, eso no tenía vuelta de hoja. Yo, la verdad, no podía entenderlo. «A Enrique no lo conoce nadie», me dijo tu papá por esos días. «Ni tú, ni yo, ni su mamá. Nadie lo conoce, así que nadie tiene por qué esperar nada de él. ¿Esto te coge de sorpresa? Pues te lo tragas, y aprendes a no esperar cosas de la gente. Nadie es lo que parece. Nadie nunca es lo que parece, hasta el más simple tiene otra cara.» Sí, eso como filosofía estaba muy bien, pero no había nada en la forma de ser de Enrique, nada en su figura ni en su hablado que permitiera esperar esto. Para mí era una traición, te lo digo francamente. La palabra es muy fuerte, traicionar al padre es una cosa que sólo pasa en la Biblia, y así lo veía yo. Pero de pronto era verdad lo que decía tu papá, y simplemente no habíamos mirado a Enrique tan de cerca como tocaba. Y eso que lo conocíamos de hacía rato. Él había pasado cada Semana Santa en el hotel desde el 40, más o menos, tal vez desde antes. El viejo Konrad había ganado esa especie de licitación privada que hizo mi papá con cada cosa del hotel. Por preferencias nacionalistas, por solidaridad de inmigrante o como se le quiera llamar, el caso es que, al momento de la apertura del Nueva Europa, fue Konrad quien se hizo cargo de los cuatrocientos cincuenta y nueve cristales de la remodelación. Imagínate. Cada espejo y cada ventana, cada rectángulo de cada puerta cristalera, biselado o no, ahumado en los tocadores y esmerilado en los baños y capaz de imitar el Jena en la lámpara del comedor. En realidad, a Enrique le importaban un carajo el hotel y los vidrios de su papá. Le importaban otras cosas. Por ejemplo, el hotel estaba lleno de mujeres, y Enrique estaba convencido de que las mujeres existían sobre la faz de la tierra para que él las escogiera como si fueran aguacates. Claro, a veces parecía que no le faltara razón. Llegaba al hotel con sus vestidos Everfit y sus Parker 51, llevando flores y moviéndose con el desparpajo de un bolerista y la pinta de un archiduque, y las mujeres se derretían, era bochornoso. Pero es que era un tipo fascinante, y eso ni yo lo he podido negar nunca. Y no sólo porque tuviera aires extranjeros, que eso siempre ha gustado aquí, ni porque se moviera como si le hubieran ofrecido el mundo y él lo hubiera rechazado por modestia, ni porque fuera capaz, al entrar al comedor con el pelo cubierto de brillantina y las maneras de un hijo de la nobleza, de sacarles comentarios obscenos a las empleadas y favores secretos a las esposas de los huéspedes, sino porque su voz parecía a prueba de mentiras. Las palabras de Enrique no importaban, importaba su autoridad. Te juro, Enrique hacía que sus interlocutores se sintieran fuera por un instante de sus vidas, como si los hubieran rescatado y puesto sobre un escenario de ópera. (Pero no, a Enrique no le gustaba la ópera. Al contrario, la despreciaba, despreciaba esa música a la que su padre le entregaba sus horas de descanso y más de una de trabajo.) Y cuando le hablabas, él te miraba los ojos y la boca, los ojos y la boca, con tanta intensidad que la gente al principio se limpiaba el bigote, creyendo que tenían migas de pan, o se quitaba las gafas para ver si el marco no estaba manchado. Luego uno confirmaba que no, era cosa de la atención que ponía. Así era hablar con él. Podía estallar una guerra en el jardín, y él no te quitaba la mirada de encima.

Enrique nunca usaba el alemán en público. Lo había aprendido en casa, era la lengua que hablaba con sus papás, pero afuera, trabajando en la cristalera o cuando estaba en el hotel, respondía en español de Bogotá aunque el viejo Konrad le preguntara en alemán de Suabia. Para tu papá todo eso era misterio sagrado. La primera vez que fue a comer a la casa de los Deresser, esa casa cómoda y amplia de La Soledad, le pareció rarísimo. Cuando llegó fue como si su amigo, al cambiar de lengua, ya no fuera el mismo. Enrique hablaba y él no lo entendía. Hablaba en su presencia y él no podía saber qué estaba diciendo. Lo primero fue extrañeza, y lo que viene con la extrañeza, la desconfianza. Pero más tarde Gabriel salió pensando que aquél era el espectáculo más fascinante que había visto jamás, y la próxima vez me pidió que fuera con él. Una especie de guía de costumbres alemanas, o de intérprete ocasional. Ahora pienso que quería testigos. Después de comer, Enrique le preguntó al viejo Konrad: «¿Tú volverías para quedarte?». Él contestó con evasivas y ahí mismo empezó a hablar del idioma en que había nacido y luego del español, que le parecía dificilísimo. Había leído en algún poeta que el argot era como una verruga sobre la lengua corriente. A mí se me quedó eso, una verruga. «Por más que nos esforcemos», dijo, «los inmigrantes somos eso, productores de verrugas». Luego clausuró la conversación, y fue tanto mejor así, porque Enrique era capaz de durezas que nunca se hubiera permitido hablando de otras cosas, de compositores románticos o de cristales de Bohemia. Enrique decía que nunca les iba a enseñar alemán a sus hijos, y lo repitió varias veces con tu papá y conmigo. Yo lo entendía, claro, porque a mi papá le llegaban cartas de conocidos o colegas o parientes lejanos. En ellas la gente nos explicaba lo terrible que era hablar en familia, usar con cariño o para decir cosas bonitas la lengua que, para todos los efectos prácticos, era la lengua del nacionalsocialismo.

Claro, Enrique comenzaba a darse cuenta de que la lengua de su papá se estaba muriendo en su cabeza, no sólo porque no la hablara fuera de casa, sino porque no la hablaba con gente de su edad, y sus modismos, sus refranes, sus frases hechas, tenían treinta años más que él. Y así se veía en la situación contradictoria y hasta insoportable de estar encerrado en una lengua que no pensaba como él, sino como sus papás: por eso esas ganas de rebelarse contra su propia casa. Era muy raro. Era como una voluntad de ser un personaje sin paisaje, ¿sabes? Alguien sin relación alguna entre su cuerpo y la alfombra, entre su cuerpo y las paredes del comedor. En la casa había un piano alquilado por días y un retrato de un militar prusiano, un antepasado ilustre de la familia, creo. Enrique no quería nada que ver con eso. Quería ser un personaje sin telón de fondo. Una criatura plana, sin espalda, de dos dimensiones. Y al salir, era como si quisiera ser nuevo. Lo del idioma era apenas una de las cosas que se lo permitía. Con su pinta, hablar en colombiano era como ponerse un vestido de buzo y echarse al agua, esa sensación de comodidad, de estar en un medio extraño pero en el cual moverse es más fácil que en el propio. No iba a dejar de explotarla, ¿no? Ni bobo que fuera. Enrique, por primera vez, comprobó lo mismo que había sabido siempre tu papá: uno es lo que dice, uno es cómo lo dice. Con el viejo Konrad ocurrió exactamente lo contrario.

Margarita me sentaba en las sillas de terciopelo de la sala y me ofrecía té con galletas o uno de los postres de la señora Gallenmueller, la de la diecinueve con tercera, y me hablaba de eso, se ponía nostálgica ahí mismo, hablaba de su marido y acababa siempre por contarme lo distinto que era cuando llegó a Colombia, la forma en que se había transformado desde entonces. Decía que el tiempo lo había traicionado. Los había traicionado a ambos, a todos. En lugar de devolverle a su marido la comodidad que todo el mundo siente en su propia tierra, y que un exiliado va ganando poco a poco, el tiempo se la había quitado a Konrad. Le había prohibido la espontaneidad, decía Margarita, la capacidad para reaccionar sin pensarlo, para hacer un chiste o fabricar una ironía, todo lo que puede hacer la gente que vive en su lengua. En parte por eso, el viejo Konrad nunca llegó a tener una relación normal con un colombiano. Lo que decía era demasiado meditado o acartonado para crear amistad con nadie. O complicidad, por lo menos. La complicidad se agradece mucho, pero es imposible si no se habla bien. Enrique tuvo la suerte de fijarse en eso y entenderlo, a pesar de ser muy joven. Konrad Deresser fue toda la vida una persona muy insegura, y a Enrique, desde muy jovencito, se le volvió una obsesión crearse la máscara contraria. Fabricarse como alguien capaz de confiar en sí mismo, desarrollar la seguridad que le permitiera hablarles a los demás como les habló después. Sin parpadear. Sin tartamudear. Sin pensar dos veces una palabra. Yo no he sabido nunca quién lo aprendió de quién, si él de tu papá o al revés. A principios del 42, una familia de conocidos alemanes llegó a vivir a Bogotá desde Barranquilla. Hay que imaginarse lo que es para alguien como el viejo hablar con gente del país. Yo lo sé, yo puedo imaginármelo, porque a mi papá le pasó igual mucho tiempo. Exactamente igual. Se encontraba con un alemán y era el paraíso. Era lo mejor que le podía pasar. Hablar de corrido, con facilidad, sin notar en la cara del otro sus propias equivocaciones gramaticales, sus torpezas de conjugación, sin creer que tu pronunciación va a hacer que el vecino se reviente de la risa de un momento al otro, sin temerles a las erres y a las jotas más que a los ladrones, sin morirse de vértigo cada vez que uno pone el acento en la sílaba equivocada.

La familia que llegó era de apellido Bethke, el marido y su esposa jovencita, él tenía unos treinta, tal vez un poco más, la edad que tú tienes ahora, y ella tendría veinte, la que teníamos nosotros. Hans y Julia Bethke. Fue por la época de las primeras restricciones. Los ciudadanos del Eje fuera de las emisoras. Los ciudadanos del Eje fuera de los periódicos. Y los ciudadanos del Eje fuera de las costas. Sí, así fue. Todos los alemanes que vivían en Buenaventura o en Barranquilla o en Cartagena se tuvieron que venir para el interior. Algunos fueron a Cali, otros a Medellín, otros vinieron a Bogotá, Bogotá se llenó de alemanes nuevos en esa época, fue buenísimo para el hotel, papá estaba feliz. Pues bueno, los Bethke eran de ésos, de los barranquilleros. Para el *Buss und Bettag* del 43, los Deresser organizaron una comida pequeñita, sin mucha cosa. A tu papá le sorprendió mucho que nos invitaran. Ambos estábamos a punto de cumplir veinte años, pero éramos todavía unos niños de pecho, eso es evidente, uno a esa edad se siente redentor del mundo, y es un milagro que sobreviva a sus propios errores. Los hay que no sobreviven, claro, los hay que a los dieciséis o diecisiete o dieciocho ya cometen el único error de su vida y esa cuerda les dura para toda la vida. Uno a esa edad se da cuenta de que todo lo que le han dicho hasta ahora es pura paja, que el mundo es otra vaina bien distinta. ¿Pero alguien te da unas instrucciones actualizadas, por lo menos una garantía? Nada. Arréglatelas como puedas. Eso es lo salvaje del mundo. Lo salvaje no es nacer, eso es sicoanálisis para principiantes. Ni que se te muera tu familia en un accidente, los accidentes no quieren decir nada. Lo salvaje es que te dejen llegar al convencimiento de que sabes cómo funcionan las cosas. Porque eso es la mayoría de edad. A una mujer le llega la regla, y cuatro o cinco años después se siente segura de que se acabaron las sorpresas. Y ahí es cuando llega el mundo y te dice: nada de eso, señorita, usted no sabe un pepino.

Cuando nos invitaron, yo no le expliqué a Gabriel lo obvio: que Konrad Deresser le debía a mi papá el cielo y la tierra. Si no hubiera sido por mi papá, que le dio lo de los vidrios del hotel, el viejo Deresser no habría tenido plata suficiente ni para organizar una comida. Cuando lo echaron de la Radiodifusora, mi papá le pagó un peso al hijo de una cocinera para que buscara los veinte o treinta vidrios más chiquitos del hotel y los rompiera sin ser visto. Y luego se los encargó a Deresser, y se los pagó como nuevos, y además le pagó dos puntos en el pulgar al muchachito, que se cortó tratando de romper la ventanilla de un baño del segundo piso. Así que claro que me invitaron, si yo era la hija de Herr Guterman. A Herr Guterman, dicho sea de paso, también lo invitaron, faltaba más. Pero él dijo que no, que gracias. Me mandó a mí por educación, y Gabriel me acompañó, pero él se excusó porque estaba perfectamente al tanto de la fama de nazis que tenían los Bethke. Hay fotos de eso, reuniones en Barranquilla, una esvástica del tamaño de una pantalla de cine y esta gente en sus sillas de madera pintadas de blanco, todos muy bien peinados. Y sobre el estrado o el escenario, como se diga, gente con sus camisas pardas bien planchadas y las manos atrás, firmes. O en reuniones, todos sentados a una mesa, con su mantelito bordado y tomando cerveza. Los Bethke ahí metidos, de traje y corbata blancos, él con el brazalete y ella con un prendedor en el pecho, en la foto apenas se ve pero yo me acuerdo perfecto, el águila era de oro y la esvástica de ónice, una joyita muy bien hecha. Y con ellos fuimos a comer una noche. No era algo tan raro, no te creas, varias veces me tocó comer con prendedores de esvástica, con brazaletes. En el hotel no eran pan de todos los días, claro, pero antes del 41 nadie se escondía, ninguno de ésos se escondía, así que tampoco era lo más anormal del mundo.

Ahora, ¿por qué me mandó a mí? Si papá prefería no ir él mismo, por la razón muy comprensible de las malas compañías, ¿por qué no le importaba que yo sí fuera? Eso me lo pregunté entonces, y luego la respuesta fue obvia. Mi papá era un idealista. Sólo un idealista se va tan confiado para un país como Colombia. La gente dice que los idealistas están muertos, porque fueron los que se quedaron con la esperanza de que las cosas se arreglaran. Yo nunca he estado de acuerdo. Ésos fueron los desafortunados, y punto. O los que no tenían plata. O los que no consiguieron las cédulas para salir de Alemania o las visas para Estados Unidos o donde fuera. En cambio, los idealistas armaron una noche las maletas y dijeron: la vida es mejor en un sitio que no conocemos. Mi papá era un hombre rico en Alemania. Y una noche dijo: seguro que nos va mejor vendiendo quesos en la selva. Porque eso era Colombia para un tipo como papá, la selva. A mí me escribían mis amigas del colegio preguntando si uno subía a los árboles en ascensor, te lo juro. Eso es idealismo, y por eso le pareció necesario que yo fuera en representación de la familia a sentarme con un tipo del que se decía que tenía un retrato de Hitler en la sala. Aquí en Colombia es otra vida, aquí todos somos alemanes, decía, aquí no hay judíos ni arios, decía en el hotel, y en el hotel le funcionaba. Sí, hay que ser muy ingenuo, muy miope, ya sé. ¿Y sus amigos ahorcados en las plazas públicas de Alemania? ¿Y los que ya para ese momento llevaban años con el triángulo amarillo cosido a la ropa? Ah, sí, mi papá no se equivocaba con frecuencia, pero en esto se equivocó. Creyó, como tantos otros judíos, que en el exilio el nazismo era un juego, que los exiliados no podían ser nazis en serio, por más que se reunieran, por más propaganda, por más evidencia, nosotros ayudábamos a construir este país, ¿no?, la gente nos quería, ¿no era cierto?, aquí los ánimos se atemperaban, la gente volvía a ser civilizada y racional, ¿quién podía demostrarle lo contrario? Eso sí, no fue el único, la colonia judía era experta en negar el odio ajeno, como lo quieras llamar. Claro, algún huésped había que le confirmaba esas ideas imbéciles, porque los huéspedes no van a decirle al dueño del hotel lo que piensan de su nariz, ¿o sí? Los huéspedes no van a pintar cruces gamadas en las paredes del cuarto, ¿o sí? No, en esa época mi papá era una oveja. Luego entendió, pero en ese momento era una oveja. El viejo Seeler, un tipo horrible, uno de los patriarcas del antisemitismo en Bogotá, se quedó en el hotel una vez, y mi papá lo recibió con la excusa de que lo vio llegar con la *María* de Isaacs en la mano. Y como este ejemplo puedo darte miles. Qué quieres que te diga, a él le pareció desde un principio que no podía educarme en el resentimiento, así me lo decía muy a menudo, que conmigo debía cortar y comenzar de nuevo, y además (esto no me lo dijo, pero me lo imagino bien) no podía transmitirme la idea de que hay gente con la que uno no se sienta, y menos alemanes como nosotros. Como nosotros, date cuenta. En Colombia, el enemigo era menos enemigo, eso habrá pensado la ovejita que era a veces papá. Además tú piensa que en Colombia no se dijo nada nunca sobre los campos en Europa, sobre los trenes ni los hornos. Eso no existía para la prensa colombiana, de eso supimos después, y los que lo supieron mientras pasaba estaban solos, los periódicos no les hacían caso. El asunto es que yo le serví de embajadora a Herr Guterman el idealista, y así fue que acabé sentada entre tu papá y Hans Bethke, y frente a Enrique Deresser, que estaba sentado entre las dos mujeres, Julia Bethke y doña Margarita. En la cabecera, presidiendo pero sin autoridad, estaba el viejo Konrad, que sentado parecía más chiquito de lo que era, pero tal vez era la compañía la que lo hacía encogerse.

La cara de Hans Bethke, su afeitado perfecto y sus gafitas para ver de lejos, todo él te decía: yo te sonrío, pero no me des la espalda que te acuchillo. Tenía el pelo crespo y mono y engominado, y se le formaban espirales chiquitos en las sienes, toda su cabeza era un remolino, era como estar compartiendo mesa con un árbol de Van Gogh. Y el árbol hablaba. Hablaba como por veinte. Lo poco que había hecho en su vida le servía para pordebajear a cualquiera. Antes de que termináramos el aperitivo en la sala, ya sabíamos que Bethke había viajado a Alemania a los veinte años, de paseo, enviado por su familia para que conociera la tierra de los ancestros, y había vuelto a Colombia más alemán que el Káiser. Se hubiera dicho que cargaba el pasaporte en la solapa si no fuera porque su pasaporte era colombiano todavía. Era un tipo de manos muy chiquitas, tanto que el tenedor de la ensalada se veía en su mano como el del plato fuerte. Las manos chiquitas, no sé por qué, me generaban desconfianza. No sólo a mí, a tu papá le pasaba igual. Era como si estuvieran hechas así para meterse en el bolsillo del vecino de mesa. Pero no se metían en ninguna parte. Bethke manejaba sus cubiertos y parecía que estuviera tocando el arpa. Pero cuando hablaba era otra cosa. Bethke tenía una columna en *La Nueva Colombia,* aunque de eso sólo me enteré después. Y oírlo hablar era como oír eso, una columna en un periódico fascista. Sí, eso era mi compañero de mesa, un periódico parlante, no me digas que no es el colmo de las ironías.

Todavía con el aperitivo en la mano, Bethke empezó a contarle a Konrad de las cosas que había traído de su viaje. Discos, libros, hasta dos dibujos al carbón de nombres que a mí no me decían nada. Yo dije que me gustaba mucho Chagall. Por participar en la conversación, nada más. Y Bethke me miró como si ya fuera mi hora del tetero. Como si tuviera que ir a cepillarme los dientes y directo a la cama. Dijo algo acerca del arte decadente, algo que no entendí muy bien, la verdad, y luego le habló a Konrad con tanta prudencia como pudo, pero si se trataba de esconder su indignación, lo hizo muy mal. O era mal actor o era buenísimo, nunca llegué a saber. «Le diré algo, Herr Deresser», dijo. «Yo no estaría aquí, tomándome un trago con usted, si supiera que esta decadencia puede apoderarse de Alemania. Pero estoy tranquilo, y no le voy a negar la razón, estoy tranquilo porque el Führer nos cuida, lo cuida a usted y me cuida a mí, nos recuerda lo que somos. Algo se anuncia, Herr Deresser, está en el aire para quien quiera olerlo, y yo quiero ser parte de eso, aquí en Colombia o en donde sea, da igual, uno lleva su sangre a todas partes. No, nadie renuncia a su propia sangre. ¿Por qué tendría un alemán que olvidarse de sí mismo al llegar aquí? ¿Ha olvidado usted quién es, lo han olvidado mis padres? Muy al contrario. Lo que pasó con sus hijos es otra cosa. ¿Sabe qué me parecen todos estos alemanes que no hablan alemán, con sus nombres en español y sus costumbres retrógradas, toda esta gente que llega tarde porque aquí se llega tarde, que trabaja mal porque aquí son chapuceros, que miente y estafa porque aquí eso es normal? Parecen enfermos. Están enfermos aunque no se den cuenta. Tienen lepra. Se caen a pedacitos. Han querido asimilarse y lo han hecho hacia abajo. Lo irónico del asunto es que tenga que llegar gente como yo, gente que pisó tierra alemana a los veinte años, a explicarles todo esto, a corregir el camino.»

Yo no creo que Gabriel hubiera entendido bien de qué se trataba aquello. Pero no tuve que explicarle, primero porque tampoco yo alcanzaba a entender bien, yo oía esas cosas y era como si me hablaran debajo del agua, y segundo porque Gabriel, durante la perorata, había estado arriba, en el cuarto de Enrique, oyendo por radio uno de los primeros capítulos de *La vorágine*.

La estaban pasando por la Radiodifusora, leída, o más bien actuada, con efectos de sonido y todo. Había truenos y lluvia, decía Gabriel, y gente que caminaba por el pasto y ruidos de micos y de gente trabajando, era fascinante. Cuando bajaron al comedor seguían hablando de eso, y Konrad tuvo que sugerirle a Enrique la posibilidad de que los demás no hubiéramos oído el programa, de que seguir hablando de eso delante de nosotros fuera mala educación. Entre otras cosas, porque hablando de *La vorágine* estaban interrumpiendo a Herr Bethke. Y eso sí que no. Que se caiga el mundo, pero Herr Bethke llevará su mensaje al otro lado de la mesa. Eso parecía decir el viejo Konrad. Parecía decir: no somos conscientes de nuestra suerte. Parecía decir: esta mesa no sabe la suerte que tiene. Y todo por el hecho de que allí sentado con nosotros estuviera un hombre que conocía a Emil Pruefert, el renombrado Emil Pruefert, jefe del Partido Nazi colombiano. Pruefert había estado entre los primeros alemanes en irse del país. No sabíamos si eran amigos, pero Bethke hablaba de Pruefert como si de niños hubieran compartido la misma nodriza, como si hubieran tomado leche del mismo pecho. Y el viejo Konrad estaba pálido, pálido de admiración, tal vez, o tal vez de respeto, a pesar de que sabía que Pruefert se había ido antes de la ruptura entre Colombia y Alemania, e incluso demasiado antes, lo cual a muchos les había parecido curioso y a otros tan sólo cobarde.

Nunca lo habíamos visto así, ni Gabriel ni yo, y la impresión fue muy fuerte. Era como si se hubiera vaciado de él mismo. La cabeza se le caía, eso tenía que ser, no podía ser asentimiento. Aquello no era educación, ni diplomacia. Aquello no era los buenos modales del anfitrión para con el huésped. Y no sé si Enrique estaba fingiendo, haciéndose el que nunca había visto a su papá en ese espectáculo de servilismo grosero, pero también él ponía cara de espanto. «Esto es lo alemán», decía Bethke. «Poder sentarnos a compartir una comida y hablar de nuestra tierra sin complejos. ¿Por qué va a prohibirnos este país que usemos nuestra lengua? Que haya ocurrido ya es terrible, pero que nos dejemos es algo impensable. ¿Por qué vamos a dejarnos, Herr Deresser? El gobierno está cerrando colegios alemanes donde los haya. ¿El Colegio Alemán de Bogotá? Cerrado. ¿El Kindergarten de Barranquilla? Cerrado. Qué, ¿los niños de siete años son una amenaza para el imperio de Estados Unidos? Ustedes habrán leído el comentario de Struve, el cura comunista. El señor ministro no cerró un colegio, sino un instituto de propaganda política. Y luego esas arengas baratas. Que no admita más a estos profesores nazistas. Que se declare el castellano el idioma oficial de enseñanza. Que se haga en el patio una hoguera para quemar todo el material de propaganda nazi. ¿Y cuál es ese material? Los libros de historia. Eso es lo que busca el ministro Arciniegas, eso es lo que quiere el presidente Santos, que se quemen los libros de historia alemana, que se persiga y se extinga la lengua alemana en este país. ¿Y qué están haciendo los alemanes? Se están dejando, a mí me parece claro.» Margarita lo interrumpía, o trataba de interrumpirlo, hablando de una asociación que estaba haciendo cosas buenas. Bethke la oía pero no la miraba. «Katz, un mecánico», decía. «Priller, un panadero. ¿Ésa es la gran sociedad? ¿Ésos son los "Alemanes Libres"? Hay veneno en la sangre de estos alemanes, Herr Deresser. Hay que cauterizar esos pozos de veneno, hay que hacerlo en nombre de nuestro destino, se lo digo yo.» En ese momento tu papá se me acercó y me dijo muy pasito: «Mentiroso, no lo dice él, lo dice un discurso famosísimo, todo el mundo en Alemania lo conoce». La verdad, no me sorprendió que supiera cosas así. Pero no pude seguirle el tema, ni hacerle preguntas de ningún tipo, de quién era el discurso, qué más decía, porque Bethke no paraba de hablar. «Sólo unos pocos se atreven a levantar la voz, a protestar, y yo soy uno de ellos. ¿No se enorgullece usted de su sangre alemana, Herr Deresser? ¿De que esa sangre corra por las venas de su hijo?» Y ahí fue cuando Enrique habló por primera vez. «A mí no me meta», dijo. No dijo nada más, y no parecía que fuera a decir nada más, pero esas cinco palabras fueron suficientes para que el viejo Konrad se sentara más recto: «Enrique, por favor. No es manera de hablarle a un...». Pero Bethke lo cortó. «No, déjelo, Herr Deresser, déjelo, quiero saber lo que opina la gente joven. La gente joven es la razón de nuestra lucha.» «Pues si es por mí, no se canse», dijo Enrique, «yo puedo defenderme solito». El viejo Konrad intervino, era evidente que sabía muy bien adónde era capaz de llegar su hijo. «Enrique es un romántico», dijo. «La sangre latina, Herr Bethke, cómo le va usted a pedir que no... claro, entenderá usted, los nacidos en Colombia...» «Yo también nací en Colombia», dijo Bethke, cortándolo, «pero eso fue un accidente, y en cualquier caso no se me olvida de dónde vengo y cuáles son mis raíces. A este paso Alemania va a acabarse, va a perder la guerra, no contra los americanos, no contra los comunistas, sino contra cada *Auslandsdeutsche*. No, uno no puede quedarse cruzado de brazos viendo la extinción de su pueblo. Todo el mundo sabe cómo funciona el ser humano. La madre es la que se encarga siempre de la educación del hijo, en gran medida de las costumbres, y es el idioma de la madre el que adopta el niño con más naturalidad. Su señora lo sabe. Su hijo es la prueba viva. Nos roban nuestra propia sangre, señor, nos roban nuestra identidad. Cada alemán casado con colombiana es una línea perdida para el pueblo alemán. Sí, señor. Perdida para la *alemanidad*».

Esto último lo dijo mirando su propio plato para recoger una cucharada de sopa. No, no era sopa, era crema, una crema de tomate espesa como una torta que Margarita había hecho servir con un espiral de leche adornando la superficie. Pues en el centro del espiral, ahí donde había una ramita de perejil, cayó un pan entero, uno de esos panes del tamaño de un puño, de corteza dura, ¿sabes cuáles son? Enrique se lo había tirado con tanta fuerza como si quisiera matar a una mosca parada sobre el perejil. El pan se quedó ahí, como detenido por la espesura de la crema de tomate, y la crema de tomate fue a parar a la camisa y la corbata y la cara y el pelo engominado de Herr Bethke. Y a mí también me salpicó un poquito, claro, era inevitable. Ni te tengo que decir que no me molestó para nada.

El viejo Konrad se paró como si su silla tuviera un resorte, gritando cosas en alemán y moviendo los brazos como un nadador. En casos extremos, a Enrique lo llamaba por su nombre en alemán. Y aquél era un caso extremo. El viejo Konrad le gritaba en alemán a su hijo Heinrich, se acercaba a Bethke con la servilleta en la mano, le gritaba a Heinrich y limpiaba los hombros de Bethke. «No hace falta, no se preocupe», dijo Bethke, con la boca tan apretada que entenderle era un milagro. «Ya nos íbamos de todas formas.» Y su esposa, Julia la invisible, se puso de pie entonces, y lo hizo como lo había hecho todo durante la comida: sin hacer un solo ruido. A ella no le sonaban los cubiertos, su cuchara nunca tocó el fondo del plato, su servilleta nunca hizo ruido cuando Julia se limpió la boquita con ella. Así se paró, se puso al lado de su marido, dos segundos después se oyó la puerta. Se oyó la despedida de Konrad, «lo siento mucho, Herr Bethke, una cosa como ésta, una persona como usted, sabrá disculpar...». Pero no se oyó nada de parte de los invitados, como si le hubieran dado la espalda al viejo que se disculpaba. Había unas campanillas de esas que se sacuden cuando se abre la puerta, cuando se cierra. Eso sí que lo oímos. El campanilleo. Y luego vimos al viejo Konrad volver al comedor, rojo de la ira pero sin soltar ni un gruñido, ni un insulto, le dio un beso en la frente a Margarita y empezó a caminar hacia las escaleras sin mirar a Enrique y sin mirarnos a nosotros, habíamos dejado de existir o existíamos como una vergüenza, como un dedo que lo señalara. Me parecía increíble que no fuera a decir nada, y entonces dijo cuatro palabras, cuatro palabritas, «Que no se repita», y las dijo en el mismo tono en que otra persona hubiera dicho «Mañana es mercado». «Se va a repetir», le dijo Enrique, «cada vez que traigas un hijueputa a la casa». Margarita estaba llorando. Me di cuenta de que tu papá le daba la espalda, seguramente para no hacerla sentir peor. Me pareció lindo que se le ocurriera. Mientras tanto el viejo Konrad se quedó quieto en el primer escalón, como si no supiera muy bien por dónde se llegaba a su cuarto, o como si esperara a propósito que Enrique le dijera lo que le dijo: «A ver cuándo vas a ser capaz de ponerle la cara a alguien». «Enrique, mi amor», dijo Margarita. «O es que te da igual», dijo Enrique. «Te da igual que insulten a tu esposa delante de ti.» «No más», dijo Margarita. El viejo Konrad empezó a subir las escaleras. «Eres un cobarde», le gritó Enrique. «Un cobarde y un lameculos.»

¿Te has fijado en las escaleras de esas casas de La Soledad? Eran muy especiales, porque algunas, las más modernas, no tenían barandas. Si uno está en el primer piso, viendo a alguien subir, el cuerpo de la persona que sube se va recortando con cada escalón, no sé si te hayas fijado. En el primer escalón es el cuerpo entero. En el cuarto ya no está la cabeza, porque el techo la corta. Más arriba corta el tronco, más arriba lo único visible son dos piernas que suben, hasta que la persona que sube desaparece. Pues bueno, las escaleras de esa casa eran así. Todo esto te lo cuento porque Enrique gritó lo que gritó cuando el viejo Konrad era un par de piernas nada más. «Un cobarde, un lameculos.» Y las piernas que subían se quedaron quietas, me parece que con una rodilla levantada y todo, o por lo menos así lo recuerdo. Y luego empezaron a devolverse. Un escalón de para abajo. Luego otro. Luego otro. El cuerpo del viejo Konrad fue apareciendo de nuevo para nosotros. Su tronco, su cabeza. Hasta que llegó al primer escalón. No, no se bajó de las escaleras. Era como si quisiera asegurarnos que a pesar de haberse devuelto para decir algo, la comida se había acabado, la velada quedaba suspendida. Y ahí, parado en uno de los primeros escalones, con el cuerpo de perfil hacia los que estábamos sentados en el comedor, miró a su hijo, al hijo que lo había llamado cobarde y lameculos, y se desbordó, abrió la llave de la represa. Habló en español, como si quisiera decirle a Enrique: ahora juego con tus reglas. No necesito ventajas, no necesito condescendencias, lo que quiero es que te enteres de una vez por todas. Y Enrique se enteró, por supuesto. Nos enteramos todos. «Sí, soy un cobarde», dijo el viejo Konrad, «pero lo soy por no ser lo que quiero ser, lo soy por seguir aquí, aquí estoy, eso es lo cobarde. Todos los días Alemania es humillada, lee *El Diario Popular* y verás, mira lo que dicen todos los días los lacayos de Roosevelt, ¿acaso creen que nadie se da cuenta? ¿Acaso creen que nadie va a protestar nunca? Nos llaman quintacolumnistas, apedrean nuestra legación, rompen las vitrinas de nuestros almacenes, prohíben nuestra lengua, Enrique, cierran los colegios y deportan a los rectores. ¿Por qué cierra nuestros colegios Arciniegas? ¿Es por política o es por religión? No es porque haya nazis, es porque hay laicos, y los que no son laicos son protestantes. Uno no sabe quién cierra los colegios alemanes, si el gobierno o la Santa Sede, y mientras tanto Arendt y sus traidores se llaman alemanes libres, y yo tan tranquilo. Bethke hace lo que yo soy incapaz de pensar, es un patriota de verdad y no le avergüenza decirlo en voz alta, habla en voz alta, la lengua alemana se hizo para hablar en voz alta. Aunque uno se equivoque. Sí, seguramente él se ha equivocado, pero se equivoca por Alemania. Yo me he avergonzado de ser alemán, pero eso no va a ser así toda la vida, toda cobardía tiene su límite, hasta la mía. Te lo digo, no me voy a quedar callado y quieto. Alemania tiene amigos en todas partes, tú no amas lo alemán, claro, porque no sabes todavía de dónde vienes, no sabes quién eres, no tienes raíces. ¿Usted sabe qué es lo alemán, señorita Guterman, o es también una desarraigada? La lengua prohibida, la literatura robada de los colegios alemanes y quemada en público por el cura. Pero hay gente trabajando para que eso deje de ser así. No me importa si un gobierno de retrasados los considera peligrosos, no me importa, un patriota nunca es peligroso. En Colombia hay gente que reza para que gane Alemania, yo no soy uno de ellos, pero eso no importa, porque el destino alemán es más grande que sus gobernantes, sí señor, el destino alemán es más grande que los alemanes. Y por eso es que vamos a resistir aun a pesar de nosotros mismos, uno a veces tiene que hacer lo que le resulta antipático, y quién te va a juzgar, quiénes te van a juzgar, eso es lo único que importa, quién es el juez de tu vida es lo único importante. Hitler pasará, igual que todos los tiranos, pero Alemania queda, ¿y entonces qué? Hay que defendernos, ¿no? Y vamos a resistir, no me cabe la menor duda. Como sea y por los medios que sea».

De manera que después, cuando metieron al viejo Konrad en la lista negra, tuve que acordarme de eso para entender por qué Enrique se había desaparecido como si la cosa no fuera con él. Y de todas formas me chocó, porque semejante desprecio siempre choca, ¿no? Al principio pensé: ¿acaso cuando la empresa se quedara sin clientes no iba a sufrir él también las consecuencias? ¿Acaso creía que esto era en juego, que la gente les iba a seguir comprando a escondidas, que se iba a arriesgar a quedar en la lista también? Cuando les quedara prohibido comprar hasta un bombillo, cuando dejaran de pagarles el sueldo a los dos o tres empleados, ¿qué iba a hacer Enrique? Eso fue lo que pasó, por supuesto: y pasó con más eficiencia de la que habíamos imaginado. En estas cosas el miedo funciona muy bien, nada como el miedo para ponerte las pilas. En una semana ya se habían cancelado los pedidos de un almacén de Tunja que iba a exhibir artículos de oficina en vitrinas de cinco metros por cuatro, tan especiales que había tocado traer unos moldes nuevos por Panamá. Y también las vitrinas que había encargado la joyería de los Kling, más chiquitas pero también más gruesas, se quedaron guardadas en la bodega, y después los proveedores de carbonato y de piedra caliza dejaron de mandar sus productos, pero claro, sin mandar la plata que ya se les había pagado. Todo esto me lo contaba Margarita. Era como si se sintiera obligada a mantenerme al tanto. Como si yo fuera accionista de Cristales Deresser, o algo así. «Hay que hacer el mantenimiento de los hornos. Llamo al tipo que lo ha hecho siempre, ¿y sabes lo que me dice? Que él no se quiere meter en problemas. Que lo entienda, por favor, que no le guarde rencores, que cuando todo esto se acabe volvemos a hacer negocios, ni más faltaba. Pero es que un conocido suyo trabajaba en Bayer, lo botaron y ahora no encuentra puesto en ninguna parte. A mí qué me importan sus conocidos, no es que yo no sea sensible a los problemas de los demás, pero ya no estamos como para eso, tú me entiendes. Sarita, este tipo tiene un contrato firmado con nosotros. El más aterrado es Konrad, es que no lo puede creer. Los acuerdos, me dice, la palabra empeñada, ¿eso ya no le importa a nadie?»

Fue por esos días que Margarita escribió la carta a los senadores. Estaba buscando ayuda, y alguien le había propuesto estos nombres. Y para eso sirvió mi papá, porque Leonardo Lozano se había quedado varias veces en el hotel, no era lo que se dice un cliente fijo, pero conocía a papá y le gustaba ir a hablar con él, chapucear en alemán y quedar convencido de que papá entendía esos chapuceos. Así que después de las fiestas, apenas se abrieron los despachos oficiales, papá llevó la carta en persona. Aunque no vi ésa en particular, yo vi decenas de cartas similares durante esos años, cartas de puro desespero controlado, cartas en camisa de fuerza. Era el mismo procedimiento siempre, por eso te lo puedo contar con más o menos certeza. La carta de Margarita, si se parecía a las demás que escribía la demás gente, estaría dirigida a uno o varios de los senadores de la oposición. Los más privilegiados le escribían al ex presidente Santos, pero eso no siempre funcionaba. A veces era mejor ir a gente menos alta, porque los gringos les tenían miedo a los debates del Congreso. Miedo a la hostilidad de un político importante. Miedo al desprestigio, porque eso llevaba, supongo yo, a la pérdida de poder diplomático. Había senadores famosos por oponerse a las listas y por haber sacado de las listas a varios alemanes. A uno de ésos debió de escribirle Margarita. La carta empezaría diciendo que ella era ciudadana colombiana, que su padre era tal y la profesión de su padre era tal, todo entre más colombiano mejor. Luego explicaría que su marido era alemán, pero ojo, había llegado a Colombia mucho antes de la guerra, su arraigo en el país era un hecho ya innegable, porque incluso tenían un hijo colombiano. Y luego, la parte de las pruebas: que vamos a misa católica todos los domingos. Que en la casa se habla español. Que el marido se ha acomodado a las costumbres de nuestra patria en lugar de imponer las suyas. Y sobre todo: que nunca, nunca jamás, ha tenido simpatías por el Reich, por el Führer ni por sus ideas, que está convencido de que la guerra habrá de ser ganada por los aliados, que admira y respeta los esfuerzos del presidente Roosevelt por proteger la democracia mundial. Así que la inclusión de su marido (o de su hijo, o de su hermano) en la lista es completamente injusta, una aberración consecuencia de su nacionalidad y de su apellido pero no de sus actos ni de sus ideas, porque además su marido o su hijo o su hermano nunca ha participado en política, esos asuntos nunca le han interesado, y lo único que quiere es que termine la guerra para poder seguir viviendo en paz en este país que ama como si fuera suyo, etcétera, etcétera, un largo etcétera. Todo eso diría esa carta, siempre era lo mismo, si alguien se hubiera avispado le habría quedado fácil hacerse rico vendiendo modelos impresos. Un alegato de colombianismos, o de colombianofilia, como le quieras decir. Era patético leer esas cartas, doblemente si no las escribía un intermediario sino el mismo interesado. Y al mismo tiempo, por palancas o por lo que fuera, había propagandistas del Reich que lograban salir de la lista con disculpas públicas de parte del gobierno y además con ramos de flores.

Una semana después, a Margarita le devolvieron la carta en el mismo sobre que ella había usado. Había también otra carta, claro. El secretario personal de Lozano lamentaba que los senadores no pudieran ser de ninguna ayuda, algo así decía. Parece que ya habían hecho favores similares más de una vez, todo el mundo los buscaba a ellos, todo el mundo buscaba a los que se hubieran opuesto a las listas en el Senado, y hubo una época en que Santos se cansó de enviar recados, de dar referencias, de hablar bien de los alemanes para que los sacaran de las listas. Margarita llegó cuando la palanca estaba desgastada. Las palancas también se desgastan, eso lo sabe todo el mundo. Los Deresser estuvieron de malas. Llegaron tarde, simplemente. Si todo esto hubiera pasado en el 41, cuando lo de las listas era nuevo y no era tan radical y la gente hacía cosas para echar atrás las inclusiones injustas, la cosa habría sido distinta. Pero no pasó en el 41. Pasó en el 43. Dos añitos. Y eso hizo toda la diferencia. Margarita mandó un par de cartas más, y a éstas, en cambio, no hubo respuesta. Bueno, miento: a la primera no hubo respuesta, pero a la segunda sí. La respuesta llegó por otro medio: fue la notificación de que al viejo Konrad lo iban a *confinar* en el Hotel Sabaneta, en Fusagasugá, departamento de Cundinamarca, hasta que terminara la guerra, por considerar que tenía lazos con propagandistas afiliados al gobierno del Tercer Reich, y puesto que los informes permitían considerar que su desempeño cívico y profesional podía llegar a ser perjudicial para la seguridad del hemisferio. Con toda esa pompa, con toda esa prosopopeya se lo dijeron, y dos días después lo pasaba a recoger un bus de la Escuela General Santander.

«¿Y Margarita? ¿Qué le pasó a ella?»

«Pues escogió. Tenía dos opciones, irse o quedarse, y escogió. No recuerdo exactamente cuándo se fue de la casa, o cuando nos enteramos, más bien. Por alguna razón, ese dato se me ha borrado, a mí que no se me olvida nada. ¿A finales del 44, o ya al año siguiente? ¿Cuánto llevaba el viejo en el Hotel Sabaneta, seis meses o un año? Claro, lo que pasa es que la quiebra de la empresita y de la familia se mantuvo en secreto, como era normal en esa época. Todo el mundo veía la decadencia, todo el mundo supo cuándo vendieron la maquinaria y los muebles más superfluos, pero los detalles no eran visibles desde afuera. Y entonces Margarita se fue de su casa. El primer fin de semana después de que se hubiera ido, papá nos llevó a Fusagasugá, a visitar al viejo Konrad. "Y si por esto me meten en la lista", me dijo, "pues que me metan. Tener amigos, que yo sepa, no atenta contra la seguridad democrática de nadie. Si a uno le prohíben hasta tener amigos, mejor saberlo de una vez". "Pero dicen que tiene simpatías nazis", le decía mi mamá. Y él: "Eso no se sabe. Eso no está probado. Si llega a probarse, Konrad no vuelve a tener noticias nuestras. Pero todavía no se ha probado, todavía lo podemos visitar y acompañarlo. Lo dejó su mujer, no es cualquier cosa. No nos vamos a hacer los de la vista gorda". Me pareció que tenía razón, claro. Además, por esos días hubo una manifestación pro nazi en Fusagasugá, una buena cantidad de estudiantes se fueron a marchar y a gritar consignas contra la reclusión de los alemanes, y a nadie le hicieron nada, ni detenciones hubo.

»Enrique no fue, claro, a pesar de que le ofrecimos llevarlo. No, él se quedó en su casa, y ni siquiera tratamos de insistirle. Ya para ese momento se había alejado de todo el mundo. A su papá ni le hablaba, ni lo iba a visitar ni siquiera cuando había quien lo llevara hasta Fusa. Hasta de nosotros se había separado. No contestaba mensajes, no llamaba, no aceptaba invitaciones. Cuando Margarita se fue, se perdió el único coagulante que quedaba. "Lo más triste", decía mi papá, "es que todo esto se va a acabar algún día, las cosas van a ser normales otra vez, eso tiene que pasar tarde o temprano. ¿Y quién arregla esta familia? ¿Quién le dice a Margarita que vuelva, que todo va a seguir bien de ahora en adelante?". Y era verdad. Pero no la culpo, Gabriel. No la culpaba entonces, pero ahora menos. Ya he pasado por su edad, ya soy más vieja, mucho más vieja de lo que Margarita era cuando dejó a su marido y a su hijo, y te confieso que yo hubiera hecho lo mismo. Estoy segura. Uno no tiene por qué esperar a que las cosas se arreglen, porque eso puede demorar un año pero también veinte. Mi papá preguntaba: ¿quién le dice a Margarita que vuelva? Y yo pensaba, sin decirlo: y si vuelve, y si se queda con ellos y espera, y si resulta que los campos de concentración siguen ahí quince años después, y los alemanes siguen metidos en el Hotel Sabaneta, ¿quién le paga después los años perdidos? ¿Quién le devuelve a su cuerpo los años que se pierdan esperando cosas abstractas, una nueva ley, el final de una guerra?

»Ese día en el Hotel Sabaneta fue una de las experiencias más curiosas de mi vida. Era un lugar de lujo, en tiempos normales debía de ser más caro que el nuestro, y eso ya es mucho decir. Bueno, no lo sé, no puedo estar segura, pero era un sitio de primera. Claro, era tierra caliente, y eso lo cambiaba todo. Donde nosotros teníamos chimenea y ruanas para los huéspedes, ahí tenían jardines inmensos con gente asoleándose en vestido de baño. Había una piscina grandísima, una cosa que yo había visto muy pocas veces, y menos veces había visto tal cantidad de cabezas monas sobre cuerpos semidesnudos, era un veraneadero de la *riviera* francesa. Como los hombres pasaban el tiempo solos, no tenían inconveniente en echarse al sol casi en cueros, y en los días de visita las esposas se encontraban con esta gente roja como un camarón, algunos casi insolados. Ese día el sitio estaba lleno, imagínate, ciento y pico familias en un hotel al que normalmente no le cabían más de cincuenta. Era como estar en un bazar, Gabriel, nadie hubiera dicho que estos tipos eran prisioneros de guerra. Pero eso es lo que eran, ¿no? Prisioneros de guerra echados al sol. Prisioneros de guerra comiendo pollo asado sobre una manta, un picnic envidiable. Prisioneros de guerra caminando con sus hijas y sus esposas por unos caminitos de piedra de lo más pintoresco. Prisioneros de guerra haciendo ejercicio en el gimnasio. Entre ellos estaban los más viejos, que andaban todo el día bien vestidos, de traje claro y corbata, de sombrero de fieltro. Así estaba el viejo Konrad, vestido hasta la quijada a pesar del calor, los únicos más vestidos que él eran los policías del pelotón de vigilancia, con sus gorras de policía y sus sables de policía en la cintura, unas figuritas de lo más lamentable.

Konrad estaba sentado en un balcón del segundo piso. Como a dos metros estaba otra persona. Papá lo reconoció: "Mierda, yo no sabía que Thieck estuviera aquí". Eso dijo, lo dijo en alemán y con grosería y todo, lo impresionó mucho ver al tal Thieck, era uno de los importantes de la colonia de Barranquilla, trabajaba en la Bayer. Alguna vez se habrá quedado en el hotel, ya no me acuerdo. Pero lo importante es que estaba a dos metros de Konrad y ni se dirigían la palabra, y mira que el Sabaneta fomentaba mucho la sociabilidad. En fin, Konrad estaba ahí, dándole la espalda al otro. Lo saludamos apenas nos bajamos del carro, con tanta efusividad como fue posible, y él ni levantó la mano, fue como si le pesara el periódico.

»Esa visita fue terrible. El viejo nos iba importunando a todos con su cantaleta insoportable: "Yo no he hecho nada, les juro, soy un amigo de Colombia y de la democracia, soy enemigo de todas las dictaduras del mundo, yo soy enemigo del tirano, yo quiero a este país que ha sido mi anfitrión", etcétera, etcétera. Y nos mostraba una sombra que tenía debajo del ojo, parece que se había agarrado a golpes con alguien que se atrevió a hablar de Himmler con respeto. No había manera de que se callara ni un segundo, ni de que viera a un desconocido sin echársele encima a contarle sus penas y a convencerlo de su inocencia. Era un espectáculo lamentable. Y todo el tiempo cargaba ese maletín que cargó hasta su muerte, lo llevaba por todo el hotel y si te descuidabas se sentaba y sacaba todos los documentos de su caso para presentártelos. Te sacaba las cartas que había escrito él explicando los malentendidos, las cartas que había escrito su esposa, las respuestas que habían obtenido, el periódico del día en que apareció su nombre en la lista, todo eso lo llevaba de arriba abajo, "por si de pura casualidad me encuentro con un buen abogado", decía. Y esa vez nos tocó a nosotros, quc para el viejo éramos lo más parecido a un confidente. Estábamos sentados en ese balcón, encima de una enredadera de buganvillas, viendo a la gente bañarse en la pileta y echar una toalla sobre el pasto para asolearse. Nuestro paraíso alquilado, ¿no? Pues en algún momento mi papá se paró para ir a hablar con otro de los internos, un judío caleño que conocía de apellido, y el viejo comenzó a hablarnos en alemán. "En estos papeles falta una cosa, Sarita, ¿sabes qué es?, te voy a dejar que lo adivines, adivínalo. A ver, adivínalo. Aquí tengo de todo, mira, cosas sobre mí mismo que ni yo mismo sabía, a ver si tú las sabías, Sarita, ¿sabías que estoy relacionado con traficantes de platino? A que no, a que no sabías, pero es así, Cristales Deresser es sospechosa de colaborar con tráfico de platino hacia Hamburgo, ah, sí, mira qué negocio más bien montado tenemos, el platino sale de Cali, llega a Bogotá y a través de Cristales Deresser llega a Barranquilla, donde sale en barco, parece que a mis socios barranquilleros y a mí nos une la amistad con Herr Bethke, lo que es tener amigos en común, ¿no?, es bueno estar con los tuyos en el extranjero, la lengua es nuestra patria y todo eso. A ver qué más tengo aquí, siempre puedo encontrar más documentos de interés, este maletín es infinito, mira, te puedo contar que mi empresa aparece mencionada en cartas de la Legación, sí, la Legación de Bogotá le escribe cosas a la Legación de Lima y me mencionan, seré muy importante. Claro, también tengo documentos que no hablan de mí, sino de mis buenos amigos, ya sabes a quiénes me refiero. *El Siglo*. Noviembre del año del señor de 1943. Sí, aquí nos llegan los periódicos, no creas que nos mantienen desinformados. Vamos a ver, por la B de Bethke, vamos a ver qué dice la lista, sí, la B de Barranquilla, ¿sabías que es socio del Club Alemán?, ¿sabías que vive en El Prado? Sí, aquí en el maletín está todo esto, pero algo falta, ¿no adivinas qué es? Te lo voy a decir y no te espantes. Es una nota de despedida." Entonces pasó de la ironía al llanto. Si lo hubieras visto, parecía un niño perdido. "No me importa si está escrita en una servilleta y con lápiz, aquí no hay una nota que diga me voy, tú no sabes lo que es eso, llegar a la casa un día y que eso pase, vivir con alguien es muchas cosas, un día te vas a enterar, pero una de ellas es esperar la hora de la llegada, porque todo el mundo tiene una hora de llegada a su casa, todos los que tienen casa llegan a esa casa a alguna hora, no es una rutina, es algo que se te va imponiendo, supongo que es animal, ¿no?, uno quiere llegar al lugar donde está a salvo, donde es menos probable que le pase algo malo." En esos días, Enrique le había escrito contándole que Margarita se había ido de la casa. "Un día no llegó, Sarita, así de simple, ¿cómo es uno capaz de hacerle eso a su familia? Yo cierro los ojos y me imagino a Enrique despierto y esperándola, Sarita, oyendo ruidos, y luego timbra el teléfono, y es ella, Sarita, ahí estaba ella diciéndole a su hijo que no vuelve más, que después me escribe para despedirse, así, sin más, se fue con un recado, me dejó un recado y se fue, y por supuesto nunca se despidió de mí, ni una carta de despedida, no sé dónde esté, ni con quién, ya no sé cómo es su vida, ya no lo voy a saber nunca más, ruego al cielo que nunca te pase nada parecido, Sarita, esto no se lo deseo a nadie."

»Todo eso me dijo. Pero no paró ahí. Me habló de los primeros días. Habían sido espantosos, me explicó. Espantosa la primera vez que el administrador del hotel lo miró con lástima después de haberse enterado, y luego, cuando ya todos los de la mesa debían de saber, espantosa la primera vez que le llegó una carta que no reconociera de inmediato. La recibió absolutamente seguro de que era Margarita, y resultó que era de la embajada española, la encargada de los bienes alemanes durante esos años. Le notificaban el estado de su peculio. Cuando levantó la cara se dio cuenta de que todos los demás lo estaban mirando, sin disimular ni nada, todos habían parado de jugar bridge o de leer la prensa y lo miraban, también querían saber si Margarita había vuelto. O más bien sabían que no era carta de Margarita y querían fijarse en la cara del pobre Konrad. "Se burlaron de mí. Se rieron a mis espaldas." La mayoría de los alemanes recluidos allí era gente de plata, y se habían dado el lujo de comprar una casa en el pueblo para que su familia viviera más cerca. Para ellos la cosa era más fácil. Con un permiso, que además no era difícil de conseguir, podían ir a dormir a sus casas. De ida y vuelta los escoltaba un policía. Tenían familia. Tenían mujer, tenían hijos. Konrad ya no tenía nada de eso. "Todos me miraban con lástima, pero por dentro se estaban riendo, estaban muertos de la risa, y estoy seguro de que las carcajadas arrancaron apenas me fui a mi cuarto. La gente de este lugar es lo más despreciable que me ha tocado conocer. Hasta los italianos, Sarita, hasta los italianos se ríen de mí. Mi desgracia es mejor que un libro para ellos, yo soy su folletín, yo los mantengo entretenidos. Aquí estoy solo, Sarita, no tengo a nadie." Todo lo que hubiera querido decirle al Comité, al embajador gringo, me lo dijo a mí en el Sabaneta. Y no cualquiera soporta eso. Ahí estaba Konrad vomitando su tragedia personal, y no hay nada más insoportable que oír desgracias que uno no ha solicitado. Hasta que me paré y le dije: "Lo siento, Herr Konrad, no puedo quedarme más. Voy a buscar a papá, tenemos que volver a Bogotá y luego seguir a Duitama, imagínese el camino que tenemos por delante. Yo es que tengo trabajo, ya sabe usted cómo es un hotel", y me fui, lo dejé a mitad de frase y me fui. No era cierto que fuéramos a devolvernos a esa hora, claro. Teníamos pensado pasar la noche en una pensión de Fusa que el oportunista de turno había abierto para eso, precisamente, porque había muchas familias que venían desde Bogotá para ver a sus papás. Habíamos reservado un cuarto, íbamos a volver al Sabaneta a la mañana siguiente para despedirnos del viejo, pero yo le rogué a mi papá que nos fuéramos derecho a Bogotá. "Muchachita malcriada", me dijo papá, pero yo pensaba algo peor: Muchachita cínica. Ya me había empezado a volver así. Pues cínica y todo, insistí tanto que al final eso fue lo que hicimos. No volvimos a ver a Konrad. Después de ese día, yo nunca lo volví a visitar. Mi papá fue un par de veces, pero yo me negué. Tengo muy claro que no lo hubiera soportado.

»Lo grave, como te podrás imaginar, es que el viejo no exageraba. Verlo era patético por su falta de coraje, pero todo lo que le pasaba era real, no era inventado. Para cuando terminó la guerra y los confinados salieron del Hotel Sabaneta, ya el viejo Konrad estaba solo. Sin Margarita, por supuesto, y para todos los efectos sin Enrique, que no se demoró nada en armar rancho aparte, como si hubiera esperado toda su vida para sacarse de encima a sus papás. Konrad se encontró con que la vida lo había dejado atrás. Al salir, no pudo vender la casa de la familia, porque estaba todavía en fideicomiso, y la casa acabó rematada a mediados del 46. La plata nunca llegó al bolsillo de Konrad, como es obvio, sino que cubrió los gastos de su veraneo forzado, y también los de las indemnizaciones de guerra, que el gobierno se cobró con las cuentas de los alemanes. No sé cómo ni cuándo conoció a Josefina, pero es evidente que ella le salvó la vida, o más bien le ayudó a postergar la muerte. Muchos de los internos salieron del país. Unos se devolvieron a Alemania, otros se fueron a Venezuela o a Ecuador para hacer lo mismo que habían estado haciendo en Colombia, sólo que empezando de ceros, y eso hacía toda la diferencia. Volver a empezar, ¿no? Eso es lo que rompe a la gente, la obligación de volver a empezar una vez más. Konrad, por ejemplo, no pudo. Se dedicó a morirse despacito durante un año y medio... me lo imagino perfecto, acostado con Josefina como si esta mujer fuera una balsa de náufrago, dividiendo el día entre sus discos de ópera y los carajillos de un cafetín cualquiera. Sí, entre más lo pienso, más me convenzo de que Margarita hizo bien en dejarlo. Ella murió en Cali, en 1980, me parece. Se volvió a casar, esta vez con colombiano, después de la muerte de Konrad. Creo que tuvo dos hijos, niño y niña. Niño y niña que son mayores que tú y probablemente ya tengan sus propios hijos, Margarita abuela, increíble. Tal vez sea cruel decirlo, pero fíjate: ¿qué hubiera hecho con el débil de su marido? ¿Acaso alguien puede creer que Konrad hubiera salido adelante eventualmente? Las listas duraron hasta un año después de terminada la guerra, y durante ese tiempo Konrad se cayó a pedacitos. Cuando se abolieron ya era muy tarde, ya el viejo era casi un mendigo, pero tampoco era el único. Hubo quienes sobrevivieron a las listas. Yo conocí a varios, algunos estuvieron en el Sabaneta, y de éstos algunos eran nazis de verdad. Otros ni siquiera llegaron a ser recluidos en el hotel, pero quebraron igual que quebró el viejo. Y muchos de ellos se rehicieron. Nunca volvieron a tener la vida que tenían antes de las listas. Nunca recuperaron la plata, y hasta el día de hoy piensan en esas pérdidas. El viejo fue uno de los que no pudo. No lo logró, así es el mundo, se divide entre los que sí y los que no. Así que no me vengan a hablar de la responsabilidad de Margarita, nada de eso. Cierto, ella dejó tirada a su familia, y cierto, de alguna manera el suicidio del viejo tiene algo que ver con ella. Pero alcanzó a vivir, ¿no? ¿O es que uno se casa para ser tutor de los más débiles? Margarita tuvo una segunda vida, como decía tu papá, y ésta sí le salió bien. Con hijos, con nietos. Supongo que eso le gustaría a todo el mundo.

»Por supuesto que Margarita no vino al entierro de Konrad. Comprensible, ¿no? Después de todo lo que pasó, además tener que lidiar con un suicidio y una concubina... Concubina es una palabra bonita, es una lástima que ya no se use, ahora se dice amante y se deja ahí la cosa. Concubina, concubinato, es bonito, ¿no te parece?, son sonidos lindos. De pronto es por eso, a la gente no le gusta que sea tan bonita una palabra que quiere decir esas cosas. Suicidio, en cambio, no es bonita. *Selbstmord,* se dice en alemán, y tampoco me gusta. Claro, yo hablo de estas cosas como si se me hubieran ocurrido a mí, cuando en realidad es tu papá el que me hizo apreciarlo. No habíamos acabado de despedirnos de Josefina cuando ya me estaba diciendo: "Concubina suena mejor que amante, ¿no crees? A ver por qué será". Pero eso con tristeza, para nada frío ni distante, ni desapegado de todo lo que habíamos averiguado esa tarde, la muerte terrible del viejo Konrad, la idea del dolor que debió de sentir, todo eso... A mí me impresionó mucho. No se merecía esa muerte, eso lo tengo claro, ¿pero quién dice qué muerte merecemos? ¿Cómo se mide eso, acaso depende de lo que hiciste bien, de tus méritos, o de lo que hiciste mal, tus errores? ¿O es un balance? Es que a ustedes los ateos esto les queda muy difícil, por eso es bueno ser creyente. Las peleas que teníamos con tu papá por esto. Él siempre ganaba, ni que decir tiene. Durante mucho tiempo me puso el ejemplo de Konrad. "El viejo hasta se volvió católico, ¿y de qué le sirvió? Tú conoces a miles de alemanes que se convirtieron para entrar mejor en Colombia, para ser más aceptados por sus esposas y sus suegras y sus amigos. ¿Y eso les ayudó en algo?" Yo me quedaba callada, porque se me ocurría, aunque nunca hubiera podido probarlo, que si el viejo Konrad se hubiera quedado protestante se habría suicidado igual, no sólo eso, se habría suicidado *antes*. Mejor dicho, era su lado protestante el que le decía tómate las pastillas, sal de esta vaina. Pero eso quién lo demuestra. Y además de qué sirve, de qué carajos sirve demostrarlo.

»Esa noche, después de hablar con Josefina, nos quedamos en la casa de tu papá, porque era muy tarde ya para pensar siquiera en devolvernos a Duitama. Tu abuela, siempre envuelta en un chal negro, preparó la cama de huéspedes para mí, me recibió y me atendió con esa cara de tristeza que tienen los fantasmas de las películas, mientras Gabriel subía y se encerraba en su cuarto, casi sin despedirse. La casa quedaba en Chapinero, sobre la Caracas. Era una de esas casas de dos pisos, de escaleras cubiertas con alfombra roja y gastada y la alfombra apisonada con barras de cobre. No te voy a decir "lástima que no la hayas conocido", ni ninguna de esas cosas, porque a mí esa casa me espantaba, me incomodaban las cosas más bobas, como esas barras y esos anillos de cobre que sostenían la alfombra, o como el loro del patio trasero, que gritaba "Roberto, Roberto", sin que nadie hubiera sabido nunca quién era Roberto ni de dónde había sacado el nombre ese loro. En cualquier caso, esa noche me costó trabajo dormirme, porque tampoco estaba acostumbrada al ruido de los carros. Qué quieres, yo era una niña de pueblo, una ciudad como Bogotá implicaba un cambio terrible para mí. Y en la casa de tu abuela era como si todo jugara a incomodarme, como si todo fuera hostil. Los muebles de mi cuarto estaban tapados con sábanas y de todas formas olía a polvo. Era como si la casa entera estuviera de luto, y nosotros acabábamos de hablar con Josefina, y todo eso mezclado... no sé, al fin pude dormirme, pero era tardísimo. Y cuando me desperté, ya tu papá había ido y vuelto con la noticia de que Enrique no estaba en su casa. "¿Qué quieres decir con que no está? ¿Está perdido?" "No. Quiero decir que se fue. Que dejó todo y se fue. Y no se sabe para dónde." Le pregunté quién se lo había dicho y se puso impaciente. "El policía de la cuadra. Y a él se lo dijeron las empleadas de los Cancino. ¿Qué importa quién me lo dijo? El papá se acaba de matar, la mamá se fue hace rato, me parece lógico que Enrique también se haya ido. No se iba a quedar solo en esa casa." "Pero es que sin despedirse." "Despedirse, despedirse. Esto no es un coctel, Sara. Deja de decir bobadas, por favor."

»Luego ya se le pasó el mal genio y pudimos desayunar en paz, sin hablar pero en paz, y antes de mediodía cogimos el tren en la Estación de la Sabana. Hacía un día de perros, nos llovió todo el trayecto. Llovió en Bogotá, llovió a la salida, llovió cuando llegamos a Duitama. Y todo el tiempo yo iba pensando en las razones que tiene alguien para irse así, para dejarlo todo atrás sin despedirse ni siquiera de los amigos. No dije nada porque tu papá me iba a saltar a la garganta, estaba muy afectado, eso se veía. En el tren se hacía el dormido, pero yo le miraba los ojos cerrados, y los párpados se le movían así, rápido, le temblaban como le tiemblan a una persona preocupada. Verlo así me puso mal. Ya en ese momento yo lo quería como a un hermano. Gabriel era como un hermano para mí, y eso que sólo habíamos sido amigos unos cinco años, pero ya ves, yo me quedaba en su casa, él se quedaba en el hotel... Todo guardando las formas, por supuesto, yo era una señorita con una reputación, etcétera. Pero las formas se doblaban lo máximo posible, me da la impresión. Y eso es porque éramos como hermanos. En el tren, a punta de verlo hacerse el dormido, me quedé dormida yo. Me le recosté en el hombro, cerré los ojos, y lo siguiente fue Gabriel despertándome porque habíamos llegado a Duitama. Me despertó con un beso en el pelo, "llegamos, Sarita", y me dieron ganas de llorar, supongo que de tanto estrés, o por el contraste, ¿no? El estrés por un lado y el cariño por el otro. O por un lado la preocupación de tu papá, que tal vez había perdido un amigo para siempre, y por el otro la manera que tenía de cuidarme como si hubiera sido yo la de la pérdida. Sí, casi me pongo a llorar. Pero me aguanté las ganas. Lo buena que he sido para aguantar el llanto, siempre, desde chiquita. Papá se burló de mí hasta que se murió de viejo. Se burló de mi orgullo, que no me dejaba ni hacer mala cara en público, mucho menos llorar, una mujer llorando en público me parecía lo más patético. Sí señor, ésa soy yo. La mejor aguantadora.

»Cuando llegamos al hotel seguía lloviendo, y el cielo era tan oscuro que todas las luces estaban encendidas aunque todavía faltara un buen rato para que se hiciera de noche. Era ese cielo gris tan boyacense, uno cree que lo podría tocar si se empina un poco, y el agua seguía cayendo como si algo se hubiera desfondado arriba. Tu papá se negaba a compartir mi sombrilla, me dejaba caminar delante mientras él se empapaba detrás. Seguramente ahí en Duitama también había llovido todo el día, porque la fuente estaba a rebosar, en cualquier momento el agua se le iba a empezar a salir por los bordes. Pero era bonito ver la lluvia pegando en el agua de la fuente. Y más bonito todavía si eso lo veíamos desde el comedor, bien secos y tomando chocolate. Ahí estaba papá con un invitado. Nos lo presentó diciendo que era José María Villarreal y que ya se iba. Yo supe inmediatamente quién era, porque papá me había hablado de él varias veces. "Es un godo de mucho cuidado", me decía, con más respeto del que era normal en él. Se veían mucho últimamente porque compartían una especie de pasión por Simón Bolívar, y a Villarreal no le importaba venir de vez en cuando desde Tunja para hablar del tema, así como lo oyes. Cruzamos saludos con el godo de cuidado y nos sentamos, Gabriel y yo, a calentarnos las manos con una taza de chocolate junto a la puerta cristalera del comedor. Ya estaban prendiendo la chimenea, afuera seguía lloviendo a chorros, en el comedor se estaba de maravilla. Hasta mi papá se veía contento acompañando a su amigo a la puerta del hotel y seguramente hablando del Pantano de Vargas o de alguna cosa de ésas, era como un niño con juguete nuevo. Increíble, ¿no? Increíble que estuviéramos a tan poco tiempo del desastre, Gabriel, yo lo pienso y me pregunto por qué no se paró el mundo en ese momento. ¿A quién había que sobornar para que el mundo se quedara quieto ahí, cuando todos estábamos bien, cuando cada uno parecía haber sobrevivido a las cosas de la vida que le habían tocado en suerte? ¿A quién había que pedirle esa palanca? ¿O sería que esa palanca también estaba gastada?

»Según lo que me contó Gabriel al día siguiente, en la tarde, cuando pudimos estar solos por primera vez desde que despertó de la anestesia, la cosa fue más o menos así:

»Después del chocolate había subido a su cuarto con la idea de descansar del viaje en tren y leer un poco. En cosa de una semana iba a presentar el primer preparatorio: todas las materias de Civil en un solo examen, una especie de paredón continuado, como ser fusilado y vuelto a fusilar diez veces seguidas. Así que abrió sus libros sobre el escritorio y se puso a estudiar los modos de adquirir el dominio, que eran por lo menos artículos bien escritos y llenos de figuras que en un buen día lo hacían soltar carcajadas. Gabriel les parecía raro a sus compañeros de clase. Esa pobre gente no podía entender la gracia que le encontraba al aluvión, que tenía una definición de pura poesía, o a la paloma que viaja de un palomar a otro sin malas artes del nuevo dueño. "Pero no me podía concentrar", me dijo después, "trataba de leer sobre la paloma y se me aparecía el viejo Konrad echado en la calle y vomitando, me iba a la piedra engastada en el anillo y se me aparecía Josefina con sus sandalias, con el semen fresco resbalándole por la pierna, y me entraban a mí también las arcadas. Así que me paré, cerré códigos y apuntes, y salí a dar una vuelta". Yo no lo oí salir, porque estaba en el cuarto de mis papás oyendo en radio una noticia curiosa. Antes de comenzar la guerra, un arquitecto húngaro había desaparecido junto con su esposa, y alguien se lo acababa de encontrar en las montañas. Iban unos turistas caminando por la montaña cuando el tipo salió de alguna parte y preguntó cómo iba la guerra. Resulta que había arreglado una gruta de piedra, llevaba todo ese tiempo ahí escondido. Pescaba para comer y sacaba agua del río. Cuando le dijeron que la guerra había terminado hacía año y medio, bajó a Budapest, saludó a su familia y regresó a su casa, pero apenas llegó se dio cuenta de que no iba a poder. Su esposa estuvo de acuerdo. Así que recogieron ropa y utensilios y volvieron a su gruta. Papá estaba feliz con el cuento. "Te apuesto lo que quieras a que son judíos", me dijo. Y mientras terminábamos de oír el programa, Gabriel bajaba y salía a dar una vuelta. Pero antes de salir fue a la cocina y pidió un pandeyuca grande para el camino. Le dijo a María Rosa, la cocinera, que en una hora estaría de vuelta.

»Ya era de noche. Gabriel caminó por debajo de los balcones y de los aleros, de un balcón al otro, de un alero al otro, tratando de mojarse lo menos posible. Pero ya no llovía tan fuerte, y en cambio daba gusto respirar el aire recién lavado, daba gusto caminar por calles donde no había nadie. "Me subí el cuello", me dijo, "y pensé en comerme el pandeyuca de dos bocados, para poder meterme las manos a los bolsillos, pero luego se me ocurrió que podía calentarme las manos con la masa. Estaba decidido a caminar un buen rato, así me diera una pulmonía. Es que todo estaba tan tranquilo, Sara, no me lo iba a perder". Lo único era caminar con cuidado, no ir a resbalarse con los adoquines, que se ponían terribles cuando llovía, y en eso puso toda la atención posible. Y así, mirando al suelo y echando para adelante como un caballo con anteojeras, con un pandeyuca caliente en el bolsillo del saco, acabó por llegar a la plaza, entre otras cosas porque todas las calles de un pueblo como ése dan a la plaza, tanto así que uno no se explica para qué le ponen nombre. Plaza de los Libertadores, se llama la de Duitama, pero nadie en la historia del pueblo ha tenido que decir el nombre completo. La plaza es la plaza. Ese día estaba todavía adornada con las cosas de las últimas fiestas, versiones del niño jesús colgadas en las puertas y de los balcones y apoyadas en las ventanas de las cafeterías. Y Gabriel le iba dando la vuelta a la plaza mirando las vitrinas de los almacenes, las ventanas de las cafeterías, y adentro de las cafeterías la poca gente que escampaba, la mayoría campesinos muertos de frío que olían a ruana mojada. De una de esas cafeterías, donde no había campesinos sino gente de corbatín que trabajaba en la Alcaldía, alguien lo llamó, con firmeza pero sin levantar la voz. Era Villarreal, el amigo de papá.

»Le preguntó qué andaba haciendo por ahí con esta lluvia, si necesitaba algo. Él tenía su carro a la vuelta de la esquina, le dijo, lo podía llevar a cualquier parte. "Me habló con tanta cortesía que inmediatamente se me olvidó lo más impresionante: que me hubiera llamado por mi nombre, por mi nombre completo, después de haberlo oído una sola vez, y de pasada." Pero así era Villarreal con todo el mundo. Cuando Gabriel le explicó que sólo estaba dando una vuelta, que le gustaba caminar de noche porque en Duitama nunca había gente en las calles, Villarreal pareció entenderlo sin problemas, e incluso comenzó a recomendarle recorridos, no sólo en Duitama, sino en Tunja y en Soatá y por el centro de Bogotá, era un tipo cultísimo, conocía o parecía conocer la historia de cada esquina. Hablaron de la iglesia que estaban construyendo todavía, ahí mismo, al otro lado de la plaza. "Hace unos días, un domingo, me metí a las obras para verla por dentro", dijo Villarreal. "Si queda bien, va a ser una construcción bellísima." A Gabriel le gustó su manera de pronunciar las elles, ese sonido líquido que se ha perdido, ya nadie pronuncia las elles así. Y tal vez fue por las elles, o tal vez por las maneras de Villarreal, pero luego, cuando se despidieron, Gabriel siguió bordeando la plaza y pasando por debajo de los aleros y de los balcones y de los faroles coloniales prendidos aunque no alumbraran, y cruzó la calle y miró a su alrededor para fijarse en que no lo viera nadie. Era absurdo, porque meterse a unas obras no tenía por qué estar prohibido. "Pero cuando se me ocurrió eso, ya era demasiado tarde, ya estaba adentro. Y no me arrepiento, Sara, no me arrepiento. La nave de una catedral en construcción es una vaina escalofriante."

»Estaba al resguardo de unas paredes inmensas, pero hacía más frío que afuera. Era la humedad del cemento, por supuesto, era cemento frío lo que se le metía en las narices cuando respiraba hondo. Cerca del altar, o del sitio que ocuparía el altar, había dos montañas de arena del tamaño de un hombre y una más pequeña de ladrillos, y junto a ellas estaba la mezcladora. Del lado de la puerta había piedras, vigas, más piedras, más vigas. Lo demás eran andamios, andamios por todas partes, un monstruo enterizo que le daba la vuelta a la nave y se elevaba hasta las ventanas sin vitrales. Ahí adentro, era como si se hubiera quedado ciego al color. Todo era gris y negro. Y luego estaba el silencio, el silencio tan perfecto que Gabriel se aguantó las ganas de gritar para ver si en una nave en construcción había eco. "Me sentí bien", me dijo después. "Me sentí tranquilo por primera vez en estos días. Casi ciego y casi sordo, así me sentía, y era una especie de serenidad, como si alguien me hubiera perdonado." Quiso sentarse, pero el suelo estaba mojado, había baldes y palustres tirados por todas partes, había cemento sin mezclar y arena, y de una esquina salía un olor a orines. Así que se quedó de pie. En ese momento se acordó del pandeyuca, lo sacó, le quitó un par de hilachas que se le habían pegado en el fondo del bolsillo, y empezó a masticar.

»La masa ya estaba fría, claro, pero sabía bien. Gabriel comió despacio, dando bocados chiquitos, sin afanes, tratando con todas sus fuerzas de no pensar en la muerte del viejo Konrad sino en cualquier otra cosa, en el pandeyuca, por ejemplo, en el olor a cemento de la catedral, en la disposición de las sillas cuando hubiera sillas, en el púlpito y el cura, en cuánto tiempo tardaría la construcción, y pensó en todo eso y luego pensó en el hotel, pensó en mí, pensó en que me quería, pensó en mi papá, pensó en Villarreal, pensó en Bolívar, pensó en la batalla del Pantano de Vargas, pensó en el nombre de esta plaza, Libertadores, y en ésas andaba cuando aparecieron los tipos. El lugar estaba tan oscuro que Gabriel no alcanzaba a ver las caras debajo de los sombreros, y no supo cuál de los dos le preguntó si él era Santoro, el de Bogotá. Tal vez el que preguntó fue el mismo que primero sacó el machete, tiene toda la lógica del mundo. Pregunta, respuesta, machete. Habían entrado por la puerta de la catedral, o más bien por el vano de la puerta, de manera que a Gabriel le tocó empezar a correr hacia el altar, confiando en poder salir por la parte de atrás de las obras. Se resbaló con la grava pero no se cayó, siguió corriendo por encima de las tablas sueltas de los andamios, pero tuvo que pasar entre una columna y la montaña de arena, y al pisar la arena el pie se le hundió y el zapato resbaló y Gabriel cayó al piso. Levantó la mano derecha para protegerse del machetazo, pero cerró los ojos cuando vio venir la hoja, y ya no los volvió a abrir.

»Cuando estuvo la comida servida en el comedor del hotel, María Rosa fue a buscar a mamá y le preguntó qué hacíamos con el puesto de don Gabriel, si había que esperarlo, si ya no iba a venir. Mamá subió a mi cuarto y me hizo exactamente la misma pregunta. Yo ni siquiera sabía que Gabriel hubiera salido, pensaba que seguía en su cuarto. “Salió hace dos horas, le dijo a María

Rosa que no se demoraba. Por qué no te pones algo y le pides que te acompañe." Ella ya se había echado una ruana encima cuando bajé, y me dijo que mi papá ya había salido. "A ver si lo fue a coger un carro, señorita Sara", me dijo. Era eso lo que yo me temía. No me hizo ninguna gracia que también a ella se le hubiera ocurrido. María Rosa empezó a caminar hacia la plaza y yo hacia el otro lado, como cuando uno va en carro a la laguna. Di una vuelta, les pregunté a las pocas personas que vi, pero ni siquiera sabía qué buscar, adónde mirar, nunca había estado en una situación parecida. Además tenía miedo. Todo Duitama sabía quién era yo, y si me daba la gana podía salir sola a las cuatro de la mañana, pero esa noche tenía miedo. Así que después de un rato estuve de vuelta en el hotel. Mamá estaba sentada en una de las bancas del patio, a pesar del frío que estaba haciendo, y me contó apenas entré que María Rosa lo había encontrado cerca de la iglesia. "Lo atracaron", me dijo, "le hicieron daño. Tu papá se lo llevó a Tunja, ahora mismo está con él, así que no te preocupes".

»Pero no me dijo que le habían cortado cuatro dedos de un machetazo. No me dijo que había estado a punto de desangrarse. Todo eso me lo dijo Gabriel al día siguiente, cuando papá lo trajo al hotel. También me explicó los síntomas de la septicemia. "Tenemos que estar atentos", me dijo. Todo eso cuando ya estaba mejor, después de las horas que pasó inconsciente. Vino el médico de Duitama, revisó la herida, insistió en cuánta suerte habíamos tenido, y a mí me gustó que hablara en plural, que nos viera a todos juntos. Así me sentía yo, por lo menos en ese momento: la mano me la habían cortado a mí también. Gabriel tenía una venda, pero sólo con ver la forma de la venda, o más bien la forma que había debajo de la venda, supe qué tan serio era el asunto. "¿Pero quién te hizo esto?", le pregunté. Era una forma de hablar, una de esas preguntas que se hacen porque sí,

¿sabes?, sin esperar respuesta. Pero ahí mismo me arrepentí, me entró el pánico, porque me di cuenta de que Gabriel sabía quién se lo había hecho y además sabía por qué razón. "No, no me lo digas", le dije, pero él ya había comenzado a hablar. "Los mandó Enrique", dijo. "Los mandó mi amigo. Pero no te preocupes, me lo merezco. Esto y mucho más. Yo maté al viejo, Sara. Yo les jodí la vida. Yo tengo la culpa de todo."»

IV. LA VIDA HEREDADA

La vida que he recibido como herencia —esta vida en la que ya no soy el hijo de un orador admirable y un profesor condecorado, ni siquiera del hombre que sufre en silencio y luego revela en público haber sufrido, sino de la criatura más despreciable de todas: alguien capaz de traicionar a un amigo y vender a su familia— comenzó un lunes, un par de semanas después de Año Nuevo, cuando, a eso de las diez de la noche, me preparé una comida de microondas, me senté sobre la cama destendida con las piernas cruzadas, y, justo antes de comenzar un recorrido superficial por el periódico del día que terminaba, recibí la llamada de Sara Guterman. Antes de saludarme siquiera, Sara me dijo: *lo están pasando*. Eso quería decir: *está ocurriendo*. Está ocurriendo lo que hemos esperado, estas cosas no suelen hacerse rogar, prende la televisión y siente cómo tu vida cambia, y si tienes una camarita, sácala y fílmate, graba para la posteridad las transformaciones de tu cara.

Yo me había pasado el día, igual que la semana entera, ocupado con la segunda transformación del recuerdo de mi padre. La primera vez, una confesión mentirosa y manipulada había comenzado a trajinar el pasado; ahora, la potencia de los hechos reales (esos falsos muertos, esos cuerpos catalépticos) modificaba la verdad precaria y también la versión que mi padre había formulado (no, impuesto) mediante unas pocas palabras improvisadas en un salón de clase. ¿Pero es que las había improvisado? Ahora me había comenzado a parecer probable que las hubiera planeado con la delicadeza con que planeaba sus discursos, porque había sido eso, un elaborado discurso, lo que mi padre había utilizado para cambiar su memoria de los hechos, y así cambiar o fingir que cambiaba su propio pasado, en el cual, habrá creído, Gabriel Santoro dejaría de ser culpable de la desgracia de un amigo, y quedaría en adelante convertido en víctima, una víctima entre tantas que hubo en esa época en la que hablar importaba y con dos palabras se podía arruinar al otro. Por momentos me conmovía la confianza que mi padre había tenido en sus propias frases, la fe ciega en que bastaba contar una historia trucada —cambiar los personajes de posición, como hace un mago, transformar al traidor en traicionado— para que el trueque se impusiera en el pasado, más o menos como ese personaje de Borges, ese cobarde que a fuerza de creer en su coraje logra que su coraje haya existido. «En la *Suma teológica* se niega que Dios pueda hacer que lo pasado no haya sido», dice el narrador de ese cuento; pero también dice que modificar el pasado no es modificar un solo hecho, sino anular sus consecuencias, es decir, crear dos historias universales. Nunca he logrado releer ese cuento sin pensar en mi padre y en lo que sentí aquel lunes por la noche: que tal vez mi tarea, en el futuro, sería reconstruir las dos historias, inútilmente confrontarlas. Se me ocurrió en algún momento que muy a mi pesar acabaría dedicándome a eso, a revisar recuerdos tratando de buscar las inconsistencias, las contradicciones, las francas mentiras con las que mi padre protegió —más bien, fingió que no existía— un hecho mínimo, una acción entre miles de su vida más llena de ideas que de acciones.

En el sofá de mi sala estaban ya, alineadas como infantería, las cintas de mis entrevistas con Sara. Después de nuestra conversación del Año Nuevo —que se prolongó hasta las seis y media de la mañana, pues a las revelaciones que he encontrado siguieron mis preguntas, mis protestas y otra vez mis preguntas— las volví a oír, una por una, persiguiendo también en la voz de Sara el encubrimiento o la complicidad o las referencias a otras delaciones, otras inclusiones absurdas en la lista negra, otras catástrofes familiares que hubieran tenido por causa remota aquella inquisición de andar por casa. Y el día del programa, antes de la llamada de Sara, había estado oyendo una de las últimas. En la grabación, yo le preguntaba si habría vuelto a vivir a Alemania de haber tenido la oportunidad, y ella contestaba: «Jamás». Y cuando le pregunté cómo podía estar tan segura, me dijo: «Porque ya lo he hecho, ya sé lo que se siente». En 1968, me contó, había recibido una invitación de la comuna de Emmerich, su pueblo natal, y había viajado con su padre y su hijo mayor —en avión a Frankfurt y en tren a Emmerich— para atender a esas ceremonias de expiación pública con que ciertas zonas de la política alemana intentaban en esa época lo que en vano intentamos todos y en todas las épocas: corregir equivocaciones, paliar el daño infligido. «Era raro estar allá», decía la voz grabada, «pero habíamos llegado de noche, y yo creía que a la mañana siguiente me iba a parecer más raro todo, cuando viera de día las cosas que no había visto en treinta años. Aunque ya no sabía si estarían todavía, porque durante la guerra Emmerich fue de las ciudades más bombardeadas». Herr Strecker, el hombre que los había ayudado a salir en el 38, fue el encargado de darles la bienvenida. Herr Strecker también se había ido de Alemania, contaba Sara, se había ido en el 39, y había vivido en Montevideo unos años y luego en Buenos Aires. «Papá y él se abrazaron y casi no se sueltan», decía Sara, «pero en el avión papá nos había dicho que prohibido llorar en Alemania, así que hice un esfuerzo, no fue tan difícil. Lo de las ceremonias es más o menos lo que ya se sabe. A los visitantes nos asignaron a un joven de allá, uno por cada pareja de exiliados, yo como había ido sin mi esposo era la pareja de papá. Lo más curioso era cómo se les llenaba la boca con la palabra *exiliado* y todos sus sinónimos, que en eso la lengua alemana es generosa, no nos faltan formas de llamar a los que se van. Se suponía que teníamos que hablar de nuestra experiencia en un colegio o en una universidad, y mi papá decía: "Yo no sé si hay suficientes colegios en Emmerich para que todos sus exiliados hablen". Y pensar que lo mismo estaba pasando en otras ciudades, en todo el país. No sé, a veces pienso que no sé bien para qué sirvió todo aquello, cuál era el afán de llamar a los de afuera y recordarles de dónde eran. Como si los reclamaran, ¿no? Como una reivindicación absurda, por decirlo así.

»Un amigo de papá había muerto hacía tres años, y nadie nos había avisado, y cuando llegamos nos dieron la participación. La viuda nos preguntaba si valía la pena irse a vivir a Colombia, repetía que tenía toda la intención de irse a otra parte, y me sonreía y le consultaba a papá sobre las opciones. Nos preguntaba qué tal era Colombia. A veces pensaba en Canadá. ¿Qué opinábamos de Canadá? Me dio lástima, porque era evidente que no se quería ir. Todavía no sé por qué trataba de convencer a los demás de que sí. Yo, por mi lado, me encontré con una amiga del colegio. Fue la cosa más rara del mundo. Yo le preguntaba qué es de la vida de fulano y de mengano, y sobre todo le pregunté por Barbara Wolff, que había sido mi mejor amiga en las Hijas de la Sagrada Cruz, sí, qué nombrecito, y qué colegio, además: lo llevaba una comunidad de monjas nobles, yo hasta ese momento no había imaginado siquiera que semejante cosa pudiera existir. Una monja de sangre azul, date cuenta. Pues bien, esta amiga me miraba toda sorprendida, hasta que no soportó más los elogios que yo hacía de mi amistad con Barbara. "Pero si ella te hacía sufrir mucho", me dijo. Parece que todas se acordaban de cómo me hacía sufrir

Barbara, se aprovechaba de mí, hablaba de mí a mis espaldas e inventaba rumores, todas esas cosas de niñas pequeñas. Y no tuve más remedio que creerle, pero me asusté, porque no pude recordar absolutamente nada de lo que me decía. Yo tenía un recuerdo tan bello de Barbara, y en ese momento no supe qué pensar. Estuve un poco triste por eso, no se suponía que ese viaje fuera para recibir malas noticias, imagínate que ahora llegara alguien a decirte que tu papá te maltrataba y tú no te acuerdes, dime si el mundo no empezaría a cambiarte. Lo mío no es tan grave, pero casi, porque de todas formas es como si el mundo de antes de la emigración hubiera dejado de ser confiable. Yo me fijaba mucho en papá, en lo mucho que él necesitaba hacer ese viaje. Una de las razones, la más obvia, era confirmar que había tomado la decisión correcta. Imagínate si treinta años después se percatara de que le hubiera ido mucho mejor quedándose. No, necesitábamos confirmar cómo eran las cosas antes de irnos, confirmar lo mucho que habían sufrido los judíos que se quedaron. Yo no pude con Barbara, porque para ese momento ella estaba viviendo en Inglaterra, parece que era o es bióloga. ¿Qué le habría dicho si hubiera podido llamarla? Vamos, a ver, Barbara, ¿tú te acuerdas de tratarme mal cuando éramos chiquitas? No, ridículo. Pero eso sí, si me daban ganas de llorar, agarraba el carro y me iba a Holanda, atravesaba la frontera, porque tenía muy clara la regla de papá: nada de llorar en Alemania. Y cumplí la regla todo el tiempo, hasta cuando no se me exigía. Ni siquiera lloré cuando visitamos la tumba de Miriam, mi hermana mayor, que murió de meningitis a los siete años, yo apenas si me acordaba de ella. Sea como sea, en esos momentos empecé a pensar que entendía por qué Dios nos había mandado a Duitama. Pensé que nos había hecho trabajar tan duro para que no nos quedáramos en malos recuerdos. Ahora no, ahora eso me parece una gran tontería, no sólo porque papá está muerto también, y su presencia era lo que me permitía de joven esas religiosidades, sino por algo más difícil de explicar. Uno se vuelve viejo y los símbolos pierden valor, las cosas se vuelven únicamente lo que son. Uno se cansa de las representaciones: de que esto represente tal cosa y aquello represente tal otra. La capacidad para interpretar símbolos ya se me ha ido, y con eso se va Dios, es como si se apagara. Uno se cansa de buscarlo detrás de las cosas. Detrás de las gafas de un cura. Detrás de un pedazo de oblea. Tal vez para ustedes los jóvenes sea difícil de entender, pero Dios para los viejos es eso: un tipo con el que hemos estado jugando escondidas demasiado tiempo. Tú verás si quieres dejar todo esto en el libro. A lo mejor no deberías, a quién va a interesarle esta carreta. Sí, mejor me limito a lo mío. Luego te cansas de mis bobadas y me apagas la grabadora, yo no quiero que eso pase, me gusta hablar de todo esto.

»El discurso de bienvenida lo pronunció el alcalde. Toda una experiencia, porque por ese discurso descubrí lo que costaba salir de Alemania cuando lo habíamos hecho. Descubrí lo ricos que habían sido mis padres, porque sólo los ricos podían pagar ese impuesto de abandono del país, sí, así le decían, ni más ni menos. Descubrí la fortuna que habían dejado atrás por irse a Colombia. Fuimos a la sinagoga, una mole de concreto macizo con cúpulas redondas y de cobre como un templo ruso, aunque esté mal que yo lo diga. Ahí, en algún momento, acepté que Alemania ya no era mi país, no en el sentido, por lo menos, en que un país pertenece a la gente normal. A papá ese viaje le dio muy duro. No hizo más que acordarse de las leyes del 41, yo le decía que ya habían pasado casi treinta años y que uno tiene que olvidarse de esas cosas, pero él no podía».

«¿Las leyes del 41?» Ésta es mi voz grabada. No me reconozco en ella.

«Nosotros estábamos en Colombia, a un océano de distancia de Alemania, y un buen día nos levantamos y ya no éramos alemanes. Uno no sabe lo que eso implica hasta que se le vence el pasaporte. Porque entonces, ¿qué eres? No eres de aquí, pero no eres de allá tampoco. Si te pasa algo malo, si alguien te hace algo, nadie te va a ayudar. No hay un estado que te defienda. Espérame, te voy a mostrar algo.» Hay una pausa en la grabación, mientras Sara busca entre sus papeles una carta que mi padre le había escrito desde Bogotá, fechada con la inscripción *1 de Av de 5728*. «Un gesto típico de tu papá», me dijo Sara. «No había manera de explicarle que también la religión había ido desapareciendo de mi vida, y nunca llegó a existir en las de mis hijos.»

«¿Me puedo quedar con ella?», dice mi voz.

«Depende.»

«Depende de qué.»

«¿La vas a poner en el libro?»

«No sé, Sara. Puede que sí, puede que no.»

«Te puedes quedar con ella», me dijo, «si no la pones».

«¿Por qué?»

«Porque yo conozco a Gabriel. No le va a hacer ninguna gracia verse metido en un libro sin que nadie le haya pedido permiso.»

«Pero si llego a necesitar...»

«Nada, nada. Te la llevas si me lo prometes. Si no, la carta se queda conmigo.»

Decidí quedarme con ella. La tengo aquí. «Yo en tu lugar no me preocuparía demasiado», le escribe mi padre a Sara. «Uno es de donde mejor se siente, y las raíces son para las matas. Todo el mundo lo sabe, ¿no es cierto? Ubi bene ibi patria, todas esas frases de cajón. (De cajón romano, eso sí. Por lo menos califica como antigualla.) Yo, por mi parte, no he salido nunca de este país, y a veces se me ocurre que nunca lo haré. Y no me haría falta, ¿sabes?

Aquí están pasando muchas cosas; es más, aquí es donde pasan cosas; y, aunque a veces me tropiezo con los provincianismos de la Apenas suramericana, suelo pensar que aquí la experiencia humana tiene un peso especial, es como una densidad química. Aquí parecen importar las cosas que se dicen tanto como las que se hacen, supongo que en parte por una razón que, bien mirada, es bastante tonta: todo está por construirse. Aquí las palabras importan. Aquí uno es capaz todavía de moldear su medio. Es un poder terrible, ¿no?» La he leído varias veces, la leo ahora, mientras escribo, y la leí esa noche, poco antes de que Sara me llamara para avisarme que acababa de comenzar la caída en desgracia de mi padre, el hombre que nunca había salido de este país y que nunca lo haría, el hombre al que parecían importarle las cosas dichas tanto como las hechas. ¿Qué habría pensado si hubiera visto en televisión lo que yo estaba viendo? ¿Se hubiera arrepentido de lo escrito el 1 de Av de 5728? ¿Lo hubiera olvidado a propósito? Para mí, lector inocente de esa carta, fue evidente que mi padre, al escribirla, tuvo que haber pensado en Deresser, y ése sería sin duda uno de los muchos inventarios que debería yo confeccionar a partir de lo aportado al expediente por el testimonio de Sara: cada frase dicha por mi padre, cada comentario suelto y al parecer intrascendente, cada reacción a un comentario ajeno, pronto llenarían una lista, la lista de momentos en que mi padre pensaba en Deresser y, sobre todo, en lo que le había hecho. *Es un poder terrible, ¿no?* Sí, papá, es terrible, el poder de las cosas dichas es terrible, tú lo sabías, recordabas lo que habías hecho, lo que tus palabras habían causado. (¿Pero qué palabras, y pronunciadas cómo? ¿Ante quién, a cambio de qué? ¿En qué circunstancias? ¿Cómo había ejercido mi padre el papel de informante? Ya nunca lo sabría, porque de eso no había testigos.) Y ahora, públicamente, estás pagando por tus palabras.

Así que el asunto era en televisión. No era mediante una entrevista escrita, como Sara había creído en un principio y me había hecho creer a mí, que Angelina se iba a poner en la tarea de echar abajo, con la colaboración del hambre sensacionalista de los bogotanos, la reputación de mi padre; no fue una revista la que requirió sus servicios, sino uno de esos programas de interés rigurosamente local, de periodismo intenso y nocturno y sobre todo bogotano, que hoy son tan comunes pero que en ese año de 1992 eran todavía novedad para los ciudadanos de esta capital ilustre. A esos primeros programas, debo anotar, sucumbieron varios de mis colegas: periodistas de verdad que se las arreglaban decentemente frente a un teclado, buenos investigadores y redactores aceptables, y que en cambio acabaron perpetrando pequeñas obritas de teatro para dos actores (un presentador y un invitado), obritas que se filmaban con dos cámaras, para reducir costes, y frente a un fondo negro, para acentuar el dramatismo. Eran una mezcla de interrogatorio forense y revista de farándula; los invitados podían ser —de hecho, habían sido— un congresista acusado de peculado, una reina de belleza acusada de ser madre soltera, un corredor de carros acusado de dopaje, un concejal acusado de vínculos con el narcotráfico: todos bogotanos, de origen o por adopción, todos susceptibles de ser reconocidos como símbolos de la ciudad. Eso era el programa: un espacio para debatir las acusaciones no probadas, para desacralizar figuras más o menos sacras, lo cual, lo sabe cualquiera, es uno de los pasatiempos favoritos de la audiencia bogotana. Si mi padre estuviera vivo, pensé, él ocuparía el lugar del invitado: un moralista acusado de traidor. En su lugar estaba Angelina Franco, ex amante y testigo de cargo, la mujer que había presenciado la caída. El esquema dramático —de la gloria a la desgracia, y todo con romance incluido— era bien claro; el potencial periodístico hubiera sido evidente hasta para un novato, y casi podían sentirse las ondas del espectro electromagnético vibrando de emoción bogotana por la deshonra de los altivos, la puesta en cintura de los arrogantes.

Angelina estaba sentada en una silla giratoria, enfrentada al presentador y separada de él por una mesa de oficina moderna, una tabla inelegante que podía ser de tríplex o simplemente de plástico recubierto; el presentador era Rafael Jaramillo Arteaga, un periodista conocido por su hostilidad (él decía: su franqueza) y por los pocos escrúpulos que lo aquejaban a la hora de las revelaciones dañinas (él decía: de exponer la verdad oculta). El plató estaba diseñado para intimidar: la ilusión de lo misterioso, lo oscuro, lo ilegítimo. Ahí estaba Angelina, confiada y cómplice, vestida con una de sus blusas tensas de alta visibilidad —esta vez era fucsia— y una falda que debía de ponerle problemas, porque todo el tiempo tenía que reacomodarse en ella levantando las caderas y jalando el borde del dobladillo. La cámara enfocó al entrevistador. «No todo el mundo recuerda uno de los episodios más inclasificables, más paradójicos de nuestra historia reciente», dijo. «Se trata de las Listas de Nacionales Bloqueados, tristemente célebres entre los historiadores, tristemente olvidadas entre el gran público. Durante la Segunda Guerra Mundial, las también llamadas Listas Negras del Departamento de Estado de los Estados Unidos tuvieron como objetivo bloquear los fondos del Eje en Latinoamérica. Pero en todas partes, no sólo en Colombia, el sistema se prestó para abusos, y en más de un caso pagaron justos por pecadores. Hoy les presentamos la historia de uno de esos abusos. Ésta, señores televidentes, es la historia de una traición.» Corte a comerciales. Al volver, apareció una foto de mi padre, la misma que había sido publicada en las Necrológicas de *El Tiempo*. La voz en *off* decía: «Gabriel Santoro era un abogado y prestigioso profesor de nuestra capital. Desde hace más de dos décadas dedicaba su tiempo a enseñar técnicas de expresión oral a otros abogados como parte de un programa de la Corte Suprema de Justicia. El año pasado murió en un trágico accidente de tránsito en la vía Bogotá-Medellín. Había viajado a la ciudad de la eterna primavera para pasar las fiestas junto a su compañera sentimental, Angelina Franco, natural de esa ciudad». Entonces aparecieron en pantalla la cara de Angelina y su nombre en letras blancas. «Pero tan pronto como llegaron, Angelina Franco se dio cuenta de que su compañero no le había dicho toda la verdad. Ya ha encontrado la verdad, y está aquí para contarla.» Y eso hizo: contó. Contó sin parar, contó como si su vida dependiera de ello, contó como si debajo de la mesa alguien le estuviera apuntando. Entre las cosas que salían de los parlantes —ese diálogo entre el francotirador y su propio rifle— había mucha basura, supuse, mucha invención descarada, pero no había nada que no me sirviera para hacerme un retrato de la amante de mi padre, porque hasta las mentiras, hasta las más groseras invenciones de una persona con respecto a sí misma, nos dicen cosas valiosas acerca de ella, y acaso más valiosas que las verdades más honestas. La transparencia es el peor engaño del mundo, solía decir mi padre: uno es las mentiras que dice. Esto lo aprende cualquier entrevistador después de hacer dos entrevistas, cualquier abogado después de dos interrogatorios, y, sobre todo, cualquier orador después de dos discursos. Todo eso pensé; sin embargo, durante la hora larguísima que duró el programa, los sesenta minutos, incluyendo las propagandas, de vapuleo y cuidadosa defenestración de la memoria de mi padre, mi perplejidad no cesó ni un segundo. ¿Por qué lo hacía? Mientras Angelina contaba lo que contaba, mirando de vez en cuando hacia el fondo del plató, fascinada por las luces de neón azul que conformaban el nombre del programa, yo sólo podía concentrarme en esa pregunta: *¿Por qué le está haciendo esto a mi padre?*

Me hubiera gustado entonces saber lo que supe después. Nada nuevo, nada original: nos pasa a todos, y nos pasa todo el tiempo. Para entender esa obrita de teatro, la caída en desgracia de una figura semipública, el impromptu de la fisioterapeuta desencantada, tendría que entender antes otras cosas, y esas cosas, como sucede a menudo, sólo llegaron más tarde, cuando ya eran menos útiles o menos perentorias, porque la vida no es tan ordenada como parece en un libro. Ahora que sé lo que sé, mi pregunta me parece casi ingenua. Las razones que tenía Angelina para hacer lo que hacía no eran distintas, ni más elegantes ni más sutiles ni más librescas ni más sofisticadas que las de todo el mundo, con lo cual quiero decir que sus motivaciones respondían a los resortes que tenemos todos, por más elegantes y sutiles y sofisticados que nos creamos. Mi formulación había sido *por qué le estaba haciendo esto a mi padre,* pero hubiera podido preguntar, sencillamente, *por qué lo estaba haciendo.* Lo hacía porque un hombre (un hombre anónimo, uno cualquiera: si no hubiera sido mi padre, habría sido quien hiciera sus veces) llegó a encarnar para ella todo lo que su vida tenía de temible y de detestable, y quiso vengarse. Lo hacía en venganza, una venganza póstuma cuya utilidad sólo podía percibir Angelina. Lo hacía porque mi padre vino a condensar, involuntariamente, cada pequeña tragedia que Angelina había sufrido en su vida. ¿Cómo lo sé? Lo sé porque ella misma me lo dijo. Ella me dio la información, y yo, por una suerte de adicción ya inevitable, acepté recibirla.

Pero antes tuve que encajar otros golpes: los que lanzaban, desde la pantalla, el entrevistador y la entrevistada. Los he reconstruido como sigue.

¿Estaba ella al tanto de la reputación de Gabriel Santoro?

No. Bueno, cuando Angelina lo conoció, Gabriel estaba metido en una cama como un niño, y eso no realza la apariencia de nadie, hasta el presidente se vería disminuido y común reducido al piyama y las cobijas. Angelina sabía, en cambio (o más bien lo fue sabiendo con el tiempo), que su paciente era una persona muy culta, pero culta de una buena manera, capaz de explicar cualquier cosa con mucha paciencia. A ella, en todo caso, le tenía mucha paciencia: le explicaba las cosas dos y tres veces si era necesario, y en eso Angelina veía todavía los hábitos de un buen profesor. Claro, él ya estaba retirado cuando se conocieron, pero uno no dejaba de ser profesor nunca, o por lo menos eso era lo que él decía. Pero del prestigio, de la fama local, de todo esto se había enterado después de su muerte. Gabriel no hablaba de esas cosas; cuando pasaban una tarde entera en su apartamento, por ejemplo, Angelina agarraba uno por uno los premios que le habían dado y le pedía explicaciones. ¿Y éste por qué? ¿Y éste? Así supo del discurso del Capitolio, así supo que ese discurso le había parecido muy bueno a la gente, así supo que Gabriel habría podido ser un juez importantísimo si hubiera aceptado las ofertas que le hicieron. De todas formas, eso no quería decir que fuera una persona importante.

Pero ella sabía que Santoro iba a ser condecorado.

Sí, pero eso para ella no quería decir gran cosa. Ella no sabía a quién se condecoraba, ni por qué. Para ella, la condecoración fue algo que se hizo en su entierro, un ritual más, algo fingido pero que todo el mundo toma por cierto para bien del difunto. Igual que las cosas que dijo el cura.

¿Cómo llegaron a involucrarse sentimentalmente?

Pues como todo el mundo. Ambos eran personas muy solas, y las personas solas se interesan por otras personas solas y tratan de ver si con otras personas solas serían personas menos solas. Es muy simple. Gabriel era una persona muy simple, al fin y al cabo. Le interesaban las mismas cosas que le interesan a todo el mundo: que le reconozcan lo que ha hecho bien, que le perdonen lo que ha hecho mal, y que lo quieran. Sí, sobre todo eso, que lo quieran.

¿Cómo se enteró ella de los hechos de su juventud?

Él mismo se lo contó todo. Pero eso fue ya en Medellín, cuando todo parecía ir bien, cuando no parecía probable que contarle cuentos viejos pudiera afectar la relación que llevaban. Y la afectó, claro, aunque ahora mismo Angelina no pueda explicar las cosas paso por paso, ¿quién puede hacer eso, ver la cadena de decisiones que acaba por botar a la mierda una relación cualquiera? La cosa había sido así: Angelina lo había invitado a su ciudad, quería mostrársela, pasearlo por ella, en parte por ese impulso que tienen los enamorados de entregarle al otro su vida pasada, y en parte porque Gabriel salía muy poco de Bogotá, y en los últimos veinte años no había llegado a un sitio que estuviera a más de cuatro horas en carro. Eso, en una persona de su cultura, le parecía a Angelina casi una aberración. Y un día, ya después de que llevaban varias semanas saliendo juntos —decían *saliendo* aunque el escenario de los encuentros no estuviera nunca al aire libre, sino se dividiera entre el apartamento de él y el de ella, dos cajas de zapatos—, Angelina llegó con la idea y, además, con un sobre de manila envuelto en papel regalo y adornado con un moño de falso tafetán rojo. En el sobre había un pretendido itinerario: un trazo grueso de plumón negro que imitaba groseramente la carretera, marcado con puntos redondos y perfectos y dispuestos como las etapas de una Vuelta a Colombia. 1ª etapa: Rompóin de Siberia. Echamos gasolina y nos damos un beso. 21ª etapa: Medellín. Te muestro la casa de mis papás y nos damos un beso. Gabriel aceptó de inmediato, le pidió el carro a su hijo, y un viernes de diciembre, muy temprano, arrancaron. A una velocidad prudente y haciendo todas las paradas que la salud de Gabriel requería, tardaron menos de diez horas en llegar.

¿Qué pasó en Medellín?

Al principio todo iba bien, sin problemas. Gabriel insistió en que se quedaran en un hotel, siempre que no fuera demasiado caro —después de todo, ¿para qué le servía su pensión si no era para darse ciertos lujos?—, y la primera noche cruzaron la calle que entraba al parqueadero del hotel y comieron en una fonda para turistas: meditadamente desordenada, vulgar pero no demasiado, una especie de parque temático de los arrieros. Al día siguiente cruzaron la ciudad para buscar la casa de la que se había ido Angelina a los dieciocho años, y encontraron en su primer piso, donde había estado antes la sala, un almacén de medias de lana, y en el segundo, donde había estado el cuarto que ella había compartido con su hermano, una bodega de ropa usada. Eran tres callejones formados por tubos largos de aluminio que hacían las veces de percheros, y, colgando de los tubos, sacos, abrigos, chaquetas, vestidos de lentejuelas, overoles, levitas de alquiler y hasta capas de disfraz, olorosos a polvo y a naftalina a pesar del plástico que los cubría. Y así, hablando de la ropa vacía, de las blusas acartonadas de tanto almidón, de los abrigos colgados como marranos en una carnicería, volvieron al hotel, trataron de hacer el amor pero Gabriel no pudo, y Angelina pensó en las razones normales, la combinación de edad y cansancio, pero nunca se le ocurrió que Gabriel pudiera estar nervioso por cuestiones que nada tenían que ver con su físico ni con el de ella, ni que ya para ese momento la ansiedad (la ansiedad por lo que tenía planeado) fuera tan intensa como para estropear unos minutos de buen sexo. Fue entonces que le habló de Enrique Deresser. No le habló con nombre propio, porque a ella, por supuesto, le daba exactamente igual cómo se llamara el amigo de juventud de un sesentón acostado en la misma cama y desnudo y que ahora le hacía revelaciones que ella no había pedido. Gabriel le contó todo, le habló de lo ocurrido más de cuarenta años antes, de lo que había hecho, de la culpa por haberlo hecho, de la obsesión por ser perdonado; y así, con naturalidad de político, hablando como quien respira (pero él respiraba con trabajo y con dolor), como quien espanta una mosca con la mano (aunque sea una mano incompleta), le dijo que su amigo Enrique vivía en Medellín, llevaba más de veinte años allí, y él, por cobardía, nunca se había decidido a hacer esto que ahora estaba haciendo: contemplar la posibilidad de cruzar cuarenta años de un salto y hablar con el hombre cuya vida había arruinado.

¿Qué sintió ella en ese momento?

Por un lado, curiosidad, una curiosidad frívola, muy parecida a la que hubiera sentido cualquiera en su lugar. ¿Qué habría en la cabeza del amigo? ¿Por qué no se había puesto en contacto con Gabriel en todos estos años? ¿Tanto era el odio, tanto el resentimiento? Las razones por las que no había ocurrido lo inverso eran más evidentes: según le había contado Gabriel, a principio de los setenta, cuando se enteró de que su amigo estaba en Medellín, sintió el impulso de buscarlo, pero tuvo miedo. Su esposa estaba viva todavía, y su único hijo tenía unos diez años; con razón o sin ella, Gabriel sintió que acercarse a Enrique era lo más peligroso que podía hacer, algo así como apostar la vida de su familia entera en un juego de veintiuna. Por supuesto que no estaba apostando la vida de nadie, sino algo tan personal como su propia imagen. Pero no se le podía juzgar por eso. Uno se acostumbraba a la mirada de los demás —y a todo lo que estaba en la mirada: admiración o respeto, conmiseración o lástima—, y hacer algo que pudiera cambiar esa mirada le resultaba imposible al noventa por ciento de la humanidad. Y Gabriel era humano, después de todo. Pues bien, en ese momento y tras esas explicaciones el hombre desnudo le decía: «Nunca me he atrevido a hacerlo, y ahora por fin lo voy a hacer. Y es gracias a ti. Te lo debo a ti. Eres tú quien me da la fuerza, de eso estoy seguro. No lo haría si no estuviera contigo. Esto es lo que he estado esperando todo este tiempo, Angelina. He esperado tu apoyo y tu compañía, todo lo que nadie más podía darme». Sí, todo eso le decía Gabriel, esas responsabilidades le endilgaba.

Aparte de esa curiosidad, ¿qué otra emoción sintió?

Se sintió orgullosa pero también un poquito traicionada. Orgullosa por ser la razón de ese coraje momentáneo: sí, ella se lo había creído: había creído que sin su compañía Gabriel Santoro no habría venido nunca a Medellín. Y traicionada por razones más curiosas, menos explicables, que tenían mucho que ver con los celos. De repente Enrique Deresser se volvía algo así como un amante del pasado, una novia que Gabriel Santoro había tenido en su juventud. Angelina oía a Gabriel y lo que oía era esto: nostalgia de un viejo amor; deseo de revivir esos recuerdos. Por supuesto que no era así, pero allá, en Medellín, Angelina se veía súbitamente obligada a competir con otra persona por la atención de Gabriel. Traición es una palabra exagerada, claro. Se podría decir que sintió celos, celos del pasado que hasta ahora había sido cómodamente inexistente. Las traiciones más graves suceden así, con cosas chiquitas que para otra persona no serían nada. Las traiciones más dolorosas suceden cuando encuentran tu punto débil, lo que a los demás no les importaría tanto pero a uno sí. Pues eso hizo Gabriel: encontrar su punto débil. ¿De manera —pensó Angelina— que era para esto que la había traído? Hasta ese momento, Gabriel había sido para ella una especie de acto de fe en su propia vida, la prueba de que una mujer de casi cincuenta años aún podía encontrar la felicidad en compañía, y la prueba, también, de que la suerte existía, porque su encuentro (el encuentro de los amantes) había sido cosa del azar: un hombre convaleciente y una fisioterapeuta tienen bastantes posibilidades de acabar reunidos, por supuesto, pero es menos probable que esa fisioterapeuta esté tan necesitada de afecto como lo estaba ella y que ese convaleciente esté tan dispuesto a darlo como lo estaba él. Gabriel, se le había ocurrido más de una vez, era su flotador. Y allí, en el hotel de Medellín, Angelina pensaba de repente que su flotador la había utilizado. Y entró en una especie de pánico secreto que se cuidó muy bien de demostrar.

¿En qué consistió ese pánico secreto?

En la diferencia entre lo que pensó y lo que dijo. Por dentro pensaba, muy a pesar de lo que todo parecía demostrar, que era mentira que Gabriel la quisiera, era falso el afecto que le había dado. Por dentro pensaba: Gabriel la había utilizado para paliar su debilidad y también su cobardía. Por dentro pensaba: Durante toda la semana le había hecho creer que la idea de ir a Medellín lo entusiasmaba, cuando sus intenciones eran muy distintas. Falso. Todo falso. Por dentro pensaba: Lo que de verdad buscó en ella Gabriel Santoro no era una amante, sino una doctora corazón, una especie de enfermera mezclada con sicóloga, alguien que lo ayudara a llegar a Medellín y que al llegar a Medellín lo ayudara a pedir perdones retrasados, pues él había sido siempre demasiado cobarde para pedirlos por su cuenta. Es decir, alguien que lo esperara en el hotel mientras él iba y hacía sus diligencias postergadas, mientras iba y buscaba a su amigo y se hacía perdonar por él y se tomaban un trago brindando por los viejos tiempos y por la desaparición de todos los rencores. Por dentro pensaba: Ella era apenas un extra en esa película, un jugador suplente, un premio de consolación. Y como si todo esto fuera poco, Angelina se percataba de que Gabriel se estaba transformando ante sus propios ojos: de ser el hombre maduro y sabio, culto y elegante que ella había conocido, pasaba a ser un traidor, traidor de un amigo, traidor de una amante: sí, un mentiroso, un manipulador, un desleal. Pero lo soportó, lo disimuló, comprendió que tal vez la emoción la cegaba, como en las telenovelas. Fueron muy intensos el desencanto, la humillación, la burla (sí, porque a eso se reducía lo que estaba ocurriendo allí, en ese cuarto de ese hotel de Medellín: era la vida burlándose de ella, la vida escogiendo a Gabriel Santoro para demostrarle que no había salida posible, que la felicidad no existía y menos en cabeza de un hombre, y buscarla era ingenuo, y creer haberla encontrado era francamente estúpido). Y sin embargo, Angelina aguantó como había aguantado toda su vida, porque quería a Gabriel y quería que Gabriel la siguiera queriendo. Y sabía que los celos ciegan a la gente y que del pasado también se pueden tener celos, aunque Gabriel fuera a dejarla unas pocas horas para ver a un amigo y no a un amor de juventud. Sí, así se dividió: por dentro pensó que la vida había mandado a Gabriel Santoro para demostrárselo, que Gabriel Santoro era el mensajero de su humillación. Y por fuera decidió aguantar, poner cara de esto-no-es-conmigo y hacer lo único que podía hacer: felicitar a Gabriel, felicitar su valentía y su voluntad de hacerse perdonar. Qué hipócrita.

¿La felicitación no era genuina?

No, no, no, no, no. Lo que Gabriel le había hecho a su amigo era imperdonable, eso a ella le parecía clarísimo y todo el mundo estaría de acuerdo. Sí, había pasado mucho tiempo desde los sucesos de la guerra, desde el asunto de las listas negras y los grupos de informantes o los informantes espontáneos; pero el tiempo no lo cura todo, eso era pura mentira. Había cosas que se quedaban con nosotros: el abandono de un hermano, el desprecio de un amante, la muerte de unos padres, la traición a un amigo o a su familia. De eso nadie se podía librar nunca, y estaba bien que así fuera. Los traidores merecían un castigo, y si lograban de alguna forma traicionar impunemente, merecían por lo menos cargar con su culpa hasta la muerte. Si de Angelina hubiera dependido, si ella hubiera tenido un mínimo poder sobre los hechos ajenos (eso que no había tenido nunca), y sobre todo si no hubiera estado tan enamorada, Gabriel nunca habría llegado a salir del hotel, nunca habría llegado a ver a su amigo.

De manera que finalmente fue a verlo.

Claro que fue a verlo. O por lo menos salió del hotel diciendo que iría a verlo. Como un vaquero, ¿no? Como diciendo: Voy, lo mato y regreso. Eso fue el domingo, Angelina lo recordaba porque se había quedado en el hotel viendo dibujos animados toda la mañana.

¿Y qué sucedió entre los dos hombres?

Eso Angelina no lo sabía, como era obvio, porque no lo había acompañado, como era obvio. La cosa sucedió así: después de la confesión, Angelina se paró al baño y se miró al espejo, porque había visto que la gente se miraba al espejo cuando quería resolver sus problemas más serios, y frente al espejo se dijo: Hay que encontrar el lado bueno de las cosas. Según como se lo mire, es muy bonito lo que está haciendo. Te ha pedido ayuda. Eres importante para él. Y entonces logró reprimir lo que estaba sintiendo (lo que había pensado por dentro), y cuando volvió a salir, ya más tranquila, lo primero que hizo fue abrazar a Gabriel y decirle: «Te felicito, me parece muy macho lo que hacés, ya vas a ver cómo tu amigo te va a recibir bien, no hay rencor que dure cien años». Y apenas pronunció esas palabras, notó cómo cambiaba la atmósfera de la habitación. Otra vez había cariño, desaparecían las tensiones, sí, sólo se necesitaba un poco de buena voluntad, control de los sentimientos negativos. Y esta vez sí pudieron. Se acostaron: pudieron. No fue su mejor relación, pero estuvo bien, hubo el cariño que hay cuando uno desactiva una bomba de pareja. Gabriel le dijo que la quería. Ella lo oyó sin corresponder, pero sintiendo que lo quería también. Y así se quedó dormida. No lo volvió a ver.

¿Se fue sin despedirse?

¿Y para qué iba a despedirse, si su intención supuestamente era ir a hablar con el amigo y volver?

¿Ella no había sospechado que Gabriel no fuera a volver? ¿Nunca se le pasó esa posibilidad por la cabeza?

Sí, pero ya cuando era demasiado tarde. Al día siguiente Gabriel se levantó muy temprano, y debió de salir sin bañarse, porque esta vez Angelina no lo oyó. No lo oyó levantarse, no lo oyó vestirse, no lo oyó salir del cuarto. Cuando se despertó, encontró la nota. Gabriel la había escrito en papelería del hotel, pero no en una hoja de correspondencia, sino en un sobre, pensando seguramente en apoyarlo contra la lámpara de la mesa de noche y lograr que no se cayera. *Puede que me demore. En cualquier caso, para esta tarde vuelvo a ser libre. Gracias por todo. Te quiero*. Ella releyó el *Te quiero* y se sintió contenta, pero había algo que le incomodaba. *Vuelvo a ser libre*. ¿Libre de ella? ¿Acaso Angelina se volvería un estorbo cuando ya su misión de acompañante se hubiera cumplido? Pensó lo que no había pensado nunca: *no va a volver*. No, eso era imposible, Gabriel no la abandonaría de esa forma, ni siquiera si la hubiera utilizado para un fin y ese fin se hubiera cumplido. No, no podía ser. Aguantó como mejor pudo: prendiendo la televisión y buscando en los canales (varios gringos, uno español, hasta uno mexicano) un programa capaz de distraerla, y se dio cuenta de que los dibujos animados, todos esos martillazos y disparos a quemarropa, esas explosiones y caídas libres, es decir, esas crueldades de caricatura, cumplían con precisión y esmero la labor de obliterar las pequeñas crueldades, las pequeñas incertidumbres de la vida real. A mediodía bajó a la piscina y pidió un almuerzo como para tres fisioterapeutas, todas ellas hambrientas, y pidió que lo cargaran a la habitación. Y fue ahí, frente a los niños mojados de un turista costeño, dos muchachitos malcriados que la salpicaban al pasar corriendo con sus caretas empañadas sobre las narices y sus flotadores rojos apretándoles los bíceps, que lo notó como si se lo susurraran al oído: No va a volver. Me ha dicho mentiras. Va a hacer su cosa y luego se va a ir, me va a dejar bien acomodada en este hotel para que pase rico un par de días, pero va a dejarme. Y eso se volvía más evidente conforme pasaba el tiempo, porque la mejor prueba de que una persona no va a volver es que no vuelva, ¿no? Angelina pasó la tarde metida en el hotel, esperando una llamada, esperando que un botones le subiera al cuarto una nota, pero ni eso hubo, ni siquiera una nota le dejó el desgraciado de Gabriel. Y al mirar por la ventana, como si desde la ventana se viera la carretera que sube al hotel, Angelina se dio cuenta de que estaba en su ciudad, en el lugar donde había nacido y vivido años enteros y, sin embargo, no tenía adónde ir. Una vez más, pensó. Una vez más los hombres se las arreglaban para convertir una ciudad amiga en una ciudad hostil; para convertirla a ella, una mujer estable y con los pies bien puestos sobre la tierra, en una extraña, una dislocada, una extranjera.

¿No le quedaba nadie conocido en Medellín?

Conocidos sí, pero no bastaba conocer a alguien para pedirle posada por una noche, menos aún para explicarle las razones que la habían dejado donde estaba (no se atrevía a pronunciar la palabra desamparo, le parecía patética o por lo menos demasiado quejumbrosa). Pensó en perderse entre los alumbrados que en esas épocas ocupan el centro de Medellín, estrellas y pesebres y campanas, todo improvisado con focos pintados y cables recubiertos de plástico verde; pensó en dar una vuelta por la ciudad y simplemente ver vitrinas, considerando que tres días antes de Navidad todos los almacenes de la ciudad estarían abiertos y llenos de gente, de ruido, de guirnaldas, de árboles adornados y de bombillos y de villancicos; pensó, en fin, en darle una oportunidad a la vida inmediata de retomar el curso, de no descarrilarse. Fue al parqueadero, comprobó que Gabriel se había llevado el carro —y lo imaginó manejando con la mano izquierda y metiendo los cambios con el pulgar de la mano mutilada—, y se enteró de que la noche anterior había llovido por el rectángulo de pavimento seco que todavía se distinguía donde el carro había estado; y enseguida subió al cuarto, sacó de la maleta todo lo que le pertenecía a Gabriel, y lo dejó sin cuidado sobre la cama. Así pasó la noche, junto a la ropa del hombre que la había abandonado. No durmió bien. A las seis de la mañana ya había pedido un taxi, y en menos de quince minutos el taxi la había recogido y Angelina estaba de camino hacia el Terminal de Buses.

¿Así que también ella se había ido sin dejar siquiera una nota, sin despedirse de ninguna forma?

Gabriel no iba a volver, eso era evidente. ¿Para qué iba a despedirse? Al dejarla tirada y despreciada en un hotel, Gabriel había dejado muy en claro que no quería volver a verla, ¿qué tipo de nota hubiera podido escribir? Claro, ella no se imaginó que no lo volvería a ver nunca en la vida; pensó que al volver a Bogotá lo perseguiría para pedirle una explicación, o por lo menos hablaría con él, y nunca se imaginó que Gabriel moriría en el acto de abandonarla, ¿no era eso muy irónico? Sí, hay accidentes que parecen un castigo, no es que ella se alegre, eso sería un castigo muy desproporcionado. Gabriel muerto después de abandonarla, increíble. De haberlo sospechado siquiera, se hubiera ido de otra forma, cada uno tenía sus formas de irse y las formas de irse dependían de mil cosas: de dónde nos vamos, por qué nos vamos, de quién nos vamos.

¿Cómo se enteró de su muerte?

Por los periódicos. Claro, lo más impresionante fue que ella misma pasó por el lugar del accidente unas horas después, y no vio nada. Su bus era un Expreso Bolivariano, igual que el bus accidentado; había salido a las siete de la mañana, y Angelina estaba bien despierta cuando habían tomado la carretera a Las Palmas, pero no había sentido nada particular, ni el escándalo de los morbosos mirando por la ventana, ni los trancones que un accidente más o menos notorio es capaz de generar. Y nada en el mundo le hizo sentir que el mundo había cambiado, nada le advirtió de la nueva ausencia, la desaparición, el hueco en el orden de las cosas: eso quería decir, por supuesto, que sus vínculos emocionales con Gabriel se habían roto del todo y para siempre. Después, el bamboleo del bus la había adormilado, y allí, entre el sueño y la vigilia, había vuelto a pensar en esa historia tan terrible de la familia extranjera y del amigo traidor. Por momentos le parecía imposible: Gabriel era demasiado honesto como para actuar de esa manera tan cobarde; demasiado inteligente como para hacerlo por ingenuidad o inocencia. Pero tal vez nada de eso era cierto, y el asunto era así de sencillo: este hombre, que la había utilizado para venir a Medellín, que había sido capaz de acostarse con ella, de hacer planes para el futuro, de decirle que la quería, y todo eso para después abandonarla a su suerte en un cuarto de hotel, este hombre no era nada distinto de lo que sus actos enseñaban, y había mantenido una máscara de gente respetable toda su vida a costa de la credibilidad y el cariño de los que lo rodeaban. Todo el mundo lo sabe: quien traiciona una vez, seguirá traicionando hasta que se muera.

De manera que ella no creía en el arrepentimiento.

De creer creía, pero no le parecía posible que él se hubiera arrepentido. O tal vez posible sí, pero no ciegamente loable. Incluso si el arrepentimiento fuera genuino, y genuino el deseo de hacerse perdonar, Gabriel no había tenido inconveniente en llevarse por delante su relación con ella. El pretexto del arrepentimiento no era un salvoconducto para ventilar egoísmos; tampoco excluía ciertas responsabilidades, o, por lo menos, ciertas prioridades humanas. Ya nunca sabremos qué razones tuvo Gabriel para dejar de quererla, para decidir que volver al hotel no hacía parte de sus planes. ¿Acaso se justificaba herirla de ese modo, mentirle y engañarla (escribir que volvería cuando a todas luces era evidente que no pensaba hacerlo), tenderle una trampa tan cruel, y todo eso sin contar el hecho de revelarle su verdadera naturaleza, a ella que de buena gana hubiera vivido engañada con tal de conservarlo?

¿Qué creía ella que ocurrió entre Gabriel Santoro y Enrique Deresser?

Suponiendo que hubieran llegado a verse, ¿no? Porque eso tampoco era seguro. La posibilidad de que Gabriel, habiendo llegado hasta Medellín, se hubiera acobardado, era bastante real, merecía ser tenida en cuenta. Angelina había pensado en eso durante el entierro: ¿Y si Gabriel se hubiera arrepentido de arrepentirse? ¿Y si el miedo al enfrentamiento con su amigo hubiera sido más fuerte que la posibilidad del perdón? ¿Y si Gabriel la hubiera sacrificado a ella, y luego hubiera muerto él mismo en el accidente, y *todo eso para nada*? En el cementerio, Angelina se había encontrado con el hijo de Gabriel, el periodista, y le había propuesto que se vieran en el apartamento del muerto con la intención de contárselo todo: contarle quién había sido en realidad su padre; sacarlo a él también del engaño. Al final, no había sido capaz. Y fue por eso: por la posibilidad de que Gabriel nunca hubiera llegado a ver a su amigo. Porque en ese momento, después de la violencia de la cremación, de la tristeza de la ceremonia entera, la idea de que Gabriel hubiera muerto viniendo de Medellín (tras haberla abandonado, sí, pero sin haber llegado a realizar el motivo del viaje) resultaba, más que absurda, despiadada. Y Angelina no era una persona despiadada.

Y si llegaron a verse, ¿qué podía haber ocurrido entre ellos?

Angelina no lo sabía. A decir verdad, tampoco le interesaba. Ya había dejado todo aquello atrás. Ya había comenzado a olvidar a Gabriel. Ya quería seguir adelante, hacia una nueva vida. ¿Una charla entre dos viejos cansados sobre temas de hace medio siglo? Por favor, por favor. Nada podía importarle menos.

A mí, por supuesto, me ocurrió todo lo contrario. Durante esa hora de transmisión televisada parecía haber pasado más que durante mis treinta años enteros, o, por decirlo de otra forma, a partir de ese momento pareció que nada más, salvo ese programa de televisión local, hubiera pasado en mi vida, y tantas ventanas se abrieron sobre tantos cuartos nuevos, tantas trampas, que en lugar de apagar el aparato y llamar a Sara para conversar sobre lo que acababa de revelar Angelina, lo cual hubiera sido lo más lógico, dejé que algo parecido al vértigo me sacara de la casa, y acabé manejando por la séptima hacia la plaza de toros a las once de la noche. La mitad de mi cabeza pensaba en llegar sin anunciarme a la casa de Sara, y a la otra mitad le parecía indignante, casi traicionero (sí, la palabra ya había quedado instalada en mi vocabulario, como una fuente nueva en el procesador de textos) el que Sara no me hubiera contado acerca de Enrique Deresser. Enrique Deresser estaba vivo; Enrique Deresser estaba en Medellín. ¿Era posible que tampoco ella lo supiera? ¿Era posible que también a ella se lo hubiera ocultado mi padre, tal y como lo había sugerido Angelina? Por televisión, la amante se había elevado al nivel del confidente supremo, la única persona sobre la tierra en quien mi padre confiaba, o confiaba lo suficiente, por lo menos, para hacerla partícipe del secreto y pedirle su ayuda. ¿Y qué había hecho ella? Después de declarar que lo había comprendido, que de dientes para afuera había llegado a admirar la contrición y la valentía, el coraje que necesitaba un hombre de su edad y con su vida para viajar ocho horas con el único objetivo de pedir perdón, después de todo eso, ¿qué había hecho? Se había fijado en sí misma. Ignoraba, igual que el resto del mundo, las razones que había tenido mi padre para terminar su relación (de forma poco elegante, es cierto, pero la elegancia es patrimonio de quien se tiene respeto, la elegancia es parte de un estilo de vida al que mi padre, para ese momento, había renunciado). En la lucha de un hombre con sus errores, Angelina sólo había visto al hombre que se va de su vida sin despedirse, y había decidido responder a la humillación. Eso había hecho: lo había delatado. Después de muerto, cuando ya él no podía defenderse, lo había delatado.

¿Deresser en Medellín? ¿Acaso los había engañado a todos, acaso había fingido irse de Bogotá y de Colombia cuando en realidad se había escondido y había permanecido en su escondite todos estos años? No, eso era imposible. ¿Acaso había salido en efecto, vivido en otras partes —en Ecuador o en Panamá, en Venezuela, en Cuba, en México— antes de regresar de incógnito y comenzar a vivir como la criatura sin espalda, sin nacionalidad fija y de sangre mezclada que a veces, de joven, le hubiera gustado ser? Mientras manejaba, me encontré especulando acerca de su vida, lo que hubiera podido ocurrirle durante estos cuarenta años, cuántas veces pudo haberse equivocado como se había equivocado con él mi padre, cuántos errores habrá cometido, de cuántas cosas se habrá arrepentido, de cuántas habrá querido ser perdonado. La idea de que Deresser estaba vivo transformó también su imagen, si podía llamarse imagen el retrato escuálido e incompleto que Sara había hecho para mí, y comenzó a endilgarle los efectos de seguir actuando y haciendo; le retiró, en fin, esa virginidad curiosa que tienen los desaparecidos y que los vuelve, también, invulnerables al error. Era evidente: quien desaparece pierde, antes que nada, la capacidad de seguir cometiendo errores, la habilidad de traicionar y de mentir. Su carácter queda fijo, o más bien fijado, como la luz en la plata de un negativo. Desaparecer es tomarse un retrato moral. Deresser, que durante varios días había sido para mí una abstracción (una abstracción que vivía en dos espacios: la voz de Sara y los años cuarenta), ahora volvía a ser vulnerable. Ya no era un santo; ya no era, o no era *solamente,* una víctima. Había sido alguien capaz de hacer daño como le había hecho daño mi padre; lo seguía siendo, es decir que lo había sido durante medio siglo más. Ese medio siglo, pensé, le fue dado para que siguiera haciendo daño. Y probablemente —no: con toda certeza— lo había aprovechado.

Se habría casado en su primer país de destino, Panamá o Venezuela, y con el tiempo se habría separado de su mujer y también de sus hijos por desacuerdos banales que se transforman en separaciones. ¿Se habría cambiado el nombre al casarse? En esa época no era tan difícil, porque el mundo no tenía el miedo que tiene ahora a la identidad de quienes lo habitan, y Deresser habría podido, sin demasiado trámite, llamarse Javier, por ejemplo, o seguir llamándose Enrique, pero cambiando su apellido. Enrique López le habría parecido común, y acaso demasiado común para resultar verosímil; Enrique Piedrahíta habría funcionado mejor, un nombre personal pero no conspicuo, idiosincrásico pero no visible. Y así Enrique Piedrahíta habría dejado atrás, de una vez y para siempre, la detestada alemanidad que tantos problemas le había causado en Colombia, y con ella se habría desprendido de su padre, de la memoria de su padre —esa memoria heredada que hablaba de Alemania como si el Káiser siguiera vivo, como si el tratado de Versalles no existiera—, y también de las faltas heredadas, porque Enrique Piedrahíta, libre por fin de esa familia nostálgica, no podría ser sospechoso de relaciones incómodas, y nadie nunca podría informarle a ninguna autoridad de esas relaciones: nadie podría acusar a su familia de filonazismo, ni de poner en peligro la seguridad del hemisferio, ni de atentar, con su nacionalidad y con su lengua, contra los intereses de la democracia. Y si alguien, al salir de un cementerio, lo veía con una camisa negra, pensaría que va de luto, no lo acusaría de fascismo; y si alguien lo escuchaba hablar en alemán, o hablar con afecto del lugar donde había nacido su padre, no lo seguiría hasta su casa, ni hurgaría en sus papeles, ni le cerraría su negocio de vidrios y espejos; y si alguien encontraba entre sus cartas una nota de borrachos en la que insultaba a Roosevelt, y si alguien... y si alguien... No, nada de eso ocurriría. Nadie lo incluiría en listas negras, nadie lo enviaría al campo de concentración de Fusagasugá, nadie lo mezclaría con quienes sí servían al Partido Nazi desde posiciones protegidas por los periódicos conservadores del país, nadie lo identificaría con el franquismo de Laureano Gómez, nadie lo tomaría por uno de los tantos nazis de alma y corazón que habían conversado con él en la legación alemana o en las reuniones de la colonia y ante los cuales él había fingido nostalgias, patriotismos, alemanidades que no sentía. Y él sería libre, sería Enrique Piedrahíta para el resto de la vida y sería libre.

En algún momento, sin embargo, se habría equivocado: por un impulso de honestidad bajo presión, por esa necesidad que según los criminólogos empuja a la gente a contestar a preguntas que nadie le ha hecho, le habría confesado a su esposa que su apellido no era Piedrahíta, sino Deresser, y que había nacido en Colombia, sí, tal como lo indicaban su acento y sus costumbres y su manera de andar por la vida, pero que su sangre era alemana. Le habría confesado que sus padres no habían muerto en un accidente de avión —en el accidente de El Tablazo, en febrero de 1947—, sino que su madre (se llamaba Margarita) los había abandonado, y su padre (se llamaba Konrad, no Conrado), un hombre cobarde, un pusilánime de tiempo completo, había preferido matarse antes que tratar de salir de la quiebra, antes que sobrevivir al abandono. Nada de lo confesado habría sido grave, pero su esposa, una mujer callada y tímida que se habría enamorado de Enrique con la misma naturalidad con que se enamoraban todas, se habría dado cuenta de esa terrible amenaza: quien mentía una vez volvería a mentir; quien podía ocultar durante tanto tiempo seguiría ocultando; y en todo caso, la idea de confiar en él le parecería imposible, y en cada desacuerdo, en cada conflicto que tuvieran el resto de sus vidas, a ella la amargaría la noción de que *tal vez* Enrique le estaba mintiendo, *tal vez* esto que le contaba tampoco era cierto. No, no lo podría soportar, y acabaría por irse de la casa igual que se fue su suegra, a quien comprendería de repente (sería como un relámpago de esa solidaridad casi religiosa que hay entre las mujeres engañadas), a quien empezaría tardíamente a respetar aunque no la hubiera conocido nunca.

¿Habría Enrique mantenido el contacto con su madre? Era muy poco probable. No: era declaradamente imposible. Pero tal vez le habría escrito en un par de oportunidades, primero recriminándole el abandono que había empujado a su padre al suicidio y luego lanzando sondas prudentes para tantear la posibilidad de un reencuentro; o tal vez habría sido ella la encargada de buscarlo, de cazarlo a través de consulados alemanes en todas las capitales de Latinoamérica hasta dar con él y escribirle una carta que Enrique habría despreciado y nunca llegado a contestar (habría reconocido la letra; habría roto la carta sin siquiera abrir el sobre). Y con el tiempo el recuerdo voluntariamente desterrado de la madre se iría difuminando como una foto vieja, y Enrique ni siquiera llegaría a enterarse de la muerte de Margarita, pues nadie habría podido localizarlo para darle la noticia, y un día habría llegado a estimar el tiempo transcurrido y la posibilidad altísima de que su madre, envejecida quién sabe dónde y en qué compañía, estuviera enferma o estuviera muriendo o ya hubiera muerto. Y Enrique Piedrahíta, que para ese momento habría construido en Venezuela o en Ecuador una vida distinta, con amigos y socios y también enemigos ganados sin mayores culpas de su parte —porque, a pesar de que él habría hecho todo lo posible por pasar desapercibido, nadie está libre de maledicencias y traiciones, nadie es inmune al odio gratuito—, empezaría a considerar lo que nunca había considerado: volver a Colombia.

No lo habría decidido de buenas a primeras, por supuesto, sino después de varios días, varias semanas de incertidumbre, y acaso habrían pasado años enteros antes de que acabara por decidir que el regreso era factible. En algún momento habría aborrecido esta vida llena de decisiones y de posibilidades y de opciones: a él lo hubiera satisfecho una vida sedentaria y callada en la que nunca tuviera que preguntarse adónde ir ahora o si debía quedarse, qué riesgos o qué beneficios le esperaban si se movía. Habría dudado. ¿Y perder a los amigos? ¿Y perder la mínima reputación adquirida con esfuerzo de recién llegado, de extranjero, de inmigrante, con ese esfuerzo que había aprendido, por una especie de paradoja burlesca, de su padre inmigrante y extranjero? Todo esto se habría preguntado, y enseguida habría pensado: ¿Y por qué no? Ninguno de sus amigos lo obligaría a quedarse, eso era seguro, él nunca les había interesado tanto; y el que lo hiciera sería quizás el que más tarde le pondría la zancadilla definitiva, robaría la plata del negocio, se acostaría con su nueva mujer. Nada lo ataba a ninguna parte, y Enrique, por miedo de sentirse desterrado y apátrida, inventaría un pretexto para irse y acaso inventaría un destino: se iría a Estados Unidos: eso habría dicho. Y no habría tenido que justificarlo, porque las razones por las que todo el mundo se va son siempre claras para los más allegados, y según los rumores (pensarían esos mismos allegados con algo de tristeza, porque siempre es triste que alguien se vaya, pero también con la envidia absurda de quien se queda no por preferencias sino por carencia de opciones) Estados Unidos es un país hecho para recibir a todos, incluso a desterrados como él.

Pero descubriría al llegar a Bogotá que esta ciudad ya no era la suya, que al irse a Ecuador o a Perú la había perdido para siempre y una especie de gigantesco desfiladero, un gran cañón de hostilidades y malos recuerdos y resentimientos abotargados, lo separaba de ella. Mantener una ausencia de veinte años tiene sus consecuencias, claro; y Enrique se habría dado cuenta de que la única forma de paliar su ausencia era no regresar al lugar de donde se había ido, igual que la mejor manera de corregir una mentira es insistir en ella, no decir la verdad. En Bogotá habría sabido que muchos de los alemanes de Barranquilla habían podido volver después de la guerra, cuando desaparecieron las medidas que prohibían a los ciudadanos del Eje la residencia en zonas costeras. Pero Barranquilla no era para él, no sólo porque Barranquilla en su cabeza era la ciudad del Partido Nazi, no sólo porque de Barranquilla habían llegado los Bethke y tal vez seguirían vivos y recordando esa cena en la que se habló de temas difíciles en presencia de Gabriel Santoro —que luego informaría acerca de esos temas a quienes quisieron prestarle atención—, sino porque su sangre era sangre bogotana y estaba acostumbrada para siempre al frío y a la lluvia y a la cara gris de los bogotanos, y nunca llegaría a sentirse cómodo a cuarenta grados a la sombra. Y entonces, justo cuando comenzaba a ser demasiado el peso del desarraigo, algo habría ocurrido. Enrique Piedrahíta o Deresser, que a sus cuarenta y tantos años seguía conservando el atractivo de un Paul Henreid criollo, se habría enamorado, o más bien una mujer —separada tal vez, o tal vez viuda a pesar de su juventud— se habría enamorado de él, y él habría comprendido con la claridad de los desterrados que enamorarse es la mejor manera de apropiarse de una ciudad, que el sentido de pertenencia es una de las consecuencias más abstrusas del sexo. Y entonces, en secreto y casi de incógnito, se habría apropiado sin dudarlo ni un instante de la ciudad que esta vez le había tocado en suerte.

Treinta años. Treinta años habría vivido en Medellín con su última esposa y con una hija, una sola, porque su esposa sabría que después de cierta edad más de un embarazo es peligroso y hasta irresponsable. Y muchas veces, a lo largo de esos treinta años, pensaría en Sara y en Gabriel, y para evitar el impulso de llamarlos tendría que recordar la traición y el suicidio y tendría que recordar la cara de los macheteros cuando les pagó cuarenta pesos para que hicieran lo que al final hicieron (pero Enrique ignoraría el resultado final; para él, la agresión tenía un carácter abstracto; en su imaginación no estarían los dedos amputados ni el muñón ni el pulgar solitario). En esos treinta años habría escrito muchas cartas, muchas veces habría escrito en un sobre *Señorita Sara Guterman, Hotel Pensión Nueva Europa, Duitama, Boyacá,* y en un folio en blanco habría repetido encabezados distintos, unos rencorosos y otros conciliadores, unos lastimeros y otros insultantes, a veces hablándole sólo a Sara, a veces incluyendo una carta separada para Gabriel Santoro, el amigo traidor, el informante. En ella le preguntaría, sin habilidad pero con sarcasmo, si seguía considerando que Konrad Deresser era una amenaza para la democracia colombiana por el mero hecho de recibir en su casa a un fanático, de escuchar imbecilidades sin oponerse, de añadir a esas imbecilidades sus nostalgias y sus patrioterismos baratos, de ser alemán pero además cobarde; y si esas conjeturas falsamente altruistas eran suficientes para arruinar la vida de quienes lo habían querido; y si había aceptado dinero a cambio de los datos proporcionados al embajador americano o quien hiciera sus veces, o si en cambio se había negado cuando se lo ofrecieron, convencido de actuar con arreglo a principios de valor cívico, de deber político, de responsabilidad ciudadana. Pero nunca enviaría esa carta ni ninguna de las otras (decenas, cientos de borradores) que redactaba como por pasatiempo. Y al cabo de esos treinta años la llegada de Gabriel Santoro lo habría sorprendido menos, mucho menos, de lo que hubiera imaginado. Enrique habría aceptado verlo, por supuesto; habría comprendido, con algo de pánico, que con el tiempo el rencor había desaparecido, que las frases de desprecio ya no estaban a la mano, que la venganza había prescrito como los derechos sobre un predio que no se usa; y, sobre todo, habría aceptado de mala gana que al recordar a Gabriel Santoro le daban unas ganas ilegítimas y casi anormales de volver a verlo y de hablar con él.

Así habrían sucedido las cosas, pensé, y mientras tanto, sin advertirlo, ya había dejado atrás el edificio de Sara. Cuando llegué por la carrera quinta a la plaza de toros, en lugar de voltear a la izquierda terminé metiéndome, por distracción y una especie de indecisión de segundos, en ese corredor angosto y oscuro que baja a la calle veintiséis, y pensé en coger la séptima hacia al norte y devolverme varias cuadras para subir otra vez hacia donde Sara.

Pero eso ya no pareció tener mucho sentido, o fui yo quien dejó de encontrárselo, porque si seguía por la veintiséis podría coger la Caracas, y ésa era la ruta que había tomado desde el centro cada vez que iba a visitar a mi padre durante los primeros días de su convalecencia, la ruta que habría tomado Sara para los mismos efectos, y la ruta que en ese momento de la noche me llevaría más rápido a su apartamento. Fue, por decirlo así, una conspiración de casualidades; y en pocos minutos de buena velocidad y total irrespeto por los semáforos —ante una luz roja los bogotanos sacamos el pie del acelerador, metemos segunda y vigilamos que no venga nadie, pero el miedo no nos deja detenernos— me encontré frente a su edificio. Desde la muerte de mi padre nunca había hecho ese recorrido, y me impresionó la facilidad con que podía manejar a esas horas de la noche por esas calles que de día son imposibles. Pensé que el tráfico diurno quedaría asociado a la recuperación de mi padre, y la facilidad de la noche, en cambio, a esta visita al apartamento de un muerto, más o menos de la misma forma en que la muerte de mi padre quedaría asociada a mi carro viejo mientras que éste, comprado con la plata del seguro en un taller de segunda mano, me recordaría siempre que mi propia vida (la vida material y práctica, la vida de todos los días, la vida en la que se come y se duerme y se trabaja) seguía adelante aunque a veces me pesara. Sólo había una ventana encendida en la fachada de ladrillo, y una silueta, o quizás una sombra, la cruzó una vez de ida y otra de regreso antes de que la luz se apagara. El portero levantó la cabeza, me reconoció, volvió a acomodarse. ¿Quién me hubiera dicho que acabaría viniendo aquí, solo y en mitad de la noche? Y sin embargo, eso era lo que había sucedido. Una breve distracción —no voltear a la izquierda, sino seguir derecho—, un vago respeto por la inercia de las casualidades, y ahí estaba yo, entrando al último lugar habitado por mi último familiar vivo, y haciéndolo con una idea bien clara en la cabeza: buscar el teléfono de Angelina en el único lugar donde podría encontrarlo. No fue una iluminación de ningún tipo, sino una necesidad repentina y dictatorial, como el hambre o el sexo. Hablar con Sara había dejado de ser necesario; dudar de ella, que tanta información me había dado, era insensato y hasta malagradecido. Angelina. Buscar su número, llamarla, enfrentarme a ella.

«Mi pésame, don Gabriel», me dijo el portero; no recordó, o recordó sin que le importara, que ya me lo había dado dos o tres veces desde el día siguiente al entierro. Me entregó también el correo que seguía llegando aunque hubiera pasado más de un mes desde la muerte del destinatario y aunque esa muerte hubiera recibido más publicidad de la normal; y me percaté de que no sabía qué hacer con las cuentas y las suscripciones, con las circulares del Colegio de Abogados y las notificaciones del banco. ¿Responderlas una por una? ¿Redactar una carta tipo, fotocopiarla y hacer un envío general? Siento informar que el doctor Gabriel Santoro murió el pasado... sírvase, por lo tanto, cancelar su suscripción... El doctor Gabriel Santoro falleció recientemente. No podrá, por lo tanto, asistir... Las frases eran dolorosas por lo ridículas, y redactarlas era poco menos que impensable. ¿Pero entonces qué se hacía en estos casos, cómo acababa por separarse la gente de la vida que ha dejado atrás? Sara sabría cómo; Sara conocería mejor los trámites. A su edad, los efectos prácticos de la muerte son rutinas que ya no intimidan a nadie. En eso pensaba cuando abrí la puerta, y al entrar me di cuenta de que hubiera preferido sentir algo más intenso o acaso más solemne, pero lo primero que me llegó, como es de prever en esas circunstancias, fue mi propio carácter. Nunca he podido evitarlo: siempre me he sentido a gusto en soledad, pero estar solo en casa de otra persona es uno de mis fetiches, algo así como una perversión que no se comenta con nadie. Soy de los que abre puertas de baños ajenos para mirar qué perfumes, o qué analgésicos, o qué anticonceptivos usan los otros; abro mesitas de noche, esculco, miro, pero no busco secretos: encontrar vibradores o cartas de un amante me interesa tanto como una billetera vieja o un antifaz para dormir. Me gustan las vidas ajenas; me gusta examinarlas a mis anchas. Es probable que al hacerlo viole varios principios de la discreción, de la confianza, de las buenas maneras. Es muy probable.

Un mes y el lugar ya empezaba a oler a guardado. En el lavaplatos estaba todavía el vaso de jugo de naranja que yo había encontrado el día de mi cita con Angelina, y eso fue lo primero que hice al entrar: mojar la esponjilla y frotar con fuerza el fondo del vaso para despegar un trozo de pulpa seca. Tuve que abrir la llave del acceso de agua, aunque no recordaba haberla cerrado: ese día, pensé, Angelina debió de haberse encargado de hacerlo. Las cortinas seguían cerradas también, y tuve la sensación de que al abrirlas despedirían una nube de polvo, así que las dejé como estaban. Todo era igual que el día de mi última visita, y lo que permanecía más dolorosamente inmutable era la ausencia del dueño; en cambio, ese dueño había comenzado a ser otro después de muerto y acaso seguiría transformándose, porque una vez que empiezan a salir los secretos, la infidelidad de hace veinte años, la mentira blanca —sí, como una bola de nieve—, ya no hay quien los pare. Excepto mi propio libro, todo en ese lugar parecía sugerir que mi padre no había tenido juventud, y aun mi libro lo sugería de manera tácita, indirecta, lateral. ¿Pero es que era el mismo libro? *Lo primero que hizo Peter Guterman al llegar a Duitama fue pintar la casa y construir un segundo piso.* Primera frase. *Los extranjeros no podían ejercer, sin previa autorización, oficios distintos a los que habían declarado al entrar al país.* Una frase más. *En el hotel pasaron cosas que destruyeron familias, que trastocaron vidas, que arruinaron destinos.* Las frases ya no eran las que yo había escrito, y no se trataba sólo de la violenta ironía que había comenzado a llenarlas: habían cambiado también sus palabras, *extranjero* ya no quería decir lo mismo que antes, ni tampoco *destinos.* El libro, mi libro sobre Sara Guterman, era lo más próximo a esos años y lo único capaz de sugerir la (desgraciada) presencia de mi padre en ellos; pero era también la prueba que un fiscal tramposo hubiera utilizado para alegar la inexistencia de mi padre, el gato de Cheshire.

Revisé los lomos azules y marrones de los libros más viejos, revisé el desorden de colores de los más recientes, y no encontré un título que no me resultara conocido, ni una solapa ni unas guardas que pudieran contener, a estas alturas, la menor sorpresa. La meticulosidad de mi padre, su idea de que un ambiente en desorden es una de las causas de un pensamiento desordenado, lo había obligado a acomodar sus apuntes de clase, los veinte años de hablar acerca del buen hablar, en una misma estantería; escogí al azar tres de los fólderes y los examiné con la fantasía de encontrar un documento delator; no encontré nada. ¿No había en este lugar ni un solo papel que contuviera la juventud del muerto, no había un recorte de periódico sobre las listas negras ni un libro en el cual pudiera haber anotaciones, no había una referencia a Enrique Deresser ni a su familia ni a su mero paso por la Bogotá de los años cuarenta? La historia privada de un hombre obliterada sin remedio: ¿cómo podía ser eso posible? En un mundo manipulable, un mundo susceptible de ser reprogramado por nosotros, sus demiurgos, ¿no hubiera sido una necesidad inmediata remediarlo? Pensando en eso cogí mi libro y lo abrí en la página de los Apéndices, escogí un modelo de informe de los varios que había encontrado en el curso de la investigación —de los varios que se utilizaron en casos de infiltrados reales o de propagandistas activos, y que luego han salido a la luz, siempre censurados parcialmente por los oficiales— y lo copié a mano, adaptándolo a mis incertidumbres, sobre las páginas en blanco que parecían dispuestas para esos fines entre el pie de imprenta y las guardas. Escribí: *Military Intelligence Division, War Department General Staff, Military Attaché Report.* Y luego:

> Entrevistado en el café El Automático, el testigo Gabriel Santoro manifestó que Konrad Deresser, propietario de Cristales Deresser, tiene relaciones de extrema confianza con simpatizantes del Partido Nazi colombiano (con sede en Barranquilla y elementos infiltrados en todo el territorio) y en más de una ocasión ha demostrado posiciones antiamericanas en presencia de ciudadanos colombianos. Se ha determinado que la palabra del testigo es digna de confianza.

Cambié de página. Escribí: «En cumplimiento de la Orden Especial n.º 7 del Agregado Militar, Bogotá, Colombia, se llevó a cabo la labor de la referencia con los siguientes resultados». Y luego:

> Interrogado en las oficinas de la Embajada de los Estados Unidos de América, Bogotá, el informante Santoro (NI. Ver *infra,* dossier Hotel Nueva Europa) manifestó que el señor Konrad Deresser tiene relaciones de extrema confianza con propagandistas reconocidos (principalmente Hans-Georg Bethke, KN. Ver *infra,* Lista de Nacionales Bloqueados, actualización de noviembre de 1943) y en más de una ocasión ha demostrado posiciones antiamericanas en presencia de ciudadanos colombianos, así como de sus empleados, a quienes tiene por costumbre saludar en alemán. Se han contrastado sus declaraciones con otras fuentes. Se ha determinado que la palabra del informante es digna de confianza.

Devolví el libro a su lugar y descubrí que el universo no se había transformado al adulterarse el contenido de esas páginas. Mi padre seguía de incógnito en su propio recuerdo, muerto pero además clandestino. Pero quizás lo imposible, en el caso de mi padre, sería lo contrario: un bache, un vacío en el arte de borrar las huellas, un defecto en el rigor del hombre más riguroso del mundo, una inconsistencia en su voluntad poderosa de olvidar ciertos hechos, de borrar a Deresser como quedó borrado Trotsky (es un ejemplo) de las fotografías y las enciclopedias del estalinismo. Si de revisar su historia se trataba, mi padre —mi padre revisionista— lo había logrado con éxito. Pero entonces había cometido el error que acaso cometemos todos: hacer confidencias después del sexo. Imaginé a los amantes. Los imaginé caminando desnudos por este apartamento, yendo a la cocina por algo de tomar o al baño para botar condones recién usados, o sentados como adolescentes en esta silla. Ella está desnuda sobre las rodillas de mi padre como el muñeco de un ventrílocuo, y sus piernas recién afeitadas (las espinillas cubiertas de piel de gallina) cuelgan sin tocar el piso; él lleva puesta su bata, porque hay ciertos pudores que no se pierden nunca. «Háblame de ti, cuéntame cosas de tu vida», le dice Angelina. «Mi vida no tiene nada interesante», responde mi padre. «Será para los demás», dice Angelina. «A mí sí me interesa.» Y mi padre: «No sé, no sé. Tal vez otro día. Sí, algún día te voy a contar todo lo que haga falta». Tal vez si vamos a Medellín, piensa mi padre, tal vez si me acompañas a hacer esto que no puedo hacer solo.

Sobre el escritorio de mi padre, no sobre su mesa de noche, encontré la libreta de teléfonos, pero el apellido de Angelina no me vino a la cabeza de inmediato, como sucede con nuestros conocidos, así que tardé un instante en encontrar su número, el escuadrón de garrapatas anotado por la mano izquierda. Era más de medianoche. Me senté junto a la almohada, al borde de la cama, como un visitante, como el visitante que era. En el pie de la lámpara había una película de polvo; o tal vez la había sobre cada superficie del apartamento, pero aquí, por el efecto de la luz directa y amarilla, resultaba más visible y más grosera. Abrí la mesa y revolví lápices HB y monedas de doscientos pesos, y entonces encontré un librito barato, de esos que venden en los supermercados o en las droguerías (están dispuestos junto a las máquinas de afeitar y los chicles), en el cual no me había fijado la última vez. Era un regalo de Angelina. *Libros para amantes,* se leía en la portada plastificada y verdosa, y debajo: *Kama Sutra.* Lo abrí en cualquier página y leí: «Cuando ella sujeta y masajea el lingam de su amante con su yoni, esto es Vadavaka, la Yegua». Angelina la yegua masajeaba el lingam de mi padre, aquí, en esta cama, y de repente la elaborada diatriba que había preparado en el fondo de la cabeza empezaba a desdibujarse, y Angelina, lejos de encarnar la caída en desgracia de mi padre, se transformaba en una mujer vulnerable pero desvergonzada, sentimental y cursi pero también directa, capaz de regalarle a un profesor de clásicos, sesentón y retraído, la versión barata de un manual de sexo ilustrado. Dudé, pensé en colgar, pero ya era demasiado tarde, porque el teléfono había timbrado dos o tres veces, y fui yo el primer sorprendido por la pregunta que estaba pronunciando. «¿Angelina Franco, por favor?»

«Con ella», dijo la voz del otro lado, dormida y un poco irritada. «¿Yo con quién hablo?»

«¿Pero no sabe qué horas son? Usté está loco, Gabriel, llamar a estas horas, me dio un susto el berraco.»

Era cierto. Tenía la voz acelerada y densa. Tosió, respiró hondo.

«¿La desperté?»

«Pues claro que me despertó, si son más de las doce. ¿Qué quiere? Mire, si es para echarme en cara...»

«En parte sí. Pero no le voy a gritar, tranquila.»

«No pues, gracias. Si aquí la que tengo que gritar soy yo, qué tan descarado.»

«Mire, Angelina, yo no sé cómo haya sido la cosa con mi papá. Pero a nadie se le hace lo que usted le hizo, eso me parece evidente. ¿Fue por plata?»

«A ver, a ver», me cortó. «Sin insultos.»

«¿Cuánto le pagaron en el programa? Yo le hubiera pagado igual por quedarse callada.»

«¿Ah, sí? ¿Y yo hubiera quedado igual de contenta? No creo, mi querido, no creo. ¿Quiere que le diga la verdad? Yo lo hubiera hecho gratis, sí señor. A la gente hay que decirle las cosas como son.»

«A la gente le importa un carajo, Angelina. Usted lo que hizo...»

«Vea, me tengo que ir a dormir, es tarde y yo sí madrugo. No me vuelva a llamar, Gabriel, yo no tengo que darle explicaciones ni a usté ni a nadie, chao.»

«No, espere.»

«¿Qué?»

«No me cuelgue. ¿Sabe dónde estoy?»

«Y a mí qué me importa. No, en serio, no me diga que me llamó a decir güevonadas. Le voy a colgar, chao.»

«Estoy en el apartamento de mi papá.»

«Listo. Y qué más.»

«Le juro.»

«No le creo.»

«Le juro», dije. «Vine por su teléfono, la iba a llamar a insultarla.»

«¿Por mi teléfono?»

«Por la libreta de mi papá, yo su teléfono no lo tengo.»

«Ah. Listo, muy interesante, pero me tengo que ir a dormir. Hablamos otro día, chao.»

«¿Usted vio el programa esta noche? ¿Se vio en televisión?»

«*No,* no vi el programa», dijo Angelina, evidentemente molesta. «*No,* no me vi en televisión. No me llamaron a avisarme, me dijeron que me llamaban antes de sacarlo y no me llamaron, me dijeron mentiras ellos también, ¿ya? ¿Podemos colgar, por favor?»

«Es que necesito saber un par de cosas.»

«Ay, pero qué cosas, Gabriel, no sea cansón. Mire que le cuelgo. No le quiero colgar, colgar es de gente maleducada, pero si me obliga le cuelgo.»

«Lo que le hizo a mi papá es muy grave. Él...»

«No, no, esperate pues. Lo que él me hizo, eso sí fue grave. Irse sin decir nada, dejarme tirada como un trapo viejo. *Eso* es lo que no se le hace a la gente.»

«Déjeme hablar. Él confió en usted, Angelina, ni siquiera yo sabía esas cosas, ni siquiera a mí me había contado lo que le contó a usted. Y eso, como es obvio, me afecta a mí también. Todo lo que él le dijo. Todo lo que usted dijo en televisión. Así que quiero saber si es verdad, nada más. Si usted se inventó algo o si todo es verdad. Es importante, no tengo que explicarle por qué.»

«Ah, ahora me acusa de decir mentiras.»

«Se lo estoy preguntando.»

«¿Con qué derecho?»

«Con ninguno. Cuélgueme si quiere.»

«Le voy a colgar.»

«Cuélgueme, cuélgueme tranquila», le dije. «Es todo mentira, ¿verdad? ¿Sabe qué creo? Creo que mi papá le hizo daño a usted, no sé cómo, pero le hizo daño, dejándola, cansándose de usted, y usted se está desquitando así. Las mujeres no soportan que nadie se canse de ellas, y así se desquitan, como usted. Aprovechando que él está muerto y no puede defenderse. Usted es una resentida y nada más, eso es lo que me parece. Lo traicionó de la manera más cobarde, y todo porque el viejo decidió que seguir con esta relación no valía la pena, cosa que cualquier persona tiene derecho a hacer en este hijueputa mundo. Esto es calumnia, Angelina, es un delito y tiene cárcel, claro que nadie sabrá nunca si usted lo está calumniando o no. ¿Qué siente cuando piensa en eso, Angelina? Dígame, dígame qué siente. ¿Se siente fuerte, se siente poderosa? Claro, es como mandar una nota anónima, como insultar con seudónimo. Los cobardes son todos iguales, es impresionante. El poder de la calumnia, ¿no? El poder de la impunidad. Sí, la calumnia es un crimen, aunque nunca nadie vaya a probarlo en su caso. Eso es usted, Angelina, usted es lo más ordinario que hay: una ladrona escapada.»

Estaba llorando. «No sea injusto», dijo. «Usté sabe muy bien que yo no me he inventado nada.»

«No, la verdad es que no lo sé. Lo único que sé es que mi papá está muerto y que usted lo anda difamando por todo Bogotá. Y quiero saber por qué.»

«Porque me dejó de la peor manera. Porque se aprovechó de mí.»

«No sea cursi, por favor, mi papá es incapaz de aprovecharse de nadie. *Era* incapaz.»

«Pues eso puede parecerle a usté, yo no soy quién para decirle otra cosa. Pero a usté nunca lo han abandonado, eso se ve a la legua, yo sé lo que pasó en Medellín, yo sé lo que él me hizo creer, me hizo creer que volvía y no volvió, me dijo que lo esperara y me dejó esperándolo, todo eso lo sé, y eso fue desde el principio, él todo esto lo planeó, necesitaba mi apoyo y pensó: bueno, que ésta me acompañe y después de llegar ya no me sirve, pues allá la dejo. Me hizo creer...»

«¿Qué le hizo creer?»

«Que nos íbamos de paseo. Que éramos una pareja y nos íbamos a pasar Navidad.»

«¿Y no se fueron de paseo?»

«No, fuimos a hacer un trabajito. Y luego yo ya cumplí mi función y me volví un estorbo.»

«Son dos cosas distintas.»

«¿Cuáles?»

«Uno: pedir ayuda. Dos: querer al que ayuda.»

«Ah no, no me salga con esas maricadas. Todos los hombres...»

«¿Dónde están sus papás, Angelina?»

«¿Qué?»

«¿Dónde está su familia?»

«No, un momento. Con eso no se meta, cuidadito pues.»

«¿Hace cuánto no se habla con su hermano? Años, ¿verdad? ¿Y no le gustaría volver a hablar con él, tener a alguien que se acordara de sus papás? Claro, pero no lo hace porque se han alejado ya mucho, ya es difícil volver a acercarse. Le gustaría hacerlo, pero es difícil. Acercarse a la gente siempre es difícil. La gente que está lejos nos da miedo, es lo más normal. ¿Pues sabe qué? Sería más fácil si alguien la ayudara, si yo mismo fuera con usted a Cartagena.»

«Santa Marta.»

«Si yo fuera con usted a Santa Marta y me sentara a tomarme algo mientras usted se encuentra con su hermano y hablan lo que tengan que hablar. Si las cosas salen bien, ahí estoy yo para que me cuente. Si salen mal, si su hermano la manda a la mierda y le dice que no le interesa, que se devuelva por donde vino, ahí estoy yo. Y nos vamos para el hotel o para donde sea, y nos acostamos a ver televisión, si eso la ayuda, o nos emborrachamos, o tiramos toda la noche, lo que sea. Pero hay otra posibilidad: que después de ir a verlo, usted decida por otras razones que no quiere volver. Es otra cosa, no es razón para que yo vaya a difamarla después. ¿Capta el mensaje o se lo explico más claro?»

«A mí no me interesa ver a mi hermano.»

«Pero qué bruta. Es un ejemplo, bruta, una analogía.»

«Será eso que usté dice. Pero es igual, no me interesa verlo.»

«No estamos hablando de eso. Qué bruta, por favor. Estamos hablando de mi papá.»

«No me interesa ver a mi hermano. Puede que a él sí, pero a mí no.»

Silencio.

«Está bien», le dije. «¿Cómo sabe que no le interesa?»

«No, no sé, me imagino.»

«¿Por qué se imagina?»

«Él no vino al entierro de mis papás, qué más prueba que ésa.»

«No llore, Angelina.»

«Ya no estoy llorando, no me joda la vida, ¿bueno? Y si quiero llorar, ¿qué le importa? Déjeme o le cuelgo ya mismo, déjeme...»

«¿Le cuento algo curioso?»

«O le tiro el teléfono.»

«Yo fui a donar sangre. Para esa bomba, para la bomba de Los Tres Elefantes.»

Silencio.

«¿Qué tipo es usted?», dijo luego.

«O positivo.»

Nuevo silencio. Enseguida:

«Igual que mi papá. ¿En serio donó sangre?»

«Sí, fui con un amigo, un médico», dije. «La persona que hubiera operado a mi papá si no existiera el Seguro Social. Me obligó a ir, yo no quería.»

«¿Adónde fue?»

«La mayoría de los heridos estaban en la Santa Fe y en la Shaio. Las clínicas más cercanas a la bomba, y las mejor dotadas, me imagino. Yo fui a la Santa Fe.»

«¿Dónde se dona sangre en la Santa Fe?»

«En el segundo piso. O en el tercero. Subiendo unas escaleras, en todo caso.»

«¿Y cómo es el sitio?»

«¿Me está probando?»

«Dígame cómo es el laboratorio.»

«Es una sala grande con sofás cafés, me parece, y hay ventanillas alrededor», le dije. «Uno habla con una enfermera y se sienta, y luego lo hacen seguir.»

«¿Al fondo a la izquierda?»

«No, Angelina, al fondo a la derecha. Hay cubículos, mucha gente sacándose sangre al mismo tiempo. A uno lo sientan en unas sillas altas.»

«Las sillas altas», repitió Angelina. «Usté donó sangre. Gabriel nunca me dijo.»

«Seguramente no sabía. Tampoco es que siguiera mi vida tan de cerca.»

«Impresionante», dijo. «Me acuerdo cuando Gabriel me preguntó por mis papás y le conté, me puse muy mal, él me dijo tantas cosas tan bonitas. Esa tarde me habló mucho, hasta me habló de la enfermedad de su esposa, pero nunca me dijo esto, qué impresión, estoy impresionada.»

«Tampoco es para tanto. Todo el mundo ha donado sangre en esta ciudad.»

«Pero es que está conectado, ¿sí me entiende? Qué impresión, le juro. Yo no sé de qué se murió mi papá, no quise saber si por un golpe, si... pero si usted...»

«Tranquila. No hable de eso si no quiere.»

«Mi mamá era A positivo, eso es más difícil.»

«¿Se llevaban bien?»

«Normal. Bien, yo creo que sí. Pero no demasiado, ellos allá y yo acá.»

«Uno acaba alejándose, me imagino.»

«Sí, eso. Y por una vez que vienen a visitarme, se meten en una bomba de los narcos. Qué suerte tan berraca, hombre, eso es uno ser muy salado en la vida.»

«Tampoco tanto. Tarde o temprano nos va a tocar a todos, y perdóneme por decir frases tan bobas. ¿Usted está contenta aquí?»

«Ay, da igual, si en Medellín también hay bombas, las bombas van donde uno vaya, Gabriel.» Y luego, riendo: «Como la luna».

«Pero si ellos estuvieran vivos, ¿no pensaría en devolverse a Medellín?»

«Ya llevo un poco de años acá, ya estoy acostumbrada. Cambiar es feo, es desagradable. No sé a usté, pero a mí la gente que se está moviendo todo el tiempo me genera como desconfianza, como... Como desconfianza, sí, no hay otra palabra, no lo puedo decir mejor. Irse de donde uno nació no es normal, ¿cierto? Y ya irse dos veces de donde uno está, o irse de la tierra de uno, ¿cierto?, irse para un país donde se habla otra cosa, yo no sé, es de gente rara, la gente sin raíces es capaz de cosas malas.»

«Sí. Mi papá opinaba lo mismo. ¿Le puedo hacer una pregunta?»

«¿Otra?»

«¿Cómo fue que acabó enredada con mi papá?»

Silencio.

«¿Por qué? ¿Le parezco poquita cosa?»

«Claro que no, Angelina. Es sólo...»

«Él una persona tan inteligente y tan culta, ¿no? Y yo una masajista.»

«¿Masajista?»

«Cuando mi novio me quería hacer daño me decía eso: "Yo no sé qué hice para acabar con una masajista de mierda". Claro, la culpa es mía, porque una profesional de verdad no se mete a tocar a los pacientes.»

«Le hice una pregunta.»

«No sé, su papá era un paciente cualquiera, yo no es que me enrede con todos los pacientes. Esas cosas pasan sin que uno se dé cuenta, de pronto Gabriel había cruzado la raya, ¿sí me entiende?, y yo le dije que no, que en mi vida no se metía nadie, y él no hizo caso. Pero él era el paciente y yo me aguantaba las cosas que me decía.»

«¿Por qué? ¿Por qué no se fue, si tanto le molestaba, por qué no consiguió un reemplazo?»

«Porque la terapia no había terminado. Está mal que yo lo diga, pero es que yo soy como muy seria, ¿cierto? Yo mi trabajo lo hago bien, además porque me gusta. Lo único que quiero es ayudar a la gente a moverse otra vez, más sencillo no hay. Pues él era eso, un paciente cualquiera, uno de tantos, un rectangulito en mi horario, yo tengo un horario con todas mis visitas, él era una más. Yo no tenía ninguna intención de dejarlo entrar en mi vida, le juro, ya los hombres me habían herido demasiado, no es que yo sea una mujer de experiencia tampoco, no me malinterprete. Usté quiere saber por qué le abrí la puerta a él, y no a otro.»

«No tiene que hablar de puertas.»

«Yo hablo como me dé la gana. Si no le gusta me callo, yo no hablo tan bien como ustedes.»

«Perdón. Siga.»

«En esos meses ya me habían tocado más de diez. Todos hombres de cincuenta, de sesenta, dos o tres de setenta. Después de una cirugía de corazón tienen que a aprender a moverse otra vez, como recién nacidos. Entonces yo me pongo al lado y les hago ejercicios, a la gente le da pena, yo les juego un poco, y además les recuerdo que no están muertos aunque a veces parezca, porque están tan deprimidos siempre, pobrecitos, es que da un pesar... En todo caso es como un don de Dios, le juro, tratar con esa gente que ha vuelto a la vida. El cuerpo lo tienen desorientado, el cuerpo creía que estaba muerto y hay que convencerlo de que no, porque...»

«Sí, sí. Ya me lo explicaron.»

«Bueno. Para eso estoy también, para demostrarles que no se han muerto, que ahí siguen. Si usté me viera, hay que ver el trabajo que me cuesta con algunos, sobre todo con los más jóvenes. A veces me tocan así, señores con su *by-pass* a los cuarenta y pico, y no lo aceptan, cómo así que yo tan joven. Y yo explique y vuelva a explicar.»

«¿Qué cosa?»

«Que a esa edad es cuando más riesgo se corre, ¿sí sabía? Porque a los cuarenta, cuarenta y cinco, uno se siente todavía joven, y hágale con el trago, y hágale con el cigarrillo, y hágale con las papas fritas. Y en cambio de ejercicio ni mierda, que yo soy joven todavía. Pues el corazón piensa otra cosa. Ya le ha tocado mucho tiempo de trago y cigarrillo, ya no quiere más. Y ahí es cuando pasan los accidentes. A mí me va bien porque es variar un poco, me gusta que no sean viejos siempre, que de vez en cuando pueda tocar cuerpos de mi edad, yo todavía estoy joven. Uy, perdón, qué confiancita. Yo estas cosas no debería decirlas, acuérdeme que usté no es su papá.»

«¿Por qué? ¿A él si podía decírselas?»

«Pues claro. Oírme hablar de mi trabajo le fascinaba.»

«Bueno, pues a usted le gusta su trabajo y le gusta decir que le gusta su trabajo. No veo qué tenga de particular.»

«Es que hay trabajos que a uno no le pueden gustar demasiado, Gabrielito, no se me haga el que no entiende. Sobre todo si no los hace de la manera normal. Si uno es ginecólogo no puede andar por todas partes gritando me gusta mi trabajo, me gusta mi trabajo. La gente no se lo toma bien, ahora me va a decir que no se le ha ocurrido nunca.»

«Pero usted no hace lo que hace un ginecólogo. Ni nada parecido.»

«A mí me gusta tocar. Me gusta sentir a la gente, eso no se puede decir en voz alta. Otras fisioterapeutas sientan al paciente a veinte metros y desde ahí le dicen qué hacer. Yo me acerco, los toco, les hago masajes. Y decir que los toco y me gusta no está bien visto. Los clientes se sentirían incómodos y los médicos me echarían a patadas, usté no se lo va a decir a nadie, ¿no?»

«No sea ridícula.»

«Me gusta el contacto, qué puedo hacer. Después de un fin de semana sola en mi casa, pues me hace falta. Uno en la casa está muy solo, usté vive solo también, ¿no? Pues a mí me hace falta ir a encontrarme con alguien. Uy, si el cardiólogo de la San Pedro me oye me bota a la calle, por mi madre que sí.»

«Pero yo no soy el cardiólogo.»

«No, pero estas cosas no se las diría a la cara, tampoco. Menos mal que estamos por teléfono.»

«Menos mal.»

«Me gusta meterme en un ascensor bien lleno de gente. Me siento acompañada, me siento tranquila. En esos sitios los hombres se rozan contra uno, mis amigas odian eso, a mí en cambio me gusta. Eso no se lo he dicho a nadie nunca. Mi novio era claustrofóbico, no le gustaban esas cosas. Y un masaje ya no es que me toquen, sino tocar yo, acariciar, yo sé que a la gente le gusta, tal vez les dé pena que les guste, pero les gusta, a los hombres sobre todo, yo sé que todavía tengo mi atractivo.»

«¿Cuándo supo?»

«¿Que todavía tengo mi atractivo?»

«Que éste era su trabajo.»

«Uf, no sé. Ya se está imaginando bobadas, ¿cierto? Pues yo no jugaba a masajear a mis muñecas, ni mucho menos a mis amigas, para que sepa. No se ría, es verdad.»

«Le creo.»

«Si hubiera tenido hermanos de mi edad, tal vez no me hubiera sentido sola, yo era una niña sola. Pero mi hermano era seis años mayor que yo, o es todavía. Él nunca estaba conmigo. Empezó a darse cuenta de que yo existía cuando yo tenía once años, por ahí. Una vez me estaba doliendo el pecho, usté sabe, cuando a uno le empiezan a salir las tetas, y mis papás estaban ambos trabajando, así que le dije a mi hermano. Él me llevó al baño y me sentó sobre el lavamanos, era muy fuerte y me levantaba del piso así, de un viaje. Y empezó a tocarme. "¿Te duele aquí? ¿Y aquí? ¿Te duele aquí?" Me tocaba las costillas, ¿le molesta que le cuente esto? Me tocaba los pezones, me dolía un montón, pero le contestaba, sí, no, un poquito. Y luego ya él se fue a hacer el servicio militar y ya esas cosas no pasaron más, yo tenía once años. Luego, la primera vez que vino durante el servicio, me pasó algo rarísimo, como un asco, un asco chiquitico. Podía ser la cabeza rapada, no sé. Tampoco me gustaba como había llegado hablando, con esa manera tan charra de los militares, ¿sí sabe? Y todas las güevonadas, perdón, todas las bobadas que contaba de sus nuevos amigos soldados, gente que había llegado de Corea hacía tres o cuatro o cinco años, y llegaban contando cosas interesantísimas, por lo menos para mi hermano, y él llegaba a repetirlas como una cotorra, a mí me aburrían y él me parecía un güevón. Cuando iba a bañarme cerraba con seguro y además recostaba la canasta de la ropa sucia a la puerta, en mi casa era con pestillo y si alguien empujaba fuerte pues se abría, no era que mi hermano fuera a romper la puerta para verme empelota, pero bueno. Y luego llegó mi hermano con la noticia de que se iba de la casa, había dejado embarazada a la novia y se iba de la casa. Nadie sabía ni siquiera que tuviera novia. Ella vivía en Santa Marta, trabajaba en una agencia de viajes, o una oficina de turismo, y le iba a conseguir trabajo a él, apenas estuviera bien en su trabajo y ahorrara un poco nos iba a invitar a todos a la costa. Todo eso prometió, pero luego nada. Me acuerdo de mi mamá diciendo "Se nos perdió". Había hecho el cálculo, y según ella ya tenía que haber nacido su nieto, y mi hermano no dijo nada. "Se nos fue y se nos perdió", eso decía mi mamá. Para mí en cambio fue un descanso, es triste pero es así.»

«No es tan triste. El tipo era un patán, Angelina.»

«Sí, pero era mi hermano. Imagínese luego cuando les dije que yo también me iba. Claro que eso fue mucho después, ya estaba en prácticas, pero igual les dio durísimo, yo era la niña de la casa. Ellos se partieron el culo para mandarme a la universidad, Gabriel, y todo para qué, para que agarrara mi cartón y me viniera a Bogotá, desagradecida la culicagada, ¿cierto? Pero es que yo era muy buena, qué culpa tengo, tenía manos mágicas.»

«La alumna consentida.»

«No, yo de alumna me escondía, trataba de no sobresalir. Fue luego, en las prácticas. Era en la León XIII. Allá me hubiera quedado toda la vida si no me hubiera venido a Bogotá. Fue el fisiatra de la León XIII el que se dio cuenta de que yo hacía milagros con las manos, él me ponía un paciente de ochenta años con tres *by-passes* y en diez días yo lo tenía haciendo los aeróbicos.

Cuando a él lo trasladaron a Bogotá, me arrastró casi a la fuerza. Ahí mismo empezamos a salir.»

«¿Nombre?»

«Lombana. Él era un tipo más de viajar y de estar en otros lugares, había hecho estudios en Estados Unidos y se las arreglaba mejor, todo el mundo lo quería, hizo mil amigos. Pero yo no. En esta ciudad de mierda yo sólo lo conocía a él, así que hice lo que hubiera hecho cualquier persona en mi lugar: me enamoré. Tres años me demoré en descubrir que el tipo estaba casado. Ya estaba casado en Medellín. El traslado a Bogotá no era una distinción, él lo había pedido, porque en Medellín se había casado con una muchachita de acá. ¿Y usté cree que lo mandé a la mierda? No, seguí parada al pie del cañón, como una imbécil, encontrándome con él en mi apartamento casi siempre, y cuando estábamos de fiesta en los moteles de La Calera. Allá me llevaba para neutralizarme: a veces yo me ponía histérica, o lo amenazaba con terminar con toda esa mierda, y ése era mi contentillo. Me lo merezco todo, por estúpida. A mí me gustaban los moteles de La Calera. Cuando no hay nubes, cuando el aire está limpio y no hay demasiada contaminación, se ve el nevado del Ruiz. Cómo me gustaba ver el nevado del Ruiz, él me decía que un día me iba a llevar aunque fuera peligroso. Claro que yo no le creía, tampoco soy tan ingenua.»

«Tampoco.»

«Y así diez años. Diez años, Gabriel, parece mucho pero a mí se me pasaron como un tiro, la verdad. Porque no había el desgaste que tienen las parejas de verdad. Yo no he estado casada, y tal vez esté mal que hable de algo que no conozco, pero le juro que con su esposa Lombana peleaba más que conmigo, no me cabe la menor duda. Porque con la esposa hay historia. Eso es lo que uno tendría que evitar, que hubiera una historia con la gente, con los amigos, con los amantes. Uno se acerca a alguien y ahí mismo empieza a haber resentimientos, cosas que se dicen sin querer o se hacen sin querer, y eso arma una historia. Usté va a donde su cardiólogo y él saca su historia médica y aunque sea sin querer se fija en todo: en que dejó de fumar, sí, pero sólo a los cuarenta. En que su papá tenía un soplo. En que su tío abuelo tuvo una esclerosis. Eso me decía Lombana, que con su esposa era así, iban a acostarse y cada rencor que se había acumulado desde el matrimonio se acostaba con ellos. Al final ya estaban haciendo el amor sólo por detrás, porque él prefería no verle la cara. Todo me lo contaba él. Con todo el detalle posible. Yo no quería que eso me pasara, y supongo que por eso aguanté diez años sin hacer algo, algo serio, quiero decir. No quería hacer cosas que luego fueran a llenarnos de rencores, usté sabe cómo es el asunto. A mí el sexo me gusta por delante, normal. Yo soy una niña decente.»

«¿Cómo lo mataron?»

Silencio.

«Bueno, ¿pero hay algo de mi vida que Gabriel no le haya contado? Era un noticiero, su papá. Pues qué pena, pero no me gusta hablar de eso.»

«Por favor, Angelina. Ya me contó que su hermano la tocaba. Ya me dijo cómo le gusta el sexo.»

«Es distinto.»

«Fue en el centro», le dije. «Fue en una discoteca.»

«¿Y a usté qué le importa?»

«No me importa. Pura curiosidad.»

«Morboso.»

«Exacto. No es curiosidad, es morbo. ¿Tenía negocios raros, estaba metido en droga?»

«Claro que no. Hubo una pelea y sacaron pistolas y a él le tocó un tiro, no es más. Lo más normal del mundo.»

«¿Usted estaba con él?»

«No, Gabriel, yo no estaba con él. Yo estaba en mi apartamento bien guardada, no estaba con él, tampoco estuve con mis papás después, ¿bueno? Sí, ojalá me hubieran matado a mí también en la puta bomba, ojalá me hubieran matado en el tiroteo, yo no estaba con él y nadie me vino a avisar porque muy poca gente sabía que yo existía y todos los que sabían preferían respetar a la esposa y no decirle mataron a tu marido y además tenía otra mujer desde hace diez años, no, trece años cumplidos, fijate vos. No, yo me enteré sola, él no me dejaba llamar a su casa y tuve que ir a pararme al frente como una ramera para preguntarle si es que quería terminar, o por qué se había desaparecido de ese modo, y cuando no apareció en todo el día pues averigüé cosas y acabé enterándome, pero nadie me avisó porque ustedes todos se tapan con la misma cobija, hipócritas de mierda. Así que no estaba con él, y qué, ¿podemos hablar de otra cosa?»

«No se ponga así. Es bueno hablar de estas cosas. Es terapéutico.»

«Otra vez con la misma vaina, su papá me decía lo mismo. ¿Por qué son tan arrogantes, es una cosa de familia? Mire, si ustedes se pasaban la vida hablando de todo y eso les servía, pues me alegro, pero dígame una cosita, ¿por qué putas me toca ser igual a mí?»

«No le toca. Tranquila.»

«¿Por qué lo que a ustedes les sirve me sirve seguro a mí también?»

«Cálmese. Nadie está diciendo eso.»

Silencio.

«Tiene que respetar más a los otros, Gabriel.»

«Respetar a los otros.»

«No todos somos iguales.»

«Somos muy distintos.»

Silencio.

«Además, la terapeuta soy yo.»

«Sí.»

«No me venga a hablar mierda.»

«No.»

Silencio.

«Bueno, menos mal estamos de acuerdo. Espéreme un segundo. Espéreme, espéreme, espéreme, espéreme... listo. A ver, siga hablando.»

«¿Qué pasó?»

«Me estaba armando un cacho.»

«¿A estas horas?»

«A estas horas, cómo le parece. Cuando lo de mis papás, esto era lo único que me ayudaba a dormir.»

«¿Y se lo armó ahí, en la cama, con el teléfono pegado al oído? Qué manos tiene, la verdad.»

«Me sostengo el teléfono con el hombro y ya. No es tan difícil. ¿Usté está durmiendo bien?»

«Supongo. Me despierto temprano, eso sí. Cinco de la mañana y ya, el cerebro se despierta un segundo y ya quedé para todo el día. O me paro al baño porque me despiertan las ganas. Pero todo el mundo sería capaz de volverse a dormir, yo no. Mientras estoy orinando pienso en mi papá y ya no hay nada que hacer. Me durará un rato, me imagino, y luego será normal otra vez. Porque la cosa se normaliza, ¿no?»

«Sí. Por eso no se preocupe, Gabriel, la cosa se normaliza. Mire, ahí le va un soplo de marihuana por el teléfono.»

«Hasta acá huele, qué envidia me da.»

Silencio.

«De manera que en el apartamento de su papá, ¿no? Sentado en la cama de su papá. Es un poquito raro, la verdad, usté como que tiene su lado raro.»

«¿Qué tiene puesto, Angelina?»

«Uy, no, pero tampoco tan raro.»

«¿Está metida en las cobijas?»

«No, estoy empelota sobre la colcha y tengo un foco rojo prendido. Pues claro que estoy metida entre las cobijas, si está haciendo un frío de mierda en esta ciudad de mierda. Es decir, lo de siempre. ¿Y usté?»

«Me estoy quitando los pantalones y me estoy metiendo entre las cobijas yo también. Es verdad que está haciendo frío. Me parece que me voy a quedar aquí, nunca he dormido en esta cama.»

«¿No le da miedo?»

«¿De qué?»

«De qué va a ser. De que le jalen los pies.»

«Angelina, qué cosas dice. Una mujer de ciencia.»

«Qué ciencia ni un culo, a mí me los han jalado. Una amiga de la universidad se murió hace como tres años, de una insuficiencia renal, usté sabe, una de esas cosas que se descubre un día y en tres días más ya no hay nada que hacer. Y fue como si la pobre no hubiera tenido tiempo de despedirse de las amigas. Yo estaba aquí lo más de tranquila, ya bien dormidita, y le juro que me los jaló. A los muertos les gusta despedirse de mí.»

«Pues de mí no se ha despedido nadie nunca. Ni nadie ha venido a jalarme los pies.»

«Pero es que en la cama de un muerto. Imposible que no le dé ni un poquito de impresión, yo no podría, usté sí es muy macho. ¿Qué sábanas son?»

«Son blancas y a cuadros.»

«Esas sábanas se las regalé yo a su papá. Hacía diez años que no compraba sábanas nuevas.»

«No me sorprende.»

«Son las últimas sábanas que usó Gabriel.»

«Bueno, no se me ponga mística. Aquí me voy a quedar y mi papá no va a venir a espantarme, le juro que tiene mejores cosas que hacer.»

«¿Puedo decirle algo?»

«Dígame algo.»

«Usté está muy bien, Gabriel, mucho mejor de lo que estuve yo. Va a salir de esto rapidísimo.»

«No crea. Me hago el que estoy bien, pero es un mecanismo de defensa. Soy experto en eso, todo el mundo lo sabe. La cara de palo es un mecanismo de defensa. El cinismo es un mecanismo de defensa.»

«¿Y no es difícil poner cara de palo?»

«Es que yo juego póquer en mis ratos libres.»

«Claro, usté hace chiste con eso, pero a mí me da envidia, qué no daría por un poquito de cara de palo. ¿Eso se aprende, dónde lo enseñan? No, le juro, a mí me dio muy duro estar sola, dormir sola después de la bomba. Luego apareció su papá y fue como si me rescatara, me agarré a él fuertísimo, tal vez ése fue el error. Y luego ver que también él me abandonaba. Que también él era capaz de hacerme cosas malas. La verdad, me dio bastante duro. Quién me manda a ilusionarme. Quién me manda a ser tan ingenua. Pero es que fue tan duro.»

«Ya sé. Tanto como para apuñalarlo por la espalda. Y en televisión.»

«Usté piense lo que quiera, yo tengo mi conciencia tranquila. Yo sólo sé una cosa, que Gabriel era otro. Finalmente no era la persona que creíamos.»

«Ni él ni nadie, Angelina.»

«Pues en televisión yo no hablé de él, hablé del otro.»

«Sofista.»

«¿Qué es eso?»

«Es lo que es usted. Una sofista descarada.»

«¿Es un insulto? ¿Me está insultando otra vez?»

«Más o menos. Pero no tengo ganas de pelear.»

Silencio.

«Yo tampoco. Ya apagué la luz, tengo un cacho entre pecho y espalda, estoy aquí metida como si nada, como si el mundo fuera más tranquilo, como si no tuviera problemas, y sé que tengo frío, pero no me doy cuenta, o más bien me doy cuenta pero no me importa... No, tampoco quiero pelear, es la primera vez en el día que me siento a gusto. Pero con frío, eso sí.»

«Pues póngase algo más. ¿Cómo es su piyama?»

«Es un camisón, largo largo, me llega hasta las rodillas. De algodón azul claro y con bordados azul oscuro en las mangas, lo más bello.»

«De razón. ¿No tiene ni siquiera unas medias?»

«Sí, unas medias sí.»

«¿Ya terminó de fumar?»

«Hace rato.»

«Bueno. ¿Tiene sueño?»

«Sueño sueño no, estoy un poquito cansada. ¿Usté?»

«Yo estoy bien despierto. Tengo que quedarme a esperar a mi papá.»

«Ni en chiste, Gabriel, no diga esas cosas. Vea, me ericé toda.» Silencio. «En los brazos y en el cuello.» Silencio. «Yo lo quería mucho.»

«Yo también, Angelina.»

«Todos lo querían. La gente lo quería.»

«Sí.»

«El amigo alemán lo quería, seguro.»

«Seguro.»

«¿Y entonces por qué le hizo eso? ¿Por qué no se lo dijo nunca a nadie, ni siquiera a usted? ¿Por qué me dijo que iba a volver si se había cansado de mí y ya no quería verme? ¿Por qué nos dijo tantas mentiras?»

«Todo el mundo dice mentiras, Angelina», le dije. «Lo grave es que nos demos cuenta. Eso es lo que nunca debería pasar, los mentirosos deberían ser infalibles.»

«Infalibles no sé, pero yo hubiera preferido no saber. Seguir así, como antes. ¿Usté no?»

«No estoy seguro», me escuché decir. «Me lo he preguntado, eso sí.»

Unos días después visité a Sara por sorpresa, la secuestré y la llevé a caminar por la carrera quinta desde su casa hasta la calle catorce, y bajamos a pie hasta el lugar donde mataron a Gaitán. Aquello había sucedido a la una de la tarde —1948, nueve de abril, una de la tarde: las coordenadas forman parte de mi vida, y eso que mi vida comenzó más de una década después—, y doce horas antes mi padre había estado oyendo el último discurso del muerto, el alegato pronunciado en defensa del teniente Cortés: un hombre que había matado por celos, un Otelo criollo y uniformado. Gaitán había salido del juzgado en hombros; mi padre, que había esperado ese momento para acercarse a él y tratar de felicitarlo sin que le temblara la voz, se vio repelido por la sopa de gente que lo rodeaba. Tuvo que pasar un año entero para que mi padre se atreviera de nuevo a poner los pies en este lugar donde ahora estábamos nosotros; después regresaría con alguna frecuencia, y cada vez se quedaría unos segundos en silencio y luego seguiría su camino. La calzada de la carrera séptima está rota en ese punto por los rieles del tranvía (que no van a ninguna parte; que se pierden debajo de los andenes, porque los tranvías, esos tranvías de vidrios azules de los que me hablaba mi padre, ya hace mucho tiempo que no existen), y mientras yo, parado frente al edificio Agustín Nieto, leía la placa de mármol negro que habla del asesinato en más frases de las necesarias, Sara, creyendo que no la estaba viendo, se agachó al borde del andén —pensé que iba a recoger una moneda caída—, y con dos dedos tocó el riel como si le tomara el pulso a un perro moribundo. Seguí fingiendo que no la había visto, para no interrumpir su ceremonia privada, y después de varios minutos de hacer estorbo en el río de gente y de soportar por ello insultos y empujones, le pedí que me enseñara dónde exactamente quedaba la Droguería Granada en esos años en que un suicida podía comprar en ella noventa y tantas pastillas para dormir. Un año y medio después del suicidio de Konrad Deresser, el asesino de Gaitán fue metido a la fuerza a la droguería para evitar que la turba furiosa lo linchara, y de la droguería lo había sacado la turba furiosa, y lo había matado a golpes y lo había arrastrado desnudo hacia el palacio del presidente (hay una foto en la que el cuerpo va dejando atrás hilachas de ropa como una culebra cambiando de piel: la foto no es muy buena, y en ella Juan Roa Sierra es apenas un cuerpo pálido, casi un ectoplasma, cruzado por el manchón negro del sexo). Y ahí estábamos, parados donde tuvo que haberse parado Josefina, frente a la calzada por donde tuvieron que haber pasado, el nueve de abril del 48, el ectoplasma del asesino y la gente que se había encargado de lincharlo. «No, yo no sabía que Enrique estuviera vivo», me estaba diciendo Sara. «Y fíjate lo que son las cosas:

si tu papá no estuviera muerto, no me lo podría creer. Creería que es una mentira de la mujercita ésa, una fabricación medianamente inteligente para justificar la cosa tan grotesca que fue venderse para esa entrevista. En realidad, preferiría poder hacer lo que hace tanta gente: convencerme. Convencerme de que no es verdad. Convencerme de que todo es invención de Angelina. Pero no puedo, y no puedo por una razón: tu papá está muerto, y de alguna manera se mató por ir a verlo, por visitar a Enrique. Apuesto que ya se te ha ocurrido esto: si Enrique no estuviera vivo, la muerte de Gabriel no significaría nada.» Por supuesto que ya se me había ocurrido; no era necesario que lo dijera, porque Sara ya lo sabía. (Desde nuestras conversaciones para el libro me acostumbré a no decir cosas que frente a Sara serían superfluas. Sara *sabía:* ésa era su seña de identidad.) Ella siguió hablando: «Claro que se podrían hacer muchas filosofías, preguntar, por ejemplo, por qué va a significar algo su muerte, es que acaso alguna muerte significa algo. Podríamos ser muy nihilistas y muy elegantes. Pero nada de eso importa, porque Enrique no está vivo para nosotros. Si lo estuviera, ya me habría llamado, o incluso habría venido al entierro, ¿no? Pero nada de eso. Vivo o muerto, en Medellín o en el Séptimo Cielo, da lo mismo, porque Enrique quiere estar muerto para mí, lleva cincuenta años firme en esa voluntad. Y no voy a ser yo la que se la desbarate ahora. No voy a ser yo la que se meta en su vida sin ser invitada, y menos con tu papá ya muerto».

Desde la droguería, o desde su antiguo emplazamiento, caminamos hacia la Plaza de Bolívar, tratando de seguir el recorrido del viejo Deresser, no por fetichismos y ni siquiera por nostalgias, sino porque estuvimos de acuerdo sin decirlo en que nada, ni el relato más hábil, podía reemplazar la potencia del mundo de verdad, el mundo de cosas tangibles y de gente que se frota contra uno y se choca contra uno, y de los olores de la orina en las paredes y de la ropa sudada en las gentes, y de la orina en la ropa sudada de los mendigos. Pasamos frente al edificio de los Tribunales Civiles, donde habían estado las oficinas de abogados en las cuales trabajó mi padre hasta que pudo dedicarse, por una mezcla de azar y talento, al oficio que mejor le calzaba, y en la galería que pasa por dentro del edificio, y que suele estar invadida por vendedores ambulantes de golosinas y muñecas de plástico y hasta sombreros de segunda mano, Sara quiso buscar un regalito cualquiera para su nieto pequeño, y acabó comprándole a un viejo desdentado un camión de juguete del tamaño de un encendedor, un camión verde con puertas que se abrían y con buenos amortiguadores traseros (el viejo se empeñó en demostrarnos su eficacia sobre el piso enlosado de la galería). Y después, sentados en las escaleras de la Catedral, Sara volvió a sacar el camioncito de su cartera y a probar los amortiguadores mientras me contaba cómo una vez, cuando ella era joven, se había creído en Bogotá que el mundo estaba a punto de acabarse, porque las palomas de la Plaza de Bolívar comenzaron a morirse todas al tiempo, y si uno caminaba de día por el centro de la plaza podía perfectamente ocurrirle que le cayera sobre la cabeza una paloma muerta de infarto en pleno vuelo. Más tarde se supo que una tonelada entera de maíz, del maíz que las mujeres de la plaza vendían en cucuruchos de papel periódico para que los niños y los viejos se entretuvieran dando de comer a las palomas, había resultado envenenada sin que nadie supiera por qué y sin que los responsables fueran encontrados, ni siquiera perseguidos. Bogotá, me decía Sara, no había dejado nunca de ser un lugar demente, pero esos años estuvieron sin duda entre los más dementes de todos. En esos años, ésta era la ciudad donde las palomas envenenadas anunciaban el fin del mundo, donde los aficionados, aburridos con la mansedumbre de un toro y quizás del torero, invadían la arena de la plaza para descuartizar al animal con sus propias manos, donde la gente se mataba entre sí para protestar por la muerte de otro. Tres días después del nueve de abril, Peter Guterman había traído a la familia a Bogotá, porque le parecía necesario que su hija viera los destrozos, tocara con sus manos las vitrinas rotas, entrara a las ruinas incendiadas, subiera si la dejaban a las azoteas donde se habían apostado los francotiradores para disparar contra la multitud y viera en las azoteas mismas el rastro de sangre de un francotirador herido, y alcanzara por lo menos a vislumbrar todo aquello de lo cual habían logrado huir (ahora se sabía) en el último instante. Era normal en él este tipo de pedagogías, y a Sara le costaría muchos años comprender que detrás de todo eso no había más que un afán de justificación: su padre quería confirmar que había hecho bien en irse de Alemania; esperaba que la brutalidad de este país que ya era el suyo condonara o legitimara el derecho de escapar del viejo país, de la brutalidad de antes. Fue por eso que Sara le ocultó a Peter Guterman lo de los veinte metros de alpaca negra que mi padre había comprado por una cuarta parte de su precio después de los saqueos y con los cuales había mandado a hacer un vestido, de falda prensada y chaqueta corta, con abotonadura en el frente, para regalárselo a ella en el día de su cumpleaños. Claro, a Peter no le hubiera gustado que su hija anduviera vestida con telas robadas de una vitrina, menos aún robadas durante unos disturbios: aquello tenía demasiados ecos, se prestaba para demasiadas asociaciones. ¿Pero no era estúpido o exagerado —había pensado Sara en esa época— ver en las vitrinas de Bogotá una referencia, reducida pero tangible, a las vitrinas de Berlín? Luego había visto fotografías de los almacenes saqueados en Bogotá, y había cambiado de opinión. Joyería Kling. Joyería Wassermann. Glauser & Cía., relojería suiza. Los nombres no eran siempre legibles en los cristales rotos; siempre, sin embargo, eran reconocibles. Sara nunca se puso el vestido en presencia de su padre.

Más tarde buscamos la pensión donde había pasado Konrad Deresser los últimos días, y nos sorprendió encontrarla sin dificultad: en esta ciudad, capaz de transformarse en seis meses hasta quedar irreconocible para quien se ha ido, la probabilidad de que siguiera intacto un edificio de hace medio siglo era mínima, por no decir ilusoria. Y sin embargo allí estaba, tan poco cambiado que Sara pudo reconocerlo a pesar de que ya no había una pensión allí, sino cuatro pisos de oficinas para negociantes fracasados o clandestinos. Sobre la fachada blanca había carteles de papel amarillento que en tinta roja y azul anunciaban temporadas de toros, talleres de guion cinematográfico, reuniones de células marxistas, festivales de merengue dominicano, lecturas de poesía, cursos de ruso para principiantes, partidos de fútbol en el estadio Olaya Herrera. Al subir encontramos que el cuarto de Konrad y Josefina era ahora el despacho de una calígrafa, una mujer de moña y lentes bifocales que nos recibió sentada en una silla giratoria, frente a una mesa de arquitecto, bajo un bombillo de luz halógena que era el único lujo del lugar. Su trabajo era escribir en letras góticas nombres de graduandos para las cuatro o cinco universidades del centro bogotano. Así se ganaba la vida: poniendo los nombres de desconocidos sobre pliegos de papel traslúcido. Según nos dijo, trabajaba *frilán*. No, no sabía que este edificio hubiera sido antes una pensión. No, que ella supiera la disposición de las oficinas (que antes eran habitaciones) no había cambiado nunca. Sí, estaba contenta con su trabajo, ella no había hecho estudios formales de ningún tipo y había aprendido este oficio por correo. Cada semestre escribía o más bien dibujaba unos mil nombres, y así mantenía a dos niños pequeños, no se podía quejar, ganaba incluso más que su marido, que manejaba un taxi, un Chevette, cómo nos parecía, uno de los nuevos. Se despidió dándonos la mano. Tenía un callo grueso en el dedo corazón de la mano derecha; tenía el callo cubierto con una mancha de tinta china, oscura y simétrica como un melanoma. Mientras caminábamos hacia el Parque de los Periodistas, Sara y yo especulamos juntos acerca de la habitación: dónde estaría la cama de Konrad y Josefina, dónde pondrían el tocadiscos, si la puerta del baño (esto era poco probable) sería la misma. La idea absurda y autocomplaciente de que eso tuviera alguna importancia nos distrajo un buen rato. Al salir, después de caminar un par de cuadras en silencio, Sara dijo, sin que viniera a cuento: «En esa época nos separamos mucho. Yo no lo podía mirar a la cara. Lo desprecié, no me cabía en la cabeza que hubiera sido capaz de una cosa así. Y al mismo tiempo entendía bien, tú sabes, como hubiera entendido todo el mundo. Esa mezcla me daba miedo, no sé por qué. No puedo explicar qué tipo de miedo era. Miedo de saber que yo hubiera hecho lo mismo. O miedo, precisamente, de no haberlo hecho. Informantes hay muchos, uno no tiene que estar en guerra para hablar de alguien más en según qué circunstancias. Me alejé de él, lo hice a un lado, igual que está pasando ahorita, cuando esta ciudad lo está haciendo a un lado sin que él pueda hacer nada. Lo empecé a ver como un indeseable. Y de pronto me sentí más cerca de él que de nadie más, así de simple. Sentí a partir de ese momento que él hubiera podido entenderme si yo hubiera querido explicarle mi vida. Eso es lo más jodido de ser extranjero». Y luego volvió a callarse.

Por esos días yo había sabido, sin que nadie pusiera la cara para llamar y avisarme, que la Universidad del Rosario iba a retirar a mi padre de la lista de ex alumnos ilustres, que le iban a retirar también el doctorado Honoris Causa —del cual mi padre había renegado a finales de los ochenta, cuando la universidad le concedió la misma distinción a la reina Sofía de España—, y que la concesión de la Medalla al Mérito sería cancelada, anulada, revocada (no conozco el verbo aplicable). Así era: la concesión se había decretado, tal como fue anunciado en el entierro, pero la entrega formal no se había hecho todavía, y los entregadores, al comprender o descubrir que estaban a tiempo de arrepentirse, prefirieron no entregar. No llamé a la Corte; no averigüé a quién podía dirigirme, a quién podía buscar en la maraña de la burocracia legislativa o política, ante quién podía recurrir en caso de que eso fuera jurídicamente posible ni qué abogado estaría dispuesto a encargarse del asunto, a quién podía llamar, con intenciones más diplomáticas, para pedir las explicaciones del caso; no exigí una notificación oficial, ni una resolución, ni una copia del decreto que anulaba el otro decreto: preferí no buscar el documento, cualquiera que fuese, encargado de oficializar a mi padre como paria del momento y de asegurarle lo que a todos nos habrá de tocar: su cuarto de hora como intocable. Lo que sí conservo es el recorte de prensa, porque el hecho, por supuesto, fue noticia: RETIRADA MEDALLA AL MÉRITO POR COMPORTAMIENTO INDIGNO, decía el titular. «Hay presiones internas», declaraba una fuente que prefería permanecer anónima, «la imagen de la condecoración quedaría en entredicho, y concederla ahora sería una deshonra a quienes la han recibido en mejores condiciones». Debo decir que no me afectó demasiado, quizás por el efecto anestésico de las cartas que habían llegado a la programadora durante la semana siguiente a la entrevista de Angelina, y que la programadora, muy diligente, había reenviado al apartamento del destinatario, sin darle demasiada importancia al hecho de que el destinatario ya no existiera (y en algunos casos sin darle importancia al hecho de que mi padre no fuera el destinatario, sino tan sólo el tema). No fueron muchas, pero sí muy variadas; en todo caso, fueron suficientes para que lograra sorprenderme el interés que pone el público a la hora de insultar, su destreza para asumir la posición de la víctima y reaccionar como se espera en una sociedad que se respete. Los colombianos de bien, los colombianos solidarios, los colombianos rectos e indignados, los colombianos católicos para quienes una traición es todas las traiciones: todos repudiaron cuando hubo que repudiar, como buenos soldados de la moral colectiva. «Estimados señores, yo quiero decir que me parece ADMIRABLE la valentía de la señorita entrevistada y gracias por decir la verdad. Definitivamente el mundo está lleno de PÍCAROS y hay que desenmascararlos.» «Doctor Santoro yo no te conozco pero sí conozco a los que son como vos, sos un hipócrita mal amigo sapo de mierda, ojalá te pudrás en el infierno hijueputa.» Había las más objetivas, al mismo tiempo consoladoras y dolorosamente desdeñosas: «No olvidemos, señores del Canal, que todo este asunto no es más que un detalle del tiempo de la guerra. Al lado de los seis millones, esto es un daño colateral». Había incluso una dirigida a mí. «Santoro, siga escribiendo fresco y publicando sus vainas, siga haciéndose el gran escritor, que todos sabemos ya quién es usted y de qué ralea viene. Su papá no era más que un mediocre y un impostor y usted igual, que al fin y al cabo de tal palo tal astilla. ¿Para cuándo el próximo libro? Firmado, su club de fans.»

No le hablé de eso a Sara, para no molestarla, y ella, que se había enterado por su cuenta del asunto de la medalla, también decidió no comentarlo conmigo, a pesar de que nuestro circuito por las calles del centro —ese retroceso, entre turístico y supersticioso, a los hechos de los cuarenta— parecía permitir esos temas y casi exigirlos. No, no se habló de eso: ni de la deshonra, ni del intocable, ni de las posibles consecuencias que la deshonra podría tener en el hijo del intocable. No hablamos del pasado que mi padre había tratado de modificar una vez, frente a su curso de Oratoria, con el único objetivo de defenderse contra mi libro. No hablamos de la muerte de mi padre ni de otros muertos con quienes nos gustaría estar en ese momento; no hablamos más de Enrique, el vivo que quería estar muerto para Sara. Cuando regresamos a su apartamento y ella me invitó a almorzar, y se metió a la cocina para fritar unas tajadas de plátano mientras calentaba una especie de goulash que había preparado en la mañana, pensé, sin más provocación que el hecho de encontrarme de nuevo en ese apartamento, que Sara y yo estábamos solos, cierto, pero nos teníamos el uno al otro, y lo que me invadió como una fiebre fue una sensación de gratitud tan densa que tuve que sentarme en un sofá de la sala a esperar a que se me pasara la pesantez, el mareo. Y mientras almorzábamos, con tanto retraso que Sara ya empezaba a tener dolores de cabeza, esta mujer grata parecía haberse percatado de eso, porque me miraba con media sonrisa en la cara (la mirada cómplice de los amantes que se encuentran por casualidad en un comedor). La complicidad era un sentimiento nuevo, al menos para mí; la comunión de intereses y también de preocupaciones, el haber querido tanto a la misma persona, nos había vinculado así, así nos había atado, y subrayaba con ironía el hecho de que Sara se hubiera hecho cargo de profetizar las cosas terribles del pasado, una especie de casandra al revés. Yo ignoraba que eso pudiera pasar entre dos personas, y la experiencia, esa tarde, fue desconcertante, porque me reveló cuánto me había hecho falta crecer con la figura de una madre y cuánto había extrañado sin notarlo esa figura. Sara me estaba hablando del día en que le dejé una copia de mi libro a mi padre. «Me llamó inmediatamente», me dijo. «Me tocó irme para su casa, pensé que le iba a dar algo, un ataque de algo, no lo había visto así desde la muerte de tu mamá.»

Me enteré entonces de que mi padre había leído el libro tan pronto lo recibió, y lo había leído con lupa y en tiempo récord, buscando declaraciones que lo pudieran delatar e intentando hacerlo lo más rápido posible como si no fuera tarde para remediar un eventual daño, como si lo que tuviera en la mano no fuera un libro publicado sino un manuscrito sin corregir. «No encontró nada, pero lo encontró todo», dijo Sara. «Todo el libro le parecía una gran pista que le apuntaba a él, que lo señalaba. Cada vez que se mencionaba el Hotel Sabaneta, se sentía incriminado, descubierto. Cada vez que se habla en el libro de las listas negras, de las vidas dañadas o simplemente afectadas por las listas, sentía lo mismo. "Yo hice una cosa así", decía. "Se va a saber. Gracias a este libro de ustedes, se va a saber. Hasta aquí llegó mi vida, Sara, se acaban ustedes de cagar en mi vida." Yo trataba de despreocuparlo, pero no había manera de sacarle sus miedos de la cabeza. Me decía: "La gente que se acuerde de los Deresser va a atar cabos. Hay gente viva todavía, gente como nosotros, que vivió todo esto. Van a atar cabos. Se van a dar cuenta, Sara, van a saber que fui yo, que hice lo que hice. Cómo pudieron traicionarme así". Y luego me insultaba, él que durante toda una vida me había tratado como su hermanita protegida. "De ti me lo esperaba", me decía. "A ti no te importa lo que me pase. Tú siempre has creído que me merezco un castigo por lo que le hice al viejo Konrad." Yo le decía que eso no era cierto, la gente se equivocaba, ¿es que nunca íbamos a dejar eso atrás? Pero él seguía: "Sí, hasta habrás rezado para que me den mi merecido, no te hagas. ¿Pero mi propio hijo? ¿Cómo es capaz de hacerme esto?". Se puso tan paranoico que daba miedo. Yo trataba de explicarle, y no había caso. "Él no está haciéndote nada, Gabriel, porque no sabe nada. Tu hijo no sabe nada y nadie se lo va a decir. Yo no, por lo menos. No se lo voy a decir, eso es cosa de tu pasado, ni siquiera del mío, y tu pasado no me pertenece. No, no se lo voy a decir, no se lo he dicho. Y además, en el libro no está. No hay una sola frase en el libro que te señale." "Todo el libro me señala. Es un libro sobre la vida de los alemanes y sobre la forma como los alemanes sufrieron cosas durante la guerra. Yo soy parte de eso. Pero esto no se va a quedar así, Sara, este libro es un atentado contra mí, ni más ni menos, un intento de homicidio." "¿Y qué vas a hacer?", le pregunté. Era una pregunta estúpida, porque tenía una sola respuesta. Iba a hacer lo que había hecho siempre: hablar. Pero esta vez habló por escrito. Esta vez concedió que sus propósitos necesitaban un medio más extendido que las palabras dichas en un salón. Tú lo conocías bien, Gabriel, tú sabías lo que opinaba tu papá de los periódicos, de los noticieros. El desprecio que les tenía, ¿no? El pobre hubiera querido vivir en un mundo donde todas las noticias se transmitieran de boca en boca, y uno fuera por la calle hablando con la gente, diciendo cosas así: ¿Sabías que mataron a Jaime Pardo? ¿Sabías que Gabriel Santoro dio un discurso buenísimo? Y sin embargo acudió a ellos, acudió a sus despreciados periódicos, se sirvió de ellos. Nuestro libro le pareció un atentado, y le pareció que podía ejercer su derecho a la legítima defensa. La única manera que se le ocurrió fue desprestigiarte, dejarte en ridículo, y ni el desprestigio ni el ridículo llegan a serlo si no son regados por todas partes como un chisme. Eso tú lo sabes. La gracia del ridículo es que todo el mundo hable, que la víctima se sienta mirada por la calle aunque en realidad no suceda así. Le expliqué lo obvio, que así lograría lo contrario a lo que esperaba lograr. Si hacía semejante cosa, no sólo no hundiría el libro, sino que llamaría la atención sobre él. Pero a un sicótico no se le dan razones. Gabriel el sicótico, Gabriel el genio loco. ¿No te dijo cómo había redactado la reseña?»

«No, no hablamos de eso. Estábamos en plan de reconciliación. Los detalles no importaban.»

«Bueno, pues yo estaba con él. Eso fue al día siguiente de la lectura de tu libro y de esa charla nuestra. Nos fuimos a la Corte Suprema y él consiguió que le prestaran una de las secretarias de los magistrados, y se la llevó para el salón donde daba sus conferencias. Le pidió que se sentara en las sillas del auditorio, como si fuera una alumna, y le dictó la reseña como si fuera una clase. Para mí fue una experiencia fascinante. Perdóname que te lo diga, yo sé bien lo que te dolió verla publicada. Pero para mí fue un espectáculo, como ver a Baryshnikov bailando. Tu papá la dictó sin corregir ni una sola palabra. Como si la llevara escrita y la estuviera pasando a limpio. Con comas, con puntos, con guiones, con paréntesis, todo lo dictó tal y como apareció impreso, de una sola vez, sin titubear en una sola palabra ni cambiar de opinión ni afilar una idea. Y las ideas de esa reseña. El humor, la ironía. La precisión. La precisión de la crueldad, claro, pero la crueldad también tiene sus virtuosismos. Fue magistral.»

«Yo sé», dije. «Yo lo vi hacer eso un par de veces. Mi papá tenía un computador en la cabeza.»

«Lo peor es que nada probó que estuviera equivocado. Evidentemente, nadie leyó entre líneas, como decía él, ni nadie lo acusó de nada. La gente se limitó a notar el libro, a comentar lo del padre y el hijo, a reírse un poco... y luego vino lo que vino. Pero en ese momento no pasó nada. "¿Ves?", me dijo él después. "Tenía razón con lo de mi estrategia. Fue terrible hacerlo, pero tenía razón. Me salvé por esta vez, Sara. Me salvé por los pelos." Como los locos, como los enfermos. Como ese chiste alemán de un tipo que se la pasa chasqueando los dedos todo el día. La familia lo lleva a donde el siquiatra y el siquiatra le pregunta: ¿Por qué se la pasa usted chasqueando los dedos? Y él dice: para espantar a los elefantes. Y el siquiatra: Pero si en Alemania no hay elefantes, señor mío. Y el loco: ¿Ve, doctor, ve cómo funciona? Pues así se puso tu papá. Tu papá era el loco del cuento.»

Mientras Sara contaba su chiste alemán, alcancé a ver en su cara la cara de una niña, de la niña que había llegado a Colombia a finales de los años treinta. Fue como una fotografía con flash, un nanosegundo de claridad en el que desaparecieron las arrugas de los ojos sonrientes. Sí, me había encariñado con esta mujer más de lo que nunca hubiera sospechado, y parte de ese cariño era consecuencia del que ella había sentido por su amigo de juventud, por su hermano en la sombra, ese cariño que años después había hecho refracción en mí, evitándome, de alguna manera, la necesidad patética de escribir cartas al padre, de transformarme en escarabajo, de pedir permiso para dormir en el castillo. «¿Ve, doctor, ve cómo funciona?», repetía Sara. «Es que me lo imagino perfecto. Pienso en tu papá, pienso en el loco del cuento, y son la misma persona. La cara de loco que Gabriel podía poner a veces.» En ese ambiente de memorial, de aniversario privado, no se me ocurrió mejor cosa que poner el disco de las canciones alemanas y pedirle a mi anfitriona que me explicara aquella que tanto le gustaba a mi padre, que la tradujera y la glosara para que yo pudiera entenderla, y ella me habló de la primavera que llega, de las muchachas que cantan, del poeta Otto Licht, cuyo nombre rimaba con la palabra poema. *«Licht, Gedicht»,* dijo Sara, y se murió de la risa, una risa triste. «¿Cómo no iba a gustarle esto a Gabriel?» Le pedí entonces que me copiara la letra completa de la canción; aunque ahora no puedo asegurarlo, es posible que ya estuviera pensando en transcribirla en este libro, como en efecto lo hice.

Porque fue después de esa jornada —después de caminar por la carrera séptima y de visitar la que había sido la pensión de Konrad Deresser, después de pasar frente a la droguería inexistente, pero no por ello invisible, donde el viejo había comprado sus pastillas, después de sentarme en las escaleras de la Catedral donde se había celebrado el Te Deum el día en que terminó, a miles de kilómetros de la Plaza de Bolívar, la Segunda Guerra, después de haber estado en lugares en los que había estado mil veces y sentir sin embargo que no los conocía, que jamás los había visto, que me resultaban tan opacos e inciertos como la vida del primer Gabriel Santoro—, fue después de todo aquello, digo, que la idea de este informe se me vino por primera vez a la cabeza. Esa noche tomé algunas notas, dibujé un par de tablas de contenido; seguí, en fin, las pocas costumbres que he adoptado, menos como ayuda que como amuleto, a lo largo de mi carrera de periodista. Y varios meses más tarde, las notas ya habían llenado un cuaderno entero y los documentos formaban resmas sobre mi escritorio. Una de esas notas decía: *nada sería como es si no lo hubieran operado*. La leí dos o tres veces, ya con el computador encendido, y me pareció, mirando hacia atrás, que la frase contenía alguna verdad, pues quizás mi padre estaría vivo todavía si no hubiera recibido el don de una segunda vida, acompañada, por supuesto, de la obligación de aprovecharla, de la necesidad de redimirse. Era ese proceso el que me interesaba dejar por escrito: las razones por las que un hombre que se ha equivocado de joven intenta de viejo subsanar su error, y las consecuencias que ese intento puede tener en él mismo y en los que lo rodean: sobre todo, por encima de todo, las consecuencias que tuvo en mí, su hijo, la única persona en el mundo susceptible de heredar sus faltas, pero también su redención. Y en el proceso de hacerlo, pensé, en el proceso de escribir sobre ello, mi padre dejaría de ser la figura falsa que él mismo había asumido, y reclamaría su posición frente a mí como lo hacen todos nuestros muertos: dejándome como herencia la obligación de descubrirlo, de interpretarlo, de averiguar quién había sido en realidad. Y al pensar en esto, lo demás vino con la claridad de un fogonazo. Cerré el cuaderno, como si me supiera este libro de memoria, y empecé a escribir sobre el corazón enfermo de mi padre.

Bogotá, febrero de 1994

POSDATA DE 1995

Un año después de terminarlo publiqué el libro que usted, lector, acaba de leer. Durante ese año pasaron varias cosas; la más importante, sin ninguna duda, es la muerte de Sara Guterman, que no alcanzó a verse por segunda vez transformada en personaje de crónica, y a quien no pude explicar que en el título del libro, *Los informantes,* estaba contenida ella tanto como mi padre, aunque la información que cada uno había dado fuera de naturaleza tan distinta. La muerte ocurrió sin dolor ni agonía, como estaba previsto: la vena estalló, la sangre inundó el cerebro, y en cuestión de minutos Sara había muerto, acostada en su cama y lista para una breve siesta. Parece que había dedicado la mañana a moverse de un lado al otro de Bogotá, tratando (sin éxito) de mediar entre el Instituto Goethe y el agregado cultural de la embajada alemana para organizar, con la debida anticipación, las conmemoraciones de mayo de 1995, cuando se cumplieran cincuenta años de finalizada la guerra. La colonia alemana de Bogotá estaba dividida: algunos querían que la embajada se pusiera a la cabeza de los actos, como exorcismo y también como expiación, o, por lo menos, como estrategia de imagen; para otros, había que dejar en manos del gobierno colombiano la decisión sobre las calidades y las magnitudes del aniversario, pues no era cuestión de ir a pisar callos ni de recordar cosas que todos, alemanes y colombianos, habían preferido (consciente, voluntariamente) olvidar con el paso de los años. De cualquier manera, la gente que había vivido la guerra era cada vez menos, y los que aún vivían eran los hijos y los nietos de esos alemanes: gente que a pesar de sus apellidos no tenía relación alguna con el otro país, nunca lo había visitado ni pensaba hacerlo, y en algunos casos ni siquiera había escuchado la lengua fuera de las interjecciones o los insultos de un abuelo rabioso. Entre las cosas que Sara había propuesto y pensaba llevar a cabo estaba una conferencia itinerante —institutos, asociaciones culturales, universidades, colegios alemanes y hebreos— que daríamos ambos sobre los hechos contados en *Una vida en el exilio* y, lo cual era más importante, sobre los hechos no contados, pues al momento de la redacción del libro hubo una serie de temas que Sara y yo decidimos de mutuo acuerdo excluir, por no darle a la historia de su vida un tono de reivindicación que no le convenía, pero cuya discusión en tiempos de aniversarios y conmemoraciones parecía, más que permisible, pertinente y necesaria. Como creíamos tener tiempo, como la muerte de Sara ocurrió sin anuncios ni transiciones, la única parte de la conferencia que alcanzamos a preparar fue la selección de ciertos materiales. Sara buscó en sus cajas de pandora y me entregó una carpeta con párrafos bien escogidos, y líneas bien subrayadas en los párrafos. Tenía la intención de comentar en público muchos textos que según ella habían sido injustamente ignorados hasta ahora, y entre ellos frases enteras del ministro López de Mesa (los judíos tenían «una orientación parasitaria de la vida», y en Latinoamérica había «muchos elementos indeseables, en gran parte judíos»), pero, por cuenta del antagónico aneurisma, nada de eso llegó a ocurrir. Sara llegó cansada a su apartamento un día cualquiera, puso una pechuga de pollo congelado debajo de un chorro de agua hirviendo y se acostó a descansar. No volvió a despertarse. A la vecina de abajo le pareció curioso que doce horas después las cañerías siguieran haciendo ruido; subió a averiguar si Sara tenía algún problema o si el apartamento se estaba inundando, y acabó buscando a los hijos y pidiéndoles que vinieran a abrir con sus copias de las llaves; y al día siguiente, es decir, tan pronto como fue posible, Sara fue enterrada en la zona judía del Cementerio Central. Alguien, un hombre calvo que hablaba con acento muy marcado —yo me había vuelto experto en el tema, y sabía lo que eso implicaba: estaba casado con alemana, no con nativa, y hablaba con sus hijos en alemán, no en español—, dijo después del Kaddish unas palabras que me gustaron: comparó la vida de Sara con una pared de ladrillo, y dijo que uno hubiera podido ponerle encima un nivelador como los de los arquitectos y la burbujita se hubiera quedado en la pura mitad, entre las dos líneas, sin jamás moverse de ahí. Eso era Sara: una pared de ladrillo puro y perfectamente nivelada. Sentí que esa frase le hacía más justicia a su memoria que las doscientas páginas de mi libro, y pensé, por una vez, que no estaría mal decirlo. Pero no llegué a hacerlo, porque al tratar de acercarme al hombre calvo, buscando cómo explicarle quién era yo y por qué me había gustado su pequeña elegía, me encontré de frente con el hijo mayor de Sara, que volteó las tablas de la situación de forma impredecible cuando se apartó de quienes lo perseguían para saludarlo, me dio un abrazo y me dijo: «Siento mucho lo de su papá. Mi mamá lo quería mucho, usted sabe». Creí que me estaba dando el pésame (aunque fuera con tanto retraso); enseguida entendí que no se refería a la muerte de mi padre, sino a su reputación destrozada.

Entre los asistentes al entierro estaban también los dueños de la Librería Central, Hans y Lilly Ungar. Nos saludamos, les prometí que pasaría a verlos uno de estos días, pero, metido como estaba en la redacción de *Los informantes,* nunca llegué a hacerlo. Y en mayo, después de publicado el libro, cuando encontré en mi contestador un mensaje en el cual Lilly me invitaba a la librería en tono formal y casi perentorio, pensé que la invitación estaba relacionada de alguna manera con Sara Guterman, o, por lo menos, con esa conferencia nunca realizada sobre los antisemitismos ocultos de los gobernantes colombianos, pues Hans Ungar (esto lo sabía todo el mundo) era una de las víctimas más directas de las prohibiciones con las que López de Mesa quiso evitar la llegada de demasiados judíos a Colombia, y solía decir en entrevistas, pero también en conversaciones casuales, que sus padres habían muerto en campos de concentración alemanes debido en gran parte a la imposibilidad de conseguir para ellos la visa colombiana que había conseguido él y con la cual había entrado al país en 1938. Pues bien, cuando llegué a la cita los encontré a los dos, a Hans y a Lilly, sentados junto a la mesa gris y maciza que fungía de lugar de encuentro para los alemanes de Bogotá y desde la cual, con ayuda de un teléfono de disco y una vieja máquina de escribir —una Remington Rand alta y pesada como un coliseo a escala—, se regentaba la librería. En el escaparate principal había tres copias de mi libro. Lilly vestía un suéter vinotinto de cuello de tortuga; Hans llevaba corbata, y entre la corbata y el vestido se había puesto un suéter de rombos. Sobre la mesa, junto a un vaso alto de agua sin hielo y una taza de café manchada con colorete rojo, estaba la revista *Semana,* que, tal y como lo hubiera sugerido Sara, acababa de publicar un artículo a manera de conmemoración, un texto de seis páginas (incluyendo una propaganda de Suramericana de Seguros) que allí, perdido entre las demás noticias de un país que no carece de ellas, parecía susceptible de ser pasado por alto.

La revista estaba abierta en una página donde aparecían dos ilustraciones. A la izquierda, una carta dirigida a un tal Fritz Moschell, y fechada el dieciséis de julio de 1934, bajo la cual se leía:

«Documento de la época: Todo lo de los alemanes era considerado sospechoso». Casi el resto del espacio estaba ocupado por una fotografía de la puerta de Brandenburgo después de los bombardeos. La leyenda, en este caso, era: «Berlín destruido: En Colombia apenas se sintieron los ecos del conflicto». Se me ocurrió entonces que ése era el verdadero motivo de la cita (de la convocatoria). Lilly pidió que me trajeran un café; Hans, sentado junto a nosotros, parecía no atender a nuestra conversación, y tenía la mirada fija en la puerta de la librería y en la gente que entraba y salía y preguntaba y pagaba. Tras terminar su café, Lilly sacó de alguna parte un papel, y yo acabé ayudándola a corregir una carta que pensaba mandar a la revista. «En el artículo titulado "Guerra a la criolla", publicado en su edición de mayo 9, leo que durante la Segunda Guerra Mundial "el supuesto antisemitismo de López de Mesa sólo complicaba las cosas". Para quien conozca la circular que el Ministerio de Relaciones Exteriores envió a los consulados colombianos en 1939, y haya leído en ella la orden de oponer "todas las trabas humanamente posibles a la visación de nuevos pasaportes a elementos judíos", el antisemitismo del ministro es algo más que una suposición. Yo entiendo que el tema sea difícil de tratar entre los ciudadanos colombianos, pero no debería serlo en los medios. Es por eso que me permito una pequeña aclaración...» Éste era apenas uno de los incisos que la ayudé a redactar; cuando entre ambos terminamos de escribir la carta, y la revisamos para confirmar que no hubiera erratas de ningún tipo, Lilly dobló el papel y lo metió en uno de los cajones de su escritorio con tanto descuido, con tanto desinterés, que no pude no preguntarme si el favor que me había pedido no había sido más bien un pretexto, y si la idea de componer con mi ayuda una especie de protesta mínima y ya superflua no era la forma que Lilly o Hans habían inventado para verse conmigo y estar más cerca de Sara Guterman, su amiga recién muerta. Después de todo, la Central era la única librería que todavía conservaba copias de *Una vida en el exilio,* a pesar de que hubieran pasado siete años desde su publicación. Los Ungar habían leído el libro; les había parecido honesto; Hans había llegado a mencionarlo por radio, en un programa de la HJCK en el que participaba de vez en cuando. Pero tal vez me equivocaba; tal vez mi visita nada tenía que ver con Sara; tal vez estas suspicacias eran absurdas, porque, bien mirado, el asunto de la carta era perfectamente verosímil. Ahí estaba la revista, ahí estaban los Ungar, ahí estaba el borrador de la carta; nada me permitía sospechar que no me hubieran citado para corregirla, tal y como lo había hecho.

Faltaban apenas unos minutos para que la librería hiciera su pausa de almuerzo, así que me paré y comencé a despedirme. Pero entonces se acercó Estela, la mujer de cara seria y voz imperativa que se encargaba de la caja, puso sobre la mesa una pila de diez o quince copias de *Los informantes,* y mientras Lilly me pedía que los firmara, y me decía que no había leído el libro todavía pero que lo haría tan pronto tuviera un fin de semana sin los ajetreos de siempre, Estela apagó la mitad de las luces, salió y cerró la puerta. Sin el ruido de la calle, sin pitos ni motores, la librería quedó tan silenciosa que hubiera podido intimidarme. Hans se había parado frente a la mesa de libros en alemán, y a través de los lentes verdes de sus gafas (las mismas que usaba desde que yo tenía memoria) los miraba como un cliente cualquiera. «Él sí lo leyó», me dijo Lilly en voz baja. «No sabe todavía qué pensar, es por eso que no te lo ha dicho. Un amigo suyo quedó en la lista, fue al final de la guerra y por algo muy bobo, como pedir un libro a la Librería Cervantes o algo así. ¿Cómo te sientes? ¿Qué te ha dicho la gente?» Levanté los hombros, como diciendo que prefería no entrar en esa conversación, y ella dijo entonces: «Hans los conocía».

«¿A quiénes?»

«A los Deresser.»

No era demasiado sorprendente, salvo por el hecho de que los inmigrantes alemanes y los austriacos no formaban parte casi nunca de los mismos ámbitos: entre ellos había las rivalidades que son usuales entre dos apátridas cuando se percatan (o creen percatarse) de que habrán de disputarse el derecho a su nueva tierra. Pero me habría sorprendido, eso sí, que Lilly o Hans hubieran conocido a mi padre sin que yo me enterara de ello. «No, a él nunca lo llegamos a conocer», me dijo Lilly cuando se lo pregunté, poniendo la mirada sobre las teclas de la Remington. «Ni yo ni Hans, de eso estoy segura, él me lo ha dicho varias veces.» Por segunda vez me atacó la paranoia. Pensé que Lilly me estaba mintiendo, que sí había conocido a mi padre y había conocido también su secreto, el secreto de su error, pero con el paso de los años había llegado a borrarlo de su vida, a olvidarlo de manera tan perfecta que pudo atenderme durante todo este tiempo como cliente de su librería sin que se le moviera un músculo de la cara, pudo hablar conmigo de mi primer libro sin que nada en su voz la delatase, y pudo fingir, al leer la reseña de mi padre sobre la vida de su amiga Sara, que no conocía las motivaciones subterráneas de su resentimiento. ¿Me estaba mintiendo? ¿Era eso posible? Me pregunté si habría perdido para siempre la confianza en los demás; si haberme enterado de la traición de mi padre y, para colmo de males, haber escrito y publicado la confesión de trescientas páginas que acabé por escribir y publicar, me habían transformado en eso: un paranoico, un suspicaz, un receloso; una criatura lamentable y patética, capaz de ver conspiraciones en el cariño de una mujer tan diáfana como Lilly Ungar. ¿Estaba condenado? ¿Me había contaminado la doble faz de mi padre al punto de obligarme para siempre a sospechar dobleces en el resto de la humanidad? ¿O me había contaminado el hecho de contarla por escrito? ¿Había sido un error escribir *Los informantes*?

Una de las primeras reseñas del libro lo acusaba, o me acusaba a mí, de una mezcla deplorable de narcisismo y exhibicionismo; y, a pesar del poco respeto que le tenía al reseñista, a pesar de su prosa de subteniente, su evidente carencia de lecturas y sus razonamientos de cabeza rapada, a pesar de que en cada una de sus frases revelara falta de oído, de gramática y de estrategia, a pesar de que hubiera utilizado el espacio de su comentario para poner en escena sus complejos de inferioridad (pero decir complejos era un halago) y sus fracasos literarios (pero decir literarios era una hipérbole), a pesar de que sus reproches eran poco más que opiniones de barra y sus elogios poco menos que opiniones de coctel, en los días que siguieron no pude sacarme sus acusaciones de la cabeza. Tal vez transformar lo privado en público era una perversión —aceptada, es cierto, por nuestra época de mirones y metiches, de chismosos, de indiscretos—, y publicar una confesión de cualquier tipo era, en el fondo, un comportamiento tan enfermo como el de los hombres que van por la calle mostrándoles a las mujeres una verga gruesa por el mero placer de chocarlas. Después de leer el libro, y de verse incluido en él, mi amigo Jorge Mor me había llamado y me había dicho: «Usted tiene todo el derecho, Gabriel. Tiene todo el derecho de contar lo que quiera. Pero yo me sentí raro, como si hubiera entrado a su cuarto y lo hubiera visto tirando con alguien. Sin querer, por accidente. Leyendo el libro me sentí avergonzado, y no había hecho nada que debiera darme vergüenza. Usted lo obliga a uno a saber cosas que tal vez uno no quiere saber. ¿Para qué?». Le dije que nadie estaba obligado a leer el libro; que escribir unas memorias o una autobiografía de cualquier tipo implicaba tocar zonas privadas de la vida, y el lector lo sabía. «Pues eso mismo», me dijo Jorge. «¿Por qué esas ganas de hablar en público de lo que es privado? ¿No se le ha ocurrido que con este libro usted hizo lo mismo que hizo la novia de su papá, sólo que más elegante?» El ataque me tomó desprevenido, así que solté un par de balbuceos groseros y me despedí, sin preocuparme por disimular mi encono. ¿Cómo se atrevía a hacer esa comparación? En mi libro, yo me había desnudado, me había puesto deliberadamente en posición de vulnerabilidad, me había negado a que los errores de mi padre fueran olvidados: de muchas formas, había asumido la responsabilidad de esos errores. Porque las faltas se heredan; se hereda la culpa; uno paga por lo que han hecho sus ancestros, eso lo sabe todo el mundo. ¿No era valiente enfrentarse a ese hecho? ¿No era, por lo menos, encomiable? Y entonces se me llenó la cabeza con las cosas que mi padre me había dicho una vez: él también me había hablado de lo privado y de lo público, de la nobleza de los que callan y el parasitismo de los que revelan. Y no se había detenido ahí. *Para eso lo escribiste, para que todos sepan lo bueno que eres.* Mi padre volvía de entre los muertos para acusarme. *Mírenme, admírenme, yo estoy del lado de los buenos, yo condeno, yo denuncio.* Lo había utilizado: me había aprovechado, para mis propios fines exhibicionistas o egocéntricos, de lo más terrible que había sucedido en su vida. *Léanme, quiéranme, denme premios a la compasión, a la bondad.* En ese momento no fui más que un narciso, sublimado por el falso prestigio de la letra de imprenta, es cierto, pero narciso al fin y al cabo. Divulgar la desgracia de mi padre no era más que una sutil, renovada traición: Jorge estaba en lo cierto. Me pregunté: ¿habría sido capaz de publicar este libro si mi padre hubiera sobrevivido al accidente de Las Palmas? La respuesta era clara, y también humillante.

De repente me sentí descolocado, incómodo; hablando con Lilly Ungar en una librería cerrada, me sentí advenedizo. «Tal vez estuvo mal hacerlo», le dije, al mismo tiempo que terminaba de firmar la última copia. «Tal vez no debería haber publicado este libro.» Y le conté de algo curioso que me había pasado esa semana, al salir de una de las presentaciones a las que me había obligado la publicación del libro, cuando uno de los asistentes, el único hombre de corbatín de todo el auditorio, se me acercó y me preguntó cómo seguía Sara, si no me parecía necesario obligarla a operarse, o convencerla, por lo menos, de irse a vivir a tierra caliente, ya que sus hijos parecían completamente desinteresados en hacer lo necesario para proteger su vida. Tuve ganas de insultarlo, pero luego, en cuestión de segundos, empecé a contarle que Sara había muerto y a hablarle del entierro y de cuánto lo habíamos sentido, porque pensé que el hombre no era un simple lector, sino que la conocía, era su familiar o su amigo; y cuando supe que no era así ya era demasiado tarde para reaccionar, porque era mi libro el responsable de esa intrusión y era mi culpa el hecho de que un extraño me pareciera conocido o generara la ilusión de haber conocido a Sara. De eso estaba hablando —de las invasiones que el libro parecía invitar, de la intimidad perdida, de la satisfacción narcisista, de la manera en que el libro ha suplantado mis recuerdos, de la probable malversación de las vidas ajenas y entre ellas la de mi padre, de todas esas consecuencias indeseables de algo tan inocente como una confesión, y de la ausencia, o la inexistencia, de las consecuencias deseables que yo había previsto— cuando Lilly me interrumpió. «Yo no te pedí que vinieras para redactar cartas bobas, mijo, y menos para ponerte a firmar libros», me decía, «pero quería tantear las cosas antes, oírte hablar un poco. Para ver en qué posición estabas, mijo. Para no ir a hacer una burrada». Y le dio la vuelta con sus manos prensiles a un sobre que todo el tiempo había estado encima de la mesa, medio oculto por la revista *Semana* y por el mamotreto de la máquina de escribir, y repitió con su acento marcado y sus erres guturales la inscripción que había en el recto, debajo de la estampilla: Señor Gabriel Santoro, *atención de* Hans y Lilly Ungar. Era una carta de Enrique Deresser. Había leído el libro y me pedía que fuera a verlo.

Al día siguiente, a las ocho de la mañana, tomé la autopista a Medellín a partir de ese lugar llamado, inescrutablemente, Siberia. Había unas cuatro horas de camino entre Bogotá y La Dorada, el punto que marcaba la mitad de la distancia, y aquélla era, ya para ese momento, una de las carreteras más inhóspitas del país, así que pensé que las haría sin parar, almorzaría en La Dorada y completaría después la segunda mitad. Creo que sorteé bastante bien el trayecto y sus obstáculos. Salir de Bogotá implica, entre otras hazañas, el salto de una cordillera. «A ver si logramos hacer el trayecto sin tararear Bolívar cruza el Ande», decía mi padre cuando nos llevaba a mi madre y a mí de paseo: ése era uno de los pocos versos del himno colombiano que podía escuchar sin indignarse. (También para mí, salir de Bogotá ha sido siempre, más que engorroso, penoso y mortificante, pero nunca he logrado explicar con éxito por qué sólo me siento cómodo en esta ciudad de mierda, por qué sería incapaz de pasar más de dos semanas en cualquier otra ciudad del mundo. Todo lo que necesito está aquí; lo que no está aquí, me parece prescindible. Acaso ésta sea otra de las herencias de mi padre: la voluntad de no ser expulsado por esta ciudad tan diestra en expulsiones.) Soporté el hedor de los hatos ganaderos, soporté la niebla fría de los páramos y también la violencia del descenso siguiente, la explosión en la nariz de los olores agresivos y el ataque plateado de los yarumos y el escándalo de los canarios y los cardenales, y soporté, al atravesar el

Magdalena —ese río sin pescadores y sin atarrayas, porque ya no hay bocachicos—, el calor estupefaciente y la ausencia de viento. El segundo puente era o es una especie de gran prótesis dental, metálica cuando golpean los destellos del sol sobre los rieles, frágil como la madera vieja cuando suelta esos crujidos indecentes bajo el peso de los carros. Antes de cruzar el Magdalena, un soldado, probablemente destacado en la base de la Fuerza Aérea —el casco le quedaba tan suelto que su voz hacía eco en él—, me detuvo, pidió mis papeles, los miró como si estuvieran en otro idioma y me los devolvió marcados por el sudor belicoso de sus manos, por una o dos gotas de su frente encascada. No le pregunté por qué andaba deteniendo gente tan lejos de la base. Me pareció joven; me pareció que tenía miedo allí, tan cerca de Honda y de Cocorná y de otros topónimos sin fortuna, tan cerca del estruendo, o del fantasma del estruendo, de los ataques guerrilleros.

Quienes hayan hecho este trayecto saben que es ahora cuando uno acelera. Ahora, después de cruzar el río, los carros se vuelven locos. No se sabe si es el miedo también (hay que evitar que a uno lo paren, que le atraviesen algo, que lo obliguen a bajarse del carro), o si es el llamado de una recta de veinte minutos en la cual el pavimento, sin ser homogéneo, es decente y cómplice. En cualquier caso, las agujas escalan los velocímetros, histéricas; el olor más fuerte no es el de la mierda de las vacas dormidas bajo los árboles, sino el del caucho quemado: el caucho de los neumáticos esclavizados (torturados) por la velocidad. Puedo decir que no desairé la costumbre. No eran más de las doce cuando parqueé delante de una fonda, debajo de un árbol de mango. Adentro, dos ventiladores desenfrenados batían el aire, dos círculos blancos, casi traslúcidos, volando a poca distancia del estrecho cielo raso. Las sillas y las mesas eran tablas de madera pintada clavadas sobre cuatro palos delgados: todo estaba diseñado para ser atravesado por el aire, para no interrumpirlo; todo quería que el aire no se detuviera, que circulara, porque el aire caliente era el enemigo. (La humedad se condensaba en todas partes, y eso parecía obsesionar a los dueños del local: que el agua no se evaporara.) En tres cuartos de hora ya había almorzado y vuelto a arrancar, como si tuviera una cita precisa que cumplir, como si me esperara un entrevistador para concederme un trabajo. Fue imposible no pensar que mi cuerpo, metido en un carro a ochenta o cien kilómetros por hora, iba imitando el trayecto que Angelina y mi padre habían recorrido tres años atrás, como los mimos que caminan detrás de la gente desprevenida del Parque Santander. El tiempo era un puente de dos pisos: en el de abajo ellos, en el de arriba yo. Y en algún momento de ese trayecto paralelo, cuando la carretera comenzó de súbito a parecerme familiar —había pasajes que estaba seguro de haber visto antes a pesar de ser ésa la primera vez que hacía ese recorrido—, pensé que un recuerdo ficticio se había instalado en mi cabeza a fuerza de pensar y repensar el viaje de mi padre durante la escritura de mi libro. Estuve un buen rato tratando de descubrir las causas de ese truco de la memoria, hasta que al fin di con ellas: todo esto me resultaba conocido porque lo había visto en televisión, un año atrás. Durante un domingo entero, Sara Guterman y yo nos habíamos mantenido presos frente a cada noticiero —al mediodía y a las siete y a las nueve y media—, oyendo sin comprender lo que se decía, viendo sin hablar y temblando, cuando una sucesión de figurines, de bigotes y barbillas y pintalabios mate, de opiniones y certezas, de rumores y cosas vistas, describía o trataba de explicar cómo y por qué lo habían matado, si el autogol había sido la causa o más bien la disputa en el parqueadero, y cuánto tiempo había tardado en desangrarse, tras seis balazos de una pistola calibre 38, el futbolista Andrés Escobar.

Mucho después alguien me haría esa pregunta: ¿Dónde estaba cuando mataron a Escobar? Antes me habían preguntado: ¿Dónde estaba cuando mataron a Galán, a Pizarro? Pensé que era posible, en efecto, una vida regida por el lugar donde uno está cuando asesinan a otro; sí, esa vida era la mía, y la de varios. Recordé entonces esa fecha (cuatro de julio) en que Sara y yo nos dedicamos a seguir por televisión la caravana que los noticieros transmitían, quince o veinte buses sin ventanas y camiones con carpa de lona que se dirigían al entierro del futbolista. En la transmisión estaba el estruendo de los aviones de guerra que despegaban de la base de Palanquero, el contraste de ese ruido con el silencio de la gente, y estaba también, al menos para los observadores obsesos como yo, el detalle casi lírico del aire que, desplazado por la propulsión de los motores, dibujaba crestas plateadas sobre la superficie del Magdalena. Ir al entierro de Escobar podía ser compasión o morbo, rabia pura o curiosidad frívola, pero tenía el valor de lo real, y yo podía entenderlo, y estoy seguro de que mi padre, más que entenderlo, lo hubiera admirado, aunque a él nunca le hubiera interesado el fútbol, por lo menos no como a mí. (Tengo que decir que mi padre era capaz de recitar la alineación del Santa Fe de su época, porque pronunciar «Perazzo, Panzuto, Resnik y Campana» le parecía agradable al oído, una especie de verso primitivo como la melodía de un tambor.) Y entonces, frente al recorrido televisado de aquella imitación de cortejo fúnebre, me hizo falta una referencia más sólida acerca de lo que estaba observando. A menudo me sucede así: cuando algo me interesa, siento de inmediato la necesidad de conocer datos físicos para apreciarlo mejor, y pierdo interés si no llego a obtenerlos. Si me interesa un autor, tengo que averiguar dónde nació y en qué año; si me acuesto con una mujer nueva, me gusta medir el diámetro de sus areolas, la distancia entre su ombligo y los primeros vellos (y las mujeres creen que se trata de un juego, les parece romántico, se prestan para ello sin objetar nada). Así que en ese mismo instante, desde el apartamento de Sara, desde el teléfono de Sara, llamé a Angelina Franco y le pedí que me diera la información que me faltaba. Ella no entendió al principio, me reprochó tomarme en broma algo tan terrible como el asesinato de Escobar, que para ella —y tenía razón— marcaba un nuevo *ahora sí se jodió este país* en la larga historia de jodidas, cada vez más graves, o más bajas, o más incomprensibles, o más desesperanzadoras, que habían llenado los últimos años en Colombia, los años de nuestra vida adulta. Pero algo habrá notado en mi tono de voz, o tal vez le transmití de alguna manera involuntaria y sin embargo elocuente que nuestras incomprensiones no eran demasiado distintas en el fondo, aunque lo fueran en la forma; pues a pesar de que no se lo haya dicho en ese momento, para mí lo de Escobar era un memorando (una tarjeta amarilla, pensé después con algo más de ligereza) que me enviaba el país y que subrayaba, más que la imposibilidad de entender a Colombia, lo ilusoria, lo ingenua que era cualquier intención de hacerlo escribiendo libros que muy pocos leen y que no hacen más que traer problemas a quien los escribe. En cualquier caso, Angelina acabó cediendo. Y después de un rato había asumido su papel como una verdadera cartógrafa. En ese momento, parecía creer, el destino de la caravana dependía de la precisión de sus descripciones.

«Ahora están en Puerto Triunfo» decía, «ahora están pasando al frente del zoológico de los narcos. Ahora están en La Peñuela. Ahí es cuando el aire empieza a oler a cemento». Recuerdo que en ese momento Sara (que no me miraba como si estuviera loco: Sara tenía una capacidad extraordinaria y a veces preocupante para aceptar las excentricidades más arbitrarias) me había traído un vaso de jugo de lulo, y vagamente recuerdo que me lo tomé con gusto, y sin embargo el cemento de las fábricas era la única realidad válida para mí: el jugo, en mi memoria, no sabía a lulo, sino a cemento. «Están llegando a la Cueva del Cóndor», decía Angelina. «Hay escarcha en las estalagmitas, Gabriel. Hay ceibas y hay cedros que también tienen escarcha acumulada. Hay que tener cuidado y andar despacio, porque la carretera es resbalosa.» Sí, la carretera era resbalosa, y lo seguía siendo durante un tramo largo: Angelina, al parecer, había soltado ese dato como si no tuviera relación alguna con la muerte de mi padre. «Ahora ya van bajando por Las Palmas», seguía ella, «ahí siempre hay un poco de neblina. Sobre los muros hay bacinillas y latas de galletas con geranios. Toda una vida sembrando las matas en latas de saltinas, Gabriel, mis papás lo hacían, mis abuelos lo hacían, es como si en esta zona no se hubiera descubierto que existen las materas». Durante un instante dejé de ver la caravana que se dirigía al entierro y empecé a ver a mi padre perdiendo el control del carro por culpa de la niebla, de la carretera resbalosa y de su mano defectuosa, esa mano incapaz de reaccionar de forma adecuada en una emergencia (para dominar el timón o para meter segunda y salir de una situación comprometida), y creo que llegué a sacudir la cabeza, como hacen las caricaturas, para quitarme las imágenes de encima y concentrarme, por esta vez, en el dolor ajeno. Más tarde vimos en los noticieros las imágenes de la gente que llegaba al cementerio de Campos de Paz. Vimos las banderas —las tricolores del país, las verdiblancas del equipo—, vimos las pancartas fabricadas de improviso con sábanas y aerosol, y escuchamos las rimas nacionalistas que la gente gritaba; y ya comenzábamos a prever, en el tono de los locutores, en la cara de los vecinos y del portero del edificio, e incluso en la circulación de los carros por la calle, ese ambiente particular que hay en Bogotá después de una bomba o de un asesinato notorio.

Fue la última vez que hablé con Angelina. En Navidad recibí de ella una tarjeta espantosa con una leyenda en inglés y un Papá Noel rodeado de escarcha dorada. Dentro de la tarjeta iba una sola frase, «Con mis mejores deseos en estas fiestas», y su firma, entre infantil y barroca. También había un papel doblado en dos. Era una noticia de periódico recortada por unas tijeras meticulosas: la foto a color de una silla de flores. Sobre el respaldo, los claveles y las margaritas, los geranios y las astromelias formaban una figura vaga al principio y que después de un instante se hacía más precisa. Era la del futbolista muerto. Sobre su cabeza, en tres arcos floridos, se leía: el cielo es pa' los paisas humildes y berracos como andrés escobar. Y en el espacio en blanco del margen: «Un recuerdito de nuestro último encuentro telefónico. 19-xii-94. ps: A ver si algún día nos vemos en vivo y en directo». Me conmovió que se hubiera acordado de mí al ver la foto, y también que se hubiera tomado el trabajo de buscar unas tijeras y recortarla y comprar una tarjeta y meter la foto en ella y meterlo todo en un sobre y ponerlo en el correo, el tipo de diligencias cotidianas que siempre me han sobrepasado. Sí, agradecí el gesto; y sin embargo nunca la llamé para decírselo, ni tampoco hice intento alguno para verla en vivo y en directo, y Angelina salió de mi vida como sale tanta gente: por mi incapacidad para tomar contacto, o para conservarlo, por mi desgano involuntario, por esa ineptitud terrible que me impide mantener un interés sostenido y constante —un interés que vaya más allá del intercambio de información, de las preguntas que hago y las respuestas que espero y las crónicas que redacto con esas respuestas— en la gente que me aprecia y que yo, aunque me pese, también aprecio. Sólo a una distancia prudente puedo mantener el interés en los otros. Si Sara no hubiera muerto, he pensado varias veces, ya nos habríamos alejado también, poco a poco, como sucede con el agua en el aluvión del código civil. Era uno de los artículos favoritos de mi padre, que lo había memorizado desde sus tiempos de estudiante universitario y solía repetirlo —no, recitarlo— como si las rimbombancias del doctor Andrés Bello, ese redactor decimonónico, fueran el mejor ejemplo de prosa en lengua hispánica; y a mí me sucedía ahora que el *lento e imperceptible retiro de las aguas* resultaba tan parecido a los afectos en mi vida como para transformar mi vida en el terreno descubierto, que en el artículo es terreno ganado para el propietario, y en mi vida no lo es tanto. El lento e imperceptible retiro de las aguas, eso es el aluvión. Así me voy quedando solo, así me he quedado solo.

A eso de las cuatro de la tarde, después de Puerto Triunfo y La Peñuela y el olor a cemento y la Cueva del Cóndor, entré a Medellín. A pesar de las precisiones de la carta (la descripción de una bomba Ecopetrol, de un restaurante de pollo frito, de la tienda de la esquina), tuve que preguntar un par de veces a la gente de la calle para encontrar el conjunto cerrado en el cual vivía Enrique Deresser. Eran tres o cuatro edificios grises y desprovistos de cualquier adorno, como si los arquitectos hubieran decidido que vivir allí sería cosa de ascetas o, tal vez, de gente acostumbrada a pasar en sus casas el menor tiempo posible. En realidad, parecían construcciones prefabricadas: en las fachadas había demasiadas ventanas y en las ventanas poquísimas mujeres mirando al patio, porque era eso, un patio, lo que había entre los edificios, un parche de cemento donde un par de niñas jugaban sobre una golosa pintada con tiza (las líneas en rosado, los números en blanco). Tratando de adivinar cuál edificio sería el de Deresser, y si desde su ventana podría vigilar mi carro, parqueé en la calle y entré al conjunto por una portezuela que me daba a la cintura, sin que ningún guardia ni portero me preguntara adónde iba, ni me pidiera dejar un documento, ni me anunciara por el citófono. Ahí estaba la caseta de latón, sí, pero en ella no había nadie. Uno de sus vidrios estaba roto en una esquina, y lo habían tratado de remendar con papel periódico y cinta aislante; la puerta había desaparecido. Las niñas dejaron de saltar para mirarme, no de lado, no con disimulo, sino de frente y escrutándome como si mis malas intenciones fueran evidentes. Sentí, aunque no levanté la cabeza para confirmarlo, que todas las mujeres asomadas a las ventanas me miraban también. Encontré el edificio (o el *interior,* como estaba marcado en la carta: interior B, apartamento 501) y me percaté de que hacía mucho tiempo que no subía tantos pisos a pie cuando tuve que parar en el rellano del cuarto y recuperar el aliento, recostándome a la pared y doblándome en dos y apoyando las manos sobre las rodillas, para no llegar resoplando a la cita con Deresser, para no saludarlo con una mano pegajosa y sudada.

Y entonces, no sé por qué, comencé a sentirme como si hubiera venido a presentar un examen y no me hubiera preparado lo suficiente. Puesto que cualquier cosa me esperaba en el apartamento de Deresser, era lícito prever que cualquier cosa se esperaba de mí; me encontré deseando tener en el asiento trasero del carro las carpetas de documentos en que me había apoyado para redactar *Los informantes.* Me sentí vulnerable; si Deresser me hacía una pregunta difícil, Sara no podría soplarme la respuesta. ¿Por qué escribió usted esto, en qué se basa, cuáles son sus testigos, está usted especulando? Y no podría responder, porque yo sólo había redactado un informe, mientras que él *lo había vivido:* de nuevo la superioridad de los hombres vivos sobre nosotros, los simples habladores, los cuentacuentos, los comentaristas; nosotros, en fin, los que nos dedicamos al oficio cobarde y parasitario de referir las vidas de los demás, así sean los demás gente tan próxima como un padre o una buena amiga. Cuando era niño (tendría yo diez años), presenté un cuento a un concurso del colegio. No recuerdo qué contaba, pero sí que por esos días habíamos tenido que leer *La hojarasca* para clase de español, y a mí me pareció simpático, o tal vez meramente decorativo, poner después de cada párrafo una línea punteada como la que traía mi edición de esa novela, y eso fue suficiente para que la profesora me acusara de tramposo y de deshonesto por haber presentado a concurso un cuento que había escrito un adulto. Me demoré muchos años en comprender que las líneas punteadas habían dado al cuento un aspecto de profesionalidad que no le convenía; que imitar los signos externos de un artificio literario lo había vuelto más persuasivo, más sofisticado, y todo eso junto había provocado el escepticismo de una mujer amargada. Pero lo importante no es esto, sino la impotencia —esa palabra desgastada— que me agobió al percatarme de que era imposible probar la autoría del cuento, pues *todas las pruebas eran imaginarias*. Temí que lo mismo me ocurriera con Deresser. Durante un instante perdí la memoria de mis investigaciones, y dejé de estar seguro de lo que había escrito. Pensé: ¿lo habré inventado todo? ¿Lo habré exagerado, lo habré manipulado, habré falseado la realidad y la vida de otros? Y si era así, ¿para qué lo había hecho? Desde luego no para mi propio beneficio, pues la desgracia de mi padre, y de mi propio nombre, había sido confirmada por mi libro, aunque para mí los efectos de la confesión fueran otros y bien distintos. Es usted un tramposo, Gabriel, un deshonesto. ¿Pero cuál había sido mi falta? ¿Cómo me castigarían? ¿Sería mejor estrategia seguir mintiendo? ¿Y si Deresser leía mis pensamientos? ¿Y si con sólo abrirme se daba cuenta del fraude?

Pero quien me abrió no fue Deresser, sino un hombre joven, o en todo caso más joven que yo —eso era, al menos, lo que sugerían sus ropas de adolescente: estaba vestido con camiseta, pantalón de sudadera y tenis, pero era evidente que no iba a trotar ni regresaba de hacerlo—, que me dio la mano y me hizo seguir como si ya nos conociéramos: era una de esas personas capaces de saltarse las convenciones y entrar en confianza en cuestión de segundos, sin por ello parecer obsequiosas ni cortesanas. Es más: este hombre era seco, demasiado adusto para su edad, casi hostil. Me dijo, en este orden, que siguiera y me sentara, que me habían estado esperando, que ahorita mismo me traería una cocacola, que no tenía hielo, qué pena conmigo, y que su nombre era Sergio, en realidad era Sergio Andrés Felipe Lázaro, pero todo el mundo le decía Sergio, ni siquiera Sergio Andrés, que sería lo más normal en Medellín, donde todo el mundo se llamaba con dos nombres, ¿no?, así que Sergio era su nombre y así lo podía llamar yo también. Y después de todo esto hizo una pausa para explicar lo que le faltaba a su discurso: era el hijo de Enrique Deresser, mucho gusto, encantado de conocerme. Lo evidente, sin embargo, era que no estaba encantado con mi visita, ni mucho menos; que conocerme no le daba, en realidad, el más mínimo gusto.

El hijo de Enrique Deresser. El nieto del viejo Konrad. Sergio se metió a la cocina para servirme una cocacola mientras todas las leyes de la genética se agolpaban en mi cabeza. Tenía ojos negros, pelo negro, cejas negras y espesas; pero en él también estaban los hombros de nadador y la boca pequeña y delgada y el tabique perfecto que yo había asignado siempre a la imagen mental de Enrique Deresser, el seductor del Hotel Nueva Europa, el Don Juan de Duitama. Lo que no había heredado Sergio, al parecer, era la elegancia de su padre, de su abuelo: su dicción y sus movimientos eran los de un boxeador de barrio, toscos y algo montaraces, tan francos como chabacanos. No era poco inteligente, eso se veía de lejos; pero todo en él (era obvio con sólo verlo moverse, traer un vaso, ponerlo sobre la mesa y sentarse), hasta los gestos más banales, parecía decir: yo no me paro a pensar, yo actúo. «De manera que usté es el hijo de Santoro, el que escribe libros», me dijo. Estábamos junto a la ventana que daba al patio. La ventana estaba abierta, pero la cubrían unos velos delgados que habían sido blancos en mejores tiempos, de manera que la luz entraba como a través de un plástico traslúcido, salvo cuando una corriente separaba los velos: entonces se veían los edificios grises de enfrente y un escupitajo de cielo azul reflejado en sus ventanas. El sillón donde se había sentado Sergio estaba cubierto por una sábana blanca. El sofá donde estaba yo no tenía sábana, o se la habían quitado antes de mi llegada.

«Sí, yo soy», le dije. «Tenía muchas ganas de conocer a su papá.»

«Él también.»

«Me alegré mucho de que me escribiera.»

«Yo en cambio no tanto», dijo. Y como yo no encontré una forma inmediata de contestar a eso, añadió: «¿Le digo la verdad? Si por mí fuera, hubiera roto esa carta. Pero él la mandó a escondidas».

Me pregunté si era hostilidad lo que había en su voz, o mera descortesía. El pantalón de su sudadera tenía cremalleras en los tobillos; las cremalleras, semiabiertas, dejaban ver las medias grises y delgadas de un oficinista. «¿Está Enrique?», pregunté. «¿Está su papá?»

Su cabeza negó antes que su voz.

«Salió desde temprano, no estaba seguro de cuándo iba a venir usté. Bueno, la verdad yo le dije que no iba a venir.»

«¿Por qué?»

«Pues hombre, porque no pensé que fuera a venir. Por qué más iba a ser.»

Su lógica era impecable. «¿Y va a volver?», dije.

«No, se va a quedar a dormir debajo de un puente. Claro que va a volver.» Pausa. «¿Sabe qué? Yo he leído sus dos libros, ambos.»

«Qué bien», dije en mi tono más amable. «Y qué le parecieron.»

«El primero lo leí por mi papá. Me lo dio y me dijo: Pegale una mirada para que sepás cómo era todo en esa época. Pero no me dijo que esa señora había sido amiga suya, ni nada, lo demás me lo dijo luego, para no condicionarme. Al principio fue como si la cosa no fuera con él, usté me entiende.»

«No. Explíqueme.»

«Mi viejo es un tipo justo, todo lo hace bien medido, ¿sí ve? Así quería él que yo leyera el libro. Y luego sí me contó lo demás.»

«Lo de las listas...»

«Todo. Toda la mierda, sin ahorrarse nada. ¿Y es verdad lo que usté pone en este libro de ahora?»

«Qué parte.»

«Que cuando escribió el primero usté no sabía nada. ¿Es verdad o es pura mierda?»

«Es verdad, Sergio», le dije. «Todo es verdad. No hay nada que no sea verdad en el libro.»

«Cosas hay, tampoco exagere.»

«No exagero. No hay nada.»

«¿Ah no? ¿Y entonces qué es toda esa mierda de mi papá viviendo en Cuba y en Panamá y no sé dónde más? Es pura mentira, ¿sí o no? ¿O le parece que estamos en Panamá, aquí sentados?»

«Es una especulación, no una mentira. Son cosas distintas.»

«No, no se me ponga inteligente, hermano. Todo eso que escribió usté de mi papá, todo lo de la esposa y la hija que tiene y cómo se pelea con la hija, todo eso es pura mierda. Hasta la última palabra, ¿sí o no? Yo no sé para qué, ni por qué se hacen esas cosas. Si uno no sabe pues averigua, no inventa.» Se quedó mirándome con la boca entreabierta, como si me midiera, como se miden entre sí los boxeadores o los pandilleros. «Usté no se acuerda de mí, ya veo.»

«¿Nos conocemos?»

«Cómo son las cosas. Yo en cambio de usté me acuerdo perfecto, será que no somos iguales.»

«Eso seguro», le dije.

«Yo me fijo más en la gente», dijo él. «Usté en cambio no hace más que mirarse el ombligo.»

Era él. Era Sergio Deresser, el hijo de Enrique y el nieto de Konrad (esa genealogía iba pegada a su voz y a su imagen, a sus tenis, al pantalón de su sudadera). Era él. Siete años atrás, después de que su padre, en mala hora, le hubiera dado a leer un libro titulado *Una vida en el exilio* y le hubiera dicho *este libro habla de mí* sin que el libro lo mencionara una sola vez; después de que le hablara de una historia de crueldades privadas —porque es cruel una cobardía tan extrema, una deslealtad tan drástica como la que Gabriel Santoro puso en práctica contra su amigo más íntimo y, para ser exactos, contra toda una familia que lo quería, en cuya casa había pasado más de una noche, cuya comida había comido—; después de haberse acostumbrado a la transformación de su propio apellido y de comenzar a mirar con otros ojos la vida de su padre, después de todo eso, acabó un día cogiendo el primer bus para Bogotá, y al llegar se plantó frente al único teléfono público que había en el Terminal de Transportes. En tres llamadas ya había averiguado dónde quedaba la nueva Corte Suprema y a qué horas era el seminario del doctor Santoro. Y fue a oírlo: tenía que saber cómo era el tipo, si la traición se le veía en la cara, si era verdad, como le decía su padre, que le faltaba una mano; tenía que saber si no le temblaba la voz al hablar, si estaba convencido, después del discurso patético que había vomitado frente a la gente más respetable del país, de ser el gran ciudadano del que todo el mundo hablaba. Y cuando llegó, bueno, cuando llegó vio a un viejo caduco y lamentable ejerciendo una autoridad que ya no tenía, diciendo cosas que le quedaban grandes, moviéndose con el desparpajo de un embaucador, como si no fuera la misma persona que había echado por el barranco a una familia entera. Y luego el viejo caduco había empezado a inventarse su propia vida, ¿había algo más ridículo, había una forma de humillación más completa y más convincente? «Lo demás usté ya sabe», me dijo Sergio. «¿O es que también se le olvidan las cosas?» No se me olvidaban: yo llevaba nueve días, o acaso más, visitando el salón de clases de mi padre, viéndolo sin ser visto, y uno de esos días, eso tan sencillo ocurrió: Sergio llegó de Medellín y se sentó a pocas sillas de donde yo estaba, tal vez despreciándome en silencio, rezando para que un día pudiera hacerme saber, notar y sentir su desprecio. No, Sergio Andrés Felipe Lázaro, las cosas no se me olvidaban, simplemente cambiaban con el tiempo; y los que recordamos, los que nos dedicamos a eso como forma de vida, estamos obligados a mantener el paso de la memoria, que nunca se queda quieta, igual que sucede cuando caminamos al lado de una persona más alta.

«¿Cómo me reconoció?»

«No lo reconocí, su libro no tiene foto. Averigüé, hermano, averigüé. Ni siquiera pensé que usté fuera a estar, eso se me ocurrió cuando ya su papá había salido corriendo, corriendo como si estuviera cagado, como si supiera que alguien podía levantarse y decirle: todo esto es pura mierda y usté sabe. Yo pensé en hacerlo. Pensé en levantarme y gritarle: viejo mierdero, viejo traidor. Y él como si me hubiera leído la cabeza. ¿Su papá sabía hacer esas cosas?»

«Qué cosas.»

«Telepatía, esas cosas. ¿No es cierto que no? No, no sabía, la telepatía no existe, y por eso usté tiene que inventar mierda para escribir libros en lugar de averiguar la verdad, y por eso su papá no supo que yo lo estaba viendo con ganas de gritarle viejo traidor. Uno no puede leerle la cabeza a los otros, hermano. Si su papá pudiera, no hubiera ido nunca a dar esa clase. Pero allá fue. Y claro, salió corriendo como si me la hubiera leído, y ahí fue cuando alguien dijo ése es el hijo, uy, qué vergüenza, pobre. Yo salí detrás de usté, no podía quedarme con las ganas de verle la cara.»

«Y me la vio.»

«Claro que se la vi. Usté también estaba cagado. Igual que ahorita, si me permite.»

«¿Se lo contó a Enrique?»

«No. ¿Para qué? No le hubiera gustado. Me hubiera sermoneado con lo de siempre, las cosas que un hombre de verdad no hace nunca», dijo Sergio, pero no dijo a qué cosas se refería. «Nos hubiéramos peleado y eso no va conmigo, ¿sí o no? A mí no me gusta pelearme con mi papá, yo al viejo le tengo respeto, para que sepa. Cosa que no se puede decir de usté, mi hermano.»

«¿Me sirve otra cocacola?»

«Pero claro, pida no más. Si para eso estoy yo, para servirle de mesero.»

Volvió a meterse a la cocina. La puerta era de vaivén, y por la ventanilla rectangular lo alcancé a ver dejando el vaso sobre el mesón de fórmica y abriendo una nevera anaranjada y vieja y sacando de la luz blanca (la imagen era casi mágica, Sergio transformado por un instante en hechicero de cuento) una botella de plástico. Todo lo hacía con tanta levedad que pensé: está disfrutando. Está jugando conmigo, y está pasándola bien, porque hacía mucho tiempo que esperaba este momento. Si pudiera acercarme a su cara, pensé, lo vería sonreír; si pudiera escuchar sus pensamientos, esto es lo que oiría: *Un rato más. Diez minutos, media hora, un rato más.* Yo era una presa fácil; había renunciado a defenderme; tal vez no sabía cómo, y, lo cual resultaba peor en la selva privada de Sergio, eso era notorio. Pensé en decirle: Ya sé lo que pasa aquí, usted quiere mantener su rabia, no quiere que nadie se la toque, y si yo hablo con su papá tal vez su rabia ya no sea tan justificada, ¿qué tal que su papá y yo acabáramos de amigos?, ¿qué tal que yo le cayera bien?, para usted eso sería problema, ¿no?, estas pataletas son importantes en su vida, no va a dejar que se las quiten, y por eso me recibe así, usted es un caso genético, la indignación recesiva. Entonces Sergio volvió con mi vaso lleno hasta el borde (la superficie del líquido chispeaba, burbujeaba, hacía gárgaras), se sentó frente a mí, cruzó una pierna, me invitó a beber. «¿Qué pasa, demasiada la sorpresa? Bueno, por lo menos ya sabe usté con quién está tratando. Yo no soy ningún güevón, yo voy de frente, yo respondo. Así es el asunto, ¿sí me entiende?, la cosa es conmigo también, no sólo con mi papá. Él le pidió que viniera, pero no es para que se ponga a escribir mentiras otra vez. Es para aclararle un par de cosas. Es para que no hable de lo que no sabe.»

«Yo no escribí mentiras.»

«No, perdoná», dijo. «*Especulaciones,* así les dicen ahora.»

«¿Pero qué lo ofendió tanto, Sergio? Me imaginé que su papá se había ido a vivir a Cuba, o a Venezuela, o a uno de cinco o seis países, no importa cuáles porque la idea no era probar nada, sino sugerir su situación. Era una forma de demostrar interés por él, por el resultado que las cosas habían tenido en su vida. ¿Qué tiene eso de grave?»

«Que no es verdad, hermano. Como tampoco es verdad que su papá sea una víctima. Ni un héroe tampoco, ni un mártir mucho menos.»

«Ni sale así en el libro.»

«En el libro es una víctima.»

«Pues no estoy de acuerdo», dije. «Si usted lo interpretó así, ése es problema suyo. Pero yo escribí una cosa bien distinta.»

«Era un mierdero», siguió diciendo Sergio, como si no me hubiera oído. «De joven y también de viejo. Un mierdero toda la vida.»

«¿Quiere que le rompa la cara?»

«No se emberraque, Santoro. Su papá era lo que era, eso no se cambia ni a golpes.»

Ahora había pasado al insulto directo. Por primera vez se me ocurrió que todo esto había sido un gran error. En realidad, ¿qué podía sacar yo de esta visita? Los beneficios me parecieron demasiado intangibles y en todo caso conjeturales. ¿Quién me obligaba a quedarme? Ahí afuera estaba mi carro (era visible desde la ventana, con sólo estirar el cuello lo hubiera encontrado), ¿por qué no me paraba y me despedía, o salía sin despedirme, por qué no lo obligaba a admitir, frente a Enrique Deresser, que me había echado de su casa con la violencia de sus comentarios, con ataques personales? ¿Por qué no daba por clausurada la escena y escribía después una carta acusadora, y que Sergio se las arreglara como pudiera frente a su padre? Todo eso pasaba por mi cabeza a la vez que reconocía lo ilusorio de esas ideas: no lo haría nunca, porque años y años de trabajar en lo mío me habían acostumbrado a soportar lo que fuera necesario con tal de obtener un dato, una referencia, una confesión, dos palabras o una línea que tuvieran en ellas algo de humanidad o tan sólo algo de color —que fueran, en fin, utilizables por escrito dentro de la crónica de turno—. No habría crónica posible de ese encuentro —de ese enfrentamiento— con el hijo de Enrique Deresser; y sin embargo ahí seguía yo, soportando su desdén exagerado, su meticulosa bravuconería, como si la traición hubiera sucedido la semana pasada. (*Semana,* pensé, *pasada.* ¿Pero es que existían esas categorías? ¿Era posible decir que el tiempo se había movido en nuestro caso? ¿Qué importaba cuándo se hubieran dado el error y la delación, cuándo la amputación de una mano? Los hechos estaban presentes; eran actuales, inmediatos, vivían entre nosotros; los hechos de nuestros padres nos acompañaban. Sergio, que hablaba y pensaba como el hombre práctico que sin duda era, se había percatado de ello antes que yo; me llevaba, por lo menos, esa ventaja, y de seguro no sería la única.) Pensé: *Ha ocurrido la semana pasada. Toda la vida de mi padre acaba de ocurrir.* Pensé: *Su vida es mi herencia. Lo he heredado todo.* Estúpidamente me miré la mano derecha; confirmé que estaba donde siempre había estado; cerré el puño, lo abrí, estiré los dedos, como si estuviera sentado en la sala de donaciones de una clínica y me sacara sangre una enfermera; y en ese instante me pareció que perdía el tiempo y debía irme, que nada justificaba la tensión, la hostilidad, la invectiva.

Entonces entró, acompañado de su esposa, Enrique Deresser.

«Supongo que sí, que conocerla me salvó. Pero así es ella, Gabriel. Va por el mundo salvando vidas sin darse cuenta. Nunca he conocido a nadie igual, alguien que no tenga una pizca de maldad en la cabeza. Si no fuera tan buena en la cama como es en la vida, hace rato me hubiera aburrido de ella.»

Estábamos afuera, en el gran patio interior del conjunto, muy cerca de la golosa de tiza que las niñas habían abandonado;

nos habíamos sentado sobre una banca de color verde —marco de hierro forjado; listones de madera— que tenía las patas bien metidas en el pavimento y daba la espalda a la ventana desde la cual (imaginaba yo) Sergio nos espiaba con unos binóculos y un vaso de cubalibre en la mano, tratando de leernos los labios y adivinarnos los gestos. Todavía no había oscurecido por completo, de manera que las luces del alumbrado público se habían encendido, tanto las del conjunto como las de la calle, y el cielo ya no era azul, pero tampoco negro, así como no se podía decir que las luces alumbraran, pero apagarlas sería quedar completamente a oscuras. El mundo, en ese momento, era una cosa indecisa; pero Enrique Deresser había sugerido que bajáramos, diciendo que hablar del pasado trae buena suerte si es al aire libre, y haciendo un comentario falsamente casual sobre el clima tan agradable, el aire tan dulce de la tarde, la calma del patio ahora que los niños se han ido a sus casas y los adultos no han comenzado a salir de fiesta. Rebeca, su esposa, me había saludado de beso al presentarse; al contrario de lo que suele pasarme, la intimidad inmediata me había gustado en ese momento, pero me había gustado más la disculpa que me ofreció la mujer en su acento de paisa despreocupada: «Perdoná la confiancita, querido, pero es que tengo las manos ocupadas». Llevaba dos bolsas de plástico en la izquierda y una red de naranjas en la derecha; casi sin detenerse, siguió derecho a la cocina. Y antes de que me diera cuenta ya Enrique me había tomado por el codo y se apoyaba ligeramente en mi brazo para bajar las escaleras, a pesar de que nada en su cuerpo parecía necesitarlo, mientras yo hacía restas rápidas en la cabeza y llegaba a la conclusión de que este hombre había cumplido o estaba a punto de cumplir los setenta y cinco. Caminaba encorvado y parecía más pequeño de lo que era; llevaba puesto un pantalón de paño delgado y una camisa de manga corta con dos bolsillos en el pecho (del bolsillo izquierdo asomaba un lapicero barato, y en el derecho había un bulto que no logré identificar), y calzaba botines de gamuza con suela de caucho (las puntas de los cordones se habían deshecho y comenzaban a deshilacharse). No supe si eran sus zapatos o su ropa, pero Enrique expelía un olor animal que no era fuerte ni molesto pero sí muy notable. Por prudencia, no le hice preguntas al respecto, y luego me enteré de que ese olor era una mezcla de sudor de caballo, aserrín de picadero y cuero de sillas de montar. Desde su llegada a Medellín, Deresser había trabajado con caballos de paso fino, al principio como todero (escribía cartas en alemán para criaderos de la Selva Negra, pero también les cepillaba la cola y la crin a los caballos y en los apareamientos les sostenía la verga a los sementales) y después, cuando hubo aprendido el oficio, como adiestrador. Ya no lo hacía, me explicó, porque su espalda había envejecido demasiado mal, y después de una tarde de montar, o de estar parado frente a una yegua joven que le da vueltas a un poste, los músculos de los hombros y de la cintura protestaban una semana entera. Pero todavía le gustaba pasar por el picadero, hablar con los peones nuevos y llevarles azúcar a las bestias. Era azúcar lo que tenía en el bolsillo del pecho: sobres de restaurantes finos que sus amigos ricos se robaban para dárselos a él, y que él vaciaba sobre la palma de su mano para que la lengua rosada de los caballos la chupara de un latigazo como si el ritual entero fuera el mejor pasatiempo del mundo. «Rebeca fue la que me llevó a los caballos», me dijo Enrique. «Sí, no es exagerado decir que le debo todo. Su papá era un buen adiestrador, trabajaba para gente de mucha plata. Con el tiempo fue plata de narcos, claro. Él se murió antes y no alcanzó a ver eso. Casi toda la gente de caballos ha tocado plata de narcos. Pero uno mira para otro lado, sigue haciendo su trabajo, cuidando a sus animales.»

De manera que nunca había salido de Colombia. «Eso era lo que creía mi papá», le dije. «Tal vez», repuso él, «creer eso era lo más fácil. Más fácil que buscarme, en todo caso. Más fácil que hablar conmigo». Hizo una pausa y dijo: «Pero seamos justos: por más que hubiera tratado (y no trató), no hubiera podido encontrarme. Yo me fui de Bogotá a finales del 46. ¿Qué me quedaba en esa ciudad? La vidriera había cerrado, o más bien se había muerto. El capital de toda una vida había quedado en plata de bolsillo después de tres años de estar la empresa en las listas, después del tiempo de papá en el Sabaneta. Para efectos prácticos, yo era huérfano. Mis amigos, bueno, de mis amigos ya sabes. Pero no, en realidad no era cuestión de preguntarme por qué quedarme en Bogotá. Era cuestión de preguntarme adónde ir. Porque no tenía opción, entiéndeme, yo a Bogotá le tenía un odio que no te puedo explicar ahora, Bogotá tenía la culpa de todo. ¿Te digo una cosa? Yo conseguí el discurso de tu papá, el del Capitolio, ¿sabes?, en el 88, y me estuve varios días convencido de que lo había escrito pensando en mí, porque todo eso era lo que yo había sentido antes, por lo menos todo lo malo».

«¿Usted se lo dio a Sergio?»

«¿Por qué me tratas de usted?»

Tenía razón. ¿A quién trataba de engañar con esas fórmulas de diplomacia? No nos habíamos visto nunca; nos conocíamos de toda la vida. Enrique me tuteaba sin problema, pero sus modismos no habían eliminado la dicción de su nacimiento, y navegaban a medio camino entre el tuteo encorbatado de los bogotanos y el voseo de su esposa. «Sí, se lo di a Sergio. Eso ha sido lo más difícil de todo esto, enseñarle a mi hijo lo que sentí. Las cosas que he llegado a hacer para que me entienda, para que intuya lo que fue. Porque esto no basta explicarlo, te imaginarás, uno quiere que los demás vivan lo que ya pasó hace cincuenta años.

¿Eso cómo se hace? Hasta imposible será. Pero uno trata, uno se inventa estrategias. Darle tu libro. Darle el discurso. Lo que al hijo le viene directo del papá no sirve de nada, porque los hijos no les creen a los papás, ni una sola palabra, y está bien que así sea. Entonces uno tiene que darle la vuelta a todo, ¿no?, entrar por otra puerta, cogerlos por sorpresa. Educar a un hijo es jodido, pero explicarle quién es uno, qué tipo de vida lo ha producido a uno, eso es lo más jodido del mundo. Además hay cosas, no sé cómo explicarte, yo he digerido todo esto mucho mejor que él. Es obvio, porque yo llevo medio siglo y él acaba de empezar. Para él es como si hubiera pasado ayer. Te trató muy mal, qué pena contigo, tienes que entenderlo.»

En octubre de 1946, después de intentar que la Sociedad de Alemanes Libres le prestara una plata que él nunca iba a poder devolverles, y de recibir varias negativas al respecto, Enrique se dio cita con uno de sus miembros en el café Windsor. Herr Ditterich no había querido hablarle de esto en presencia de sus colegas, por no parecer condescendiente con el hijo de un hombre tan sospechoso como Konrad Deresser; pero sabía que su situación era difícil, y al fin y al cabo eran todos emigrados, ¿no era cierto? Además, los jóvenes tenían que ayudarse entre sí, le dijo Ditterich, sobre todo ahora que eran responsables de la reconstrucción de la patria. Le entregó una carta de recomendación, le dijo por quién preguntar en la Escuela de Caballería, y a los quince días Enrique salió para Medellín. «Querían que hablara con un alemán, eso era todo, una cuestión de negocios. Ahí fue que conocí a Rebeca.» El padre de Rebeca, vestido con zamarros de cuero, montó siete criollos de paso fino y un semental lusitano, y un coronel de la Escuela, uniformado hasta la punta de los pelos aunque fuera domingo, escogió al semental y a cinco de los siete criollos, y todos quedaron satisfechos. «Crucé tres frases con el dueño de los caballos, no tuve que hacer nada. Era un tipo joven, su primera vez en Latinoamérica, y no es que fuera desconfiado, pero necesitaba que alguien le hablara en su lengua. Lo importante fue Rebeca, una muchachita de diecisiete años, pelirroja como un fósforo, y lo mismo de flaca. Para mí, en ese momento, era como un ángel, y además un ángel burlón y descarado. Se dedicó todo el almuerzo a hablarme de sus antepasados vikingos como si yo fuera un niño de cinco años, y a tocarme con la rodilla por debajo de la mesa. Qué digo tocarme, se estaba frotando contra mí, era como una gata en celo.» Enrique —el Don Juan de Duitama— hablaba como si ahora lo sorprendiera su atractivo de antes, y yo preferí no contarle las referencias que tenía por parte de Sara Guterman. «Le pregunté al ángel si me podía conseguir trabajo, y cuando volví a Bogotá fue para empacar mis cosas.» No estaba bien casarse con la hija del empleador, dijo Enrique, pero eso fue lo que ocurrió un año después. «Noviembre de 1947. Y aquí estamos, como si nos acabaran de presentar. Es grotesco, la verdad.»

«¿Y en tantos años no tuvieron más hijos?»

«No tuvimos ninguno. Sergio es adoptado.»

«Ah, ya veo.»

«El problema es mío. No me pidas que te explique.»

La vida más convencional posible: eso era lo que parecían sugerir el tono de su voz y sus manos quietas, a pesar de que sostenerle la verga a un caballo importado, o enseñarle a trotar al ritmo de un bambuco, no fueran las formas más corrientes de ganarse la vida. La vida convencional se había desarrollado con todas las convenciones durante este medio siglo; aquí, a ocho horas por tierra del lugar donde mi padre hacía su propia vida, tenía a su propio hijo y soportaba la muerte prematura de su esposa, Enrique Deresser fingía (como fingió mi padre) que había olvidado ciertos hechos del tiempo de la guerra o que esos hechos no habían ocurrido nunca. «Claro que le conté a Rebeca lo de mi papá», me dijo. «Todo estaba fresco en la cabeza de todo el mundo. También en Medellín hubo alemanes, italianos, hasta japoneses que acabaron más o menos jodidos, en más o menos tiempo, por ser de donde eran. Hubo un caso famoso, el de un tal Spadafora, un piloto de avión que prestó servicios durante la guerra con el Perú. Cada vez que volaba, el tipo cargaba en el bolsillo una cajita hindú llena de polvito de azafrán, herencia de una tía que la había comprado en un bazar, algo así dijeron los periódicos. Como amuleto, ¿entiendes?, los pilotos hacen esas cosas. Pues bueno, alguien vio la cajita y no le pareció posible que ésa no fuera la misma esvástica de Hitler. Y la información llegó a donde tenía que llegar. Spadafora se gastó una fortuna en abogados, y sí, al final consiguió que lo sacaran de la lista negra. Pero había peleado contra el Perú, había peleado con Colombia, no sé si te des cuenta.»

«Más bien sí.»

«El caso es que se lo conté todo a Rebeca, y no la sorprendí para nada. Al contrario, se pasó media vida pidiéndome que remediara lo que pudiera remediarse. Que buscara a mamá, por lo menos. Cosa que nunca hice, por supuesto, y si no lo hizo Rebeca fue por puro respeto. Yo cerré y boté la llave, como dicen. Qué le voy a hacer. Nunca he sido bueno para imponerme a los demás, tal vez sea un defecto, no sé bien.»

«¿Pero usted le habló de mi papá?»

«A ella sí, a Sergio le conté después, cuando salió tu libro sobre Sara. Yo no sé nada de libros, pero me gustó lo que hiciste con Sara. Sentí mucho su muerte. Aunque nunca hubiéramos vuelto a hablar, me dio muy duro. ¿Cómo era de vieja? Una vez, en el hotel de su familia, nos peleamos por algo, un comentario mío, y a ella le salió una cara que yo nunca había visto. Era una mezcla de indignación y cansancio, con un poquito de esa personalidad que huía de los enfrentamientos. Se me ocurrió que así se iba a ver de vieja, y se lo dije. Así la he imaginado estos últimos años, con esa cara. Indignada. Cansada. Pero siempre de acuerdo contigo. Así eran los alemanes de esa época. *Bloss nicht auffallen,* decían. ¿Entiendes eso?»

«Yo no hablo alemán.»

«Pues tú te lo pierdes. No hacerse notar. No llamar la atención. Ir con la gente. Todo eso está en esa frase, era una especie de mandamiento para ellos, papá la repetía todo el tiempo. Yo le salí distinto: yo era respondón y a veces insolente, me gustaba el conflicto, la cosa iba mucho más allá de decir lo que pensaba. Yo lo decía, pero además con un golpe en la mesa o en la nariz del oponente, si era necesario. Sara, en eso, era digna representante de la inmigración. Y luego fue digna representante de la sociedad bogotana. Podría ser un lema bogotano, *Bloss nicht auffallen,* aunque eso es por delante, por detrás los bogotanos te hacen las peores zancadillas. En fin, me gustaría ver una foto de ella, algo reciente. Me gustaría saber si tuve razón. ¿Tú has visto fotos de cuando era joven?»

«Sí, alguna.»

«¿Y? ¿Se parecía o no? ¿Cambió mucho?»

«La de las fotos era ella misma. Eso es lo que a veces no puede decirse.»

«Exacto. Sí, tal vez tuve razón.»

«¿Cómo se enteró de su muerte?»

«Si me sigues tratando de usted no te cuento nada más. Me avisaron los Ungar. Desde que abrieron la Central les he pedido unos cuatro o cinco libros al año, libros en alemán, siempre sobre caballos, para no perder el idioma. Es lo único que leo. Ellos me lo dijeron. Me llamaron apenas se supo, esa misma noche. Llegué a pensar en darme el viajecito, en ir al entierro, luego me di cuenta de lo absurdo que hubiera sido.»

«¿Y al entierro de mi papá? ¿A ése no pensaste en ir?»

«Me enteré tarde. Tú piensa que él se mató dos o tres horas después de hablar conmigo, fue lo más absurdo del mundo. Ni siquiera cuando supe, dos días después del entierro, ni siquiera entonces me lo creí por completo. Tenía que ser otra persona, alguien que se llamara igual. Porque ese Gabriel Santoro se había matado el veintitrés, el mismo día que tu papá y yo nos habíamos visto. No, me parecía imposible. Primero pensé que eras tú el muerto. Qué pena que te diga una cosa tan fea, hasta de mal agüero debe ser, pero así fue. Luego pensé que había más de dos personas con ese nombre en Colombia. Uno se inventa cosas para no creer, es normal. Yo no quería que él estuviera muerto, por lo menos no después de lo que hablamos, lo que nos dijimos, sobre todo lo que le dije yo a él, o más bien lo que no le dije, sí, más bien eso, lo que me negué a decirle. Y tres horas después, va y se mata. Sergio me dijo: "Así es la vida, papá. Tienes que aceptarlo". Le pegué una cachetada. Nunca en la vida le había pegado y le pegué cuando me dijo eso.»

«Yo llegué a pensar que nunca había venido.»

«Claro que vino», dijo Enrique. «Y estuvimos sentados aquí mismo. Aquí donde estamos tú y yo. La diferencia es que era domingo y de día. El bochorno era insoportable. Había llovido mucho la noche anterior, de eso me acuerdo bien, y había charcos por aquí, estábamos rodeados de charcos, y hasta la banca estaba un poco húmeda todavía. Pero yo no quise recibirlo en mi casa. Ahora te lo puedo decir. No quise que entrara y pisara mi piso y se sentara en mis sillas, y mucho menos que comiera de mi comida. Bastante primitivo, ¿no? A ti que eres una persona culta eso te debe parecer cosa de gente muy básica. Pues sí, puede ser.

Lo que yo sentía, en todo caso, era que dejarlo entrar, mostrarle las fotos de las estanterías, dejarlo coger los libros y hojearlos así no más, mostrarle los cuartos, la cama donde yo dormía y hacía el amor con mi esposa... Todo eso sería como contaminarme, contaminarnos. Yo había conservado la pureza de mi vida y de mi familia durante medio siglo, y no iba a echarlo todo a la mierda ahora, de viejo, sólo porque a Gabriel Santoro le dio por aparecer y arreglar su conciencia antes de morirse. Eso pensaba. Sí, lo primero que se me vino a la cabeza fue: se está muriendo. Tendrá un cáncer, hasta sida tendrá, se está muriendo y quiere dejarlo todo bien ordenadito. Lo menosprecié mucho, Gabriel, y me arrepiento por eso. Menosprecié su esfuerzo. Lo que él hizo, viniendo aquí a hablar conmigo, no es para todo el mundo. Pero nuestra posición en ese momento era muy distinta: él había pensado mucho en mí, o por lo menos eso me decía. Yo, en cambio, lo había borrado de la mente. Supongo que así ocurre siempre, ¿no? Quien ofende recuerda más que quien es ofendido. Y por eso fue casi inevitable menospreciarlo, y casi imposible apreciar el tamaño de lo que estaba haciendo. Además fue agradable menospreciarlo, para qué te lo voy a negar, uno se siente bien, yo me sentí bien. Fue una satisfacción repentina, una especie de regalo sorpresa.

»Como si fuera poco, yo no sabía lo de su operación. Él no me lo contó, no sé por qué, así que me quedé con la idea de la enfermedad. Me pasé toda nuestra conversación mirándolo, tratando de encontrarle ganglios inflamados en el cuello, o el bulto de la colostomía en la camisa, esas cosas que uno se acostumbra a buscar después de cierta edad, cuando cada vez que te encuentras con un amigo puede ser la última vez que lo veas. Lo miraba a los ojos para ver si los tenía amarillos. Él pensaría que le estaba dando toda mi atención. Porque lo miré, lo miré mucho, y lo que más miré, como es obvio, fue la mano derecha. Gabriel me había saludado al llegar, pero no me había dado la mano. Por supuesto, yo sabía muy bien por qué, y en ese momento tuve el tacto suficiente para no mirársela, pero en el fondo, muy en el fondo, me chocó que no me diera la mano, sentí que no me saludaba como es debido. Si me hubiera ofrecido la izquierda... si me hubiera abrazado (no, esto es impensable). Pero nada de eso pasó. No hubo ese contacto al vernos, y eso me hizo falta. Fue como si el encuentro empezara con el pie izquierdo, ¿me entiendes? Es curioso lo que darse la mano tiene de conciliador, aun a pesar nuestro. Es como desarmar una bomba, yo siempre lo he visto así: dar la mano es una ceremonia muy rara, una de esas cosas que ya deberían estar pasadas de moda, como las venias de los hombres, o eso que hacían las mujeres con el vestido y doblando las piernas. Pero no: no ha pasado de moda. Uno sigue yendo a todas partes y apretándoles los dedos a los demás, porque es como decir: no quiero hacerle daño. Usted no quiere hacerme daño. Claro, luego todo el mundo le hace daño a todo el mundo, todos se traicionan todo el tiempo, pero eso es otra cosa. Al principio hay una declaración de intenciones, por lo menos. Eso ayuda. En fin, con Gabriel no fue así. No hubo esa conciliación del principio, la bomba siguió armada.

»Y aquí sentados comenzamos a contarnos las vidas. Le conté todo lo que te acabo de contar a ti. Él me habló de tu mamá, escogió empezar por ahí, no sé por qué. "A ella le confesé todo", me dijo. "Cuando le pedí que se casara conmigo, le pedí también que me perdonara. Fue una oferta conjunta, que le dicen." Nunca le habló de mí a nadie, nunca escribió mi nombre en ningún sitio, pero a ella se lo dijo todo apenas pudo. "La confesión es un gran invento", me dijo tu papá. Medio en serio, medio en chiste. "Los curas se las traen, Enrique, los tipos saben cómo es la vaina." Uno pensaría que la muerte de quien conoce un mal secreto es una liberación, igual que la muerte de un testigo libera al asesino. Pues la muerte de tu mamá fue todo lo contrario para Gabriel. "Fue como si me hubieran revocado el indulto", así me lo explicó. En eso Gabriel no había cambiado: todo lo decía con un cierto desapego, un cierto cinismo, igual que de jóvenes. Como si la cosa no fuera con él, como si hablara de alguien más. Con él cada palabra tenía su contenido, pero también era una herramienta para mirar desde arriba, o, si era inevitable quedarse a la misma altura, para conservar la distancia. Tú sabrás mejor que yo a qué me refiero. Cuando le conté que había leído tu libro sobre Sara, me dijo: "Sí, muy bueno, muy original. Pero lo que es original no es bueno, y viceversa". La misma frase que pusiste en *Los informantes,* ¿no? Bueno, contigo uno ya sabe: todo lo que uno diga podrá ser utilizado en su contra. Si yo no fuera tan viejo te diría: tendré que ir con cuidado. Pero no. Ya de qué voy a cuidarme. Qué puedo decir a esta edad que sea de importancia. Qué me pueden hacer si lo digo. Uno se vuelve viejo y la impunidad le cae encima, Gabriel, aunque uno no quiera. Ésa fue una de las cosas que le dije a tu papá: "¿Ya para qué? ¿A quién le sirve que vengas y te arrodilles a estas horas de la vida?". Y era cierto. ¿Acaso le sirvió a mi papá, que lleva cuarenta años en puros huesos? ¿Le sirvió a mi mamá, que se vio obligada a reinventarse la vida a los cuarenta y pico, a tener hijos cuando eso puede matar a una mujer? Reinventarse es doloroso, como una cirugía. A partir de un momento se va el anestésico de la emoción, del reto superado, del orgullo por haberlo superado, y te empieza el dolor más salvaje, te das cuenta de que te amputaron una pierna, o el apéndice, o por lo menos de que te abrieron la piel y la carne, y eso duele aunque no te hayan encontrado el tumor. Yo lo sabía porque yo también había pasado por eso.

Por la reconstrucción. Por las angustias de las opciones. Es todo un proceso: puedes escoger cómo quieres ser, qué quieres ser, y también qué quieres haber sido. Eso es lo más tentador: ser otra persona. Yo había escogido ser el mismo pero en otra parte. Cambiar de oficio pero quedarme con mi nombre. "Te sirve a ti", me dijo Gabriel. "Tiene que servirte saber que he cargado con esto todos estos años, que hubiera podido olvidarlo pero no lo he hecho. Me he acordado, Enrique, me he quedado en el infierno que es acordarse." Le dije que no fuera mártir. Había una familia entera vuelta mierda por una palabrita suya, así que no viniera a dárselas de tener buena memoria. "Hay algo que me gustaría saber", me dijo entonces. "¿Estuve de buenas o de malas? ¿Les pagaste para que me mataran, o sólo para que me dieran un susto?"

»En ese momento habíamos salido a caminar hasta la tienda de la esquina. No es que necesitáramos nada, pero hay conversaciones en las que uno se para sin querer y empieza a caminar, porque caminando no hay que mirarse a la cara todo el tiempo, y luego sólo es cuestión de encontrarle un destino a la caminada. Nuestro destino fue la tienda de la esquina. Lo que había más cerca. De aquí hasta allá es poco probable que te atraquen, menos si vas acompañado, todavía menos si es domingo y de día. Y la tienda era neutral, uno de esos sitios de pueblo metidos en la mitad de Medellín, con esas mesas de plástico puestas sobre el andén, con esas medias de aguardiente que los borrachos ponen sobre sus mesas como si las coleccionaran. "Te quería muerto", le dije a Gabriel, "pero no les pagué para eso. Ni siquiera supe que iba a haber machetes". No dije nada más y él no preguntó nada más. Nunca en la vida me hubiera imaginado que un día diría una cosa así, tuteando y todo. Entonces me pareció que Gabriel había venido para sacarme todas esas cosas que hasta pecado deben ser. Estaba ahí, sentado frente a mí con una cerveza. Me desagradó, me hizo sentir como amenazado, ¿me entiendes? Había comenzado esa visita, o como sea que se llame un encuentro como ése, pensando: ha venido a buscar algo. Hay que dárselo y que se vaya. Luego, en algún momento de la conversación, pensé: tenemos una historia en común. Cierto que la historia no es pura ni es virginal, es más, nuestra historia es de lo más promiscuo. En la tienda, en cambio, rodeados de diez o quince borrachos iguales, todos de camisa abierta y bigote, todos armados aunque a algunos no se les notara, comencé a pensar: estamos perdiendo el tiempo. Qué imbéciles. Todo esto es pura farsa. Eso es lo que está sucediendo aquí mismo, hoy veintitrés de diciembre, último domingo antes de Navidad: una gran farsa. La farsa de alguien que se arrepiente aunque sabe que no le va a servir. La farsa de los remedios que no existen, ¿ahora sí me explico?, como la morfina que se le da al caballo de la pata rota. Sí, una gran farsa, o ni siquiera eso: una farsa mediocre. Yo le había dicho a Gabriel que lo quería muerto. Me imagino que esas cosas no se dicen sin más. Y Gabriel también lo sabía, supongo yo, él que había dicho cosas fuertes tantas veces, cosas capaces de hundir.

»Compré unos Pielroja y una caja de fósforos. Saqué un cigarrillo y lo prendí antes de salir de la tienda. Para cuando llegamos aquí, a la puerta del conjunto, ya me lo había acabado, los Pielroja duran muy poco. Le ofrecí uno a Gabriel y él me dijo en tono de reproche que los había dejado, y que yo debería dejarlos también. Fue entonces que me habló de su corazón y de su *by-pass*. "Es la mejor sensación del mundo", me dijo, "es como tener treinta años otra vez". Estábamos ahí parados, ¿ves la caseta de latón?, ahí estábamos, yo había sacado otro cigarrillo y estaba en el trance de prenderlo, que no es fácil con los fósforos de ahora. No son de madera, ni siquiera de cartón, sino de algo que parece plástico. Las cabezas se caen, el cuerpo se dobla. "Pero no tenemos treinta años", le dije. Seguí tratando de prender el cigarrillo ahí, aunque dos fósforos me los apagó el viento y otros dos se me doblaron. "Qué vicio", dijo Gabriel. "Además de matarte fumando esas vainas, tienes que ser *boy scout* para encenderlas. Entremos, hombre, que adentro no te va a costar tanto." Y fue así de simple: la idea de entrar a mi casa con Gabriel, Gabriel y yo juntos, nosotros y la historia promiscua, no me cupo en la cabeza. Hice lo que hice: lo necesario para protegerme y proteger a mi gente. Mi reacción no fue más civilizada que la de un gato que orina para marcar su territorio. No es que me esté disculpando, por supuesto. Que eso quede claro.

»Le dije que mejor nos despidiéramos. Que todo esto era inútil, había sido inútil desde el principio: montarse en su carro para venir desde Bogotá había sido, aunque fuera doloroso decirlo, una decisión equivocada. "Nada de esto tenía que pasar", le dije. "Es un error que estés aquí. Es un error que hablemos como estamos hablando. Sería un error, no, sería una *perversión* que entraras a mi casa." La cara le cambió. Se puso dura, le salieron grietas en los ojos. Me intimidó y me dio lástima, no sé si me explico, Gabriel se había vuelto hostil y vulnerable al mismo tiempo. Pero ya no podía echarme para atrás. "Es en esta vida que pasó todo, Gabriel, y tú quieres fingir que fue en una distinta. Pues no, no es posible. Mira, te voy a decir la verdad: prefiero que lo dejemos de ese tamaño." Me preguntó qué quería decir con eso. Yo había pasado la puerta y ya estaba de este lado de la reja, al lado de la caseta pero adentro. Estaba en mis predios, por decirlo así. Desde adentro cerré la puerta (miré la ventana de mi apartamento, confirmé que nadie nos estuviera espiando) y se lo expliqué como mejor pude: "Te estoy diciendo que no vuelvas y que no me llames, que no trates de ordenar el mundo, porque en el mundo hay gente a la que no le interesa. Te estoy diciendo que el mundo no gira alrededor de tu culpa. ¿Qué pasa, no puedes dormir bien? Compra somníferos. ¿Te despiertan los fantasmas? Reza un padrenuestro. No, Gabriel, la cosa no es tan fácil, no vas a comprar tu tranquilidad a precios tan baratos, yo no soy una tienda de rebajas. Te lo voy a resumir: no vuelvas, no me llames, y por favor, por favor, *por favor,* hagamos como si no hubieras venido. Ya es tarde para estos remiendos. Si quieres ponerte a remendar, te va a tocar por tu cuenta". Pensé *ahora va a hablar,* y tuve miedo: yo sabía bien de qué era capaz cuando hablaba. Pero no lo hizo, por increíble que parezca. No habló, no se defendió, no intentó convencerme de nada. Por una vez en la vida, se quedó callado. Aceptó que había fracasado. Era como una ley fracasada. Una ley de perdón y olvido, la amnistía que había promulgado como un dictador en retiro. Todo eso se cayó al piso en cuestión de segundos. No te voy a negar que lo aceptó con gracia. Con tu libro entendí muchas cosas, Gabriel, pero hubo una en particular que me chocó primero y luego me ha seguido incomodando. Te voy a decir qué fue lo que entendí: entendí que buscarme, venir a Medellín, venir a verme, tratar de hablar conmigo, todo eso fue para tu papá el gran proyecto de su reconstrucción personal, no sé decirlo de otra manera. Y yo lo eché abajo. Si hubiera leído tu libro antes, si hubiera sabido lo que había detrás de su visita, tal vez no le habría dicho lo que le dije. Pero claro, eso es imposible, ¿no?, es una hipótesis absurda. Eso es un libro y lo otro era la vida. La vida va primero y el libro después. ¿Te parece una idiotez lo que te digo? Así es siempre, sí. Eso no cambia. Luego resulta que en los libros vemos las cosas importantes. Pero cuando las vemos ya es demasiado tarde, ésa es la vaina, Gabriel, perdóname la franqueza, pero ésa es la vaina con los hijueputas libros.»

Quedarme a comer fue el movimiento más natural del mundo; también, a esas horas de la noche, fue el menos razonable. Rebeca se había asomado por la ventana de la sala (al llamar a Enrique, con una mezcla de autoridad y blandura, me había incluido sin mencionarme); y enseguida, mientras el viejo me tomaba del brazo para subir, y un soplo de aserrín y sudor animal me frotaba la cara, pensé que aceptar la invitación sería una imprudencia, porque después de la comida se habría hecho demasiado tarde para volver a Bogotá —esto era evidente— pero quizás también para buscar un hotel. Y entonces mi cabeza decidió hacer lo que hacía con tanta frecuencia: fingir que no había oído esas últimas ideas. La curiosidad, y la satisfacción de la curiosidad, no recibían órdenes de ningún tipo de sensatez barata (el peligro de la carretera nocturna, el riesgo de no encontrar habitaciones). Yo quería seguir viendo, seguir oyendo, aun cuando lo que viera y oyera durante la comida fuera el elaborado conjunto de normalidades que había previsto. Pero es que nada era normal en este hombre, pensé, y uno tenía que ser demasiado torpe para no percatarse de ello: esta vida corriente, la felicidad prudente y sosa de su vejez, estaba viciada por dentro —no diré *envenenada,* aunque eso fue lo que se me ocurrió primero—, y debajo de esa mesa de mantel de encaje, y sobre los platos irrompibles en los cuales la comida parecía un adorno más, se movían los hechos, los hechos antipáticos, los hechos que no cambian aunque cambie todo lo demás. Enrique no era de aquí; había llegado huyendo; por apellido y por naturaleza, aunque no por suelo, Enrique era extranjero. Nada de eso obstaba para que cada uno de sus gestos me hiciera una petición: que fuera amable con ellos, que perdonara la pequeñez de sus vidas, su intrascendencia. Y es por eso que verlo llevarse el tenedor a la boca era fascinante: Enrique levantaba una montaña de carne en polvo, masticaba un pedazo de cebolla, la pasaba con jugo de lulo, le sonreía a Rebeca y le cogía la mano, hacía comentarios banales y ella respondía con otros más banales, y para mí era como si me estuvieran dictando el Apocalipsis. Si parpadeo, me pierdo de un verso; si me paro al baño, se pierde todo un capítulo.

Sergio no se había quedado a comer. El desprecio que me tenía (que le tenía a la figura de mi padre imbricada en mi nombre, en mi libro mentiroso) había sido tan evidente que sus padres ni siquiera insistieron cuando él comenzó a despedirse, sin darse el trabajo de inventar un pretexto, y con dos saltos se echó encima la chaqueta de la sudadera y salió. «La novia es artista, como vos», me dijo Rebeca. «Pinta cuadros. Pinta frutas, paisajes, vos sabés mejor que yo cómo se llaman los cuadros así. Los venden los domingos en Unicentro, Sergio se pone como un palomo de contento.» Mientras Rebeca preparaba un agua aromática para después de comer, Enrique bajó solo a fumarse un cigarrillo, igual que lo había hecho, según supe, cada noche durante los últimos treinta años. «La rutina le puede. Si no hace lo mismo a cada hora, el día se le desbarata. Como a tu papá.» Me miró al decir esto; no me picó el ojo, pero hubiera podido hacerlo. «Fijate, Gabriel, eso era lo impresionante de tenerlo al lado por las noches leyendo tu libro. De pronto cerraba el libro y me decía: Se parece a mí, Rebeca, Gabriel se parece a mí, qué tan charro. O a veces me decía todo lo contrario: Es que miralo, sigue siendo un malparido, miralo como se porta.»

«No lo conociste, ¿verdad?»

Ya sabía la respuesta, pero quería que ella la confirmara.

«No, ése no quiso que lo conociera», me dijo, frunciendo los labios, besando el aire para señalar a su marido. «Me escondió como si estuviera con varicela, ¿me entendés? La entecada de la casa. Mirá», siguió después de una pausa, «no cargués vos con las cosas que hizo él, no es justo. Vos olvidate, viví tu vida». Se limpió los dedos en el delantal y me dio una cachetada cariñosa. Era la primera vez que me tocaba con la mano (ese momento siempre es memorable). «¿No te importa que me meta?»

«Claro que no.»

«Mejor, porque yo soy así, así me quedé.»

Para cuando Enrique volvió a subir, yo había terminado ya mi aromática y Rebeca me había puesto las Páginas Amarillas (un ladrillo de papel periódico y tapas de cartulina, el lomo arañado, los ángulos doblados por el uso) encima de las piernas. «¿Qué pasa?», preguntó Enrique al entrar. «Que quiere buscar un hotel», dijo Rebeca. «Ah», dijo él, como si nunca se le hubiera pasado por la mente la posibilidad de mi partida. «Un hotel, claro.» Llamé al Intercontinental, aunque fuera un poco caro, porque así era mayor la probabilidad de encontrar una habitación disponible a esa hora. Hice la reserva, di el número de la tarjeta, y al colgar les pregunté a mis anfitriones cómo llegar desde donde estábamos. «Te voy a hacer un mapita», dijo Rebeca, «hay que atravesar la ciudad»; y se puso a la obra, mordiéndose la lengua mientras dibujaba calles y números y flechas sobre un folio de papel cuadriculado, volcando el peso de su cuerpo sobre la punta de un marcador. Enrique me dijo: «Ven, te quiero mostrar algo mientras ella termina. Es que la pobre es demoradísima para estas cosas».

Me llevó a su cuarto. Era un espacio estrecho, tanto que sólo había una mesa de noche; del otro lado de la cama, la mesa compañera no hubiera cabido (o hubiera bloqueado la puerta del clóset, una tabla de tríplex sin tratar, tan llana y desnuda que hacía pensar en naufragios de caricatura). En una esquina, sobre una especie de carrito de bebidas que permitía acercarlo o alejarlo de la cama, acomodarlo a las miopías o los caprichos de la edad, estaba el televisor apagado, un aparato viejo cuyo empaque imitaba las vetas de la madera, y sobre el televisor había un calendario de escritorio con ilustraciones de caballos de paso fino. Supe que la mesa era dominio de Rebeca, a pesar de que en la foto debajo de la lámpara no apareciera su marido, como indicaba la teoría de las mesas matrimoniales, sino ella misma, algo más joven pero ya sin rastro alguno del color rojo de su pelo: la foto tendría unos diez o quince años, y había sido tomada junto a una piscina pequeña que no parecía demasiado limpia. «Es en Santa Fe de Antioquia», me dijo Enrique, al tiempo que sacaba del cajón lo que al principio pareció un álbum y resultó ser un archivador. «Vamos todos los diciembres, unos amigos nos alquilan su casa.» Abrió los anillos del archivador y sacó una de las páginas, que no eran páginas, sino bolsitas de plástico en las cuales estaban las páginas (o las fotografías, o los recortes) protegidas del sudor de las manos y la humedad del ambiente. «Tú ya conoces esto, aunque no sepas que lo conoces», me dijo Enrique. Lo que había dentro de la bolsa era una carta escrita a máquina, de aspecto formal y sin ninguna corrección; para distinguir las letras, tuve que presionar con la yema del dedo índice la superficie del plástico, y me sentí como un niño que aprende el hábito difícil de seguir un renglón, interpretarlo, encadenarlo con el siguiente.

Bogotá, enero 6 de 1944

Honorables senadores
Pedro J. Navarro, Leonardo Lozano Pardo y José de la Vega:

Mi nombre es Margarita Lloreda de Deresser, nací en Cali-Valle en una familia de tradición liberal. Mi padre era Julio Alberto Lloreda Duque (q.e.p.d.) ingeniero de profesión y asesor de obras públicas del gobierno del doctor Olaya Herrera (q.e.p.d.).

La razón de la presente carta no es otra que la de solicitar a ustedes su intercesión a favor mío y de mi familia en virtud de la situación que enseguida paso a relatar:

Casé en el año de 1919 con el ciudadano alemán Konrad Deresser matrimonio que se ha mantenido sólido bajo los ojos de Dios desde entonces y del cual hay un hijo, Enrique, muchacho de comportamiento ejemplar quien hoy cuenta veintitrés años de edad.

En razón de su nacionalidad mi esposo ha visto su nombre incluido en la «lista negra» del gobierno de los Estados Unidos de América, la cual tiene como sin duda no lo ignoran Ustedes nefastas consecuencias para cualquier individuo o empresa y nuestro caso no ha sido distinto. Pues en espacio de pocas semanas la injusta inclusión en la «lista» nos ha llevado a un estado de crisis que parece no tener salida y sin duda en breve nos llevará a la quiebra.

Sin embargo mi marido nunca ha tenido, tiene ni tendrá simpatías hacia el gobierno en el poder actualmente en Alemania por lo cual su inclusión en la lista es injusta e injustificada y no ha obedecido más que a rumores sin ningún fundamento.

Mi marido es propietario de una pequeña empresa de carácter familiar, Cristales Deresser, dedicada a la

«¿Aquí se acaba?», dije. ¿No tienes el resto?»

Enrique sacó otra de las páginas plastificadas.

«No te pongas nervioso», me dijo con sarcasmo. «El mundo no se va a acabar en este ratico.»

manufactura y comercialización de vidrios y cristales de todos los tipos. Cuyo capital no alcanza la suma de ocho mil pesos y que no tiene en su nómina más que a tres empleados fijos todos ellos colombianos.

Mi marido además es parte de la amplísima comunidad alemana que llegó a Colombia a principios de nuestro siglo y ha sido desde entonces fiel cumplidor de las leyes de nuestra patria. Se ha distinguido entre los bogotanos por la severidad y rectitud de su moral y costumbres, como suele ocurrir con los miembros de esta raza de altas cualidades. Y a pesar de haberse sentido siempre orgulloso de sus orígenes mi marido nunca ha impedido que yo eduque a mi hijo en los valores religiosos y civiles de nuestra patria Colombia, en la Iglesia Católica y en nuestra Democracia tan preciada y que hoy en día se ve amenazada por los hechos que son del dominio público. Lo cual mi marido lamenta tanto como todos los demás ciudadanos colombianos de los cuales se siente parte.

Con todo el respeto solicito a ustedes no sólo en mi nombre sino en el de las demás familias alemanas que se encuentran en análoga situación, que intercedan ante el Gobierno para que nuestros nombres, sean retirados de la mencionada lista y nuestros derechos civiles y económicos nos sean restituidos. Tanto mi marido como muchos otros ciudadanos alemanes sufren las consecuencias del lugar donde nacieron por virtud de la Providencia pero no de sus hechos ni sus acciones. Hechos y acciones que no han sido sino acorde con las leyes y las costumbres de esta Patria que los ha acogido tan generosamente.

Agradezco de antemano la atención que puedan Ustedes prestar a la presente. Y en espera de las manifestaciones de su buena voluntad, se despide,

Atentamente,
Margarita Lloreda de Deresser

«¿Cómo la conseguiste?»

«Pidiéndola», dijo Enrique, «así de simple. Sí, a mí también me pareció raro. Pero luego pensé: ¿qué tiene de raro? Estos papeles no le interesan a nadie. Como esta carta hay cientos, miles, no es que sean irreemplazables. Hace unos años hubo un incendio, muchos se quemaron. ¿Tú crees que a alguien le importó? Papel basura, eso es lo que eran estos archivos. El funcionario que me la dio me confesó la verdad. Esos papeles los cortaban en tiras y los ponían junto al mesón de trámites, para que la gente que iba a poner la huella tuviera con qué limpiarse los dedos».

«Y fuiste a Bogotá, la pediste, te la dieron.»

«Te sorprende, ¿no? ¿Qué creías, que Sara Guterman era la única maniática? No, Sara es una aficionada a mi lado. Yo sí me he tomado este asunto en serio. No soy un diletante. Si hubiera un gremio de documentalistas, yo sería el presidente, no te quepa la menor duda.»

«Ah, estás con eso», dijo Rebeca al entrar. Llevaba en la mano las señas, las carreras y las calles que me llevarían al hotel al cual yo, por supuesto, ya no quería llegar. «Pobrecito, no tiene a quién mostrarle sus juguetes.»

«Tengo», dijo Enrique, «pero no quiero. Esto no es para cualquier pelagatos».

«No me los puedo llevar, me imagino», dije. «Ni aunque los traiga mañana por la mañana.»

«Te imaginas bien. Estos papeles no salen de esta casa mientras yo esté vivo.»

Dije que entendía (y no estaba mintiendo). Pero aquélla era la carta de la cual me había hablado Sara Guterman. Y Enrique la tenía. Me la había mostrado. *Yo la había visto*. En medio de aquella arqueología familiar, me pareció formidable el acuerdo tácito al que habían llegado Enrique y su esposa: ambos hablaban de esa carta con ligereza, como si así neutralizaran la gravedad de lo que contenía. Yo, por lo pronto, no podía entrar en el juego. Las radiaciones del papel, de la firma de Margarita Deresser, de la fecha misma, me lo impedían.

«Si me perdieras uno de estos papeles, si me lo dañaras, no tendría más remedio que matarte», dijo Enrique. «Como los espías de las películas. Y no quiero matarte, hombre, me caes bien.»

«Yo tampoco quiero», dije, devolviéndole el segundo folio de la carta. Me paré, me acerqué a Rebeca para darle un beso de despedida. «Bueno, gracias por todo», iba diciendo.

«Pero si quieres», me interrumpió Enrique, «puedes quedarte a dormir».

«No, no. Ya hice la reserva.»

«Pues la cancelas.»

«No quisiera molestarlos.»

«La molestia sería tuya», dijo Rebeca. «El sofá es durísimo.»

«Hay otra cosa», dijo Enrique. «Hay algo que me gustaría hacer contigo. No he sido capaz de hacerlo solo, y quién mejor que tú para acompañarme.»

Y me habló de la cantidad de veces que había manejado por la carretera a Las Palmas, pensando todo el tiempo en ver el sitio del accidente, pensando en dejar el carro al borde de la calzada y bajar caminando como un turista por la ladera de la montaña, si es que eso era posible. No, nunca había sido capaz: cada vez había seguido derecho, y un par de veces llegó al extremo —ridículo, sí, él lo sabía— de subirle el volumen al radio del carro para no escuchar la urgencia de sus propios pensamientos metiches.

«Lo que te propongo es que vayamos mañana», me dijo. «Te queda de camino a Bogotá, vas a tener que pasar por ese lugar de todas formas.»

«No sé si quiero hacerlo.»

«Salimos temprano y no nos demoramos, te lo prometo, o nos demoramos lo que tú quieras.»

«No sé si quiero pasar por eso, Enrique.»

«Y luego te vas a tu casa. Ir y mirar, no es más. A ver si salgo de esto de una vez por todas.»

«A ver si sales de qué», pregunté.

«De qué iba a ser, Gabriel. De la duda, hombre, de esta duda de mierda.»

Desde que Enrique y Rebeca me dieron las buenas noches, desde que se retiraron a su cuarto, a menos de cuatro metros del sofá donde yo pasaría la noche, y cerraron la puerta, supe que esa noche no podría dormir. Con el tiempo me he entrenado para reconocer las noches de insomnio mucho antes de esforzarme por conciliar el sueño, y así he dejado de perder el tiempo que se pierde en ellas. Apagué la luz de la sala pero no la de la lámpara de pie, y en la media penumbra, sentado sobre el cojín que Rebeca había envuelto en una funda para que me sirviera de almohada, me quedé un buen rato pensando en mi padre, en el perdón que le había sido negado, en el trayecto que había comenzado a hacer después de la negativa y nunca había llegado a terminar, y no pude no pensar que mi presencia esa noche en casa de Enrique Deresser era una de las formas que la vida tiene de burlarse de la gente: la misma vida que le había negado a mi padre la única redención posible, y de paso me había negado a mí el derecho a heredar la redención, ahora había dispuesto que yo, el desheredado, fuera huésped por una noche de quien se había negado a redimirnos. La luz de la lámpara llovía en línea recta desde la caperuza, iluminando sólo el espacio circular que tenía debajo, y el resto de la habitación permanecía a oscuras (vagamente se distinguían sus objetos: la mesa del comedor y las sillas en desorden, la cómoda de la entrada, los marcos de las fotos, los cuadros —más bien, los afiches— sobre las paredes que en la oscuridad no eran blancas, sino grises); y sin embargo tuve que pararme y dar una vuelta en el espacio reducido, porque la misma electricidad de los ojos y de los miembros, la misma estática que me iba a mantener despierto, me impedía ahora quedarme quieto.

La ventana se agotó de inmediato: afuera, nada ocurría, ni en las ventanas de otros edificios, todas negras y ciegas, ni en la calle, donde mi carro aún sobrevivía, ni en el patio, donde la cuadrícula de tiza de la golosa reflejaba la luz polvorienta de los faroles. En los retratos de la cómoda, Sergio aparecía tocando la nariz de un pony y haciendo una mueca de asco, Rebeca y Enrique posaban sobre un puente —yo sabía que había un puente famoso cerca de Santa Fe de Antioquia, y asumí que ese puente y el de la foto eran el mismo—, y una mujer más joven que ellos, pero demasiado vieja para ser, por ejemplo, la novia de Sergio, abrazaba a Rebeca en una fiesta y sostenía una copita de aguardiente en la mano libre. Todo esto era difícil de ver en la oscuridad, como difíciles de ver (y, por supuesto, de entender) fueron los títulos alemanes de los diez o doce libros de bolsillo que encontré en el primer cajón de la cómoda, abandonados entre juegos de destornilladores, tarros de bóxer, sobres de azúcar en polvo, dos o tres jeringas con sus tapas, dos o tres hebillas oxidadas. En la cocina abrí y cerré puertas tratando de no hacer ruido; encontré una jarra de vidrio llena de galletas y tomé una, y de la nevera saqué una botella de agua fría, me serví un vaso (tuve que pasar por conservas y cajas de té antes de encontrarlo). Sobre la puerta había un imán en forma de herradura y otro con el escudo del Atlético Nacional. No había nada más: ni nombres, ni listas, ni recados. Con mi vaso de agua fría en la mano regresé a la esquina iluminada del sofá. Serían casi las doce. Puse el álbum de Enrique sobre el cojín, para que le diera la luz de lado y el reflejo del plástico no borrara las letras, y me encontré una vez más, como tantas veces en mi vida, metido en el examen de documentos ajenos, pero no con la imparcialidad de otras ocasiones, sino sobreexcitado y nervioso y al mismo tiempo cansado como el día que le sigue a una borrachera intensa. «Mañana me lo devuelves», me había dicho Enrique, «pero esta noche míralo con calma».

«¿Pero no las puedo fotocopiar?», le había dicho yo, porque la carta de Margarita, por sí sola, me había estimulado como si me hubiera topado en una subasta con la toga de Demóstenes. «¿No puedo levantarme temprano, buscar una droguería y fotocopiarlas?»

«Esas cartas son mías y de mi familia», me dijo Enrique. Por primera vez, su tono tuvo algo de reproche. «A nadie más tienen por qué interesarle.»

«A mí me interesan. Yo las quiero tener.»

«No me has entendido», me cortó él. «No son para que las tengas tú.» Y al cabo de un silencio incómodo siguió hablando, como si pidiera disculpas por proteger su territorio: «Es que no quiero que acaben en un libro», me dijo. «Será por pudor, o por privacidad, llámalo como quieras. Yo les tengo mucho cariño a estas cartas, y parte del cariño es saber que nadie más las tiene, que son mías, que nadie más las conoce. Si fueran públicas, algo se perdería, Gabriel, algo muy grande se perdería para mí, no sé si me explico.»

Le dije que sí. Se explicaba, sí señor, se explicaba perfectamente. Y tan pronto como abrí el álbum y pasé tres o cuatro páginas entendí sus afanes, el miedo a los daños que esa colección podría sufrir en manos descuidadas. En los sobres plásticos, enseguida de aquella en que Margarita le había suplicado ayuda a los senadores, estaban varias de las cartas, unas ocho o diez, que el viejo Konrad le había mandado a su familia —primero a su esposa, luego a su hijo— desde el campo de concentración del Hotel Sabaneta. No era más, pero era todo. «No son para que las tengas tú», me había dicho Enrique: ésa había sido su forma sutil de decir *tienes prohibido apropiarte de ellas; tú, que robas todo, no me robes esto*. Él era mi anfitrión; yo era su huésped. Al dármelas, al permitirme el acceso a ellas aunque fuera por una noche, había confiado en mí. Pero las cosas no salieron como ambos lo hubiéramos preferido: tan pronto como leí la primera carta supe que acabaría por traicionar esa confianza, y al llegar a la mitad de la segunda me puse en la tarea de traicionarla.

Sergio podía llegar en cualquier momento. Me volví a poner los zapatos, busqué mi chaqueta en la silla de la entrada, y con chaqueta y zapatos me acerqué al cuarto donde dormían los esposos Deresser. Aguanté la respiración, para oír mejor, y al cabo de diez o veinte segundos distinguí sus respiraciones dormidas; pensé que podía tratarse de una solamente, que uno de ellos podía estar pasando (como yo) una mala noche; pero no había manera de confirmarlo, y lo que no es posible confirmar no debería nunca ser considerado. Traté de ajustar la puerta de forma que se viera cerrada desde afuera. Cuando me pareció que lo había logrado, bajé las escaleras a oscuras, y caminando entre la puerta del edificio y la de mi carro, pisé por accidente la golosa de tiza. No supe si la había estropeado, pero no me paré a confirmarlo. Entré a mi carro no por la puerta del chofer, sino por la del copiloto, saqué de la guantera mi cuaderno de notas, de mi chaqueta el bolígrafo, prendí la lucecita del techo y me puse a trabajar. Encontré que las cartas estaban organizadas de atrás para adelante: las más recientes primero, las más antiguas después. Sólo cuando llegué a las últimas del archivo comprendí el efecto particular que causaba esa lectura, esa cronología enrevesada.

Las siguientes son las cartas que transcribí.

Fusa, 6 de agosto de 1944

Muchacho,

Hoy se han ido del hotel los tres que deportaron. Heinrich Stock, Heider y Max Focke. Stock era propagandista de los duros eso lo decía todo el mundo.

El domingo pasado sus familias vinieron como siempre y todo pasó como siempre y el martes llegó la orden y hoy se los llevaron. Van a viajar a Buenaventura y de ahí coger el barco y a usa. Dicen que de usa van a Alemania unos y otros se quedan en otros campos.

Lo único que yo no quiero es volver a Alemania. La guerra ya está perdida.

Señores de la censura esto no es una clave.

Parece que van a traer bolos. Pero todos los días se dice algo distinto.

Dijeron que iban a dar más de las 4 cervezas diarias.

Aquí la gente tiene una razón para salir. Yo a qué salgo.

Tu papá

Fusagasugá, 25 de junio de 1944

Muchacho querido,

Ahora son las 5 de la tarde y estamos todos en el comedor escribiendo nuestras cartas. Los domingos son los días más terribles para mí. La misa no me ayuda nada al contrario me pone a pensar en que Dios está lejos de mí. Me siento confundido. Cuál es mi religión y cuál es mi país. Esas son las dos cosas a las que uno puede pedir y yo no tengo claro a quién pedirle nada. Esto es lo que se llama abandono total.

Todo el día hablo mi lengua con gente de mi tierra pero estamos en otra tierra. Perdón si te parece una bobada esto. Los domingos generalmente escribo bobadas. Los días de entresemana estamos en los cafetales y arreglamos los jardines pero en domingo no. Los trabajos de agricultura nos distraen pero el domingo hay demasiado tiempo libre. Hoy me senté en la terraza a ver llegar carros de Bogotá con familias. Mujeres y niños que vienen a ver a los hombres. Todos sentados junto a la piscina en familia. La nuestra habrá fracasado para siempre? No quiero ni pensarlo. Quién soy yo aquí sin ustedes. Nadie. Para entretenerme, me puse a pensar a cuántas de esas personas les he vendido vidrios. 23. Kraus todavía me debe, increíble.

He perdido el sueño. No quiero quejarme demasiado pero es así. Mañana la diana la van a tocar a las 6 y yo desde ya sé que para ese momento voy a llevar dos horas despierto. Duermo cuatro horas en el mejor de los casos. Desde las 9 y media no se puede hacer ruido y esas horas en silencio y a oscuras son las peores. Cuéntame cómo están las cosas en la casa. Dime si has tenido noticias de tu madre no me mientas en esto. No me abandones tú también por favor. Tu papá,

Konrad

Fusagasugá, 26 de mayo de 1944

Muchacho querido,
Tu mamá volverá tarde o temprano. He tardado un poco en escribirte porque no te quería decir mentiras. Uno es demasiado optimista en momentos de emoción y a mí tu carta me movió el piso no te lo voy a negar. Podría estar destrozado pero no lo estoy. Sabes por qué? Porque después cuando me tranquilicé estuve pensando qué era de verdad lo más probable y llegué a esta conclusión. Tu mamá va a volver porque somos su familia. No me cabe la menor duda y yo no me equivoco cuando se trata de juzgar a alguien. Ten paciencia que todo llegará a su debido tiempo con la ayuda de Dios.

Me dices que ella pasó días terribles. Yo también he pasado días terribles porque no es fácil estar separados. Por supuesto que lo que hizo es un acto de egoísmo y eso es raro en ella una persona siempre tan generosa. Por eso estoy seguro que va a recapacitar. No hay nada que el tiempo no arregle y un día volveremos a estar los tres juntos. Te doy mi palabra.

Tu papá que te quiere,
Konrad

Hotel Sabaneta, 21 de abril de 1944

Mi querida y adorada Marguerite,
Me gustaría que te vinieras a vivir a Fusa. Aquí en el hotel hay gente que tiene sus familias en Fusa y las pueden ir a ver todos los días y hasta quedarse a dormir con ellas. De ida los escolta un policía y de venida también. Pero duermen con sus esposas

y pueden ver a sus hijos. Las casas en Fusa están carísimas porque ahora todos quieren una casa en Fusa y aquí hay gente de mucha plata. Pero si nos esforzamos podemos buscar un sitiecito barato para que vivas. Enrique puede quedarse en Bogotá. Lo bueno que sería poder volver a dormir junto a ti. Yo sé que no tenemos plata pero algo se podrá hacer porque como dicen la esperanza es lo último que se pierde.

Aquí se vive sin problemas graves de manera que por mí no te preocupes. No hay mucho que hacer porque está prohibido tener radio. No nos dejan ni oír música y a mí con oír música se me arreglaría un poco la cosa porque podría distraerme. A uno de los empleados del hotel le caigo bien es el que me ha ayudado a escribir mis cartas. A ver si le puedo pedir un radio o que me deje entrar a su cuarto y oír música un rato.

Te quiero siempre. Tuyo,

Konrad

Hotel Sabaneta, Fusagasugá, 9 de abril de 1944

Mi adorada Marguerite,

Nunca te gusta que te escriba en alemán y ahora estás de suerte porque en este lugar el alemán es prohibido para la correspondencia. Todas las cartas tienen que ser en español y tienen que pasar la censura más horrible. Las entregamos abiertas y un encargado las lee y pide explicaciones. Estarán buscando espías. Pero claro aquí espías somos todos, simplemente por tener apellidos que ellos no pueden pronunciar. Nos hicieron exámenes médicos como si tuviéramos enfermedades contagiosas. Ser alemán es una enfermedad contagiosa. Hablar se puede todavía por lo menos eso no han prohibido.

Hubo misa católica la semana pasada pero hasta ahora me entero. La dio el padre Baumann. Si hay misas aquí tal vez no vaya a ser tan grave todo y de todas formas Dios es uno solo. El padre Baumann me recuerda mucho a Gabriel. Le dije a Gabriel que si quería podía venir a practicar aquí en lugar de ir siempre a donde los Guterman. Me sacaría del tedio. Y podría oír al padre Baumann porque Gabriel es católico. Recuérdaselo por favor. Pero no le insistas si no quiere.

Bueno espero que no dejes de buscar ayuda. Alguien tiene que entender que todo esto es un error y que yo no he hecho nada malo. Así me paga este país por amarlo como lo he amado. Colombia es el país más desagradecido que Dios ha puesto sobre la faz de la tierra. Y yo no soy el único que lo dice. En las comidas el tema es ese. Lo que pasa es que aquí hay lobos con piel de oveja y ese es el problema de los que hemos caído aquí. Que los demás sepan que yo no soy como ellos. Mi amor lo importante es que tú me creas. El resto me importa muy poco. Lo que piense Enrique me importa muy poco si tú me crees.

Te escribiré tanto como me lo permitan aquí y ojalá no te aburra. Tuyo,

Konrad

Cuando la última carta del archivo, la primera que escribió Konrad Deresser desde el Hotel Sabaneta, quedó transcrita en mi cuaderno, me tomé un par de minutos para reponerme del golpe de la cotidianidad: las cartas habían sido el mejor testimonio de esos días ordinarios, insoportablemente ordinarios, que un ciudadano ordinario había pasado en un tiempo y un lugar extraordinarios; las cartas habían sido, por eso mismo, el mejor testimonio del error cometido por mi padre. Sólo eso me hubiera obligado a robarlas; como si fuera poco, estaba además ese párrafo de en medio, soltado allí, entre dos patéticos llamados cuyo destino era una Margarita que quizás ya, para ese momento, había dejado de estar con su marido: ese párrafo neutral como la malla de una cancha de tenis, que mencionaba el nombre de mi padre (lo cual era suficiente para volverlo único y valioso) y que a mí me parecía contener imágenes imposibles. *Practicar* era en ese párrafo un verbo largo y maleable, una palabra hecha de caucho quemado. Me quedé un rato pensando en *Los maestros cantores de Nuremberg,* y uní la anécdota de la Radiodifusora con la carátula perdida que había encontrado en el apartamento de mi padre. De repente mi padre tenía un violín pegado al cuello, y practicaba; o más bien recibía del viejo Konrad lecciones o trucos de tenor para manejar de mejor manera el diafragma, porque el viejo Konrad sabía de estas cosas. Imaginé a mi padre montándose en buses o carros ajenos con el estuche de su violín colgado del hombro, y traté de especular sobre el momento en que decidió abandonar el instrumento. Todo eso llegué a pensar antes de intuir que el párrafo no se refería al aprendizaje de instrumentos ni de respiraciones, sino al de la lengua alemana.

¿Era eso posible? ¿Mi padre aprendiendo alemán desde tan joven? Mi cabeza empezó a buscar indicios en la vida del Gabriel Santoro que me había tocado conocer, pero era ya tarde, y ese trabajo de investigación en los archivos mentales es agotador y no siempre es muy confiable. Mejor sería recurrir a mi informante del momento, Enrique Deresser, aunque para eso tuviera que esperar hasta el día siguiente.

Devolví mi cuaderno a la guantera. Antes de salir del carro, me fijé en las esquinas cómplices de la calle, comprobé que Sergio no estuviera a la vista. Volví al edificio caminando como si alguien me persiguiera, y hacia las cinco, aun vestido, logré dormir un par de horas sin recordar, eso sí, lo que había soñado. Pero tal vez soñé con mi padre hablando en alemán.

Me despertó el gorgoteo de una cafetera. No debí de abrir los ojos de inmediato, porque después, cuando por fin lo logré, Enrique Deresser estaba parado frente a mí, pidiendo que lo sacara a pasear como un perro con el lazo en la boca; pero él no llevaba un lazo en la boca, sino una taza de café en la mano, y no quería salir a pasear, sino ir al lugar donde, según los informes del datt, había muerto por accidente un amigo de juventud. Su colección de cartas ya no estaba junto al sofá, donde la había dejado yo la noche anterior. Ya estaba guardada, ya estaba a buen recaudo, ya había sido puesta a salvo de los ladrones. Enrique me entregó la taza caliente.

«Bueno, te espero abajo», me dijo. «Voy por unos buñuelos, si quieres compro para ti también.»

«¿Buñuelos?»

«Para comer por el camino. Para no perder tiempo desayunando.»

Y así ocurrió, por supuesto: Enrique no estaba dispuesto a aplazar el asunto ni un segundo más de lo necesario. Con el timón en la mano izquierda y sosteniendo una bola de masa caliente entre dos dedos de la derecha, seguí sus indicaciones y me encontré, después de subir por calles empinadas y urbanas de pavimento desigual (cuadrículas de concreto limitadas por líneas de brea), saliendo de la ciudad y subiendo montañas. Las rodillas del copiloto golpeaban la guantera: no me había dado cuenta de que Enrique fuera tan alto, o sus piernas tan largas, hasta ese momento, pero no le dije nada por miedo a provocar una conversación que de alguna forma imprevista lo llevara a abrir la guantera y encontrar mi cuaderno de notas y hojearlo por curiosidad y toparse con las palabras que yo le había robado a él y a su familia. Pero eso no parecía probable: Enrique iba concentrado en otras cosas, su mirada fija en los camiones que pasábamos y en las curvas de la carretera, esa cinta de cemento oscuro tan sinuosa que se volvía impredecible pocos metros por delante del carro y que en los retrovisores se perdía de vista. En un momento, el dedo índice de Enrique se levantó y dio un golpecito sobre el panorámico.

«Las cajas de saltinas», dijo.

«¿Qué tienen?»

«Las mencionas en el libro.»

Y luego volvió a quedarse callado, como si no comprendiera lo que para mí era evidente: había comenzado a interpretar una buena parte de su mundo a través de algo leído. Bostezó, una y dos veces, para liberar la presión de los oídos. Hice lo mismo y confirmé que la altura me los había tapado un poco. Eso puede ocurrir sin que uno se dé cuenta, porque la subida no es tan drástica, y el proceso es bastante parecido, piensa uno, al que sufre un viejo que se está quedando sordo. Subir a Bogotá es la sordera repentina, la que provoca una enfermedad infantil; aquella subida, la de Las Palmas, era la sordera progresiva y natural de los años de la vejez. En eso estaba pensando cuando Enrique volvió a golpear el panorámico y me dijo que me orillara, que ya habíamos llegado. El carro desaceleró y las llantas patinaron sobre la tierra suelta de la berma, y empezó a sonar el tintineo incómodo de las luces de parqueo. A mi izquierda quedó la carretera, que siempre parece más peligrosa cuando uno está quieto, y a mi derecha flotaba la mancha verde de unos arbustos, tan ralos que entre las hojas se alcanzaba a ver el aire del valle y la caída violenta de la ladera. Y fue entonces, tal vez por la sensación de despedida que provoca estar con alguien en un carro apagado, tal vez por la forma un poco estrafalaria en que nos hermanaba el paisaje de los alrededores —nos volvía confidentes o cómplices—, que le pregunté a Enrique lo que había querido preguntarle desde la noche anterior. «Claro que hablaba alemán», siguió diciendo, «lo hablaba como un nativo. Lo aprendió en el Nueva Europa, ésa fue su escuela. Peter, Sara, ésos fueron los profesores. El acento lo cogió ahí mismo, la gente con buen oído no tiene problemas, y Gabriel tenía mejor oído que Mozart. En tu libro hay cosas importantes y cosas sin importancia. Entre las cosas sin importancia, lo que más me sorprendió fue que Gabriel hubiera olvidado el alemán. Había querido olvidarlo. Hasta ese día cuando se puso a cantar *Veronika,* ¿no? Esa canción le gustaba mucho a Sara, de eso me acuerdo perfectamente. Y Gabriel fingiendo que se había puesto a estudiar de viejo, que sólo llevaba unos meses con su nueva lengua, todo eso que pones en el libro, yo lo leía y no podía creerlo. El hombre que recitaba discursos del Reichstag fingiendo que no sabía alemán, no me digas que no es muy irónico».

«Háblame de eso. Sara no me dijo gran cosa.»

«Será porque tampoco es gran cosa», dijo Enrique. «Me acuerdo muy bien de una conversación entre ellos, una de las últimas que me tocó ver... Gabriel le pedía a mi papá que le explicara algunas referencias que salían en los discursos, mi papá lo hacía con gusto, como un profesor. Ésa fue la relación de más confianza que llegaron a tener. No era una amistad, no. Gabriel no traicionó una amistad con papá, pero traicionó algo. No sé muy bien cómo se llame, pero de alguna forma habrá que llamarlo, algún nombre habrá que ponerle al sitio donde clavó el cuchillo. Esos discursos, no sé si los conozcas. No, no me atrevo a decir que Gabriel haya aprendido alemán para entenderlos, pero sería muy ingenuo pensar que no hayan sido uno de los beneficios. En cualquier caso, es normal que Sara no lo haya mencionado, me parece. Gabriel nunca cometió el error de llevar esos entusiasmos culpables al Nueva Europa. Era un tipo sensato, después de todo, y tenía la cabeza bien puesta. Podía estudiarlos, pero lo hacía en secreto y con vergüenza. Tal vez le hubiera gustado que mi papá se avergonzara un poco más. A mí también, claro. Cómo lo desprecié. Ah, sí, llegué a despreciar tanto a mi papá. Qué cobardes. Ambos fuimos muy cobardes.» No era difícil imaginar que hubiera estado releyendo las cartas del viejo Konrad en la mañana en que mi padre había venido a visitarlo; imaginé la frescura del resentimiento, la actualización cotidiana del desprecio; imaginé a Enrique repasando de memoria el texto mientras mi padre llevaba a cabo su discursito de contrición. Pero sobre todo imaginé el curso de una vida afecta a la reconstrucción documental de las escenas de otra vida. A eso se había dedicado Enrique: los documentos que había llegado a coleccionar eran su lugar en el mundo. Pensé que por eso me los había lanzado casi en masa, porque pensaba que yo recibiría los mismos sosiegos, y con ello Enrique se convertía en una especie de pequeño mesías, de cristo *ad hoc,* y los documentos eran su evangelio. «Sí, Gabriel iba al Nueva Europa a practicar su alemán», dijo Enrique, y achicó los ojos. «A veces se me ocurre que haya podido ser ahí. ¿No es horrible? No sólo contemplar esa posibilidad, no me refiero a eso solamente: ¿no es horrible que nunca vayamos a saber dónde pasó? Ese momento lo llevamos encima, Gabriel, y nunca vamos a saber cómo fue. Por más cartas que haya conservado de mi papá. Por más información que haya podido darte Sara Guterman, esa información nos falta. Dime una cosa, ¿te has imaginado la escena?»

«He tratado», le dije. «Pero los espacios de esos años ya casi no existen. Nunca conocí el Nueva Europa, por ejemplo.»

«Yo la he reconstruido como si la hubiera visto. Voy caminando por el corredor de arriba y lo veo abajo, sentado con el tipo de la Embajada o de la Policía, pero sigo derecho a mi cuarto. ¿Cómo me puedo imaginar? Es que ni siquiera me quedo tratando de ver con quién habla Gabriel. Ni siquiera pienso en eso. Lo veo sin pensar. No me hago preguntas: ¿quién será?, ¿estarán practicando alemán? Gabriel se sentaba a hablar con los alemanes, le gustaba intercambiar idiomas. Los alemanes salían con cuatro frases nuevas en español, felices, eso sí. Así que en esa imagen yo hubiera podido preguntarme si estaban intercambiando idiomas. Pero no me pregunto nada. Mis ojos pasan por encima de Gabriel. Entre ellos dos y yo hay una puerta cristalera, un patio entero y una fuente que hace ruido de fuente. De manera que podría decir: trato de oír lo que dicen y no puedo. Pero no es así. En la imagen que me hago, no trato de oír nada. Normal, ¿no? Pasas por un sitio por donde pasas todos los días, ves a tu amigo sentado y haciendo lo que ha hecho desde que lo conoces: hablar. ¿Cómo vas a imaginarte?»

«No puedes», dije.

«Yo sé que tú siempre has querido más detalles», dijo él. «Pues más cerca que esto no podemos estar, te lo digo yo. Eso sí, los detalles cambian. Algunas veces está lloviendo sobre la pileta de la fuente, otras no. Ahí están los pescaditos, ahí están las monedas que la gente echa. Algunas veces veo a Sara ocupada con los clientes de la recepción, y la insulto por no sospechar tampoco. Yo he cargado con esto mucho tiempo ya, mijo. Y creo que tú tienes buena espalda, creo que no te hará daño ayudarme un poco. Al fin y al cabo, eres tú el que ha escrito sobre esto, eres tú el que se ha ocupado, y la tierra es del que la trabaja. Nadie tiene tanta información como tú. Sara fue la última, pero ya ella no puede ayudarme. Usa la información, Gabriel, hazme ese favor. En diez años, si sigo vivo, pásate por aquí, y discutimos nuestros puntos de vista, me dices cómo es tu escena. Me dices si tu papá escoge el sitio o si se adapta a lo que le pidan. Si informa con gusto o si tiene sentimientos encontrados. Si en la entrevista niega el hecho de hablar alemán, o si es precisamente por eso, por hablar alemán, que le dan crédito a lo que dice. ¿Piensa en Sara? ¿Siente que al acusar a mi papá la está defendiendo de algo? Las preguntas no se acaban. Yo tengo mis propias hipótesis. No te las voy a decir, para no influenciarte.» Ahí estaba de nuevo el impulso de ligereza que yo había presenciado la noche anterior, la estrategia que lo transformaba todo en juego para defenderse de lo doloroso de los hechos. Habían sido cincuenta años viviendo con la traición. En estos términos —pensé—, yo era un recién llegado. Se me ocurrió entonces que Enrique Deresser hubiera planeado esta emboscada desde antes, desde mucho antes —desde la publicación de mi libro, por ejemplo—. Y todo, la invitación a verlo, la narración de la visita de mi padre, el acceso que me había permitido a sus demasiados documentos, todo era el camino pavimentado que llevaba a este instante: el instante en que se quita de encima la mitad del peso de su vida y lo traspasa a otra persona; el instante de una libertad mínima, conseguida ya de viejo y casi por causalidad. «Pues esto es lo que quería pedirte», dijo. «*Que pienses.* Yo llevo ya demasiados años, hasta aquí llego, ahora es tu turno. Eso sí, te advierto que no por mucho madrugar vas a ver lo que no está. No por mucho pensar en esa escena amanece más temprano. En fin, tú ya me entiendes. Es imposible completar la escena.» Después de un rato, añadió: «¿Hay algo más que quieras saber?».

Quise decirle: ¿Acaso hay algo que sepa a ciencia cierta? ¿Hay algo en la vida de mi padre que tenga una sola cara? Pero en cambio le dije:

«Por ahora no. Si hay algo más, te aviso después.»

«Bueno. Entonces a lo que vinimos, ¿no te parece?»

«Me parece.»

«Que no se nos vaya la mañana hablando de cosas viejas», dijo. «Seamos realistas, tú y yo estamos solos. Estas historias ya no le importan a nadie.»

Salimos del carro y nos encontramos en el mundo ruidoso y demasiado brillante de afuera, y empezamos a caminar hacia delante, por la berma, bordeando la línea en que la montaña se lanza al vacío y en la cual no hay barreras de contención ni protección artificial de ningún tipo: los hombres dependen de la voluntad de las piedras y de los troncos y de las casas de adobe o de ladrillo hueco para no desbarrancarse. El aire era denso y húmedo y el olor caduco de la vegetación lo llenaba como se llena una palangana. Comencé a sudar: me sudaban las manos y la nuca, la correa del reloj se me pegaba a la muñeca. Habíamos caminado unos treinta o cuarenta metros cuando Enrique se detuvo, con las manos en la cintura y jadeando (las cejas levantadas, las comisuras de los labios abiertas como las branquias de una trucha moribunda), respiró hondo y dijo:

«Aquí es.»

Aquí era. Aquí era el lugar por donde el carro de mi padre se había desbarrancado. Este paisaje era lo último que había visto en su vida, con la probable excepción de unas luces que se le echan encima o la carrocería de una flota que lo saca de la carretera. Mientras yo me acercaba al comienzo de la ladera y me fijaba en los arbustos arrancados de cuajo, en las ramas destrozadas y la tierra revuelta, en la naturaleza que había preferido no regenerarse en todos estos años, Enrique miraba la carretera, que en ese punto serpenteaba menos (o sus curvas eran menos cerradas), y acaso pensaba, como pensaba yo viéndolo, que aquélla era otra de las ilusiones generadas por la quietud: desde los bordes, todo parece más recto y, sobre todo, parece *más recto por más tiempo,* y uno nunca pensaría que algo pueda ser impredecible para los carros que pasan, ni un peatón descalzo, ni un perro espantado. Si una flota aparecía por esa curva, pensaba yo que pensaba Enrique, el chofer de un carro alcanzaría a verla; si no la veía, por la oscuridad compacta que debía de cubrir en las noches esta carretera, o por una distracción cualquiera (la distracción que viene de una tristeza reciente, una decepción o una mala noticia), lo más probable era que una persona de reflejos normales alcanzara a manipular el timón para esquivarla. Porque el ancho de la carretera, en este punto, parecía permitirlo; porque la velocidad que hubiera alcanzado un carro de subida no era mucha. En este punto, pensaría Enrique, un accidente era más bien improbable.

Sí, eso era lo que pensaba Enrique. No había duda. ¿Quién dice que no es posible leer mentes ajenas?

La tarde anterior, su hijo casi me había agredido por especular acerca de su vida (y hacerlo, para colmo, en medio de esa apología de la traición que era mi libro); pero esta vez, por lo menos, no se trataba de una especulación. Yo podía leer los pensamientos de Enrique, uno por uno, como si los escupiera sobre el asfalto después de pensarlos. Enrique estaba parado de cara a la curva fatal, y yo lo miraba y podía incluso cerrar los ojos y escuchar el curso de sus pensamientos... pero la flota, pensaba Enrique, podría haber surgido de la curva en el instante en que Gabriel se ponía a buscar una emisora en el radio, pero la flota podía llevar las luces apagadas, para ahorrar batería como suelen hacerlo, pero la mano mala de Gabriel podía tener la culpa de que su reacción no hubiera sido eficaz, pero su corazón podía haber fallado por el golpe repentino del susto, y en ese caso Gabriel ya hubiera estado muerto cuando su carro se desbarrancó... pero qué de las intenciones del chofer, qué de la posibilidad de su suicidio, ¿acaso no era posible que fuera el chofer de la flota el desesperado, el desencantado, el muerto en vida?, ¿acaso el chofer de la flota no había cometido errores antes, y no era posible que hubiera tratado de enmendarlos y alguien le hubiera prohibido la enmienda? Esas posibilidades existen, pensaba Enrique Deresser, nadie me las puede robar. Ya para este momento el hijo de Gabriel se ha enterado, ya sabe para qué lo traje, por qué hemos venido a ver el lugar donde Gabriel se tiró al vacío, donde prefirió clausurarlo todo porque todo era una farsa, porque su vida había sido una farsa, eso era lo que sentía. Nada me hubiera costado menos que engañarlo, decirle nada de eso, deja de sentirte importante, deja de creer que la culpa te hace único, que el deseo de enmienda te lo inventaste tú, eso sí que es arrogancia, Gabriel Santoro, eso sí que es farsa barata, no lo otro, lo otro es una vida con tiempo suficiente, y todo el mundo, dado el tiempo suficiente, la va a cagar una y otra vez, errará y remediará y volverá a errar, tú dale tiempo a alguien y lo que verás será eso, una cagada tras otra, una enmienda tras otra, cagada y enmienda, cagada y enmienda, hasta que el tiempo se acabe... porque no aprendemos, pensaba Enrique Deresser, nadie aprende nunca, ésa es la falacia más grande de todas, el tal aprendizaje, con eso sí que nos metieron los dedos a la boca, Gabriel Santoro, y a ti más que a nadie. Creíste que habías aprendido, que te habías equivocado una vez y había sido como si te vacunaras, ¿no es cierto?, pues no, la evidencia apunta a lo contrario, señor abogado, todo señala que no hay vacuna posible, que sigues enfermo y seguirás enfermo toda tu puta vida y toda tu puta muerte, ni siquiera en la muerte te librarás de las cagadas cometidas. Es por eso que no hace falta desbarrancarse a voluntad y llevarse de paso una flota entera con no sé cuántos pasajeros, no corregirás nada haciéndolo y más bien cargarás con tantos errores como muertos haya en el accidente, al muerto del principio sumarás los muertos del final, ¿eso es lo que quieres?, ¿joderle la vida a un poco de gente que va en flota es tu idea de reparación?, porque si así es la cosa no te puedo ayudar, Gabriel Santoro, nada que yo diga será suficiente si tu idea es tan fuerte, si estás tan decidido a la clausura como para clausurar de esta manera, si estás dispuesto a joder a los demás para joderte bien a ti mismo. Eso era lo que pensaba Enrique Deresser mientras miraba la curva que no era tan cerrada de la carretera que no era tan peligrosa, mientras imaginaba la cantidad de cosas que debieron ocurrir al mismo tiempo para que el accidente hubiera sido un accidente en lugar de la clausura voluntaria, sin pompa ni ceremonias, de una vida de farsa, de ese gigantesco nudo ciego que había sido la vida inmerecida de Gabriel Santoro. Eso, en fin, era lo que pensaba, mientras el hijo de Gabriel Santoro, a sus espaldas, parecía esperar una especie de veredicto, porque estaba consciente de que esto era un juicio: era la audiencia definitiva en el juicio final del padre muerto, llevada a cabo sobre la berma de tierra de una carretera de montaña, entre el olor putrefacto de las frutas del trópico y los estertores tuberculosos de los escapes y el aire desplazado por el paso brusco de los carros que bajaban hacia Medellín a velocidades temerarias y los que subían con destinos impredecibles, porque después de esta carretera mil rutas eran posibles y Bogotá era tan sólo una de ellas. Pero era, eso sí, la que habría tomado Gabriel Santoro si su carro no se hubiera desbarrancado, y sería también la que tomaría el hijo de Gabriel Santoro tan pronto como se confirmara que Enrique Deresser no había tenido culpa en los hechos: porque en este juicio también era acusado Enrique Deresser, y su alegato debería probar que la carretera era peligrosa, que la noche había sido oscura, que la curva era cerrada y la visibilidad casi nula, que una mano mutilada no reacciona bien en emergencias, que un corazón recién operado es frágil y no soporta emociones violentas, que un hombre viejo y cansado tiene malos reflejos, y más cuando ha perdido en el mismo día a una mujer amante y a un amigo de juventud que acaso hubieran sido capaces, entre los dos, de devolverlo a la vida.

ÍNDICE